Dieser Band enthält die folgenden Einzeltitel:
Band 1: Zwei allerbeste Feindinnen
Band 9: Verhexte Ferien
Band 18: Die Kicher-Chaos-Klassenfahrt


verlegt durch EGMONT Verlagsgesellschaften mbH,
Gertrudenstraße 30–36, 50667 Köln

Titelbild und Innenillustrationen: Betina Gotzen-Beek
Satz: Achim Münster, Köln
Druck und Bindung: GGP Media GmbH, Pößneck
ISBN 978-3-505-12868-4

THOMAS C. BREZINA

ZUTRITT NUR FÜR HEXEN!

# No Jungs!

## Sommer, Sonne, Hexenferien

Mit Illustrationen von Betina Gotzen-Beek

Schneider Buch
EGMONT

# Die Schnabels –

## was Lissi über sie denkt:

**Tinka**
„Die Kitschkuh"

**Grit**
„Das Muttertier,
Lady Schön-Aug"

**Stan**
„Der Ober-Affen-
Angeber"

**Thorsten**
„Mister Klugscheiß"

# Die Meierbeers –

## was Tinka über sie denkt:

**Boris**
„Das Vatertier, der Mann, der diese Monster gemacht hat."

**Lissi**
„Gegen sie ist eine Kobra ein Kuscheltier."

**David**
„Früh übt sich, wer eine Nervensäge werden will."

**Frank**
„Trägt Kopfhörer, um den Kopf zusammenzuhalten."

ZUTRITT NUR FÜR HEXEN!

# No Jungs!

## Zwei allerbeste Feindinnen

# Warnung: Morgenmuffel unterwegs!

Die Küchentür flog auf, und Lissi stapfte mit finsterem Blick herein.

„Guten Morgen, meine kleine Hexe!“, begrüßte Herr Meierbeer seine Tochter.

Lissi gab Laute von sich, die „Guten Morgen“, „Gute Nacht“, „Lass mich in Frieden!“ oder „Wo sind die Cornflakes?“ heißen konnten. Sie war ein totaler Morgenmuffel. Um sie wach zu kriegen, waren zwei Wecker notwendig und ein Radio, das auf voller Lautstärke lief.

Neben der Spüle stand Lissis älterer Bruder Frank. Er war vierzehn und hatte – wie gewöhnlich – Kopfhörer auf. Und wie gewöhnlich starrte er auf eine leere Schüssel, die Milchflasche und die Cornflakespackung, als wollte er sie hypnotisieren. Frank war das faulste Wesen, das man sich vorstellen konnte. Liegen war seine Lieblingsbeschäftigung. Im Augenblick hoffte er – wie gewöhnlich –, dass sich die Cornflakes von selbst mit Milch mischten.

„Platz da", knurrte Lissi und stieß Frank mit dem Ellbogen zur Seite.

Ihr Bruder warf ihr einen giftigen Blick zu. Auf seinem Kinn war ein weiterer Pickel aufgetaucht und leuchtete rot. Lissi zählte bereits neun Pickel in Franks Gesicht und grinste schadenfroh.

„Lass mich vorbei, ich hab's eilig", brummte sie und versuchte, ihn abermals wegzuschieben. Sie wollte schnell eine Schale Cornflakes mit Milch mischen, alles im Rekordtempo verschlingen und dann zur Schule sausen. Sie musste noch die Hälfte der Mathematik-Hausaufgaben abschreiben.

Frank blieb stehen, als wäre er festbetoniert.

Lissi reichte es. Sie zog einen Kopfhörer in die Höhe und schrie in sein Ohr: „Beweg deinen Knackarsch nach Osten, du Sack!"

Herr Meierbeer hatte bisher geschwiegen. Das war ihm jetzt aber zu viel.

„Lissi", sagte er vorwurfsvoll und schüttelte tadelnd den Kopf. Streng fügte er hinzu: „Ich erlaube nicht, dass du so sprichst. Verstanden?"

„Jaaaaa", sagte sie gedehnt. „Aber dieser Sa… äh … ich meine Frank lässt mich nicht an die Cornflakes."

„Kannst du sie dir nicht einfach zum Tisch nehmen?", fragte Herr Meierbeer und verdrehte die Augen. „Die Milch wird auf dem Weg dorthin bestimmt nicht sauer."

Schnaubend drängte sich Lissi an ihrem Bruder vorbei und riss die Cornflakespackung, die Milchflasche und den Zuckerstreuer an sich. Mit ihrer Beute trat sie an den runden Esstisch, der in der Mitte der Küche stand. Sie stellte die Milchflasche so heftig ab, dass Milch herausspritzte und das Tischtuch bekleckerte.

„Lissi, bitte!", stöhnte Herr Meierbeer. „Das Tischtuch ist frisch. Kannst du nicht ein bisschen aufpassen. Musst du alles bekleckern?"

„Nie ist dir was recht!", knurrte Lissi.

„Kleckerliese! Kleckerliese!", krähte es knapp neben Lissis rechtem Ohr. Erst jetzt bemerkte sie ihren vierjährigen Bruder David, der wie ein König auf seinem Kinderstuhl thronte.

Am liebsten wäre Lissi zurück ins Bett gegangen. Der Tag fing ja schon gut an. David hatte die Angewohnheit, sich jede Woche ein neues Lieblingswort zu suchen und es dann mindestens dreitausend Mal am Tag zu sagen. Auch ihren Rufnamen verdankte Lissi ihrem Bruder David. Als Kleinkind konnte er ihren eigentlichen Namen, Louisa, nicht aussprechen, und wandelte ihn kurzerhand in Lissi ab. Und mittlerweile wurde sie von allen nur noch so genannt.

„Kleckerliese! Kleckerliese!" Er konnte sich gar nicht beruhigen.

„Entweder du hältst die Klappe, oder ich reiß dir die Nase ab!", zischte Lissi drohend.

„Papi, Lissi will mir die Nase abreißen!", petzte David sofort in einem weinerlichen Tonfall, als hätte Lissi mit dem Abreißen bereits begonnen.

„Bitte, Lissi, bitte!", flehte ihr Vater.

Wütend schüttete Lissi eine viel zu große Portion Cornflakes in ihre Schüssel, goss viel zu viel Milch darüber und streute dann auch noch zu viel Zucker darauf. Um die Horror-Mischung wenigstens ein bisschen schmackhaft zu machen, holte sie ein Glas mit Erdbeermarmelade aus dem Kühlschrank.

Als sie zurückkam, war ihre Schüssel leer.

Irritiert blieb sie stehen, aber dann sah sie Frank kauen. Seine Schale war auf einmal randvoll mit pappigen, klebrigen Cornflakes. Da er so ziemlich alles aß, was ihm vor den Mund kam, schaufelte er den Matsch seelenruhig in sich hinein.

Lissis Augen verengten sich zu zornigen, schmalen Schlitzen. In wenigen Sekunden würde sie explodieren.

Frank bemerkte ihren wütenden Blick. Mit einem provozierenden Grinsen fragte er: „Is was, Schwesterherz?"

Ihre Hand schoss vor und entriss Frank die Schüssel. Der Cornflakes-Papp schwappte über den Rand und klatschte auf den Boden.

„Spinnst du?", rief Frank vorwurfsvoll. „Was soll der Quatsch?"

„Das sind meine Cornflakes, du hast sie geklaut!“, schrie Lissi wütend.

„Die habe ich mir gerade gemacht“, log Frank und wurde dabei kein bisschen rot.

„Du verdammter, elender Lügner!“, schleuderte Lissi ihm ins Gesicht.

„Das reicht!“, mischte sich Herr Meierbeer ein. „Lissi, nicht in diesem Ton!“

„Aber … aber … Frank …!“

„Und ich will auch kein Gepetze!“

Zischend atmete Lissi tief aus.

„Kleckerliese! Kleckerliese!“, krähte David noch immer.

Wortlos schnappte Lissi die blau-gelbe Plastikdose, in die ihr Vater Pausenbrote, einen Apfel und sicher auch einen Schokoriegel gepackt hatte. Sie riss einen ihrer vielen Samthüte vom Haken der Garderobe und stülpte ihn sich über den Kopf. Diese Hüte erinnerten an umgedrehte Blumentöpfe und waren Lissis große Leidenschaft.

Grußlos wollte sie das Haus verlassen, aber Herr Meierbeer lief ihr nach und hielt sie zurück.

„Du hast doch etwas vergessen, oder?“ Egal, wie schlecht die Stimmung war, auf einer anständigen Verabschiedung bestand Herr Meierbeer.

Lissi ließ den Rucksack fallen und umarmte ihren Vater. Sie drückte ihm einen Kuss auf die Wange, murmelte etwas von „Tut mir leid“ und wollte dann los. In der Tür drehte sie sich noch einmal um und fragte: „He, wie war gestern das Kino?"

Ihr Vater war am Abend ausgegangen, weil er sich einen Film ansehen wollte.

„Gut … sehr gut", antwortete Herr Meierbeer, fast verlegen. Lissi bemerkte es, hatte aber keine Zeit sich darüber zu wundern. Sie musste wirklich los, sonst hatte sie nur die halben Mathematik-Hausaufgaben und jede Menge Ärger.

Als sie sich auf ihr Fahrrad schwang und wegfuhr, sah ihr Herr Meierbeer bekümmert nach. Er musste Lissi dringend etwas sagen, aber er brachte einfach nicht den Mut dafür auf. Seine Angst vor einem Wutausbruch war zu groß.

„So kann das nicht weitergehen, du musst mit ihr reden", ermahnte er sich selbst. „Am besten gleich heute Abend."

Aber wie würde Lissi wohl reagieren? Bei ihr konnte man das nie vorhersagen. Manchmal kam sie ihrem Vater wie das Aprilwetter vor: Innerhalb eines Tages konnte man mit ihr vom strahlenden Sonnenschein bis zum Hurrikan alles erleben.

# Eine Mutter mit roten Ohren

„Wie war das Kino?“, erkundigte sich Tinka, während sie lustlos in ihrem ungezuckerten Naturjogurt löffelte. Sie fand sich zu dick, und so verzichtete sie wenigstens morgens auf Süßes. Tagsüber hielt sie ihre guten Vorsätze ohnedies nicht ein.

„Kino? Ach … gut … sehr guter Film!“ Frau Schnabel drückte den Knopf des Mixers. Der Motor heulte auf, und das Drehmesser verwandelte eine Banane, zehn Erdbeeren, einen Apfel und den Saft von drei Orangen zu einem rosafarbenen Fruchtdrink.

Tinka ließ nicht locker. „Welchen Film hast du dir überhaupt angesehen?“

„Wie bitte?“ Ihre Mutter tat so, als würde sie durch den Krach des Mixers nichts verstehen.

„WELCHEN FILM DU GESEHEN HAST!“, schrie Tinka und betonte jedes einzelne Wort.

Das Fruchtgetränk begann, durch das überlange Mixen bereits zu schäumen. Blubbernd quoll der rosa

Schaum aus der Öffnung im Mixerdeckel. Frau Schnabel blieb nichts anderes übrig, als das Gerät abzudrehen. Sie nahm den Deckel ab, um den Drink in Gläser zu gießen. Aber irgendwie war sie an diesem Morgen sehr nervös. Sie erwischte die falsche Taste und schaltete auf die höchste Stufe. Das Drehmesser begann wie wild zu rotieren, und der Saft spritzte nach allen Seiten.

Endlich gelang es Tinkas Mutter, den Mixer wieder abzustellen. Doch es war zu spät. Der klebrige Saft rann in breiten Streifen von den Küchenschränken, aber auch von Frau Schnabels Gesicht. Ihr dunkelblondes Haar sah aus, als hätte jemand eine Hand voll Konfetti darüber geworfen. Was für eine Riesensauerei!

Von der Tür kam schadenfrohes Lachen. Stanislaus, genannt Stan, grinste belustigt und gluckste vor sich hin.

„Morgen, Leute!", grüßte er. Ultra-cool, wie immer. Zu Tinka sagte er: „Hi, Specki!"

Er wusste genau, dass er damit Tinka bis zur Weißglut reizen konnte. Doch statt sofort auszurasten, schnupperte sie lautstark in seine Richtung, rümpfte die Nase und stöhnte: „Was hast du heute wieder über dich geschüttet? Du stinkst schlimmer als zehn Stinktiere!"

„Specki, das ist *High-Fly,* der neueste Duft für den Mann", belehrte sie Stan.

„Für den Mann? Dann solltest du besser die Finger davon lassen", zwitscherte Tinka mit zuckersüßem Lächeln.

„Wieso?" Stan sah sie mit großen, verständnislosen Augen an.

„Weil du mit deinen vierzehn Jährchen höchstens ein Männchen bist!"

„Immer noch älter als du, Kleine!", zischte ihr Bruder beleidigt.

„Morgen, gibt's Frühstück? Ich bin spät dran!" Im Laufschritt hatte Thorsten die Küche betreten. Er ging bereits auf die Uni, wohnte noch daheim und hatte es immer eilig.

Frau Schnabel hatte sich mit einem Geschirrtuch den klebrigen Saft aus dem Gesicht gewischt und beseitigte nun die schlimmsten Spuren an den Küchenschränken.

Mit einer einladenden Handbewegung zeigte sie auf den Kühlschrank und die Kaffeemaschine. „Bediene dich!"

Thorsten verzog das Gesicht. So hatte er sich das nicht vorgestellt. Er hatte wenig Lust, sich selbst sein Frühstück zu machen. Am liebsten war es ihm, wenn es bereits auf dem Tisch stand. Dazu hatte Frau Schnabel aber an diesem Donnerstag keine Zeit gehabt. Sie hatte selbst einmal verschlafen.

„Du hast noch immer nichts von dem Film erzählt, den du dir gestern angesehen hast!", sagte Tinka und strich ihr langes blondes Haar mit den Händen nach hinten. Sie formte es zu einem Pferdeschwanz und wickelte geschickt ein Gummiband herum.

Frau Schnabel lächelte verlegen und wandte sich Thorsten zu. „Die Brötchen musst du dir auftoasten, die sind von gestern."

Tinka war äußerst hartnäckig und gründlich. Wollte sie etwas wissen, dann ließ sie nicht locker, bis sie es erfahren hatte. „Mami, der Film? Erzähl endlich!"

„Du musst los, sonst kommst du zu spät", sagte Frau Schnabel. Erst nachdem sie es gesagt hatte, warf sie einen Blick auf die Uhr.

Da stimmt doch etwas nicht, dachte Tinka. Sie wusste aber, dass sie im Augenblick nichts aus ihrer Mutter herausbekommen konnte. Also verschob sie die weiteren Ermittlungen auf später.

Aus ihrem Zimmer holte sie die gestreifte Mappe mit den Metallecken, in der sie alle Schulsachen hatte. Als sie noch einmal in die Küche zurückkam, um sich zu verabschieden, fiel ihr plötzlich etwas ein. Sie grinste leise und fragte dann: „Mami, hast du dich vielleicht … verliebt?"

Der Satz traf Frau Schnabel wie ein Keulenschlag.

„Wie … wie kommst du denn darauf?"

„Weil du dich so benimmst", erklärte Tinka und grinste noch breiter. „Ich spüre so etwas einfach."

„Verliebt? Ich? Also … du hast Ideen!" Ihre Mutter tat, als wäre es wohl das Allerletzte, was ihr jemals passieren könnte. „Tinka, du musst wirklich los. Ich will nicht, dass du immer so rennen musst."

Frau Schnabel schob ihre Tochter zur Wohnungstür. Sie gab ihr einen flüchtigen Kuss und beförderte sie hinaus. Nachdem sie die Tür wieder geschlossen hatte, lehnte sie sich innen dagegen und atmete tief durch.

Ihr genau gegenüber stand Stan. Ein Mundwinkel war hochgezogen.

„Bist du's oder bist du's nicht?", bohrte er dort weiter, wo seine Schwester aufgehört hatte.

„Raus!", keuchte Frau Schnabel. Gleich darauf setzte sie ein freundliches Gesicht auf, lächelte gekünstelt und meinte: „Du musst auch los. Ich habe keine Lust, ständig von deinen Lehrern zu hören, du kämst zu spät."

Sie machte einen Schritt auf ihn zu, bremste sich aber im letzten Augenblick. Er mochte keine Abschiedsküsse mehr und tat bei jedem so, als wollte ihm seine Mutter eine Brandmarkierung auf die Wange drücken.

Nachdem auch er die Wohnung verlassen hatte, kehrte Frau Schnabel in die Küche zurück und nahm einen großen Schluck Kaffee.

„Und wann wirst du es ihr endlich sagen?", fragte ihr Ältester.

„Thorsten ... ich habe Angst", gestand sie. „Tinka wird ... ja, was wird sie tun? Wahrscheinlich beleidigt sein und sich wieder ganz in sich zurückziehen. Du weißt, wie sie sein kann."

„Wenn sie aber dahinterkommt, ist sie sicher noch saurer. Und das könnte ich gut verstehen. Wie stehen die Dinge denn eigentlich?" Als Einziger war er in das Geheimnis seiner Mutter eingeweiht.

Nach einer sehr langen Pause antwortete Frau Schnabel: „Gestern Abend hat mir Boris einen Heiratsantrag gemacht."

„Freut mich für dich", sagte Thorsten. „Na dann, Ring frei zur ersten Runde. Für Unterhaltung ist in der nächsten Zukunft gesorgt. Oder lehnst du den Antrag ab?"

„Ich mag ihn schon sehr, sehr gern", gestand Frau Schnabel.

„Mir soll's recht sein!", meinte Thorsten. „Ich ziehe ohnehin bald in die Wohngemeinschaft. Jetzt bin ich aber wirklich gespannt, was Tinka zu ihrer neuen ‚Schwester' sagen wird."

Frau Schnabel machte ein kummervolles Gesicht.

# Zwei Feindinnen

Auf der Treppe vor dem Schultor standen sie einander völlig unerwartet gegenüber. Die eine war von links gekommen, die andere von rechts. Zuerst waren sie von einer Gruppe anderer Schüler getrennt gewesen, die dann aber durch das Schultor gegangen waren.

Und nun standen sie einander also Aug in Aug gegenüber. Zwischen ihnen schien 100.000 Volt Hochspannung zu herrschen. Die Luft knisterte fast.

Lissi sah verächtlich auf Tinka herab und rümpfte die Nase, als würde Tinka stinken.

Tinka hatte sich aufgerichtet und leicht zurückgelehnt, als wäre Lissi giftig.

„Kitschkuh!“, sagte Lissi so leise, dass Tinka es nicht hören konnte.

Allein an der Bewegung von Lissis Lippen konnte sie erkennen, was diese gerade gesagt hatte. Sie machte Lissi aber nicht die Freude, sich aufzuregen, sondern schenkte ihr ein strahlendes Zahnpastalächeln und flötete: „Auch ich wünsche dir einen wunderschönen guten Morgen!"

Lissi konnte überhaupt nicht damit umgehen, dass Tinka nicht auf ihre Provokation reagierte, und startete daher sofort den nächsten Angriff: „He, Blondi, weißt du schon, was Blondinen im Kopf haben?"

Tinka warf ihr weizenblondes Haar über die Schulter und seufzte geduldig. Es war das Seufzen, das Eltern von sich geben, die besonders nachsichtig mit quengelnden Kleinkindern sein wollen. Lissi kam jeden Tag mit einem neuen Blondinen-Witz, und jeder war noch dämlicher als der letzte.

„Du wirst es mir sicher gleich sagen, nicht wahr?"

„Das war ein Test! Du bist eine echte Blondine und hast keine Ahnung!" Lissi lachte wiehernd und schlug sich vor Vergnügen auf die Schenkel.

Tinka lächelte mitleidig. Sie schüttelte den Kopf, als könnte sie so viel Dummheit nicht fassen, und zog das Schultor auf. Leider ließ sich die nächste Begegnung mit Lissi nicht verhindern.

Beide Mädchen gingen in den dritten Stock.

Beide steuerten Klassenzimmer 312 an.

Beide traten ein.

Beide gingen zur Bank in der ersten Reihe, direkt vor dem Lehrertisch.

Lissi saß beim Fenster, Tinka beim Gang. In der Mitte des Tisches prangte ein grell orangefarbener

Strich. Es war Leuchtklebeband, das Lissi angebracht hatte. Sie duldete keinerlei Grenzüberschreitungen.

Die Klassenlehrerin hatte die Mädchen nicht ohne Grund nebeneinander gesetzt. Lissi quatschte für ihr Leben gerne. Wo immer sie vorher gesessen hatte, hatte es die ganze Stunde lang Gekicher und Getuschel gegeben. Lissi quatschte mit jedem.

Außer mit Tinka. Die konnte sie einfach nicht ausstehen. Erstens war sie ihr zu blond, zweitens zu cool, drittens zu gut in der Schule und viertens, fünftens, sechstens, siebentens, war sie eben Tinka, und Lissi konnte nicht einmal ihren Geruch ausstehen. Tinka duftete meistens ganz leicht nach Kokos und Pfirsich von ihrem Shampoo.

Es gab da noch etwas:

ALLE mochten Tinka. Wirklich ALLE. ALLE in der Klasse, ALLE Lehrer und ALLE anderen an der Schule.

Lissi war die Einzige, die Tinka einfach UNFASSBAR UNAUSSTEHLICH fand. Für sie war sie nichts anderes als eine zu dick geratene Barbie-Puppe, mit eingefrorenem Grinsen und Augen, die so blau waren, dass es richtig kitschig war.

IGITT!

Außerdem brachte Tinka nichts aus der Ruhe. Selbst wenn Lissi sie eine verlauste Ziege nennen würde, würde sie sagen: „Ich mag Ziegen, wäre gerne eine. Und mit Läusen im Pelz ist man nie allein." Auf alles wusste sie eine Antwort, und das brachte Lissi zur Weißglut. Am liebsten hätte ihr Lissi jede halbe Stunde eine geklebt.

Außerdem fand sie Tinka schrecklich hübsch. Jedenfalls sah sie bedeutend besser aus als Lissi. Die hatte sich immer blonde Haare gewünscht, aber leider war ihr Vater stur und ließ sie ihren braunen Wuschelkopf nicht färben.

Die Schulglocke schrillte, und der Lärm auf dem Gang wurde leiser. Die Schüler gingen auf ihre Plätze und warteten auf den ersten Lehrer.

Verstohlen musterte Tinka Lissi von der Seite. Lissi schrieb gerade in rasendem Tempo das letzte Beispiel der Mathematik-Hausaufgabe ab. Ihre kleinen, braunen Locken hingen ihr ins Gesicht. Immer wieder strich sie die Haare energisch aus der Stirn, aber die wuscheligen Haare schienen so etwas wie ein Eigenleben zu haben.

Gerne gestand Tinka sich das nicht ein, aber manchmal beneidete sie Lissi ein bisschen. Nicht viel, aber ein kleines bisschen. Verträumt wickelte sie eine blonde Haarsträhne über ihren Finger. Sie hätte viel lieber Locken und nicht so schnittlauch-glatte Haare.

Dazu kam, dass Lissi vor nichts Angst zu haben schien. Das beeindruckte Tinka, auch wenn sie das niemals zugegeben hätte. Sie hatte es sich zum Hobby gemacht, Lissi auf ihre dummen Aussprüche noch dümmere Antworten zu geben. Sie tat immer so, als wäre ihr das Geschimpfe egal, doch letztlich fand sie es schrecklich anstrengend. Manchmal ertappte sie sich beim Gedanken, dass Lissi vielleicht sogar eine gute Freundin sein könnte, verwarf ihn dann aber schnell. Eher fällt Schnee in der Sahara, als dass sie sich mit Lissi echt anfreunden würde.

Die Klassenlehrerin hieß Frau Reingard und hatte den Spitznamen Windhose. Sie ging nicht, sie wirbelte, und wo sie auftauchte, ging es rund. Schlafen war in ihren Stunden unmöglich.

„Guten Morgen allerseits", begrüßte sie die Schüler. Hinter ihr knallte schwungvoll die Tür zu.

Frau Reingard unterrichtete Mathematik und Geschichte.

„Wir starten heute ein Projekt", verkündete sie, bevor sie noch den Lehrertisch erreicht hatte.

Die Schüler hoben neugierig die Köpfe.

„Es heißt: Geschichte aus erster Hand erfahren. In unserer Stadt gibt es viele Leute, vor allem alte Menschen, die viel zu erzählen haben. Ich habe einige von ihnen ausfindig gemacht und sie gefragt, ob sie euch von ihren Erlebnissen berichten würden. Sie waren einverstanden. Immer zu zweit werdet ihr morgen einen älteren Mitbürger besuchen, den ihr noch nicht kennt."

Begeistert waren die Jungen und Mädchen nicht gerade.

„Soll das am Nachmittag sein?", rief Lissi aus.

Die Lehrerin tat einfach so, als hätte sie sie nicht gehört.

Lissi wusste sofort, was sie falsch gemacht hatte. Mit gequältem Gesicht hob sie die Hand. Frau Reingard gab ihr ein Zeichen zu sprechen. „Soll das am Nachmittag sein?"

„Der erste Besuch wird morgen Vormittag sein. Falls ihr diese Leute danach auch weiter besuchen wollt – sie würden sich sicher freuen –, so müsstet ihr das am Nachmittag tun."

„Am Nachmittag habe ich meistens mein Brudermonster am Hals", meldete Lissi. „Das reicht mir völlig. Habe keine Zeit sonst."

Frau Reingard überging den Einwand.

„Ich habe die Namen der Leute auf Zettel geschrieben." Sie holte eine Plastiktüte heraus, in der viele kleine, gefaltete Zettel lagen. „Ihr zieht jeder einen Zettel. Wir werden dann nachsehen, welche zwei den gleichen Namen gezogen haben."

Die Lehrerin ging durch die Reihen und hielt den Schülern die geöffnete Tüte entgegen. Einer nach dem anderen zog.

Tinka und Lissi hielten ihre Zettel und hatten beide den gleichen Gedanken: „Bitte, lass mich nicht die gleiche Person wie sie gezogen haben. Bitte nicht. Bitte, bitte, bitte."

Als jeder einen Zettel hatte, gab Frau Reingard das Zeichen zum Auffalten.

Lissis Finger zitterten, als sie den Namen auf ihrem Zettel las.

FRAU EMMA SCHICKETANZ

Sie spähte zu Tinka und spürte, wie diese im selben Moment einen Blick auf Lissis Zettel warf.

SCHOCK!

HORROR!

ENTSETZEN!

FRAU EMMA SCHICKETANZ

Beide Mädchen hatten diese Frau Schicketanz gezogen.

Lissi beugte sich nach hinten zu Elena, einem blassen Mädchen mit Spaghettihaaren. „Tauschen wir?"

Elena presste die Lippen zusammen und schüttelte den Kopf. „Das dürfen wir bestimmt nicht", flüsterte sie.

„Na und?", knurrte Lissi. „Feige Nuss!" Blitzschnell entriss sie Elena dann ihren Zettel und warf ihr dafür den Zettel mit dem Namen Schicketanz auf den Tisch.

HERR RICHARD LINSE las sie. Ausgezeichnet, die Schicketanz-Katastrophe mit Tinka, der doofen Kuh, war abgewendet. Lissi seufzte erleichtert.

Hinter ihr wippte Elena nervös auf ihrem Stuhl. Drohend drehte sich Lissi zu ihr. „Ein Wort zur Windhose und du wirst es sieben Wochen lang bereuen."

Elena, die wirklich ziemlich feige war, erstarrte und knetete den Zettel zwischen ihren Fingern. Mit zusammengepressten Lippen starrte sie auf die Tischplatte.

Tinka hatte alles beobachtet und musste zugeben, erleichtert zu sein. Niemals, unter keinen Umständen, hätte sie mit Lissi zu dieser Frau Schicketanz gehen können.

Die Lehrerin las laut die Namen der alten Leute vor und trug sich ein, wer sie gezogen hatte.

„Und wer besucht Frau Schicketanz?", rief sie in die Klasse.

Tinka hob sofort die Hand. Sie hätte sich zwar eine andere Partnerin als Elena gewünscht, aber die war immer noch zehnmal besser als Lissi.

„Und wer hat noch Frau Schicketanz gezogen? Eine besonders nette, interessante Frau, die die halbe Welt bereist hat und sicher viel zu erzählen hat." Frau Reingard ließ ihren Blick suchend über die Köpfe der Schüler streifen.

Lissi drehte sich zu Elena und sah sie mit zusammengekniffenen Augen finster an.

„Mach schon!", zischte sie und trommelte ungeduldig mit den Fingern auf den Tisch.

„I… i… ich habe … Herrn Linse", stammelte Elena mit rauer Stimme.

„Den habe ich!", zischte Lissi.

„Was gibt es dort zu flüstern?", wollte die Lehrerin wissen und richtete sich auf.

Zum Beweis hielt Elena Lissi ihren Zettel hin.

Sie hatte die Wahrheit gesagt. Es stand der Name Linse drauf. Lissi hatte den Zettel, den sie Elena entrissen hatte, die ganze Zeit fest in der geschlossenen Faust gehalten.

Ihre Hand war feucht, als sie sie öffnete und den Zettel glatt strich.

FRAU EMMA SCHICKETANZ

Das war nicht möglich!

Das konnte es nicht geben!

Gerade vorhin hatte sie den Namen von diesem Herrn Linse gelesen. Ihre Finger waren die ganze Zeit geschlossen gewesen. Jeder Austausch war völlig unmöglich. Wie kam Elena wieder zum Linse-Zettel?

„Das gibt es nicht, die Zettel können doch nicht verschwunden sein. Ich habe sie bestimmt in den Sack getan." Frau Reingard bekam nun selbst Zweifel. Auf einmal aber hatte sie einen Verdacht. Misstrauisch fragte sie: „Lissi, wen hast du eigentlich gezogen?"

Ohne einen Ton herauszubekommen, klappte Lissi den Mund auf.

„Lass mich sehen!" Die Lehrerin war neben sie getreten und nahm ihr den zerknitterten Zettel aus der Hand.

„Ach, das ist es also. Du wirst ebenfalls Frau Schicketanz besuchen. Gemeinsam mit Tinka." Als sie das sagte, klang sie zweifellos erleichtert. Zufrieden trug sie den Namen auf der Liste ein.

Lissi zitterte vor Aufregung. Sie hatte für das, was soeben geschehen war, keine Erklärung. Natürlich hätte sie am liebsten Elena dafür verantwortlich gemacht und ihr ab jetzt jedes Pausenbrot weggefuttert, Niespulver in die Bücher und in der Turn-Umkleide Juckpulver in die Klamotten gestreut. Aber Elena war ohne Zweifel unschuldig. Sie konnte die Zettel nicht mehr ausgetauscht haben – unter keinen Umständen.

Verwirrt war auch Tinka. Hatte Lissi vielleicht doch noch den Zettel zurückgeholt, den sie gezogen hatte? Wollte sie mit Tinka zu Frau Schicketanz? Oh nein, das konnte nur das Schlimmste bedeuten. Das Allerschlimmste!

„Morgen, gleich nach dem Schulbeginn, gehen wir alle los", erklärte die Lehrerin. „Nehmt Zettel und Bleistift mit und macht euch ein paar Notizen. Ich fände es auch nett, wenn ihr den Leuten Blumen oder eine andere kleine Aufmerksamkeit mitbringen würdet. Viele haben versprochen, euch mit Kuchen und Limonade zu empfangen."

Timo, ein Junge in der dritten Reihe, gab schmatzende Laute von sich. Er aß leidenschaftlich gern, und schon gefiel ihm das Projekt bedeutend besser.

Lissi zischte in Tinkas Richtung: „Für Grünzeug sorgst du. Das ist Blondie-Sache."

„Aber gerne, dafür zahlst du die Blumen. Mein Honorar ist nämlich hoch", erklärte Tinka.

Lissi rollte genervt die Augen. Weil ihr nichts Besseres einfiel, sagte sie herausfordernd: „Von mir kriegst du kein Geld. Da kannst du warten, bis du schimmlig wirst."

Tinka schenkte ihr einen gespielt gütigen Blick. „Auch kein Problem! Ich weiß, du brauchst dein Taschengeld, um dir Bonbons zu kaufen."

„Ich hasse Bonbons", knurrte Lissi.

„Solltest aber mehr Süßes essen, damit du nicht immer aussiehst, als hättest du gerade einen Liter Essig getrunken." Tinka spürte, wie Lissi vor Wut rot anlief. Zufrieden legte sie die Hände übereinander und drehte ihr die Schulter zu. Sie tat, als dürfte sie kein Wort von dem versäumen, was Frau Reingard sagte.

„Dafür kann ich wenigstens so viel davon essen, wie ich will, wohingegen du …" Weiter kam Lissi nicht, sie hatte vor Wut nicht geflüstert, sondern laut gesprochen.

„LISSI!", kam es warnend von Frau Reingard.

Tinka sah die Lehrerin mit unschuldigem Lämmerblick an. Lissi wollte sich schon verteidigen und sagen, dass Tinka sie gerade geärgert hatte, ließ es dann aber bleiben. Gepetzt wurde nicht. Nicht einmal bei einer doofen, blöden, öden Dumpfbacke wie diesem wandelnden Weizenfeld Tinka.

Als das Klingeln das Ende der Stunde verkündete, sagte Lissi giftig: „Ich dachte immer, meine Brüder wären eine Pest. Gegen dich aber sind sie die coolsten Kumpels der Welt."

„So etwas Ähnliches habe ich mir auch vor Kurzem gedacht", sagte Tinka und ging zu einer Gruppe Mädchen, die schon an der Tür auf sie wartete. Hinter ihrem Rücken schnitt Lissi ihr eine Grimasse. Als sich Tinka überraschend umdrehte, um einen Müsliriegel aus ihrer Tasche zu nehmen, fror Lissis Gesicht erschrocken ein.

„He, Lissi, wieso guckst du so doof?", rief Biz, neben der Lissi früher gesessen hatte.

„Wieso guckst du so doof?", äffte Lissi sie nach. „Lass mich in Ruhe!"

„Schlechter Tag heute?", erkundigte sich Biz.

„Kann man wohl sagen. Kann nicht mehr schlechter werden. Absolut unmöglich!", seufzte Lissi.

Sie irrte sich. Ihr Tag konnte noch viel, viel schlechter werden.

# Pizza ist verdächtig

Lissis Zimmer hatte in der Familie den Spitznamen „Dschungel“. Sie schlief in einer Hängematte, bewahrte ihre Sachen in alten Holzkisten und Truhen auf und versorgte auf einem Wandbord einhundertvierundvierzig Kakteen.
Auf dem Boden standen drei große Töpfe, in denen Fächerpalmen wuchsen.

Hinter den Kisten hatte sie sich ein kleines Versteck eingerichtet, in das sie sich verkroch, wenn sie von niemandem etwas wissen wollte.

Sie kauerte dann mit angezogenen Knien auf zwei dicken Sitzkissen und presste ihren alten Teddybären an die Brust.

Heute hielt sie ein Foto in der Hand, das sie aus einem Album im Zimmer ihres Vaters geklaut hatte. Sie besaß es schon seit drei Jahren, und an den Rändern war es bereits sehr abgegriffen.

Herr Meierbeer war die leere Stelle im Album natürlich aufgefallen, und er hatte Lissi und Frank danach gefragt. Beide hatten behauptet, nichts davon zu wissen.

Frank hatte ausnahmsweise die Wahrheit gesagt. Damals war er allerdings auch erst elf Jahre alt und halbwegs erträglich, fand jedenfalls Lissi.

Lissi hatte gelogen, ohne auch nur ein bisschen rot zu werden. Nicht einmal das schlechte Gewissen hatte sie später geplagt. Sie hielt das alles für Zeichen, dass sie das Foto haben durfte.

Auf dem Bild war eine sportliche Frau mit stark gekraustem Haar zu sehen. Sie trug einen sandfarbenen Safarianzug mit vielen aufgenähten Taschen und lachte über das ganze Gesicht.

Auf dem Arm hielt sie ein kleines Mädchen, das die gleichen Haare hatte wie sie. Das Mädchen trug Shorts und ein Hemd aus dem gleichen Stoff und im gleichen Stil mit aufgenähten Taschen.

Das Mädchen war Lissi, damals allerdings erst sieben Jahre alt.

Die Frau war ihre Mutter.

„Ich hasse die Kitschkuh“, berichtete Lissi dem Foto. „Sie ist ein Ekelpaket, eine Puppe mit Klimperaugen, so ein elender Pudel, der sofort hechelt, wenn ihm jemand einen Knochen zeigt. Wäääää!“ Nach einer kurzen Pause fügte sie zwei weitere „Wäs!“ hinzu und tat so, als müsse sie sich übergeben.

Die Frau auf dem Foto lächelte. Ihr Lächeln hatte etwas sehr, sehr Freundliches und Warmes.

Lissi erinnerte sich genau an den Geruch ihrer Mutter. Das Bild war in Afrika aufgenommen worden. Es war entsetzlich heiß gewesen, und Lissi war immer sehr müde. Ihrer Mutter aber schien die Hitze nichts auszumachen. Ihre Arme waren ganz kühl, und sie duftete nach Orangen.

Die ganze Familie Meierbeer war damals für ein halbes Jahr nach Afrika gezogen. Frank musste nicht zur Schule gehen, sondern wurde von Herrn Meierbeer unterrichtet. Und Lissis kleiner Bruder David war noch ein Baby.

Lissis Eltern arbeiteten als Ärzte und halfen Menschen, die sehr, sehr arm waren. Sie impften sie gegen Krankheiten und berieten sie, was sie tun mussten, um gesund zu bleiben. Im Sommer kehrten sie dann nach Hause zurück, da Lissi im September in die Schule kam.

Im Oktober wurde ihre Mutter auf einmal sehr krank.

Zuerst lag sie im Schlafzimmer in ihrem Bett, dann aber kam sie ins Krankenhaus. Lissi besuchte sie oft und brachte ihr immer Zeichnungen, die sie in der Schule gemacht hatte.

Ein paar Wochen später, als Lissi die ersten Fenster in ihrem Adventskalender geöffnet hatte, kam ihr Vater zu ihr ins Zimmer. Er hatte ganz rote Augen und sah so traurig aus, wie ihn Lissi noch nie zuvor gesehen hatte.

Zuerst dachte sie, sie hätte mal wieder etwas angestellt.

Aber das war es nicht. Ihr Vater nahm sie auf den Schoß, wiegte sie, und drückte sie an sich. Sie spürte, wie er wieder zu weinen begann. Mit tränenerstickter Stimme sagte er damals: „Lissi, deine Mami ist im Himmel."

Zuerst verstand Lissi nicht. „Und wann kommt Mami zurück?", fragte sie.

Herr Meierbeer drückte sie noch fester an sich.

„Sie ist ein Engel und wird immer bei dir sein, ganz bestimmt. Auch wenn du sie nicht mehr siehst."

„Sie ist tot!", sagte Lissi. Ganz laut und stark.

Ihr Vater nickte.

Lissi wusste, was es bedeutet, wenn jemand tot war. Ihr Meerschweinchen war auch tot. Sie hatte lange geweint, als es damals regungslos in seinem Käfig lag.

Vier Jahre waren seit dem Tod ihrer Mutter vergangen. Lissi sprach oft mit ihr. Mit dem Foto in der Hand hockte sie in ihrem Versteck und redete, als könnte ihr ihre Mutter Antwort geben.

Und vielleicht tat sie das auch. Lissi jedenfalls hörte sie oft und fühlte sich dann viel besser.

Herr Meierbeer setzte seit damals alles daran, für seine Kinder Vater und Mutter zu sein. Er stand immer mit ihnen auf, bereitete das Frühstück und arbeitete dann am Vormittag und Nachmittag in seiner Praxis.

In dieser Zeit kam Lissis Großmutter und versorgte den ganzen Haushalt. Sie war es auch, die David wie eine Mutter großzog. Lissi mochte ihre Großmutter sehr und nannte sie Moma.

„Was macht man mit so einer Kitschkuh? Ich will nicht zu dieser blöden Frau Schicketanz mit ihr gehen!“, jammerte Lissi das Foto an. „Bestimmt zwitschert Tinka dort nur herum und macht auf süßes Mädchen. Und Frau Schicketanz wird sie ganz toll finden und mit Schokolade vollstopfen, und ich werde wieder die ‚Böse‘ sein, die immer nur Krach macht.“

Diesmal hörte Lissi allerdings keine Antwort von ihrer Mutter. Gar nichts. Sie schwieg.

„Pizza!“, kam von unten der Ruf von Herrn Meierbeer.

Lissi ließ das Foto schnell in einer kleinen Holztruhe verschwinden, die wie eine echte Schatztruhe aussah und verschließbar war. Den Schlüssel dazu trug sie immer an einer dünnen Goldkette um den Hals. Genau wie den winzigen Goldengel, den schon ihre Mutter von einer Patin geschenkt bekommen hatte.

Pizza? Es war Donnerstag. Ein ganz normaler Donnerstag. Was Essen anbelangte, war Lissis Vater ziemlich pingelig. Er verlangte, dass seine Kinder sich „ordentlich“ ernährten. Oder anders ausgedrückt: Sie mussten viel Salat (Lissis Kommentar: Wäää!) und Gemüse (Lissis Meinung: Igitt!) essen. Pizza, Hamburger und Pommes gab es nur zu außergewöhnlichen Anlässen. In der Küche hatte Herr Meierbeer drei große Pizzakartons abgestellt und öffnete sie schwungvoll, als sich seine Kinder neugierig darüberbeugten.

„Hmmm, Margarita!“ Lissi leckte sich die Lippen. Margarita war ihre Lieblingspizza.

„Zu wenig Peperoni“, motzte Frank.

„Ich will eine mit Ziehkäse“, krähte David.

„Du meinst Ziegenkäse, aber der ist nie auf einer Pizza“, belehrte ihn sein Vater.

„Er meint Käse, der ganz lange Fäden zieht“, erklärte Lissi.

Herr Meierbeer lachte. „Dann habe ich genau die Richtige für dich, David. Diese da: mit viel Gemüse und Ziehkäse.“

Mit einem scharfen Messer zerteilte er die Pizza in mehrere Stücke und stellte sie samt Kartons auf den Tisch.

Frank fläzte bereits auf seinem Stuhl und wartete, dass ihm jemand Teller und Besteck brachte. Lissi war gerade dabei. Sie brachte aber nur drei Teller und drei Bestecke. Der Platz vor Frank blieb leer.

„Du fieses Luder“, zischte ihr Bruder.

„Das habe ich gehört“, meldete sich der Vater. Er schimpfte aber nicht weiter, sondern schien die Bemerkung einfach zu übergehen.

Höchst verdächtig, denn normalerweise tat er das nicht.

Eine Weile waren in der Küche hauptsächlich Essensgeräusche zu hören. Lissi säbelte zuerst an ihrer Pizza herum. Als es ihr zu mühsam wurde, nahm sie das ganze Stück in die Hand, klappte es zusammen und biss einfach ab.

Die Meierbeers verdrückten die Pizzen bis zum letzten Krümel. David klebte der „Ziehkäse“ in dickeren und dünneren Fäden kreuz und quer über dem Gesicht. Er gluckste vor Vergnügen.

Frank erhob sich kommentarlos, um in sein Zimmer und zu seiner Stereoanlage zurückzukehren.

„Bitte bleib noch, ich … ich muss etwas mit euch besprechen“, rief ihn Herr Meierbeer zurück.

Zum zweiten Mal an diesem Abend benahm er sich höchst verdächtig. Normalerweise hätte er Frank einen Rüffel erteilt, weil er sich schon wieder verdrücken wollte, ohne etwas zu sagen.

Frank ließ sich auf seinen Stuhl zurücksinken und gähnte laut, um seiner Langeweile Ausdruck zu verleihen.

Herr Meierbeer schien nach den richtigen Worten zu suchen. Dabei hatte er sich alles schon zurechtgelegt und den halben Nachmittag im Geiste geprobt.

Lissi sah ihn gespannt an. David zupfte sich Käsefaden nach Käsefaden aus dem Gesicht, und Frank säuberte sich seine Fingernägel mit dem Messer.

Langsam wurde Lissi der Abend unheimlich. Ihr Vater sah Frank beim Nägelputzen zu, ohne irgendetwas zu sagen. Normalerweise wäre er explodiert.

„Kinder, hört her!“, begann Herr Meierbeer.

# Die Kündigung

Tinka kicherte und gluckste. Sie hatte das tragbare Telefon zwischen Ohr und Schulter geklemmt und spazierte damit durch die Wohnung. Während sie mit ihrer Freundin Verona den neuesten Tratsch austauschte, stopfte sie sich einen Marshmellow nach dem anderen in den Mund. Hatte sie einmal mit dem Zeug angefangen, konnte sie nicht mehr aufhören.

„Und der Nasenbär geht echt mit Mona?", fragte sie ungläubig mit vollem Mund.

„Was heißt, er geht? Mona hat ihn sich geangelt und schleift ihn hinter sich her wie ein Neandertaler seine Beute!", berichtete Verona.

„Sie ihn oder er sie?"

„Na, sie ihn! Der Typ ist so platt, weil ihn Mona erhört hat, dass er ihr nachrennt wie ein Hündchen."

Wieder bekamen die beiden einen Kicheranfall.

Stan steckte den Kopf aus seinem Zimmer auf den Gang. „Du nervst, Specki!", meldete er trocken.

Tinka funkelte ihn wütend an und erwiderte: „Und du stinkst. Sag, wird dieses *High-Flyer* aus Jauche gemacht?"

Das hätte sie nicht sagen sollen. Stan stürzte zum Telefon und riss den Stecker aus der Wand. Die Verbindung brach ab. Zufrieden kehrte er in sein Zimmer zurück. Tinka kniff die Augen zusammen und beschloss, sich eine besonders gemeine Rache auszudenken.

Seufzend steckte sie das Telefon wieder an und drückte die Wahlwiederholung. Noch vor dem ersten Tuten hob Verona schon ab.

Noch immer stand Tinka vor der Ablage, auf der die Sendestation des Telefons aufgestellt war. Unter dem Gerät ragte ein Brief hervor. Er war dreifach gefaltet, aber der obere Teil war aufgeklappt, und es war dort zu lesen:

*… bedauern wir zu erfahren, dass Sie den Mietvertrag kündigen und zum nächsten 1. ausziehen wollen …*

Verona redete und redete, aber Tinka hörte ihr gar nicht mehr zu.

Sie warf einen Blick auf die Anschrift und schüttelte verwundert den Kopf. Der Brief war an ihre Mutter gerichtet. Aber die hatte nie etwas davon erwähnt, dass sie aus der Wohnung ausziehen wollte!

Normalerweise besprach sie doch immer alles mit ihren Kindern!

„Und dann hat sie ihn mit Nagellack bepinselt“, sagte Verona im gleichen Tonfall, in dem sie schon die ganze Zeit von Mona und ihrem Verehrer erzählte.

„Aha“, kam es von Tinka.

„Mensch, Tinka, du hörst mir gar nicht zu!“, beschwerte sich Verona.

„Äh … du … ich habe da gerade einen Brief gefunden. Wir ziehen von hier aus. Mum hat die Wohnung gekündigt, uns aber nichts davon gesagt.“

Pause. Verona wusste nicht, was sie dazu sagen sollte.

„Verstehst du das?“ Tinka war beunruhigt. Außerdem wollte sie nicht von hier fort. Sie hatte ein prachtvolles Zimmer mit einem superwinzigen Balkon, auf dem sie gerade stehen konnte. Sie wollte bleiben, unbedingt!

„Am besten, du fragst deine Mutter“, riet Verona.

„Das werde ich machen“, sagte Tinka, deren Gedanken nur um den Auszug kreisten. „Tschüss dann!“

„Ciao!“ Seit Verona in Italien im Urlaub gewesen war, liebte sie es, immer wieder italienische Worte einzuwerfen.

Nachdenklich drückte Tinka den AUS-Knopf des Telefons und steckte es ins Ladegerät.

Im gleichen Moment wurde ein Schlüssel ins Schloss gesteckt, Thorsten kam herein, warf seine Tasche in eine Ecke und streifte mit dem rechten Schuh den linken ab.

„Mein Moped ist schon wieder abgesoffen“, berichtete er geschafft.

„Weißt du, dass wir ausziehen?“, wollte Tinka von ihm erfahren.

Thorsten zögerte den Bruchteil einer Sekunde zu lang mit der Antwort.

„Also du weißt es“, sagte Tinka. „Hat Stan eine Ahnung?“

„Nein, und hör mal, Mum darf nicht erfahren, dass du irgendetwas von mir hast. Sie will heute ohnehin mit euch reden, aber sie hat schrecklich Schiss.“

„Wieso? Ist sie gefeuert worden? Sind wir pleite? Haben wir kein Geld mehr? Müssen wir in ein Loch übersiedeln, oder ...?“

Thorsten legte seiner Schwester beruhigend die Hand auf die Schulter. „Nur die Ruhe, nichts von alledem. Es geht um etwas ... ganz anderes.“

„Sag schon!“, bedrängte ihn Tinka. „Was ist los?“

Hinter ihnen wurde die Wohnungstür aufgeschlossen und Frau Schnabel trat ein. Sie war etwas größer als Tinka und hatte dunkelblonde Haare. An diesem Tag trug sie sie nach hinten zu einem losen Pferdeschwanz gebunden, was sie besonders jung aussehen ließ.

„Nanu, eine Versammlung?", scherzte sie. Als sie Thorstens Blick auffing, rutschten ihre Mundwinkel nach unten.

Tinka war beleidigt. Sie dachte, in ihrer Mutter eine echte Freundin zu haben. Und echte Freundinnen belügen einander nie und halten auch nichts voreinander geheim.

Tinkas Vater war bereits vor acht Jahren verschwunden. An jenem Tag hatte er mit seiner kleinen Tochter einen heftigen Streit gehabt. Tinka wollte unbedingt selbst gepflückte Blumen in eine Kristallvase stecken, die viel zu groß war. Die Blumen versanken und Tinka hatte getobt und geschrien. Als ihr Vater die Vase dann ausleeren und eine andere, kleinere nehmen wollte, war sie noch wütender geworden. Sie hatte ihm die Kristallvase entrissen, und die Vase war zu Boden gefallen und zerbrochen.

Ihr Vater war damals sehr wütend gewesen.

Am nächsten Tag verschwand er. Tinka hatte lange Zeit gedacht, er sei wegen der zerbrochenen Vase gegangen, und hatte sich schrecklich schuldig gefühlt.

In Wirklichkeit hatte Herr Schnabel seinen Auszug bereits länger geplant.

Er zog zu einer anderen Frau, in die er sich verliebt hatte, und verließ seine Familie. Ein halbes Jahr später zog er in eine andere Stadt.

Die Kinder blieben alle bei Frau Schnabel. Natürlich hätte sie ihr Vater jederzeit besuchen können, aber das tat er nicht. Er schrieb nicht einmal. Er wollte von seiner Familie nichts mehr wissen.

Die normalerweise immer ruhige, gelassene und fröhliche Tinka nannte ihn „Mistkerl“. Ihre Mutter, die mittlerweile nicht mehr seufzte, wenn sie von ihrem Ex-Mann redete, verbot Tinka den „Mistkerl“.

„Er tut mir leid“, hatte sie erst vor Kurzem zu ihr gesagt. „Er weiß genau, was er getan hat, und deshalb traut er sich wohl auch nicht, euch gegenüberzutreten. Seid ihm nicht böse, das bringt einfach nichts!“

Aber so nachsichtig wollte Tinka nicht sein. Das konnte sie einfach nicht. Das war zu viel.

Frau Schnabel nahm ihre Tochter an der Schulter und schob sie ins Wohnzimmer. Sie drückte sie sanft auf das kleine Zweiersofa, auf dem sie immer saßen, wenn sie etwas zu besprechen hatten.

„Ich … ich wollte schon so lange mit dir reden“, begann sie. „Aber … es ist nicht einfach. Ich … ich habe einfach Angst, dass du …“ Frau Schnabel brach nervös ab.

„So schlimm?“, fragte ihre Tochter.

„Nein, du hast recht. Schlimm ist es eigentlich nicht, im Gegenteil: Ich bin verliebt!“, ließ ihre Mutter die Bombe platzen. „Und nicht nur das, ich will auch wieder heiraten. Ich war so lange allein.“

„Wir zählen wohl gar nicht“, meinte Tinka gekränkt.

„Schätzchen, ihr seid meine Kinder. Aber ich … ich wünsche mir einfach einen Partner. Das ist doch etwas ganz anderes."

„Wer ist es?", fragte Tinka, sah ihre Mutter dabei aber nicht an.

„Du kennst ihn, glaube ich. Jedenfalls flüchtig. Er ist wirklich der reizendste Mensch, den ich je getroffen habe."

„Wer ist es?", wiederholte Tinka kühl. War sie beleidigt oder betroffen, konnte ihre Stimme eiskalt werden.

„Es ist … Herr Meierbeer!"

Tinka sah sie ungläubig an. Hatte sie richtig gehört? Herr Meierbeer? Lissis Vater?! Sie kannte Herrn Meierbeer, weil er ab und zu Lissi von der Schule abholte. Er sollte ihr neuer Vater werden? Einfach so? Obwohl sie noch nie mit ihm geredet hatte? Einfach nur, weil ihre Mutter sich das so ausgedacht hatte? Vielleicht sollte sie dann auch noch Papa zu ihm sagen!

NEIN! NIEMALS!

Und Lissi wäre plötzlich ihre Schwester.

IHRE SCHWESTER!

Diese Hexe wäre IHRE SCHWESTER!

Dabei wusste Mum genau, dass Tinka und Lissi einander nicht riechen konnten. Wieso tat sie ihr das nur an?

Jetzt war auch klar, warum sie die Wohnung gekündigt hatte. Sie zogen zu den Meierbeers. Vielleicht sollte Tinka dann auch noch so heißen. Meierbeer! Was für ein Horror-Name!

Tinka erhob sich ganz ruhig, sah ihre Mutter an, als wäre sie eine Fremde und sagte: „Na gut, dann heirate ihn doch! Aber ich gehe dann zum Mistkerl. Lieber bei ihm als mit Lissi in einem Haus."

Genau vor dieser Reaktion hatte sich Frau Schnabel so gefürchtet.

Mit langsamen Schritten verließ Tinka das Wohnzimmer. Ihre Mutter wollte noch etwas sagen, aber Tinka tat, als höre sie sie nicht mehr. In ihrem Zimmer ging sie zu ihrem Kleiderschrank, wo sie ein kleines Geheimversteck für Süßigkeiten angelegt hatte. Sie nahm eine Tafel Schokolade heraus und schmiss sich auf ihr Bett. Die ganze Tafel würde sie essen, Stück für Stück – ihr war jetzt alles egal, mit irgendetwas musste sie sich ja trösten …

# Herr Monsterbauer

„ICH GEH INS INTERNAT! Ich will, dass du mich morgen anmeldest!", schrie Lissi.

Ihr Kopf war knallrot, und sie klammerte sich mit beiden Händen an der Tischkante fest.

„Bitte, Lissi, jetzt reg dich nicht so auf!", versuchte Herr Meierbeer sie zu beruhigen. Allerdings hatte er genau mit dieser Reaktion gerechnet.

Frank starrte stumm vor sich hin. „Ich lasse mir von ihr bestimmt nichts sagen, das garantiere ich dir!"

David war als Einziger begeistert. „Eine neue Mami? In Ordnung, aber sie darf mich nie ins Bett schicken, mir nur Sachen kochen, die ich mag, und muss mich alles im Fernsehen anschauen lassen."

„Tinka ist eine Kitschkuh und ihre Mutter auch!", schrie Lissi.

Das war Herrn Meierbeer zu viel. Er sprang auf und wollte schon nach Lissi greifen. Mitten in der Luft zog er die Hand dann aber zurück.

„Wie kannst du über jemanden so reden, den du nicht wirklich kennst?", fragte er vorwurfsvoll. „Bin ich denn niemand? Darf ich nicht auch einmal glücklich sein und mich wieder mit einem Menschen wohlfühlen?"

„Ich will deine Freundin nicht kennenlernen", erklärte Lissi trotzig. „Und Mami hätte nie gewollt, dass du so jemanden heiratest!"

„Das glaube ich nicht. Deiner Mutter und mir ist es immer darum gegangen, dass der andere glücklich ist. Und sie wäre sicher sehr froh zu erfahren, dass ich es wieder bin. Und ich habe auch das Recht dazu."

Lissi überzeugte das wenig. Sie wusste aber auch nicht, was sie darauf sagen sollte. Stur bohrte sie ihre Fäuste in die Hosentaschen und starrte düster vor sich hin. Ohne ein weiteres Wort zu verlieren, drehte sie sich um und stapfte die Treppe nach oben.

Herr Meierbeer hörte, wie ihre Tür ins Schloss fiel.

Mit einem tiefen Seufzer ließ er sich auf seinen Stuhl sinken und lehnte sich zurück. Noch immer verlor sich Franks Blick irgendwo in der Ferne. Er sah durch das Küchenfenster, und seine Lippen waren sehr dünn. David war mit den Käsefäden beschäftigt.

„Sprichst du noch mit mir?", wandte sich der Vater an Frank. Als Antwort nahm sein Sohn die Kopfhörer, die um seinen Hals hingen, und schob sie über die Ohren. Er drehte die Lautstärke voll auf. Herr Meierbeer konnte die Musik am anderen Ende des Tisches klar und deutlich hören. Frank mussten demnächst die Trommelfelle platzen.

„Ich krieg eine Mami, die mir alles erlaubt!", sang David vergnügt.

Frank hob die Kopfhörer von den Ohren. Die Musik ertönte nun in Zimmerlautstärke.

„Von mir aus", sagte er. „Wenn du es brauchst. Aber ich lasse mir von ihr bestimmt nichts sagen." Danach widmete er sich wieder seiner Musik.

Herr Meierbeer stand auf und begann, den Tisch abzuräumen. Das Gespräch war ungefähr so schlimm verlaufen, wie er es befürchtet hatte. Wie sollte das weitergehen? Wenn er wirklich heiratete, würde es im Haus nur noch Krieg geben. Alles andere schien unmöglich. Er beschloss, Lissi später in ihrem Zimmer zu besuchen und mit ihr zu reden.

Die Frage war, ob sie mit ihm sprach. Damals, als ihre Mutter gestorben war, hatte Lissi ein halbes Jahr keinen Ton gesagt. Danach hatte sie sich ihre forsche Art zugelegt, mit der sie sich jetzt durch das Leben schlug. Sie war oft wie ein wandelndes Gewitter, hinter dem aber immer die Sonne schien.

Es klopfte leise an Tinkas Zimmertür. Tinka lag auf ihrem Bett, umgeben von ungefähr hundert Kuscheltieren. Manchmal fühlte sie sich schon zu groß für die Bären, Katzen, Hunde, Delfine, Wale und Vögel aus Plüsch. In Augenblicken wie diesem aber waren sie ihr mehr als recht. Tinka hatte zuerst ein bisschen geweint, weil sie sich von ihrer Mutter hintergangen, betrogen und verraten fühlte. Sie hätte ihr doch schon längst sagen müssen, dass sie sich mit Herrn Meierbeer traf.

„Ich brauche keinen neuen Vater!", murmelte sie immer wieder.

Nach dem Weinen hatte das Grübeln begonnen. Was sollte sie nur tun? In Tinkas Kopf tauchte eine Idee nach der anderen auf.

Abhauen?

Nein, wohin sollte sie gehen? Außerdem war ihr der Gedanke, ganz alleine vielleicht in der kalten Nacht im Freien schlafen zu müssen, absolut unerträglich.

Ihren echten Vater suchen und zu ihm ziehen?

Tinka seufzte tief. Das hatte doch keinen Sinn. Er hatte sich bisher nicht um sie gekümmert, warum sollte er es jetzt tun?

Internat?

In den Büchern hörte sich das immer toll an. Mitternachtspartys, doofe Erzieherinnen, denen man Streiche spielte, gute Freundinnen, jede Menge Spaß. Aber ob das in Wirklichkeit auch so war? Tinka bezweifelte das. So etwas gab es doch nur in Büchern!

Und wenn die neue Familie vielleicht gar nicht so schlecht war?

Dieser Gedanke kam ganz schnell, fast wie ein Blitz.

Schnaubend setzte sich Tinka auf.

Niemals! Herr Meierbeer musste ein Monsterzüchter sein, sonst hätte er keine Tochter wie Lissi. Und erzählte Lissi nicht öfters in der Schule, ihre Brüder seien Halb- beziehungsweise Voll-Ungeheuer?

Tinka glaubte jedes Wort!

Herr Meierbeer, der heimliche Frankenstein, der sich drei Monster gebaut hatte, die sich seine Kinder nannten.

Oh nein! Sie hatte wirklich nicht die geringste Lust, diesem Monsterbauer in die Hände zu fallen. Da konnte er stundenlang Süßholz raspeln, sie hatte ihn durchschaut.

Und niemals! Niemals, niemals, niemals würde sie mit Lissi unter einem Dach wohnen.

Also, was sollte sie machen?

Während sie schnaufend ausatmete, ließ sie sich zurück auf den Elefanten sinken. Tinka hatte nicht den Schimmer einer Idee, was sie unternehmen konnte.

Wieder klopfte es. Draußen fragte ihre Mutter leise: „Tinka, darf ich reinkommen?"

„Nein!", knurrte Tinka und gab sich alle Mühe, ihre Stimme beleidigt, wütend und so abweisend wie möglich klingen zu lassen.

„Dann schlaf gut, wir reden morgen noch einmal in Ruhe über alles!" Frau Schnabel fiel es nicht leicht, von der Tür wegzugehen. Viel lieber hätte sie noch ein paar versöhnliche Worte mit Tinka gesprochen. Aber es schien unmöglich.

Auch an die Tür von Lissi wurde geklopft. Herr Meierbeer stand bereits seit einer halben Stunde davor. Sein gekrümmter Mittelfinger tat ihm schon weh.

„Komm, Lissi, schließ auf, ich möchte dir noch etwas sagen!“

Zuerst hatte Lissi sich noch die Mühe gemacht, Nein zu sagen. Mittlerweile kam aus ihrem Zimmer nur noch das Geräusch eines Computerspiels.

Als das Telefon klingelte, gab Herr Meierbeer auf und ging hinunter, um abzuheben. Es war Grit Schnabel.

„Wie ist es bei dir gelaufen?“, wollte sie wissen.

„Frag nicht!“, stöhnte Herr Meierbeer und ließ sich in einen Polstersessel fallen.

„Bei mir genauso! Tinka ist durchgedreht und will nicht mit mir sprechen.“

„Lissi genauso.“

Nach einer kleinen Pause meinte Grit Schnabel hoffnungsvoll: „Die beiden werden sich schon beruhigen.“

„Es grenzt an ein Wunder, wenn Lissi ihre Meinung ändert!“, sagte Herr Meierbeer mutlos.

Die beiden plauderten noch eine Weile und versuchten, sich gegenseitig aufzubauen.

# Der unheimliche Garten

Am Schultor wurde Tinka bereits von Lissi erwartet. Die Hände in die Seiten gestemmt stand Lissi da und erinnerte an eine buckelnde Katze, die warnend fauchte.

Tinka wollte dem drohenden Krach ausweichen und versuchte, an Lissi vorbei in die Schule zu gehen, doch sie schaffte es nicht. Lissi packte sie am Arm und hielt sie fest. Tinka warf ihr einen betont gequälten Blick zu, um zu unterstreichen, wie lästig ihr Lissi war.

„Das hat deine Mutter ja schön eingefädelt", giftete sie Lissi an. „Sie hat meinem Vati schöne Augen gemacht und ihm den Kopf verdreht. Das wird sie büßen, verlass dich drauf!"

Empört rang Tinka nach Luft. „Hör mal …"

„Nein, jetzt hör DU mir mal zu: Sag deiner Mutter, sie soll sich einen anderen suchen! Wir brauchen sie nicht!"

Nach diesen Worten fühlte sich Lissi leichter, ließ Tinka einfach stehen und verschwand durch das Schultor. Tinka blieb die Spucke weg. Sie hatte mit einigem gerechnet, aber nicht mit so einer Frechheit gegen ihre Mutter. Das würde sie nicht auf ihr sitzen lassen. Wütend ballte sie die Fäuste.

„Alles klar?“, erkundigte sich Verona, die gerade aus dem Auto ihrer Mutter gestiegen war.

„Nein, nichts ist klar. Absolut nichts!“, sagte Tinka mit rauer Stimme.

Gleich nach dem Klingeln wirbelte Frau Reingard in die Klasse. „Wir brechen sofort auf!“, verkündete sie. „Ich hoffe, ihr habt alle ein kleines Mitbringsel für eure Gastgeber.“

Tinka schlug die rechte Faust in die linke offene Hand. Das hatte sie völlig vergessen! Bei Lissi konnte sie auch nichts entdecken, das nur halbwegs nach Blumen oder Pralinen aussah.

„Bitte, Frau Reingard!“ Lissi meldete sich artig wie sonst nie.

Überrascht drehte sich die Lehrerin zu ihr. „Ja, Lissi?“

„Ich gehe nicht mit der!“ Lissi deutete mit dem Kopf auf Tinka.

„Ihr habt beide Frau Schicketanz gezogen, und deshalb werdet ihr sie auch gemeinsam besuchen!“, antwortete die Lehrerin mit betont ruhiger Stimme. „Tinka und du.“

„Nein!“, sagte Lissi stur.

„Doch!“ Die Lehrerin ließ sich auf keine weitere Diskussion ein und trieb die Klasse energisch zum Aufbruch an.

Vor dem Schulhaus verteilte sie Karten, auf denen Namen und Adressen der Leute standen, die die Schüler besuchen sollten. Die Lehrerin hatte auch genau den Weg dorthin beschrieben.

„Um zwölf Uhr treffen wir uns wieder hier in der Schule, und ihr werdet kurz berichten, was ihr erlebt und erfahren habt.“

Danach zerstreuten sich alle in die verschiedenen Richtungen.

Tinka wollte ebenfalls los. Frau Schicketanz wohnte nicht sehr weit von der Schule entfernt, eigentlich genau in der Richtung, in der Lissi wohnte.

Lissi bewegte sich nicht von der Stelle.

„Worauf wartest du noch?“, wollte die Lehrerin wissen.

„Ich gehe nicht mit der!“, wiederholte Lissi stur.

Tinka fiel ausnahmsweise einmal nichts ein, was sie darauf hätte sagen können.

„Du brauchst auch nicht zu gehen, ich fahre euch beide zu Frau Schicketanz“, erklärte Frau Reingard lächelnd und öffnete die Tür ihres kleinen grünen Wagens. „Bitte einsteigen!“

Den Mädchen blieb nichts anderes übrig, als der Aufforderung zu folgen. Steif saßen sie auf der Rückbank, bemüht, nur ja nicht zur anderen zu schauen oder sie um Himmels willen vielleicht zu berühren.

Nach wenigen Minuten Fahrt hielt Frau Reingard vor einem dunklen Holzzaun mit unregelmäßigen Latten. Zwischen den hohen alten Bäumen und hinter den verwilderten Büschen war nur das grüne Dach zu erkennen.

„Meine Damen, wir wären am Ziel!“, verkündete die Lehrerin und schenkte den beiden ein strahlendes Lächeln. Es war eines dieser Lächeln, das jeden Widerspruch zwecklos machte. Lissi öffnete kurz den Mund, machte ihn dann aber wieder zu, ohne etwas gesagt zu haben.

Frau Reingard konnte der friedlichste Mensch sein. Sie konnte sich aber auch in ein Feuer speiendes Ungeheuer verwandeln, wenn sie jemand zu lange reizte. Darauf schien nicht einmal die furchtlose Lissi Lust zu haben.

Als die Mädchen auf der Straße standen, spürten sie die beobachtenden Blicke von Frau Reingard im Rücken. Zögernd machte Tinka ein paar Schritte auf das Gartentor zu. Lissi folgte mit großem Abstand und blieb hinter ihr stehen.

Staunend las Tinka, was auf der Tafel unterhalb des Briefkastens stand. Murmelnd las sie: „Klingeln nicht nötig. Schicken Sie mir einen freundlichen Gedanken, dann komme ich sofort.“

Sie hörte, wie Frau Reingard wegfuhr.

Tinka hatte keine Ahnung, wie man einen „freundlichen Gedanken“ schickt. Ihr fielen nur die Blumen ein, die sie vergessen hatte mitzubringen. So gerne hätte sie Frau Schicketanz ein paar überreicht. Nun stand sie mit leeren Händen da.

Es raschelte zwischen den Büschen.

„Ich komme schon“, rief eine singende, dünne Stimme. Auf einen Stock gestützt humpelte eine kleine uralte Frau über den Weg, der von Unkraut überwuchert war. Sie trug ein wallendes Gewand aus leuchtend orangefarbenem Stoff mit Goldstickereien und vielen spiegelnden Pailletten. Ihr weißes und sorgfältig gescheiteltes Haar hatte sie zu einem Knoten im Nacken zusammengebunden.

„Nur herein, ich bin Emma Schicketanz“, stellte sie sich vor. Sie war ein paar Schritte vom Gartentor entfernt stehen geblieben und winkte mit der freien Hand.

Tinka drückte die Klinke nieder und stieß das Gartentor auf. Dabei drehte sie sich zu Lissi um und … erschrak! Es war keine Lissi mehr da. Der Platz, auf dem sie noch vor ein paar Sekunden gestanden hatte, war leer.

Von rechts kam das Geräusch von flüchtenden Schritten. Tinka sah Lissi gerade noch um die Ecke in eine Seitengasse biegen.

Sie ließ sie einfach allein.

So ein Miststück!

„Ist etwas nicht in Ordnung?", erkundigte sich die alte Frau.

Ratlos sah Tinka sie an. Was sollte sie jetzt sagen? Sie konnte Lissi doch nicht verpetzen. So etwas tat sie nicht. Sie drehte sich zurück, lächelte Frau Schicketanz verlegen an und sagte: „Doch … äh … Guten … Tag."

„Nur herein", lud sie Frau Schicketanz kichernd ein. „Ich habe dich schon erwartet." Überrascht legte sie den Kopf zur Seite. „Aber wo ist das zweite Mädchen, das kommen sollte?"

„Die ist … äh … krank", schwindelte Tinka.

Die alte Frau sah sie mit ihren hellblauen Augen von unten an. Sie war nämlich um gut einen Kopf kleiner als Tinka.

„Krank?", wiederholte sie ungläubig. „Soso, krank. Na, hoffentlich nichts Ernstes. Aber komm nur, komm!" Sie ging voraus, und Tinka folgte ihr mit pochendem Herzen. Sie log nicht gerne. Außerdem wurde sie das Gefühl nicht los, dass die alte Frau die Lüge sofort durchschaut hatte.

„Alles in Ordnung, es ist genau die, auf die ich so lange gewartet habe", hörte sie Frau Schicketanz zu jemandem sagen.

Überrascht blickte sich Tinka um. Es war weit und breit niemand in der Nähe. Es gab nur jede Menge Löwenzahn, Disteln, hohes Gras und Büsche mit Blättern in allen Farben und Formen. Die Stämme der

Bäume am Zaun waren nicht gerade gewachsen, sondern erinnerten irgendwie an Bodybuilder, die ihre Muskeln spielen ließen.

„Wage es ja nicht …!“, sagte Frau Schicketanz.

Erschrocken drehte sich Tinka zu ihr.

Hatte sie etwas falsch gemacht? War sie irgendwo hingetreten, wo sie nicht sollte? Sie war sich keiner Schuld bewusst.

Frau Schicketanz warf strenge Blicke unter einen Strauch mit flockigen, weißen Blüten. Der Platz dort war leer. Es kroch nicht einmal ein Käfer.

Auf einmal fühlte sich Tinka beobachtet. Ihr war, als würde sie von zahlreichen neugierigen Blicken durchbohrt. Hinter ihr mussten mehrere Leute stehen. Obwohl der Tag eher kühl war, begann sie zu schwitzen.

„Komm nur ins Haus“, lud Frau Schicketanz sie ein und humpelte weiter. Das Gehen schien ihr schwerzufallen. Ihre knorrigen Finger umklammerten den Griff des Stockes so fest, dass die Knöchel fast weiß hervortraten.

Noch immer waren da die bohrenden Blicke in Tinkas Rücken. Am liebsten hätte sie sich umgedreht und die Flucht ergriffen. Frau Schicketanz erschien ihr alles andere als normal. Vielleicht war sie sogar gefährlich. Tinka las mit größter Begeisterung die gruseligsten Horrorgeschichten und liebte Sendungen im Fernsehen, in denen über wahre Verbrechen berichtet wurde. Albträume hatte sie deshalb nicht. In diesem Augenblick aber fielen ihr alle ungeklärten Morde der letzten zwanzig Sendungen ein. War da nicht immer wieder betont worden, dass die gefährlichsten Mörder völlig harmlos aussahen?

Tinka sah bereits einen Bericht über ihr eigenes Schicksal im Fernsehen. Der Sprecher, der immer so ein ernstes Gesicht machte, würde ganz besonders ernsthaft von dem interessanten Versuch berichten, ältere Bewohner der Stadt von Schülern befragen zu lassen. Man würde eine Schauspielerin, die Tinka darstellte, in den Garten gehen sehen.

„Danach tauchte das Mädchen nicht mehr auf. Wer einen Hinweis auf sie, die hellblaue Jeans, den Pulli mit den grünen Streifen oder den Lederrucksack mit ihren Schulsachen geben kann, möge bitte das Aufnahmestudio anrufen."

Mit einem heftigen Ruck drehte sich Tinka um. Wenn hinter ihr bereits die Helfer von Frau Schicketanz lauerten, dann wollte Tinka ihnen Auge in Auge gegenüberstehen. Und sie würde so laut schreien, dass alle Nachbarn sofort zusammenlaufen würden.

Hinter ihr befand sich … nichts. Nur die Baumstämme und das Unkraut, die Büsche und ein Stückchen Zaun, das noch zu erkennen war.

Nur etwas fiel Tinka auf. Irgendwie hatte sie den Eindruck, einige Äste hätten sich in ihre Richtung gebogen. So, als sähen sie ihr nach.

„Das gibt es nicht", murmelte sie.

Zu ihren Füßen raschelte es. Unter dem Strauch mit den flockigen Blüten ging ein Tier.

Es war allerdings nicht zu sehen.

Etwas strich an Tinkas Hosenbeinen vorbei. Sie kannte dieses Gefühl, denn sie konnte es nicht besonders gut leiden. So fühlte es sich an, wenn eine Katze sich an die Beine eines Menschen drängte und ihren Kopf an seinem Schienbein rieb.

ABER ES WAR KEINE KATZE DA!

„Kommst du?", hörte sie Frau Schicketanz' dünne, hohe Stimme vom Haus her.

Tinka konnte sich nicht bewegen. Sie brachte auch keinen Ton heraus. Sie schien keine Stimme mehr zu haben.

„Cosimo, lass meinen Besuch in Frieden", rief Frau Schicketanz ungehalten. Freundlicher setzte sie fort: „Keine Sorge, er tut dir nichts, Mädchen. Komm einfach weiter!"

Tinka schwitzte entsetzlich. Sie ging nicht, sie hob die Beine wie ein Storch, der durch eine feuchte Wiese stakste. Dabei kam sie sich vor wie bei einem der typischen Kindergeburtstagspiele: Flaschen werden auf den Boden gestellt, ein Kind darf üben, über die Flaschen zu steigen, ohne sie umzuwerfen. Danach werden ihm die Augen verbunden, und es muss das Ganze blind versuchen. Heimlich werden die Flaschen entfernt, und es sieht natürlich sehr komisch aus, wenn jemand die Beine hochzieht und sich größte Mühe gibt, etwas nicht zu berühren, was nicht mehr da ist.

Die Haustür war aus breiten, roten Holzbrettern gezimmert. Drei schwarze Eisenbänder hielten sie zusammen. Irgendwie erinnerte die Tür an den Eingang einer Burg. Die Tür stand halb offen, und von drinnen rief Frau Schicketanz, Tinka möge doch eintreten.

Hinter ihr maunzte eine Katze. Tinka wirbelte herum und starrte auf den leeren Weg. Mit einem großen Schritt war sie im Haus und schlug hinter sich die Tür zu. Es gab einen dumpfen Knall, als sie ins Schloss fiel. Durch die Bretter drang ein empörtes, beleidigtes Miauen.

Wo bin ich da nur hingeraten?, fragte sich Tinka ängstlich.

## Etwas Unsichtbares-Haariges

Lissi war bereits wenige Meter hinter der Straßenecke stehen geblieben. Sie freute sich diebisch über ihren plötzlichen Einfall, einfach abzuhauen und die Kitschkuh im Stich zu lassen. Hämisch grinsend rieb sie sich die Hände und kicherte vergnügt. Sie nahm ihren Hut vom Kopf, schleuderte ihn übermütig in die Höhe und fing ihn wieder auf. Das tat sie einmal, zweimal, dreimal und ein viertes Mal. Da erfasste eine Windböe den Samthut und wehte ihn über den Zaun in einen Garten, wo er zwischen einem Gartenzwerg mit Schubkarre und dem Kopf eines schlafenden Hundes landete.

Der Boxer wachte auf, hob aber nicht den Kopf, sondern nur ein Augenlid. Der Hut kümmerte ihn wenig, Lissi musterte er aber dafür umso gründlicher.

Natürlich wollte Lissi ihren Hut wiederhaben. Sie besaß zwar noch mindestens zehn weitere, aber das war unwichtig. Meistens wollte sie immer den aufsetzen, den sie gerade nicht finden konnte. Als sie sich daranmachte, über den Zaun zu klettern, erfasste ein weiterer Windstoß den Hut und wirbelte ihn wie ein welkes Blatt in die Höhe. Der Boxer sah ihm mit rot geränderten Augen nach.

Ohne den Hut aus den Augen zu lassen, lief Lissi am Zaun entlang, wieder um die Ecke zurück in die Kristallgasse. Noch immer tanzte das Stück Samt in der Luft.

Etwas kam Lissi auf einmal seltsam vor. Sie spürte keinen Wind mehr. Trotzdem aber fiel der Hut nicht zu Boden. Wie konnte das sein? Sie hatte den Blick so stark auf den Hut geheftet, dass sie gar nicht bemerkte, in welche Richtung er schaukelte. Schließlich fiel er wie ein Stein zu Boden und verschwand zwischen hohen Sträuchern.

Nummer 77 stand auf dem Schild des Briefkastens.

Nummer 77? Kristallgasse Nummer 77? Das war die Adresse von Frau Schicketanz!

„Ich will meinen Hut zurück“, knurrte Lissi entschlossen. Sie trat an die Tür und griff nach der Klinke. Im nächsten Augenblick sprang sie erschrocken zurück und starrte auf ihre Handfläche.

Zu sehen war nichts. Keine roten Punkte oder Flecken, keine Wunden, kein Blut. Dabei hatte sie doch ganz genau gespürt, wie die Klinke sie gebissen hatte.

„Blöder Trick, steht wahrscheinlich unter Strom!“, brummte sie grimmig und unternahm den nächsten Anlauf. Schlauer geworden trat sie mit dem Schuh auf die Klinke.

Hä? Das Ding ließ sich keinen Millimeter hinunterdrücken. Lissi trat noch einmal und machte auch einen dritten Versuch, aber es geschah nichts. Das Tor blieb zu.

Als sie das Schild unter dem Briefkasten las, war für sie alles klar: Frau Schicketanz hatte ohne Zweifel nicht alle Tassen im Schrank. Was hieß: „Schicken Sie mir einen freundlichen Gedanken, dann komme ich sofort!“ War Frau Schicketanz Hellseherin, oder was?

„Quatsch mit Soße“, knurrte Lissi und begutachtete den Zaun. Die Latten sahen wirklich äußerst merkwürdig aus.

„Der Tischler muss betrunken gewesen sein, als er sie zugeschnitten hat, so krumm und schief, wie sie sind“, schnaubte sie verächtlich. Auf jeden Fall war der Zaun kein Problem. Sie packte das obere Ende von zwei Latten und zog sich in die Höhe.

Zuerst war nur Zischen zu hören. Es erinnerte an Katzen. An viele Katzen. An riesige Katzen. An riesige Katzen, die fauchten.

Aaaaaa! Lissi ließ los und landete rücklings mit dem Hinterteil auf dem Gehsteig. Endlich wusste sie, woran sie die Zaunlatten erinnerten: an Katzen. Dünne, große Katzen. Die Latten waren nicht schief oder schlecht zugeschnitten, sondern hatten die Form von sitzenden Katzen.

Das wäre noch nicht so ungewöhnlich gewesen. Doch die Holzkatzen bewegten sich. Sie hatten die flachen Köpfe in Lissis Richtung gedreht und fauchten tatsächlich. Die dunklen Flecken am oberen Ende des Holzes waren keine Astlöcher, sondern Augen, die zu zornigen Schlitzen verengt waren.

Lissi atmete schwer. Hastig sah sie nach links und rechts, ob irgendjemand in der Nähe war, der ebenfalls sah, was sie sah.

Nein, nichts, niemand. Glauben würde ihr das keiner. Der Zettel fiel ihr wieder ein. Der Zettel, auf dem der Name von Herrn Linse verschwunden und der von Frau Schicketanz aufgetaucht war.

Nachdem sie mehrere Male geschluckt hatte, überlegte Lissi, was das alles bedeuten konnte. Auf jeden Fall war Tinka in dem Haus.

„Und hoffentlich ist es ein menschenfressendes Haus, das Tinka verschlingt!“, knurrte Lissi grimmig.

Ihr Hut fiel ihr wieder ein. Auch wenn Tinka ohne Weiteres für alle Zeiten hier verschwinden konnte, wollte Lissi doch unbedingt den Hut zurück.

Sie mochte Katzen sehr gern und hatte sich immer schon eine eigene gewünscht. Ihr Vater war bisher dagegen gewesen. Lissi ließ aber keine Gelegenheit aus, eine Katze zu streicheln, wenn sie ihr über den Weg lief.

„He, ich mag Katzen!“, rief sie dem Zaun zu. „Echt! Ich mag Katzen.“

Ein sanftes Schnurren erhob sich.

Was dann geschah, ließ Lissi hörbar nach Luft schnappen. Eine der seltsamen Holzlatten schwenkte zur Seite und eine hölzerne Pfote bedeutete Lissi einzutreten.

„Und wenn ich das Frau Reingard erzähle, wird sie wieder behaupten, ich flunkere.“ Da sie aber nichts ausließ, was spannend zu werden versprach, schlüpfte Lissi durch die Lücke im Zaun in den Garten.

Drinnen im Haus war Tinka von Glitzern und Funkeln umgeben. Bunte Lichtblitze und Punkte huschten über die Wände und den Boden.

„Gefallen sie dir?“, wollte Frau Schicketanz wissen.

Tinka konnte nur stumm nicken. Das Glitzern und Funkeln kam von vielen Kristallen in allen möglichen Größen und Formen. Sie standen und lagen auf Regalen, die an der Wand befestigt waren, und verliehen dem Raum einen besonderen Glanz.

„Sie säubern die Luft von bösen Geistern“, erklärte Frau Schicketanz und kicherte zufrieden. „Komm!“ Mit kleinen Schritten bewegte sie sich auf den großen Raum zu, der von dem Flur, in dem sie standen, abging. Als sie bemerkte, dass Tinka ihr nicht folgte, drehte sie sich um und sah deren ratlosen Blick auf die Bücherstapel, die sich überall türmten.

„Ich sammle Bücher, seit ich ein kleines Mädchen war“, erklärte sie und kicherte wieder, diesmal ein bisschen verlegen. „Es gibt so vieles, das man irgendwann wissen muss.“

„Aber … aber warum haben Sie keine Bücherregale?“, wollte Tinka wissen. Nie im Leben wäre sie auf die Idee gekommen, die Bücher einfach nur auf dem Boden zu stapeln.

„Regale sind mir viel zu starr und langweilig“, meinte Frau Schicketanz und rümpfte dabei die Nase. „Manchmal kippt ein Stapel um, und ich finde genau das Buch, das ich gerade unbedingt lesen wollte.“

„Aha!“ Mehr brachte Tinka im Augenblick nicht heraus.

„Komm weiter, Tinka“, lud Frau Schicketanz sie ein.

„Woher wissen Sie meinen Namen?“, fragte Tinka überrascht. „Noch dazu meinen Spitznamen?“

Die alte Frau sah sie erstaunt an. „Hast du ihn mir noch nicht gesagt?“

„Nein.“

„Dann ist er mir vielleicht gerade eingefallen. Er passt zu dir.“

„Aha!“ Tinka sah sich nach der Tür um. Wie kam sie nur möglichst schnell hier wieder hinaus?

Frau Schicketanz war bereits im nächsten Raum verschwunden. „Ich habe ein paar Kekse bereitgestellt. Du magst doch Kekse?“, hörte Tinka sie sagen.

Es blieb dem Mädchen nichts anderes übrig, als weiterzugehen.

Das Zimmer war dreimal so groß wie die Diele. Auf dem Boden lagen mehrere Teppiche übereinander. Bei jedem Schritt hatte Tinka das Gefühl zu versinken. Ein kleines Sofa, ein hoher Lehnstuhl und ein niedriger Hocker waren ebenfalls mit Teppichen belegt.

Frau Schicketanz saß neben einem kleinen Tischchen mit einem roten Kissen. In seiner Mitte thronte eine Kristallkugel in der Größe eines Handballs. Auf den Knien hielt die alte Dame einen Messingteller, auf dem sich Kekse mit weißem Zuckerguss türmten.

„Setz dich!“ Frau Schicketanz zeigte auf das Sofa. Gehorsam ließ sich Tinka nieder und legte wohlerzogen die Hände auf die Knie. Sie sah aus, als gelte es, eine Meisterschaft im Artigsein zu gewinnen.

„Deine Freundin Lissi wird auch gleich kommen“, sagte Frau Schicketanz nach einer kurzen Pause.

Tinka zuckte, als hätte ihr jemand einen Eiswürfel in den Kragen geworfen. „Sie ist nicht meine Freundin!“, protestierte sie heftig. Deutlich leiser fragte sie: „Woher wissen Sie denn, dass sie Lissi heißt?“

Ein erleichternder Gedanke zuckte ihr durch den Kopf. Bestimmt hatte Frau Reingard es ihr gesagt. Die Lehrerin dachte doch immer an alles und hatte wohl einen Zettel mit dem Namen der Mädchen in den Briefkasten geworfen.

Frau Schicketanz lächelte nur vielsagend und blieb Tinka die Antwort schuldig. Tinka spürte ihren Blick und wich ihm aus. Verlegen sah sie sich in dem Raum mit den vielen Teppichen um.

In einer Ecke standen mehrere alte Holzkisten in unterschiedlichen Größen. Auf einem Wandbord reihte sich ein Glasfläschchen an das andere. Jedes war mit einer schillernden Flüssigkeit oder einem Pulver gefüllt und beschriftet.

„Ich habe alles: von gestoßenen Fledermauszähnen bis zu den getrockneten Warzen einer Kröte", erklärte Frau Schicketanz. Es war nicht zu überhören, wie zufrieden sie mit ihrer Sammlung war.

Tinka überlegte fieberhaft, ob die Frau verrückt war. Damit sie so schnell wie möglich wieder gehen konnte, holte sie Block und Kugelschreiber aus dem Rucksack und fragte mit belegter Stimme: „Was können Sie mir alles über früher erzählen? Das sollen wir nämlich für die Schule herausfinden."

„Früher ist vorbei und morgen noch weit, was zählt, ist nur die heutige Zeit!", lautete die gereimte Antwort.

Ratlos sah Tinka von ihrem Block auf.

Die Frau war verrückt, daran bestand kein Zweifel mehr.

Beide Hände auf den Stock gestützt, sah Frau Schicketanz ihre Besucherin durchdringend an. Es war kein böser Blick, aber einer, dem sich Tinka nicht entziehen konnte. Sie schaffte es nicht einmal wegzusehen. Sie musste Frau Schicketanz in die strahlend blauen Augen blicken.

„Du bist nicht zufällig hier", eröffnete ihr die alte Dame plötzlich. „Ich habe dich und deine Freundin ... herbeigehext!" Bei diesem Wort machte sie mit den langen, dünnen Fingern der rechten Hand eine Bewegung, als würde sie feines Pulver in die Luft werfen.

Tinka dachte heftig darüber nach, wie sie von hier fortkommen könnte.

„Merk dir eines: Was du brauchst, kommt zu dir. Du wirst geradezu darüber stolpern. Merk dir das, es wird wichtig sein, wenn ich fort bin."

Tinka hatte Mühe, einen Ton herauszubekommen, aber mit aller Anstrengung schaffte sie es: „Wo ... wo ... wollen Sie verreisen?"

Frau Schicketanz überging ihre Frage. „Was immer du entdeckst, verwende es gut! Niemals zum Schaden eines anderen, stets zu seinem Nutzen, sonst trifft es dich selbst."

Tinka verstand kein Wort.

„Und passt gut auf Cosimo auf. Er bekommt aber nicht mehr als eine halbe Schale gewässerte Milch am Tag, sonst wird er zu fett."

Etwas sprang auf Tinkas Schoß.

Aber es war nichts dort.

Sie spürte jedoch genau vier Pfoten auf ihren Beinen. Und sie sah genau die Stellen, an denen sie sich in ihre Hose drückten. Als sie instinktiv versuchte, das Wesen mit der Hand zu verscheuchen, berührte sie etwas Unsichtbares-Haariges!

Mit einem Schrei fuhr sie in die Höhe.

Kreischend fiel ein Körper von ihrem Schoß zu Boden.

Mindestens ebenso laut kreischend ergriff Tinka die Flucht. Sie stürmte durch die Diele mit den glitzernden Kristallen, riss die Tür auf, stolperte hinaus in den verwilderten Garten bis zum Tor, das sich von allein öffnete und hinter ihr wieder schloss.

Keuchend stand sie nun auf der Straße.

Weit und breit war außer ihr niemand zu sehen. Hals über Kopf rannte Tinka in Richtung Schule.

# Die besten zwei

Lissis Hut lag an einer Stelle, an der Brennnesseln wucherten. Suchend sah sich Lissi nach einem Stock um, mit dem sie den Hut herausfischen könnte. Obwohl es so viele Bäume im Garten gab, entdeckte sie keinen einzigen abgebrochenen Ast.

Das Geräusch der Haustür ließ sie erschrocken zusammenzucken. Die Tür war aufgerissen worden. Von ihrem Platz hinter den Büschen aus beobachtete Lissi, wie Tinka Hals über Kopf in den Garten flüchtete und das Weite suchte.

„Typisch für die", murmelte sie spöttisch. „So feige wie die Nacht finster. Bestimmt hat Frau Schicketanz nur geniest, aber wenn man die Kitschkuh nicht am Händchen hält, macht sie sich sofort in die Hose."

Die Haustür blieb offen stehen. Nichts geschah. Lissi hörte nur ein verärgertes Maunzen, wie es ältere Hauskatzen manchmal von sich geben, wenn sie ihren Willen nicht durchsetzen können.

Neugierig reckte Lissi den Kopf, um einen Blick in das Innere des Hauses zu werfen. Jetzt, nach Tinkas Flucht, fasste Lissi schon einen Plan, was sie Frau Reingard alles über den Besuch bei Frau Schicketanz erzählen würde. Lissi wollte lügen. Sie würde das Blaue vom Himmel lügen. Sollte ihr doch jemand beweisen, dass sie gar nicht bei der alten Dame gewesen war.

„Tinka wird schon den Mund halten, allzu viel kann sie in der kurzen Zeit nicht mit Frau Schicketanz gesprochen haben", sagte sie leise zu sich selbst, um sich zu beruhigen.

„Warum stehst du da draußen und kommst nicht zu mir herein?", kam die Stimme von Frau Schicketanz aus dem Haus.

„Die denkt wohl, Tinka steht noch vor der Tür", dachte Lissi.

„Ich meine dich, Lissi!"

„Was?" Lissi schüttelte fassungslos den Kopf. Sie hatte sich bestimmt verhört. Ihr Vater behauptete immer wieder, sie hätte zu viel Fantasie. Er hatte bestimmt recht.

„Ich habe Kekse für dich, Lissi!"

Frau Schicketanz war in der offenen Tür aufgetaucht und sah genau in die Richtung, in der Lissi hinter einem Busch kauerte.

„Tststs", machte die alte Frau tadelnd. „Ich dachte, du hättest Mut."

Lissi kämpfte mit sich selbst. Natürlich wollte sie dieser komischen Frau Schicketanz beweisen, wie viel Mut sie besaß. Allerdings steckte ihr noch der Schreck über den fauchenden Zaun in allen Knochen. Und ganz ohne Grund war Tinka wohl auch nicht geflüchtet.

Hinter ihr knurrte jemand drohend. Lissi drehte sich erschrocken um, sah aber niemanden. Langsam wurde auch ihr die Sache zu unheimlich. Sie erhob sich und sah direkt in die fröhlichen Augen der kleinen, weißhaarigen Frau.

„Keine Angst vor Cosimo", rief diese beruhigend. „Solange du tust, was ich will, wird er artig sein." Als wäre das der beste Witz des Jahres, kicherte sie glucksend in sich hinein und humpelte ins Haus. „Und jetzt will ich wirklich nicht mehr länger warten müssen!"

Lissi hatte keine andere Wahl. Sie MUSSTE zu ihr. Oder?

Das Glitzern der Kristalle im Flur begeisterte auch Lissi. Mit offenem Mund stand sie da.

„Nur weiter, nur weiter", kam die Aufforderung von Frau Schicketanz.

Lissi holte tief Luft und betrat den Wohnraum. In ihrem roten, goldbestickten Kleid und mit den glatten, schneeweißen Haaren erinnerte die Frau Lissi an eine Hexe. Listig funkelte sie das Mädchen an.

„Du bist mir eine", kicherte sie.

Jetzt oder nie, dachte Lissi. Sie musste unbedingt wissen, was hier gespielt wurde.

„Sind Sie eine Hexe?“, platzte sie heraus.

„Natürlich, was hast du denn gedacht?“, antwortete Frau Schicketanz ernsthaft.

Das war selbst für die unerschrockene Lissi etwas viel.

„Es gibt keine Hexen!“

„Dann gibt's mich nicht!“ Bei diesem Gedanken wurde Frau Schicketanz von einem Lachanfall geschüttelt.

„Der Zaun … ist nur ein Trick.“

„Nur ein Trick“, echote sie.

„Sie … Sie erlauben sich nur einen Spaß mit mir.“

„Jaja, Spaß ist immer gut.“

Die alte Frau ging Lissi auf die Nerven. Wie war Frau Reingard nur auf sie gekommen? Die Lehrerin hatte wohl nicht bemerkt, dass Frau Schicketanz nicht richtig tickte.

Unter dem Kissen mit der Kristallkugel zog Frau Schicketanz zwei Zettel heraus. Sie streckte sie Lissi hin und sagte: „Nimm, die werdet ihr noch brauchen.“

Ohne sie genauer anzusehen, griff das Mädchen danach.

„Und merk dir eines gut: Cosimo hat etwas für dich!“ Die Stimme der Frau klang jetzt anders. Sie redete wie Lissis Großmutter, wenn sie ihr etwas einschärfen wollte.

„Äh … was heißt das?“, brachte Lissi mühsam heraus.

„Hihi!“ Frau Schicketanz machte ein geheimnisvolles Gesicht und zuckte mit den Schultern. „Ich wusste, dass ihr die beste Wahl seid, ihr zwei!“, sagte sie nur.

„Wir ZWEI?“ Lissi war mit einem Schlag wieder die Alte und stemmte empört die Hände in die Seite. „DIE und ich gehören nicht zusammen. Ich kann sie nicht riechen, ich kann sie nicht leiden, ich kann sie nicht ausstehen und … und … überhaupt!“

Frau Schicketanz schien sich über ihren Wutausbruch köstlich zu amüsieren.

„Ihr zwei seid die Besten!“

„Ich schon, die Kitschkuh nicht!“ Wie immer, wenn sie außer sich war, wollte Lissi an ihrem Hut herumzupfen. Aber der lag noch draußen in den Brennnesseln.

„Da, sieh nur! Cosimo mag dich!“ Mit dem ausgestreckten Zeigefinger deutete die alte Frau zu Lissis Füßen.

Dem Mädchen blieb der Mund offen stehen.

Ihr Hut kam durch die Luft geschwebt und fiel direkt vor ihr zu Boden, als hätte ihn jemand hingeworfen. Ein stolzes Schnurren ertönte und ein fester, warmer Körper drückte sich an Lissis Beine.

Das war auch für sie zu viel. Sie schaffte es gerade noch, den Hut aufzuheben, aufzusetzen und bis zu den Ohren hinunterzuziehen. Danach ergriff auch sie die Flucht. Ihre Füße liefen wie von allein. Als sie auf der Straße stand, brannte es in ihrer Brust, und sie keuchte schwer.

„Und was sagen wir Frau Reingard?“

Lissi sah auf und direkt in Tinkas Gesicht. Es trat einer der seltenen Augenblicke ein, in denen sie sprachlos war. In der Hand hielt sie noch immer die Zettel, die ihr Frau Schicketanz gegeben hatte. Sie hob sie hoch und warf einen Blick darauf. In ihren Augen stand totale Verblüffung. Stumm reichte sie die Zettel an Tinka weiter, die nicht weniger erstaunt war.

Ein Zettel war in Lissis wilder, fahriger Handschrift geschrieben, auf dem anderen war Tinkas gestochen schöne Schrift. In ihren eigenen Worten, genau so, wie sie es selbst gemacht hätten, standen Notizen über das Gespräch mit Frau Schicketanz. Sie hatte den beiden Mädchen – angeblich – von ihren Reisen um die halbe Welt erzählt. Es waren aufregende Berichte über Höhlen, in denen sie vom Wasser eingeschlossen worden war, über eine Wüstendurchquerung und eine Begegnung mit dem Yeti, dem sagenhaften Schneemenschen am Himalaja.

„Die Dame denkt an alles. Damit wir wissen, was wir Frau Reingard sagen“, erklärte Tinka trocken.

„Aber … aber … wir können doch nicht so tun, als wäre hier alles in Ordnung gewesen“, sagte Lissi und ruderte mit den Armen.

„Dann erzähl eben, was du erlebst hast", erwiderte Tinka.

Lissi kaute an ihren Fingernägeln. Sie wusste, dass das unmöglich war.

Schweigend gingen sie nebeneinander zur Schule zurück. Lissi hielt es nach einer Weile nicht mehr aus, nur vor sich hin zu grübeln. „Was hältst du von Frau Schicketanz?", platzte sie heraus. Die Frage klang ganz normal, kein bisschen Spott oder Giftigkeit war in der Stimme.

Tinka grinste verlegen. Ihr fielen ausnahmsweise nicht die richtigen Worte ein. „Also mein Bruder Stan würde sie als cool bezeichnen und Bauklötze staunen", sagte sie schließlich.

Lissi nickte zustimmend.

„Allerdings spukt es in diesem Haus!"

„Und Frau Schicketanz hat zugegeben, eine Hexe zu sein!", ergänzte Lissi.

Danach schwiegen die beiden wieder.

In der Schule wurden Tinka und Lissi als Erste aufgefordert, über ihren Besuch bei Frau Schicketanz zu berichten. Um ja keinen Fehler zu machen, lasen sie einfach von den Zetteln ab.

Die meisten in der Klasse staunten, glaubten aber kein Wort. „Das hat die doch erfunden!", rief Biz.

„Eine fantasievolle Dame", meinte Frau Reingard nur. „Ist doch nicht schlecht."

Reichlich verwirrt gingen die beiden Mädchen an diesem Freitag nach Hause. Natürlich dachten sie den ganzen Nachmittag an nichts anderes als an die Erlebnisse in der Kristallgasse 77. Beide wollten unbedingt mit jemandem darüber reden. Aber für Lissi gab es nur Tinka, die ihr glauben würde. Und Tinka hätte auch nur Lissi anrufen können.

Lissi begann mit sich selbst zu schimpfen, als sie diesen Gedanken mehrere Male hintereinander gedacht hatte.

Und Tinka hatte dreimal den Hörer in der Hand, legte aber auf, bevor noch das erste Freizeichen ertönte.

Nein, Tinka würde nicht mit Lissi reden.

Und Lissi biss sich lieber die Zunge ab, bevor sie mit Tinka sprach.

Dummme Sache.

# Zwei feindliche Katzen

Die beiden Mädchen waren den ganzen Samstag über sehr schweigsam. Ihre jeweiligen Elternteile wunderten sich nicht sehr darüber. Sie führten es auf Lissis und Tinkas Weigerung zurück, der Heirat von Frau Schnabel und Herrn Meierbeer zuzustimmen.

Der wahre Grund war natürlich ein ganz anderer. Doch weder Lissi noch Tinka brachten den Mut auf, irgendjemandem davon zu erzählen.

Herr Meierbeer und Frau Schnabel hatten einen Entschluss gefasst: Sie wollten nicht weiter auf ihre Töchter einwirken, sondern allem seinen Lauf lassen. Für den Sonntag hatten sie eine Überraschung, von der sie sich einiges versprachen.

Beim Frühstück kündigte Herr Meierbeer seinen drei Kindern einen kleinen Ausflug an.

David war sofort begeistert und wollte unbedingt den uralten Wanderhut mit dem Gamsbart aufsetzen, der früher einmal seinem Großvater gehört hatte.

Frank murmelte etwas von „null Bock", aber das überhörte sein Vater einfach. Also rüstete sich der Junge mit drei CDs aus und lud zur Sicherheit noch schnell die Akkus seines iPods auf. Unter keinen Umständen wollte er auch nur eine Sekunde echtes Vogelgezwitscher oder sonst ein natürliches Geräusch hören.

Lissi war über die Ablenkung fast dankbar. Wie ein Panther war sie die meiste Zeit in ihrem Zimmer auf und ab gelaufen und hatte an nichts anderes denken können als an Frau Schicketanz, den Katzenzaun, den unsichtbaren Kater und den Bericht, der in ihrer Handschrift geschrieben war.

Es gab keine Hexen. Davon war Lissi überzeugt. Jedenfalls war sie bis zum vergangenen Freitag davon überzeugt gewesen. Mittlerweile zweifelte sie aber ganz gehörig. Hexerei war auch die einzige Erklärung, warum auf dem Zettel, den sie in der Schule mit Elena getauscht hatte, plötzlich wieder der Name von Frau Schicketanz gestanden hatte. Die alte Frau hatte Lissi und Tinka absichtlich in ihr Haus gelockt. Aber warum und wozu? Und wenn es keine Hexen gab, was war dann die Erklärung für all die rätselhaften Sachen, die die beiden Mädchen erlebt hatten?

Frau Schnabel war beim gemeinsamen Sonntagsfrühstück aufgeregt und unruhig. Sie hatte für Thorsten, Stan und Tinka ebenfalls eine Überraschung. Sie wollte gemeinsam mit ihren Kindern einen Ausflug machen. Obwohl Tinka sie bestürmte, mehr zu verraten, war sie nicht bereit dazu.

Die Nervosität ihrer Mutter gefiel Tinka nicht sehr. Während der ganzen Fahrt im klapprigen Familienauto pinselte sie ihr Kinn mit den Spitzen einer dicken Haarsträhne.

Ziel der Fahrt war ein weißes Haus mit hohem, dunklem Dach, unter dem eine Menge Zimmer untergebracht zu sein schienen. Die Fenster waren sehr schmutzig, die Vorhänge fehlten. Das Haus wirkte unbewohnt. „Darf man erfahren, was wir hier sollen?“, fragte Stan.

„Man darf“, antwortete Frau Schnabel, deren Oberlippe zitterte. Ein Zeichen allergrößter Aufregung. „Steigt aus, ihr werdet es gleich sehen.“

Das Gartentor war aus schwarz lackierten Eisenstangen geschmiedet und stand offen. Ein schmaler Kiesweg führte zum Hauseingang. Auf einem Plattenweg konnte man das Haus umrunden. An der Rückseite befand sich eine geräumige Terrasse, die in einen Garten mit ungepflegtem Rasen, verwilderten Rosenbeeten und ehemals streng gestutzten Büschen überging. Auf der Terrasse wartete die Überraschung. Wäre nicht Thorsten hinter ihr gestanden, hätte er nicht beide Arme sofort zur Seite gestreckt, um sie aufzuhalten, wäre Tinka auf der Stelle umgekehrt und wieder gegangen.

„Willkommen!“, begrüßte sie ein strahlender Herr Meierbeer. Er war nicht weniger aufgeregt als Frau Schnabel. Beim Begrüßungskuss verfehlten sich ihre Münder, und er schmatzte ihr reichlich unbeholfen neben die Nase.

Auch Lissi war aufgesprungen. Bisher hatte sie in einem Gartenstuhl gefläzt, nun aber erinnerte sie an eine Katze, die buckelte und fauchte.

Herr Meierbeer schüttelte Thorsten überschwänglich die Hand. Tinka bekam aus dem, was sie zueinander sagten, mit, dass die beiden einander schon öfter gesehen hatten. Auch Stan wurde herzlich begrüßt und blieb dabei cool wie immer.

David lief auf Grit Schnabel zu, breitete die Arme aus und drückte sie an sich. Gerührt kniete sich Tinkas Mutter nieder.

„Du schickst mich nie ins Bett, lässt mich immer fernsehen und gibst mir nur Sachen zu essen, die mir schmecken“, erklärte er ihr gleich die Spielregeln.

Frank war aufgestanden und musterte Stan von Kopf bis Fuß.

Stan hielt seinem prüfenden Blick stand und lehnte lässig an der Hauswand.

„Willkommen in unserem neuen Heim!“, verkündete Herr Meierbeer und warf die Hände in die Luft. Er wollte wohl auf das Haus und den Garten deuten. „Soll die Hausbesichtigung vor dem Grillen oder danach stattfinden?“

„Hunger!“, meldete sich David. „Ich will Würstchen!“

„Dann bekommst du auch ein Würstchen!“, versprach ihm Tinkas Mutter sofort. Sie lächelte ihrem zukünftigen Mann schwach zu und beobachtete aus den Augenwinkeln die beiden Mädchen. Noch immer standen diese wie versteinert da.

„Wollt ihr nicht den Grill aus dem Haus holen?“, wandte sich Herr Meierbeer an die beiden, um das Eis zu brechen.

„Nein!“, sagte Lissi kalt.

Tinka schluckte nur.

„Dann … dann holen eben wir den Grill!“, lachte der Vater gekünstelt und verschwand durch die offene Terrassentür.

David stand vor dem fast zwei Meter großen Thorsten und sah nachdenklich zu ihm hoch. „Von dir hat man bestimmt eine schöne Aussicht“, verkündete er.

„Willst du es ausprobieren?“ Thorsten hob ihn auf seine Schultern, worauf ihn David sofort zum Pferd erklärte. Er klopfte ihm ziemlich unsanft auf den Kopf und die Schultern und trieb ihn an, durch den Garten zu galoppieren.

Herr Meierbeer und Frau Schnabel schleppten einen wackligen Grill aus dem Haus.

„Kann ich Feuer machen?“, fragte Stan.

„Na ja, das tut bei uns eigentlich immer Frank.“

Stan zuckte mit den Schultern, als würde es ihm nichts ausmachen, wenn er den Spaß nicht haben könnte.

„Kannst mitmachen", bot Frank dem neuen Bruder großzügig an. Die beiden holten die Säcke mit der Holzkohle und verteilten Kohlestücke im Grill. Mit viel Gekicher und jeder Menge ätzender Bemerkungen über den anderen versuchten sie dann Glut zu erzeugen. Die Stichflamme, die sie mit Hilfe des Anzündemittels erzeugten, reichte fast bis zum Dach hinauf.

Tinka schlenderte durch den Garten und schien jede Rose einzeln unter die Lupe zu nehmen. Lissi hatte sich Franks iPod genommen und hörte Musik, die sie normalerweise absolut widerlich fand. Aber Hauptsache, sie musste nicht mit Tinka reden. Unbeteiligt hockte sie im Gras und drehte allen den Rücken zu.

„Sie werden sich schon anfreunden", sprachen sich Herr Meierbeer und Frau Schnabel Mut zu.

Thorsten und David verstanden sich bestens. Der Kleine nannte den Großen schon ständig Bruder und verkündete lauthals: „Ich habe einen echten großen Bruder. Der ist urstark. Er verhaut jeden, wenn ich es ihm sage."

Frank und Stan hatten schwarze Hände und stanken, als hätten sie eine Nacht in einer Räucherkammer verbracht. Es kümmerte sie wenig, denn sie spielten mit Vergnügen die Grillmeister. Sie schafften es, so ziemlich alle Würstchen und jedes Fleischstück anbrennen zu lassen. Die Entdeckung neuer schwarzer Krusten löste jedes Mal einen Lachanfall bei ihnen aus.

Wie verfeindete Katzen schlichen Tinka und Lissi zum Grill. Nur wenn die eine weit entfernt war, kam die andere und türmte sich möglichst viel auf den Pappteller. Tinka rümpfte die Nase, weil Lissi Fleisch aß. Lissi nannte Tinka „Grünzeugfresser", weil sie hauptsächlich Salat, gegrillte Karotten und Folienkartoffeln aß.

Herr Meierbeer warf immer wieder prüfende Blicke zu seiner Tochter. Er machte sich große Sorgen, wie alles weitergehen sollte. Lissi hatte noch kein einziges Mal über das verbrannte Fleisch gemotzt. Das bedeutete, sie war mit ihren Gedanken ganz woanders. Er konnte sich denken, wo.

Schließlich waren alle satt. Frank und Stan klopften sich zufrieden auf die kleinen Bäuche, die sich unter ihren schlabbrigen T-Shirts abzeichneten, und veranstalteten ein Wett-Rülpsen.

Um den scheinbaren Frieden nicht zu stören, verkniffen sich die Eltern einen tadelnden Blick oder ein „Also bitte!".

„Und nun zur Hausbesichtigung!", lud Herr Meierbeer betont fröhlich ein. Er öffnete die Glastür, die von der Terrasse ins Haus führte und hielt sie wie ein

Hotelpage offen. „Nur hereinspaziert in die gute Stube!“

Die Mitglieder der zukünftigen Großfamilie hatten sich alle erhoben und betraten das neue Heim. Herr Meierbeer und Frau Schnabel kannten es bereits. Lissi hatte sich geweigert, es zu besichtigen, als sie kurz vor Mittag angekommen waren, Frank hatte null Bock gehabt, wie üblich. Nur David war durch alle Zimmer gesaust.

An die Terrasse schloss ein geräumiges Wohnzimmer mit einem offenen Kamin an.

„Das krieg ich!“, verkündete der Jüngste.

Frau Schnabel lachte, und Herr Meierbeer stimmte vergnügt ein.

„Nicht ganz, David. Aber du wirst auch hier sein, wie wir alle. Das ist das Wohnzimmer.“

Frank interessierte nur, ob es Anschlüsse für Kabelfernsehen oder eine Satellitenanlage gab, der Rest war ihm egal. Weil er genau die gleichen Beschäftigungen cool fand, war Stan sofort einer Meinung mit ihm.

Das war er aber eigentlich sowieso, seit Stan herausgefunden hatte, dass Frank wie er Gitarre spielte und damit die einzige Leidenschaft teilte, die Stan überhaupt hatte.

Lissi hatte die geballten Fäuste in die Taschen ihrer Latzhose gebohrt und trotzig die Unterlippe vorgeschoben.

Tinka ging mit verschränkten Armen herum und musterte alles mit aufgesetzter Gleichgültigkeit. Nur keine Begeisterung zeigen! Obwohl sie im Stillen das Haus gar nicht so übel fand.

Das Untergeschoss bot außer dem Wohnzimmer eine Küche, ein Schlafzimmer für die Eltern und drei Räume, in denen Herr Meierbeer seine Arztpraxis unterbringen wollte. „Und das Obergeschoss ist ONLY FOR KIDS!" Er war stolz auf seine „coole" englische Bezeichnung für „Nur für Kinder", erntete aber nur mitleidige Blicke.

David trampelte sofort die Holztreppe nach oben. „Das krieg ich!", hörten ihn die anderen krähen.

Stan warf Frank einen alarmierten Blick zu. „Mann, der Kleine schnappt sich das größte Zimmer!", befürchtete er. Diese Worte brachten sogar Leben in Frank, der sich normalerweise mit der Geschwindigkeit eines Faultieres bewegte.

Da nun auch die Jungen nach oben stürmten, blieben nur Thorsten und die Mädchen unten.

Bekümmert sah Frau Schnabel zu Tinka, die keine Anstalten machte, nach oben zu gehen. Von dort kam bereits Davids Geheul, weil Frank das Zimmer wollte, das David sich ausgesucht hatte. Um zu schlichten und zu beruhigen, ging Herr Meierbeer hinauf.

„Na, komm, geh auch!", raunte Frau Schnabel ihrer Tochter zu.

Um ihr einen Gefallen zu tun, begann Tinka mit dem Aufstieg. Sie gab sich größte Mühe, ihre totale Gleichgültigkeit zur Schau zu tragen.

Unter dem Dach, am Ende der Treppe, befand sich ein rechteckiger Raum, von dem fünf Türen wegführten. Tinka kombinierte: fünf Zimmer. Für jeden also ein Zimmer.

Rechts von ihr rauschte es heftig, und eine Tür ging auf. Stan kam aus einer kleinen Toilette. „Da ist ein Radio im Klopapierhalter eingebaut", berichtete er grinsend.

Durch die halb offene Tür daneben sah Tinka in ein weiß gekacheltes Bad mit einem blauen Doppelwaschbecken.

Alle Alarmglocken begannen bei ihr zu schrillen. Davids Wuschelkopf mit den abstehenden Ohren tauchte aus dem Zimmer auf, das neben dem Bad lag. „Meins!", schrie er.

Frank hatte es ihm mittlerweile bereits überlassen und sich das nächste Zimmer gewählt. Um keine Zweifel aufkommen zu lassen, dass es ihm gehörte, stand er breitbeinig in der Tür, die Hände links und rechts am Türstock.

Auf der gegenüberliegenden Seite des Vorraumes stand Stan in einer Tür. Er hatte bereits die gleiche Besitzer-Pose eingenommen und grinste Frank zu.

Hinter Tinka hatte sich nun auch Lissi in das Obergeschoss bequemt. Beide Mädchen starrten entsetzt auf die einzige Tür, die noch unbesetzt war. Beide klammerten sich an einen Hoffnungsschimmer: Hinter der Tür lag vielleicht noch ein Gang, der zu ZWEI weiteren Zimmern führte?!

Lissi bewegte sich als Erste wieder. Sie trat auf die Tür zu und stieß sie mit der Schuhspitze auf.

Sehr helles Licht fiel in den Vorraum.

„Gratuliere, ihr habt das einzige Zimmer mit Balkon. Ihr werdet es lieben“, sagte Herr Meierbeer und hörte sich dabei sehr schwach und zweifelnd an.

„Lieber kuschle ich im Zoo mit den Stinktieren als mit DER!“, zischte Lissi.

„Viel Spaß!“, wünschte ihr Tinka, „du wirst bei den Stinktieren bestimmt herzlich aufgenommen werden.“

Lissi fletschte die Zähne, als wollte sie zubeißen.

Frau Schnabel war nachgekommen, schob sich schnell zwischen die Mädchen und legte ihrer Tochter die Hände auf die Schultern. „Es ist ein riesiges Zimmer, fast so groß wie das Wohnzimmer.“

„Soll doch Stan mit Frank dort wohnen“, presste Tinka raus.

Die Jungen tippten sich gleichzeitig an die Stirn.

„Wer zuerst kommt, mahlt zuerst“, erklärte Stan altklug. „Ihr hättet ja auch gleich raufkommen können, aber wir waren schneller.“

„Genau!“ David nahm die gleiche Pose ein wie die großen Brüder.

„Halt die Klappe!", fuhr ihn Tinka an.

David riss die Augen weit auf, schluckte und begann kurz vor Überraschung auf der Stelle und in den höchsten Tönen zu heulen.

„Tinka, was soll das?", sagte Frau Schnabel vorwurfsvoll.

„Ihr bekommt auch ... einen Raumteiler", versprach Herr Meierbeer. „Das ist ein halb hohes Regal, das wir genau in der Mitte des Zimmers aufstellen."

„Vergiss es!" Lissi drehte sich um und zog ab. So laut wie möglich stampfte sie die Treppe hinunter. Eine Herde Elefanten hätte nicht mehr Lärm machen können.

Stan zuckte verständnislos mit den Schultern. „Mädchen!"

Frank grinste und nickte zustimmend.

„Mädchen!", schloss sich David altklug an und nickte wissend.

„Äh ... Jungs, warum nehmt ihr nicht das große Zimmer?", schlug Herr Meierbeer vor.

Er erntete nur steinerne Gesichter von Frank und Stan.

„Und wenn Tinka Davids Zimmer nimmt und sich Lissi mit David das Zimmer teilt?" Frau Schnabel sah ihren zukünftigen Mann fragend an.

Von unten kam Lissis Stimme, so schrill und aufgebracht, wie selten zuvor: „Niemals! Nie, nie, nie!"

# Besuche bei Nummer 77

Zwei Wochen vergingen.

Zwei Wochen, in denen Lissi und Tinka nicht ein einziges Wort miteinander sprachen. Lissi hatte sogar aufgehört, Tinka zu ärgern. Sie tat, als wäre die andere Luft.

Froh darüber war nur Frau Reingard. In den Schulstunden kam aus der Bank der beiden Mädchen kein einziges getuscheltes, gezischtes oder geflüstertes Wort.

Für Frau Reingard waren Tinka und Lissi wie Tag und Nacht. Zum Glück wissen die beiden nicht, was für ein großartiges Team sie abgeben würden, dachte sie. Bestimmt käme sie mit dem Ermahnen nicht mehr nach, wenn die zwei Freundschaft schließen würden.

Nach der Schule gingen weder Lissi noch Tinka auf dem direkten Weg nach Hause. Beide fanden immer eine Möglichkeit, durch die Kristallgasse zu schlendern und einen Blick auf das Grundstück Nummer 77 zu werfen.

Selbstverständlich gingen sie nicht gemeinsam. Sah eine die andere, so hielt sie sofort mehr Abstand oder wartete ein paar Minuten ungeduldig in einer Hauseinfahrt oder hinter einem Kiosk.

Die Mädchen machten es sich zum Hobby, einander vorzuspielen, jede wüsste mehr über das Haus und Frau Schicketanz als die andere. Jede tat, als hätte sie wieder etwas Neues entdeckt, auch wenn es gar nicht stimmte.

Am Freitag wurde Lissi von ihrer Großmutter losgeschickt, um Mehl einzukaufen. Sie nutzte die Gelegenheit zu einem Abstecher in die Kristallgasse. Als sie um die Ecke bog, sah sie vor dem Gartentor von Nummer 77 zwei Leute stehen, einen rotgesichtigen jungen Mann und eine Frau mit schlampig hochgesteckten Haaren.

Eine innere Stimme warnte Lissi weiterzugehen. Sie blieb an der Straßenecke stehen und ließ die beiden nicht aus den Augen.

„Tante Emma, Besuch ist da. Deine Großnichte Nora und dein Großneffe Gunther!“, hörte sie den Mann rufen.

Die Frau zupfte an ihren Haaren herum. Sie trug ein pinkfarbenes T-Shirt und eine enge, schwarze Hose. Die hohen Stöckel ihrer Schuhe schienen ihr Beschwerden zu bereiten. Sie schwankte ständig leicht.

Wütend trat Gunther gegen das Gartentor.

Lissi riss die Augen auf. Sie hatte sich nicht getäuscht. Es war tatsächlich geschehen: Eine Latte des Tores hatte zurückgetreten und Gunther direkt am Schienbein getroffen.

Er verzog das Gesicht vor Schmerz, hielt sich die schmerzende Stelle und hüpfte wie ein Storch auf einem Bein über den Gehsteig.

„Tante Emma, jetzt mach endlich einmal auf, wir müssen mit dir reden!", rief Nora ungeduldig. „Du kannst nicht allein in diesem Haus bleiben."

Es gab keine Reaktion. Frau Schicketanz hörte sie nicht oder antwortete einfach nicht.

„Wir warnen dich", rief Gunther, bei dem der Schmerz nachgelassen zu haben schien. „Wenn du nicht mit uns sprichst, lassen wir dich entmündigen und stecken dich in ein Heim."

Mit aller Kraft trat ihm Nora auf die Zehen. Gunther krümmte sich, weil es so wehtat, und zischte ein „Warum?".

„Das braucht sie doch nicht zu wissen", zischte Nora wütend.

Lissi wusste, was „entmündigen" bedeutete: Jemand wurde für halb verrückt erklärt und durfte nicht mehr für sich sorgen. Na ja, ganz normal hatte Frau Schicketanz nicht gewirkt. Verrückt aber auch nicht. Sie überlegte, ob sie mit den beiden sprechen und von der Begegnung vor zwei Wochen erzählen sollte. Da ihr aber weder Gunther noch Nora sonderlich sympathisch war, ließ sie es bleiben.

Ein paar Tage später begegnete Tinka den beiden. Sie sah, wie Gunther ein Päckchen über den Zaun warf. Mit lauter Stimme rief er: „Wir haben dir Kuchen mitgebracht, Tante Emma. Du magst doch Kuchen, oder?"

Auf dem Grundstück blieb es völlig still.

„Hör zu, wir haben hier auch etwas vom Rechtsanwalt dabei, das wir dir zeigen wollen. Es ist wichtig für dich. Du kannst doch nicht ewig hier allein wohnen. Wir wollen dir helfen, Tantchen."

Tinka hatte ein sehr feines Gehör dafür, ob etwas ehrlich gemeint war oder nicht. Gunther hörte sich ganz und gar nicht aufrichtig an. Sie glaubte nicht, dass er „helfen" wollte. In ihrem Inneren freute sich Tinka, dass Frau Schicketanz sich taub stellte.

Der Mann und die Frau hatten ihr Auto nahe bei der Stelle geparkt, an der Tinka stand. Als sie die beiden auf sich zukommen sah, bückte sie sich schnell und tat so, als müsse sie sich gerade ihre Schnürsenkel binden.

„Entmündigen, das ist die einzige Chance", hörte sie Gunther sagen.

„Leider ist das nicht so einfach. Dazu sind Untersuchungen nötig, und Tantchen lässt sicher keinen Arzt an sich heran. Erinnere dich, was geschehen ist, als wir zu ihr reinwollten."

„Na und? Sie hat wohl das Gartentor unter Strom gesetzt, und wir haben einen Schlag abgekriegt. Wir überlassen das der Polizei, die soll Tante Emma aus dem Haus holen. Wir werden es schon schaffen, dass sie für verrückt erklärt wird. Da wir ihre einzigen Verwandten sind, bekommen wir sicher das Sorgerecht oder wie das heißt, und damit auch das Haus und den Garten. Tante Emma kommt in ein Heim, und dort bleibt sie." Gunther rieb sich zufrieden die Hände.

Noras Augen leuchteten gierig. „Und wenn wir Haus und Grundstück verkaufen, haben wir endlich genug Geld, um unsere ganzen Schulden zurückzuzahlen."

„Ganz richtig. Und die Preise für Häuser in dieser Gegend sind in letzter Zeit sehr gestiegen. Eine Goldgrube."

„An die Arbeit!", gab Gunther das Zeichen zum Start.

Tinka stand auf und ging weiter. Sie widerstand der Versuchung, sich umzudrehen. Die beiden Leute waren wirklich widerlich. Gerne hätte sie Frau Schicketanz gewarnt und erzählt, was die zwei vorhatten. Aber wie?

Ganz einfach. Sie musste sich nur vor das Gartentor stellen und ihr freundliche Gedanken schicken, so wie sie das auf der Tafel schrieb. Bestimmt würde es funktionieren, wie beim ersten Mal.

Tinka kamen Zweifel: Und wenn Frau Schicketanz doch gefährlich war? Wenn sie tatsächlich nicht ganz normal war? Nicht richtig tickte? Tinka fielen einige Bücher ein, die sie in letzter Zeit verschlungen hatte. In einem war es um ein Feriencamp gegangen, in dem alles auf den ersten Blick völlig normal ausgesehen hatte. In Wirklichkeit aber war der Campleiter total durchgeknallt. Er hatte Jungen und Mädchen entführt und in eine Höhle gesperrt, in der sie um ein Haar ums Leben gekommen wären. Dabei hatte ihm keiner angemerkt, was mit ihm los war.

Frau Schicketanz selbst war Tinka gar nicht so entsetzlich ungewöhnlich oder gefährlich erschienen. Es waren mehr der Garten und das Haus gewesen.

Es kostete sie einige Überwindung, vor dem Tor zu stehen und möglichst gut über Frau Schicketanz zu denken. Sie stellte sich wieder viele Blumen vor und wartete.

Aber das Tor blieb geschlossen.

Tinka dachte angestrengter an die Blumen.

Ohne Erfolg.

Schließlich legte sie die Hand auf die Klinke, um das Gartentor zu öffnen.

„Aua!“ Erschrocken sprang sie zurück. Die Klinke hatte sich auf einmal glühend heiß angefühlt.

Pustend stand Tinka da und beobachtete, wie die Haut ihrer Handfläche rot wurde. Das Brennen ließ nach, aber der längliche Fleck blieb.

Tinkas Verdacht, dass mit dem Garten und dem Haus einiges nicht stimmte, erhärtete sich. Mit schnellen Schritten ging sie weg, drehte sich aber immer wieder um und warf einen Blick zurück.

Irgendwie sah es aus, als wäre die Zeit bei der Nummer 77 stehen geblieben.

## Ein Brief vom Rechtsanwalt

Für den Kauf des neuen Hauses hatte Frau Schnabel alle ihre Ersparnisse lockergemacht. Eine Zeit lang hieß es für die Familie sparen, sparen, sparen. Aus diesem Grund mussten sie auch so schnell aus der Wohnung ausziehen. Die Miete kostete Geld, und das wurde dringender für das neue Haus benötigt.

Das gleiche Problem hatte auch Herr Meierbeer. Das Haus, in dem er mit seinen drei Kindern zur Zeit wohnte, hatte er zu einem guten Preis verkaufen können. Einzige Bedingung des Käufers: Die Meierbeers mussten innerhalb von drei Wochen ausziehen.

In beiden Familien brach große Hektik aus. Das neue Haus benötigte dringend eine Generalreinigung vom Keller bis zum Dach. Zahlreiche kleinere und größere Reparaturen waren notwendig, und die Zimmer mussten alle neu tapeziert werden. Frau Schnabel wollte außerdem, dass die Teppiche shampooniert und die Fenster auf Hochglanz gebracht wurden.

Jedes Mitglied der neuen Großfamilie bekam eine Arbeit zugeteilt.

„Ich will ins Internat!", erklärte Lissi immer wieder trotzig.

Ihr Vater überhörte es einfach.

Um Streit mit Tinka zu vermeiden, übertrug er Lissi die Aufgabe, Küche und Schlafzimmer mit einem neuen Farbanstrich zu verschönern. Sie tat es mit Schwung, drei umgeschütteten Farbeimern, einer Farbüberschwemmung auf dem Teppichboden und einem Kurzschluss, der fast alle Glühbirnen im Haus platzen ließ. Danach bekam sie frei.

Tinka litt jedes Mal Höllenqualen, wenn sie mit ihrer Mutter zum neuen Haus fuhr. Sie hasste es. Sie wollte hier nicht einziehen. Sie wollte ihr altes Zimmer mit dem Balkon behalten. Das neue Zimmer besaß zwar auch einen Balkon, aber den würde sie mit Lissi teilen müssen – daran führte offensichtlich kein Weg mehr vorbei. Tinkas Aufgabe war der Garten, der schon lange nicht gepflegt worden war. Unkraut zupfen, Blumen pflanzen und Rasen mähen empfand sie als halbwegs erträglich. Da es außerdem fast jeden Tag in Strömen regnete, hatte sie kaum Arbeit.

Für beide Mädchen gab es aber einen noch größeren Albtraum als das gemeinsame Zimmer. Dieser Albtraum hieß „Brüder". Frank und Stan verstanden sich prächtig und ließen keine Gelegenheit aus, einem der Mädchen einen Streich zu spielen oder dummme Bemerkungen über sie zu machen. Selbst Thorsten unterrichtete David bereits darin, wie man seine Schwester am besten zur Weißglut brachte, und der Kleine war ein sehr gelehriger Schüler.

Zwei Tage vor dem Umzug in das gemeinsame Haus gab es jedoch ein Ereignis, das alles verändern sollte. Als Tinka und Lissi zu Mittag aus der Schule heimkamen, wurden sie bereits erwartet. Lissi von ihrem Vater, Tinka von ihrer Mutter.

„Hast du etwas ausgefressen, von dem du mir nichts erzählt hast?", erkundigte sich Frau Schnabel besorgt.

Tinka nahm sofort eine Haarsträhne und pinselte sich das Kinn. Ihr fiel natürlich Frau Schicketanz ein, allerdings hatte sie dort nichts ausgefressen. Oder?

Die Pause, die entstand, war Tinkas Mutter zu lang. „Was verschweigst du mir?"

Oh nein, nur nicht das Misstrauen einer Mutter wecken. Das war entsetzlich, weil es meistens ein längeres und sehr intensives Verhör auslöste.

„Ni... nichts", stotterte Tinka. „Wieso?"

Frau Schnabel winkte mit einem länglichen Briefumschlag. „Der ist heute gekommen. Per Einschreiben. Von einem Dr. Wolfgang Hüter, einem Rechtsanwalt."

Tinka schluckte heftig. Rechtsanwalt klang immer ein bisschen so, als hätte man etwas ausgefressen und müsse nun dafür bezahlen.

„W… was steht drin?“

„Ich habe ihn nicht geöffnet, weil er an dich adressiert ist!“ Frau Schnabel reichte Tinka den Brief. Der Umschlag war aus glattem, weißem Papier und nicht sehr dick. Mit dem Messer, das ihr die Mutter reichte, schlitzte Tinka den Umschlag auf. Ihre Finger waren ganz feucht, als sie einen Bogen edles Briefpapier herauszog und auffaltete.

*Sehr geehrte Frau Tinka Schnabel,*
*ich vertrete rechtsfreundlich Frau Emma Schicketanz, die mich beauftragt hat, Ihnen etwas zu übergeben. Dafür bitte ich Sie, umgehend in meine Kanzlei zu kommen.*

Tinka ließ den Brief sinken. Sie wollte ihn ihrer Mutter geben, die aber nicht mehr vor ihr stand. Sie war neben Tinka getreten und hatte über ihre Schulter mitgelesen.

„Wer ist Frau Schicketanz?“, wollte Grit Schnabel sofort wissen.

„Lange Geschichte“, sagte Tinka leise. Es hörte sich nicht an, als wäre Frau Schicketanz irgendwie böse. Aber was wollte sie Tinka übergeben und wieso bei einem Rechtsanwalt?

Das Telefon klingelte, und Frau Schnabel hob ab. Es war Herr Meierbeer, der ihr von einem Rechtsanwaltsbrief berichtete, den Lissi erhalten hatte.

„Geht es darin um eine Frau Schicketanz, von der der Anwalt Lissi etwas übergeben soll?", fragte Tinkas Mutter.

„Woher weißt du das?" Herr Meierbeer war echt verwundert.

„Tinka hat den gleichen Brief erhalten."

Herr Meierbeer übernahm die Aufgabe, den Anwalt anzurufen. Er wollte unbedingt mehr über die ganze Sache erfahren, erhielt am Telefon aber keine Auskunft. Die beiden Mädchen mussten persönlich in der Kanzlei erscheinen und einen Ausweis mitbringen.

Frau Schnabel bestand darauf, dass Tinka einen Rock und die hellblaue Bluse anzog, die für besonders festliche Anlässe im Schrank hingen. Da sie sehr aufgeregt war, ließ sich Tinka dazu ohne Widerspruch überreden.

Die Kanzlei des Anwalts befand sich in einem alten Haus mit dunkelgrauer Außenmauer und jeder Menge Verzierungen über den Fenstern. Sie lag im zweiten Stock und roch nach altem Papier, Tinte und Leim.

Es gab ein winziges Wartezimmer mit vier Stühlen und einem Tischchen, auf dem sich vergilbte Zeitschriften türmten.

Herr Meierbeer verzog erstaunt das Gesicht, da die Zeitschrift, die zuoberst lag, laut Datum mehr als vierzig Jahre alt war.

Eine hohe, dunkelbraune Holztür wurde geöffnet, und ein sehr rundes Gesicht mit einer dicken Hornbrille erschien.

„Frau Schnabel und Frau Meierbeer?“

Da die Mädchen noch nie so angesprochen worden waren, reagierten sie zuerst nicht.

„Jaja, das sind unsere Töchter, wir sind die Eltern“, beeilte sich Herr Meierbeer schnell zu sagen.

„Bitte kommen Sie weiter!“ Die Tür wurde aufgezogen, und vor ihnen stand ein pummeliger Mann in einem grauen Wollanzug. Seine wenigen Haare hatte er in der Mitte gescheitelt und glatt nach beiden Seiten frisiert.

„Setzen Sie sich, bitte!“ Er zeigte auf zwei Stühle vor seinem Schreibtisch. Die Eltern schoben die Mädchen darauf zu und drückten sie nieder. Sie selbst blieben dahinter stehen.

„Ich bin Dr. Hüter, und jetzt hätte ich gerne Ihre Ausweise gesehen!“ Der Anwalt sah die Mädchen erwartungsvoll an. Hastig fummelten sie ihre Schülerausweise aus der Tasche und reichten sie ihm. Er las die Namen und nickte zufrieden.

„Sie beide kennen Emma Schicketanz?“

Tinka und Lissi nickten. Auf dem Weg zum Anwalt hatten sie ihren Eltern erzählt, wie sie die alte Dame kennengelernt hatten.

„Frau Schicketanz ist für längere Zeit verreist“, setzte Dr. Hüter fort.

Das erklärte die Stille im Garten.

„Sie hat mich vor ihrer Abreise gebeten, Ihnen diesen Brief zu übergeben." Er drehte sich mit seinem Stuhl um und holte einen purpurroten Umschlag aus einem altmodischen, dickwandigen Tresor. Vorsichtig, als wäre er aus Glas, übergab er ihn den beiden Mädchen.

Weder Tinka noch Lissi griffen zu.

„Er ist für Sie!", sagte der Anwalt und klang ein wenig ungeduldig.

Tinka nahm ihn behutsam entgegen.

„He, er ist für uns BEIDE!", protestierte Lissi.

„Kinder, bitte!" Herr Meierbeer warf dem Anwalt einen entschuldigenden Blick zu.

„Willst du ihn öffnen?", bot Tinka an.

„Klar!" Lissi bohrte den Finger unter die Lasche des Umschlags und riss das Papier auf. Ein doppelt gefalteter Bogen rutschte heraus. Sie öffnete ihn und begann sofort zu lesen.

„Er ist für uns BEIDE!", erinnerte sie Tinka.

Mit einem Schnauben legte Lissi den Brief zwischen die beiden auf den Tisch. Sie beugten sich vor und lasen. Da ihre Köpfe nahe beisammen waren, konnten ihre Eltern nicht mitlesen. Sie hörten nur leise verwunderte Ausrufe, wie: „Hä? … Was soll das heißen? … Wieso? … Gibt's doch nicht."

Fast gleichzeitig richteten sich die Mädchen wieder auf und sahen den Anwalt ratlos an. Endlich konnten auch Herr Meierbeer und Frau Schnabel lesen, was in dem Brief stand. Seltsam erschien ihnen sofort, dass in einigen Sätzen Lücken mit schwarzen Linien klafften. Für ihre Töchter gab es diese Lücken nicht. Sie konnten alles lesen, auch was über den Strichen stand:

*Meine liebe Tinka, meine liebe Lissi,*

*ich wusste, ihr seid beide großartige Mädchen und genau die Richtigen. Aus diesem Grund habe ich euch auch zu mir geholt. Wundert euch von jetzt an über nichts. Ihr wisst, wie man mein Haus betreten kann. Holt bitte den Folfonia-Schlüssel und bringt ihn Dr. Hüter. Er wird euch dann alles Weitere erklären. Ich verlasse mich ganz auf euch.*

*Eure Emma Schicketanz*

„Können Sie uns mehr sagen? Was hat der Brief zu bedeuten?“, wollte Frau Schnabel wissen.

Der Anwalt legte die Fingerspitzen aufeinander und sah die Anwesenden über den Rand seiner Brille an. „Ich brauche den Schlüssel. Erst dann bin ich befugt, weitere Erklärungen abzugeben.“

„Aber unsere Töchter können doch nicht einfach in das Haus dieser Frau Tanzinger eindringen“, gab Herr Meierbeer zu bedenken.

„Schicketanz! Sie heißt Schicketanz“, verbesserte ihn der Anwalt.

„Wie sollen sie in das Haus, OHNE Schlüssel?“, fragte Frau Schnabel verwundert.

Der Anwalt kicherte und klang irgendwie vergnügt. „Meine Mandantin hat den Mädchen alles erklärt. Die beiden schaffen das schon.“ Er zwinkerte Tinka und Lissi aufmunternd zu. Danach erhob er sich als Zeichen, dass alles erledigt und besprochen war. „Ich erwarte Sie in spätestens drei Tagen mit dem Schlüssel. Achten Sie darauf, dass er nicht in falsche Hände kommt. Wer ihn mir bringt, wird …“ An dieser Stelle brach er ab und legte eine Hand auf seinen Mund, als hätte er schon zu viel verraten.

Als sie wieder auf der Straße standen, musterten Vater und Mutter ihre Töchter eingehend. „Könnte es sein, dass ihr uns nicht alles gesagt habt?“, begann Frau Schnabel vorsichtig.

„Frau Schicketanz ist eine … schrullige alte Dame“, gab Tinka vorsichtig von sich.

Lissi nickte zustimmend.

„Und was werdet ihr tun?“, fragte Herr Meierbeer.

Unschlüssig trat Tinka von einem Bein auf das andere. Niemals würde sie allein dieses Haus betreten. Lissi hatte einen ähnlichen Gedanken. Frau Schicketanz hatte doch behauptet, sie sei eine Hexe. Vielleicht war das Haus verhext. Lissi fürchtete wirklich nicht sehr viel, solange sie alles unter Kontrolle hatte.

Das Haus und der Garten machten aber nicht den Eindruck, als würden sie sich kontrollieren lassen. Dort geschahen Dinge …

„Wir gehen hin und regeln das", hörte sich Lissi sagen. Sie war einfach damit herausgeplatzt. Das geschah öfter bei ihr, vor allem, wenn sie unsicher war. Die anderen, wie zum Beispiel auch Tinka, hielten es für Unerschrockenheit.

„Wir?", wiederholte Tinka ungläubig.

„Ja, wir!", bestätigte Lissi. Sie fand, dass Tinka ausnahmsweise einmal zu etwas nutze war. Lissi hatte keine Lust auf einen Alleingang.

Im Gesicht von Herrn Meierbeer schien die Sonne aufzugehen. Seine Tochter wollte gemeinsam mit der zukünftigen Schwester etwas tun. Das war doch ein erster Schritt zur Versöhnung!

Auch Frau Schnabel war das WIR nicht entgangen. Um den Funken Frieden nicht zu zerstören, schluckte sie alle Bedenken. So gefährlich konnte das Haus einer alten Frau nicht sein.

„Und wann werdet ihr hingehen und das regeln?" Herr Meierbeer redete ganz vorsichtig, als könnte ein einziges falsches Wort alles zerstören.

Tinka wollte Lissi in Sachen Mut nicht nachstehen und erklärte: „Am besten … jetzt gleich. Könnt ihr uns in der Kristallgasse 77 absetzen?"

Lissi warf ihr von der Seite einen verwunderten Blick zu. Tinka war also dabei.

Der Katzenzaun fiel Lissi ein. „Aber … aber ihr müsst weiterfahren. Wir erledigen das allein. Klar?“

„Klar … jaja!“ Vor lauter Freude über die plötzliche Einigkeit der beiden Mädchen war Herr Meierbeer zu allem bereit. Da Tinkas Mutter dringend zum neuen Haus musste, um dort Frank und Stan beim Renovieren zu unterstützen, wollte Lissis Vater die Mädchen in die Kristallgasse bringen.

Als er bei Nummer 77 hielt, betrachtete er durch das Wagenfenster den seltsamen Zaun.

„Die Zaunlatten sehen … wie Katzenbilder aus“, murmelte er.

„Da täuschst du dich“, sagte Lissi schnell. Sie verabschiedete sich von ihrem Vater, indem sie ihn hinter dem Ohr kitzelte, und stieg aus. Tinka folgte ihr.

Vor dem Gartentor hatte Lissi etwas Wichtiges zu sagen. „Glaub ja nicht, dass plötzlich alles Friede, Freude, Eierkuchen ist. Klar?“

Tinka lächelte sie huldvoll an und sagte sanft: „Schätzchen, das hier ist eine reine Zweckgemeinschaft, keine Freundschaft.“

„Zweckgemeinschaft?“, wiederholte Lissi, die das Wort noch nie gehört hatte.

„Ja, wie die kleinen Fische, die am Körper eines Hais kleben. Sie reinigen ihm die Haut, und deshalb frisst der Hai sie auch nicht.“

„Aha!“ Lissi überlegte kurz, ob mit den „kleinen Fischen“ sie gemeint sein könnte. Um auch etwas

Kluges von sich zu geben, sagte sie: „Wir erledigen das da, weil … weil …“ Lissi wollte den wahren Grund nicht zugeben. Sie platzte vor Neugier zu wissen, warum die alte Dame ihnen die seltsame Aufgabe übertragen hatte.

„Ja, klar!“, erklärte Tinka und bemühte sich, lässig zu klingen. Wieder einmal fasste sie nach einer Haarsträhne und pinselte sich das Kinn.

„Hör damit auf, das regt mich auf!“, fuhr sie Lissi an. Tinka äffte sie stumm hinter ihrem Rücken nach und pinselte noch heftiger. Sie war sehr beruhigt, als sie sah, dass auch Lissi äußerst nervös an ihrem Hut herumzupfte.

Als die Mädchen dicht vor dem Gartentor standen, öffnete es sich einladend von allein. Bevor die Angst sie wieder übermannte, hatten sie schon den Garten betreten.

## Der Folfonia-Schlüssel

Weder Tinka noch Lissi hatten die beiden Leute in dem dunkelblauen Lieferwagen bemerkt. Der Wagen stand schräg gegenüber auf der anderen Straßenseite.

„Wach auf, du Schnarchsack!" Nora rammte dem schlafenden Gunther den Ellbogen in die Rippen. Verschlafen richtete sich Gunther auf und hatte Mühe, sich zurechtzufinden. Wo war er? Wieso schlief er so verdreht und verkrümmt auf einem durchgesessenen Sitz in einem alten Wagen, in dem es nach Rauch stank?

„Zwei Mädchen sind gerade reingegangen", berichtete Nora.

„Das gibt's nicht", brummte Gunther und gähnte wie ein Nilpferd.

„Das gibt's doch!", fauchte ihn Nora an. „Die beiden kennen wohl den Trick, wie man das Gartentor öffnet."

„Ich kenne ihn auch", knurrte Gunther drohend und nahm die schwere Zange hoch, die neben ihm auf dem Sitz lag. Nora und er hatten beschlossen, gewaltsam in das Grundstück einzudringen. Tante Emma musste aus dem Haus. Sie brauchten das Grundstück, um es zu verkaufen. Gunther hatte beim Kartenspielen viel Geld verloren, und Nora war einkaufssüchtig. Ihre letzte Rettung war Tante Emma. Da sie freiwillig nichts herausrücken wollte, würden sie nun etwas mehr Druck machen.

„Ich wette, Tante Emma hat die beiden beauftragt, ihr Milch und Brot zu kaufen, oder so", sagte Nora nachdenklich. Sie stützte sich mit beiden Händen auf das Lenkrad und ließ das Gartentor nicht aus den Augen. Vielleicht gab es noch eine andere Möglichkeit, an die Tante, das Geld, das Haus und den Garten heranzukommen.

Lissi und Tinka gingen dicht nebeneinander. Ihre Schultern berührten sich, aber es schien sie diesmal nicht zu stören. Tinka hatte den Kopf eingezogen, Lissi hingegen hatte sich aufgeplustert wie ein Vogel, der einen Gegner abschrecken wollte.

Die Blicke der Mädchen wanderten ständig nach allen Seiten. War da etwas? Beobachtete sie jemand?

Unter ihren Schuhen knirschte der Kies. Raschelte ein Blatt, drehten sie sofort die Köpfe in die Richtung, aus der das Geräusch kam.

Meter für Meter legten sie zurück. Sie schienen sich in einem ganz normalen Garten zu befinden. Es gab keine starrenden Blicke. Keine unsichtbaren Tiere. Keine Frau Schicketanz, die mit Leuten oder Wesen sprach, die nirgendwo zu sehen waren.

Auch das Haus wirkte verlassen und still. Kein Rauch aus dem Schornstein, die Fensterläden im oberen Stockwerk geschlossen. Ebenso die mächtige Tür.

„Was ist ein Folfonia-Schlüssel?", fragte Tinka flüsternd.

„Woher soll ich das wissen?", brummte Lissi ungehalten.

Tinka biss sich auf die Zunge. Wozu nur hatte sie gefragt?

„Ins Haus kommen wir nie hinein", entschlüpfte es Lissi.

„Alte Schwarzseherin", schimpfte Tinka. Sie trat an die schwere rote Holztür und betrachtete sie prüfend. Es gab weder Klinke noch Schloss, nur einen dicken schwarzen Eisenring, der in Augenhöhe in der Mitte der Tür angebracht war.

„Aufmachen!", rief Lissi und trommelte mit den Fäusten gegen das Holz. Ihre Schläge hallten im Haus, als läge hinter der Tür eine riesige Halle. „Aufmachen!"

Die Tür bewegte sich keinen Millimeter.

Lissi legte eine kurze Pause ein, sammelte neue Kräfte und setzte das Trommeln dann fort. Als es nichts nützte, versuchte sie, mit den Fingern die Eisenbänder zu greifen und daran zu ziehen. Es brachte nichts.

Schließlich fiel ihr noch der Eisenring auf. Er war beweglich in einer Schlinge befestigt und ließ sich anheben. Heftig ließ sie ihn auf das Holz niederfallen. Aber auch dieses Klopfen nützte nichts.

„Da kommen wir nicht rein“, wiederholte Lissi.

Tinka strich sich das Haar hinters Ohr. „Irgendwie muss es funktionieren.“

Lissi machte mit der Hand eine lässige, einladende Bewegung zur Tür. „Na, dann probier du es doch!“

In Tinka erwachte der Ehrgeiz, es zu schaffen. Sie erinnerte sich an die Tafel am Gartentor. Statt zu klingeln, genügte es, Frau Schicketanz freundliche Gedanken zu schicken. Also stellte sie sich vor die Tür und dachte: Könntest du bitte aufgehen, wir sollen hier einen Schlüssel finden und dazu müssten wir ins Haus.

Mit einem lang gezogenen, seufzenden Knarren schwenkte die Tür auf. Aus der Diele kam das Funkeln der Kristalle.

Lissi blieb der Mund vor Staunen offen. „Wie hast du das gemacht?“, wollte sie wissen.

Ein triumphierendes Lächeln huschte über Tinkas Gesicht. Sie zuckte mit den Schultern und sagte locker: „War nicht schwierig. Ich habe die Tür einfach gebeten, uns reinzulassen.“

Es war für Lissi unmöglich, ihre Überraschung zu verbergen. Seite an Seite betraten sie das Haus und blieben knapp hinter der Tür stehen. Beiden ging die gleiche Frage durch den Kopf: „Wo sollte sich dieser Schlüssel befinden? Und wie sah er wohl aus?"

Die Tür zu dem Zimmer mit den Bücherstapeln stand halb offen. Tinka ging vorsichtig näher und öffnete sie bis zum Anschlag. Lissi warf einen Blick in den Raum und lächelte: „Gefällt mir", sagte sie, als sie das Durcheinander sah.

„Frau Schicketanz hat mir einiges gesagt", erinnerte sich Tinka. „Dass es so vieles gibt, was man irgendwann wissen muss."

In der Atmosphäre des Hauses kehrte ihre Erinnerung zurück. Die alte Frau hatte ihr angekündigt, bald nicht mehr da zu sein. Außerdem hatte sie schon damals gesagt, dass sie die beiden Mädchen „herbeigehext" hatte. Und noch etwas war da gewesen, das mit stolpern zu tun hatte. Tinka würde alles bekommen, was sie brauchte, ja geradezu darüber stolpern.

Was hatte sie damit gemeint?

„He, coole Maske!", sagte Lissi neben ihr und deutete auf die Wand neben dem Fenster. Dort hing etwas, das wie ein längliches Gesicht mit riesigen Augen und einem weit geöffneten Mund aussah. Lissi drängte sich an Tinka vorbei und stieß sie dabei so heftig, dass sie zur Seite stolperte.

„He, pass doch auf!“, protestierte Tinka und ruderte wild mit den Armen.

Zu spät. Sie konnte das Gleichgewicht nicht halten und fiel genau zwischen zwei Bücherstapel. Die Bücher gerieten ins Rutschen und polterten zu Boden. Der Staub, der sich schon längere Zeit auf ihnen angesammelt haben musste, erhob sich in einer grauen Wolke.

Mit den Händen versuchte Tinka, ihn zu vertreiben. Die Staubkörner drangen in ihre Nase und den Rachen und brachten sie zum Husten. Lissi kümmerte das wenig. Sie betrachtete begeistert die Maske.

Verärgert kämpfte sich Tinka wieder auf. Dabei stieß sie mit dem Kopf gegen einen Bücherstapel hinter ihr, der sofort umkippte. Ein besonders dickes Buch krachte direkt auf Tinkas Zehenspitzen. Sie stöhnte leise und wurde noch wütender auf Lissi, der außer der Maske alles egal zu sein schien.

Das Buch hatte sich beim Aufprall von selbst aufgeschlagen. Sie wollte es aufheben und wieder zuklappen, aber zwei fett gedruckte Worte am oberen Rand der Seite schienen geradezu aufzuleuchten:

**FOLFONIA-SCHLÜSSEL**

Tinka las sofort weiter.

„Der Folfonia-Schlüssel ist immer unsichtbar aufzubewahren, um ihn vor unbefugtem Zugriff zu schützen", stand da. In einer krakeligen Handschrift hatte daneben jemand notiert: „Streichel-streichel linkes Ohr, kraul – streichel-streichel rechtes Ohr, kraul – streichel."

„He, wir müssen diesen komischen Schlüssel suchen, lesen kannst du später!", sagte Lissi vorwurfsvoll.

„Ich habe einen Hinweis", sagte Tinka und fuhr sich mit der freien Hand immer wieder durch das Haar. „Aber ich verstehe ihn nicht." Sie stand auf und nahm das Buch mit. Lissi las die Zeilen und die Notiz und verzog das Gesicht.

Tinka fiel ein, dass Frau Schicketanz zu ihr etwas über das Stolpern gesagt hatte. Genau! „Was du brauchst, kommt zu dir. Du wirst geradezu darüber stolpern." Sie brauchte einen Hinweis, und in dem Buch stand einer. Sie war darüber gestolpert.

„Hat Frau Schicketanz dir irgendetwas gesagt oder erklärt?", fragte sie Lissi. „Los, denk nach. Kannst du dich an nichts erinnern?"

Lissi bekam eine steile Falte über der Nase. „Was soll sie schon gesagt haben? Ganz wirres Zeug."

„Es ist sehr wichtig!"

„Mir ist es nur verrückt vorgekommen."

„Lissi, bitte, überleg!"

„Sie hat was über uns gesagt."

„Was?" Tinka machte mit der Hand eine Bewegung, dass Lissi sich beeilen sollte.

„Wir wären die Besten, und sie hätte das gewusst, oder so."

„Aha!" Damit konnte Tinka nichts anfangen.

„Und irgendein Cosimo zeigt mir was", brummte Lissi.

„Cosimo? Wer ist das?"

„Er soll Milch kriegen, aber nicht zu viel."

Beide Mädchen erinnerten sich an das seltsame Gefühl, als sich irgendetwas gegen ihre Beine gepresst hatte.

„Er ist ein Kater", platzte Lissi heraus. „Ein unsichtbarer Kater!"

„So etwas gibt es doch nicht", warf Tinka mit leiser Stimme ein.

In der Diele knarrte ein Bodenbrett. Die Mädchen sprangen zur Tür und sahen hinaus. Beide schluckten. Beide kniffen die Augen fest zusammen und rissen sie wieder auf. Beide sahen noch immer das Gleiche.

Von draußen war jemand durch einen Türspalt hereingekommen. Es war ein Tier. Das Tier selbst war nicht zu sehen, nur die Pfotenabdrücke, die es hinterließ. Ein Abdruck nach dem anderen wurde auf den Boden gestempelt. Die Spur kam direkt auf die Mädchen zu.

„Katzenspuren", sagte Tinka schwach.

Vom Boden kam ein anklagendes Miauen.

Tinka wischte sich den Schweiß von der Stirn und pinselte sich bereits mit zwei Haarsträhnen das Kinn.

„Cosimo?“, fragte sie mit einer hohen piepsenden Stimme.

Es antwortete ihr ein neugieriges Miau.

„Er bekommt nicht mehr als eine halbe Schale gewässerte Milch am Tag“, sagte Tinka, als stünde sie unter Hypnose.

„Vielleicht hat Cosimo schon lange keine Milch mehr gekriegt“, fiel Lissi ein. Vorsichtig, damit sie ihm auch bestimmt nicht auf die Pfoten trat, ging sie auf Zehenspitzen um die dunkle Schmutzspur herum. An den Abdrücken konnte Tinka erkennen, dass Cosimo Lissi folgte. Er überholte sie und steuerte eine schmale Tür neben der Treppe an, die Tinka bisher noch nicht entdeckt hatte.

Lissi stieß die Tür auf und bekam große Augen. Mit offenem Mund starrte sie in einen Raum. Tinka trat hinter sie, um auch einen Blick hineinzuwerfen.

Sie sahen einen offenen Herd, der mit Holz beheizt wurde. Darüber hing ein Kessel an Ketten. In der Wand befanden sich zahlreiche Nischen, in denen verschiedene Gläser und Dosen standen. Aus einer Nische wallte weißer Nebel.

Genau unter dieser Nische blieb Cosimo stehen und maunzte.

Lissi ging nahe heran und versuchte, mit der Hand den Nebel zu zerteilen, um zu sehen, was sich in der Nische befand.

„Kalt“, meldete sie.

Hinter den eisigen Schwaden war eine Flasche mit weißer Flüssigkeit zu erkennen. Lissi nahm sie und stellte fest, dass es sich um eine Milchflasche handelte.

In einer Spüle aus rotem Marmor fand Tinka eine flache Schale. Mit glitzernden Steinchen war der Name COSIMO aufgesetzt. Lissi roch an der Milch. „Frisch!", stellte sie überrascht fest. Sie goss ein wenig in die Schale, die ihr Tinka hinhielt.

„Noch Wasser drauf!", fiel Tinka ein.

Es gab keinen Wasserhahn, nur eine kleine Pumpe in der Wand. Lissi hob und senkte den Hebel, bis ein dünner Strahl aus einem kurzen Rohr kam.

Da sich Tinka nicht traute, stellte Lissi die Schale auf den Boden. Die Pfotenabdrücke des Katers waren nicht mehr schwarz, sondern nur noch grau. Sie näherten sich sofort der Schale, und ein gieriges Schlabbern war zu hören. Deutlich war zu erkennen, wo die unsichtbare Zunge leckte. Die Milch wurde weniger und weniger, bis die Schale leer war. Von unten kam ein zufriedenes Rülpsen.

„Und jetzt?", wollte Tinka wissen.

„Angeblich hat Cosimo was für mich!", fiel Lissi wieder ein. „Ja, so etwas Ähnliches hat Frau Schicketanz zu mir gesagt."

Die Mädchen spürten, wie der Kater um ihre Beine strich. Er schnurrte zufrieden und schien den Schwanz hoch aufgerichtet zu haben.

Tinka schnippte mit den Fingern. „Streicheln … kraulen … vielleicht musst du das mit Cosimo machen. Genau so, wie es im Buch beschrieben ist." Sie nahm das Buch hoch, das sie bei der Feuerstelle abgelegt hatte. Die Seite war schnell gefunden, und Tinka las vor, was dort mit der Hand geschrieben stand: „Streichel-streichel linkes Ohr, kraul – streichel-streichel rechtes Ohr, kraul – streichel."

Lissi sah sie zweifelnd an.

„Ich tu das nicht, ich mag keine Katzen, nur Hunde", erklärte Tinka.

Cosimo protestierte maunzend.

„Ich liebe Katzen!", verkündete Lissi und hockte sich nieder. Sie streckte den Handrücken aus und rief lockend: „Zu mir, Cosimo, komm, komm!" Der Kater war gleich an ihrer Seite. „Lies noch einmal vor!", befahl Lissi.

„Streichel-streichel linkes Ohr, kraul – streichel-streichel rechtes Ohr, kraul – streichel."

Es war mehr als seltsam, eine unsichtbare Katze zu streicheln, Lissi gewöhnte sich aber rasch daran. Sie fand sogar sofort die Ohren.

Cosimos Schnurren wurde immer lauter und zufriedener. Es hatte bereits Ähnlichkeit mit einer Nähmaschine. Als Lissi mit den vorgeschriebenen Kraul- und Streicheleinheiten fertig war, wartete sie gespannt. Der Kater gab einen kurzen Schrei von sich und sprang davon. Die Mädchen hatten Mühe, ihm zu folgen. Der Schmutz seiner Pfoten hinterließ kaum noch Spuren, sodass sie sich mehr auf ihre Ohren verlassen mussten, um zu erkennen, wohin er lief.

Das Ziel schien der große Raum zu sein. An vier kleinen Mulden im Sofa erkannten die Mädchen, wo Cosimo stand. Ungeduldig miaute er, weil sie nicht sofort zu ihm kamen. Auf einmal waren dann nur noch zwei Mulden zu sehen. Er schien sich auf die Hinterpfoten gestellt zu haben. Ein Geräusch war zu hören, als würden seine Krallen über etwas Metallisches kratzen.

Lissi griff einfach hin. Mit einem unterdrückten Aufschrei zog sie die Hand zurück. Sie hatte etwas Kühles berührt, obwohl nichts zu sehen war.

„Was ist?“, wollte Tinka wissen.

„Ich glaube, es ist ein Griff“, sagte Lissi und tastete erneut danach. Ihre Finger berührten eine dünne Metallstange und ein Stückchen darunter eine Schlaufe – wie bei einem alten Glockenzug. Sie zog, und Tinka schrie.

## No Jungs! – Nur für Hexen!

Erschrocken ließ Tinka den Griff sofort wieder los.

„Was schreist du so?"

„Es ist etwas von oben auf mich heruntergefallen", berichtete Tinka keuchend. Sie rieb sich die schmerzende Stelle auf dem Kopf.

„Und wo ist es jetzt?", fragte Lissi praktisch.

„Keine Ahnung!"

„Das könnte dieser komische Schlüssel sein, du Dumpfbacke!"

„Nenn mich nicht Dumpfbacke", brauste Tinka auf. „Ohne mich hättest du überhaupt nichts gefunden."

Das war leider nur zu wahr. Das musste sogar Lissi zugeben.

„Tut mir leid", brummte sie so leise wie möglich und ließ sich auf die Knie sinken. Mit den flachen Händen suchte sie den Boden ab. Da sie nämlich nichts sehen konnte, vermutete sie wieder einen unsichtbaren Gegenstand.

„Der Folfonia-Schlüssel ist immer unsichtbar aufzubewahren", fielen Tinka die Zeilen aus dem Buch ein.

„Hab ihn!", meldete Lissi. Sie tastete den Gegenstand ab, den sie gerade gefunden hatte, und verzog das Gesicht. „Es ist … ein kleiner Handbesen."

„Mich wundert nichts mehr", meinte Tinka.

Lissi stand auf und reichte das unsichtbare Teil weiter an Tinka. Diese befühlte es und musste ihr recht geben.

„Ob er das wirklich ist?"

„Hmm!", Lissi zuckte mit den Schultern. „Cosimo, ist das der Folfonia-Schlüssel?"

Zur großen Überraschung der beiden Mädchen gab der Kater ein zustimmendes Maunzen von sich.

„Dann bringen wir ihn sobald wie möglich zu diesem Dr. Hüter", beschloss Tinka. Sie verspürte wenig Lust, das seltsame Ding lange zu Hause zu behalten.

Vor dem Verlassen des Hauses vergaß Lissi nicht, sich bei Cosimo zu verabschieden. Der Kater miaute enttäuscht und schmiegte sich noch einmal an ihre Beine. Hinter Tinka und Lissi schloss sich die Tür wieder von allein. Mit großen Schritten gingen sie über den von Unkraut überwucherten Kiesweg auf den Zaun zu. Wie erwartet ging auch das Gartentor von allein auf.

Auf die Straße kamen die Mädchen aber nicht. Von draußen drängten auf einmal ein Mann und eine

Frau herein. Mit dem Fuß trat der Mann das Gartentor hinter sich zu. Drohend kamen sie auf Tinka und Lissi zu. Sie schoben sie zurück in Richtung Haus, hinter ein dichtes Gebüsch.

„Ich schrei!“, drohte Tinka heiser. Sie wusste allerdings, dass sie im Augenblick keinen Ton herausbringen würde.

„Wo ist unsere Tante?“, fragte Nora scharf.

„Weg!“, antwortete Lissi und kniff die Augen wütend zusammen.

„Wo steckt sie, und was habt ihr in ihrem Haus zu suchen? Seid ihr kleine Einbrecherinnen?“ Gunther redete mit zusammengebissenen Zähnen und sehr zischend.

„Wir sind nicht eingebrochen, wir dürfen hier sein!“, verteidigte Tinka sie schnell. „Wir haben die Erlaubnis von einem Rechtsanwalt. Wir mussten etwas holen.“

Lissis Stoß kam zu spät, Tinka hatte bereits zu viel verraten.

Gunther und Nora warfen einander interessierte Blicke zu.

„Was sollt ihr holen?“, bohrte Gunther weiter.

Tinka beschloss, nichts mehr zu sagen.

Gunthers rotes Gesicht wurde noch röter. Auf seiner Stirn schwoll eine Ader dick an.

„WAS sollt ihr holen?“, wiederholte er und betonte dabei jedes einzelne Wort.

Hilfe suchend sah Tinka zu Lissi. Diese hatte den Kopf gesenkt wie ein Stier, kurz bevor er angriff. Ihre Augen waren zwei schmale Schlitze, ihre Lippen zu einem dünnen Strich gepresst. Die Locken schienen vom Kopf wegzustehen wie Stacheln.

Aus Lissis Mund kam ein wütender Schrei, bevor sie blindlings losrannte, fest entschlossen, Gunther und Nora umzustoßen und auf diese Weise den Fluchtweg frei zu machen.

Aber sie hatte die Rechnung ohne Nora gemacht. Mit ungeahnten Kräften fing sie Lissi an den Schultern ab, drehte ihr den Arm auf den Rücken und sagte kalt: „Was soll das Theater, Kleine?"

Tinka war wie erstarrt. Noch war sie frei, aber was sollte sie unternehmen?

„Lauf!", rief ihr Lissi zu.

Nein, das würde sie niemals tun. Tinka konnte Lissi doch nicht im Stich lassen. Außerdem war es bereits zu spät. Gunther hatte die Gefahr erkannt und drehte auch Tinkas Arm nach hinten.

„Und jetzt redet, aber dalli!", befahl Nora. „Für eure dämlichen Spielchen haben wir keine Zeit."

Lissi schwieg trotzig.

Tinka klappte den Mund auf und zu, ohne ein Wort zu sagen. Fieberhaft überlegte sie, was sie noch tun konnten.

„Cosimo!", rief Lissi. Laut war ihre Stimme aber nicht.

Der Kater erschien nicht – er war im Haus und konnte sie nicht hören. „Lassen Sie uns los!", verlangte Lissi wütend. Der Schmerz in ihrem Arm trieb ihr die Tränen in die Augen.

„Wo ist Tante Emma, und was hat dieser Anwalt euch aufgetragen?", verlangte Nora mit sich überschlagender Stimme zu erfahren.

Auf einmal kam Tinka eine verrückte Idee. Über Lissi und Nora hing ein Ast wie eine riesige Hand. Warum konnte das nicht wirklich eine Hand sein? Wieso konnte sie nicht zugreifen und Nora auf die Straße befördern?

„Hilf Lissi!", flüsterte Tinka.

Gehorsam senkte sich der Ast unter lautem Geknarre. Die Zweige packten Nora wie die Greifarme eines Krans. Die Frau war so überrascht und verdutzt, dass sie Lissi losließ und versuchte, die Äste abzuwehren.

Ohne Erfolg. Mit einer schwungvollen Bewegung beförderte der Ast sie auf die Straße, schwang zurück und machte das Gleiche mit Gunther.

Völlig verdutzt und total ratlos hockten die beiden auf dem Gehsteig und sahen einander fassungslos an.

Lissi und Tinka stürzten auf das Gartentor zu, das sich sofort öffnete. Nora und Gunther waren zu weit entfernt, um die Mädchen zu schnappen. Tinka wandte sich an das Tor und schärfte ihm ein: „Keinen reinlassen!" Zum Baum rief sie: „Äh, danke auch!"

Dann rannten die zwei. Sie rannten, so schnell sie konnten und bis sie ein heftiges Brennen in der Brust und Seitenstechen zwangen, langsamer zu gehen.

Eine Weile sagte keine der beiden etwas.

„Äh, wie hast du das gemacht?", meldete sich Lissi schließlich so kleinlaut wie nie zuvor.

„Einfach so!" Tinka warf ratlos die Arme in die Luft. „Habe selbst keine Ahnung."

„Aber wieso hast du mit dem Gartentor und dem Baum gesprochen?"

„Auch einfach so. Ich habe plötzlich gespürt, dass ich das tun muss."

„Ob die beiden … doch über den Zaun klettern?"

Die Neugier trieb die Mädchen zurück. Gut versteckt standen sie hinter einer Hausecke und spähten in die Kristallgasse. Sie kamen gerade rechtzeitig, um mit anzusehen, wie Nora und Gunther vom Gartentor wieder auf die Straße befördert wurden. Die Szene erinnerte ein bisschen an Tennis: Die beiden waren die Bälle, das Tor der Schläger.

Täuschten sie sich, oder kam vom Baum ein Geräusch, das wie schadenfrohes Gelächter klang?

Hals über Kopf retteten sich Nora und Gunther in den Transporter. Nora startete so heftig, dass sie den Motor mehrere Male abwürgte. Als er endlich ansprang, raste sie mit Vollgas davon. Man hatte nicht den Eindruck, als würden die beiden so bald wiederkommen.

Bereits am nächsten Nachmittag saßen Tinka und Lissi wieder bei Dr. Hüter. Der Anwalt hatte die Eltern gebeten, draußen zu warten.

„Haben Sie gefunden, wonach Sie suchen sollten?"

Die Mädchen nickten.

Tinka hatte die Aufgabe gehabt, den unsichtbaren Besen über Nacht in ihrem Zimmer aufzubewahren. Mehrere Male war sie wach geworden und hatte nachgefühlt, ob er noch da war. Erleichtert war sie dann wieder eingeschlafen. Nun überreichte sie dem Anwalt den Folfonia-Schlüssel.

„Gratuliere", sagte er und war sichtlich beeindruckt. „Als mir Emma von Ihnen erzählt hat, war ich nicht überzeugt, dass Sie es schaffen würden."

„War sie ... ist sie ... eine Hexe?", erkundigte sich Lissi und versuchte, so selbstverständlich wie möglich zu klingen.

„Das hat sie Ihnen doch gesagt", antwortete Dr. Hüter. „Und da Sie den Folfonia-Schlüssel gefunden und mir übergeben haben, darf ich Sie ab heute ebenfalls im Club der Hexen begrüßen." Er sprang auf und streckte den beiden seine speckige Hand entgegen. Zögernd schlugen sie ein.

„Ihre magischen Fähigkeiten sind bereits aktiviert, doch um die Kräfte aufrechtzuerhalten, bekommen Sie nun von mir Ihren eigenen Folfonia-Schlüssel!"

„Was ist dieser Folfonia-Schlüssel eigentlich genau?", wollte Tinka wissen.

„Der Folfonia-Schlüssel ist vergleichbar mit einer Art Ausweis, der Ihre Berechtigung zu Hexereien aller Art bestätigt. Bewahren Sie ihn gut auf, falls Sie in eine Kontrolle geraten", erklärte ihnen Dr. Hüter mit Nachdruck.

„Kontrolle?", fragten Tinka und Lissi gleichzeitig.

„Natürlich, es reisen ständig Kontrolleure des Hexenrates herum und achten darauf, dass keine Pfuscher oder andere Scharlatane sich Hexen nennen und vielleicht für Probleme sorgen."

Tinka überlegte kurz und sagte dann: „Aber das bedeutet, wir haben den Folfonia-Schlüssel von Frau Schicketanz gefunden. Braucht sie ihn nicht mehr? Was ist überhaupt mit ihr geschehen?"

Dr. Hüter verschränkte die Finger, legte den Kopf schief, sah verträumt in eine Ecke des Zimmers und seufzte: „Jaja, die Liebe. Was sie so alles macht." Schnell riss er sich wieder zusammen und machte ein ernstes Gesicht. „Sie wird sich mit Ihnen bestimmt in Verbindung setzen. Frau Schicketanz hat eine kleine Verlegung ihres Standortes vorgenommen und wird sich in ihrer neuen Heimat einen neuen Folfonia-Schlüssel besorgen."

Tinka und Lissi machten beide völlig verwirrte Gesichter.

Lissi kämpfte kurz mit sich und platzte dann mit der Frage heraus: „Heißt das, Frau Schicketanz hat sich verliebt und ist zu ihrem Freund gezogen?"

Tinka versetzte ihr einen Stoß mit dem Ellbogen. Sie genierte sich schrecklich für diese Frage.

Eine halbe Sekunde lang musste Dr. Hüter lächeln, dann aber setzte er wieder eine ernste Miene auf. „Zu Aussagen dieser Art bin ich nicht berechtigt. Nun aber zu Ihrem Folfonia-Schlüssel." Er drehte sich um, beugte sich zum Tresor, der offen stand, und holte etwas Unsichtbares heraus.

Lissi streckte die Hand aus, als er ihr den Gegenstand reichte.

„Fühlt sich wie ... wie ... so eine Saugpumpe an, mit der man verstopfte Toiletten reinigt", stellte sie überrascht fest.

„Richtig! Wir tarnen die Folfonia-Schlüssel immer gut, damit sie nicht in falsche Hände fallen. Zusätzlich machen wir sie unsichtbar. Ich habe das schon für Sie erledigt, schließlich beherrschen Sie noch nicht alle Hexensprüche."

Tinka pinselte mit einer Haarsträhne ihr Kinn und kaute an einer anderen. „Dann habe ich im Garten gehext, als uns die beiden angegriffen haben."

„Das waren bestimmt der Großneffe und die Großnichte von Emma, zwei üble Gestalten. Ich denke, Sie haben nichts mehr zu befürchten." Der Anwalt lächelte fröhlich und zwinkerte den Mädchen aufmunternd zu. „Ach, beinahe hätte ich's vergessen. Die Schenkungsurkunde. Es muss alles seine Ordnung haben. Bitte sehr." Er zog eine Mappe aus der Schreibtischschublade und reichte jedem Mädchen ein Blatt. „Wenn Sie unterschreiben, gehört das Haus Ihnen."

„Uns?" Tinka und Lissi konnten es nicht glauben.

„Ja, Sie sind Emmas Nachfolgerinnen. Als Sie das Grundstück betraten, wurden ihre Hexenkräfte aktiviert. Ich schicke Ihnen jemanden vorbei, der Ihnen einen Schnellkurs gibt, damit Sie sich nicht aus Versehen Schweinefüße hexen." Bei dieser Vorstellung kicherte der Anwalt vergnügt. „Ich soll Ihnen von Emma ausrichten, dass Sie sich immer um Cosimo kümmern sollen. Außerdem braucht der Eichenbaum am Eingang Streicheleinheiten, also seien Sie nett zu ihm."

Die Mädchen nickten stumm wie Roboter.

Der Anwalt kontrollierte ihre Unterschriften, überreichte ihnen feierlich die Mappe und sagte: „Gratuliere, meine Damen. Viel Freude mit dem Haus."

„Aber … aber, wo ist Frau Schicketanz?", brachte Tinka gerade noch heraus.

Dr. Hüter schob sie behutsam zur Tür. „Sie wird sich bei Ihnen melden. Da bin ich sicher."

„Und wir … können echt hexen?" Lissi fasste es nicht.

„Nun ja, Sie haben diese Fähigkeiten, allerdings müssen Sie diese erst noch erproben."

Der Anwalt öffnete die Tür und beförderte die Mädchen sanft ins Wartezimmer. Er verabschiedete sich höflich und zog sich wieder zurück.

„Was war?“ Herr Meierbeer konnte an den Gesichtern der beiden sehen, dass sich etwas Außergewöhnliches ereignet haben musste und wartete gespannt auf die Antwort.

Stumm reichte ihm Tinka die Mappe. Herr Meierbeer öffnete sie und warf einen Blick hinein.

„Ge… geschenkt? Ihr habt das Haus geschenkt bekommen?“

Frau Schnabel las die Urkunde vom ersten bis zum letzten Wort. „Geschenkt, das Haus gehört den beiden Mädchen.“

Als die vier auf die Straße traten, bemerkte Tinka, dass sie ihren Ausweis in der Kanzlei vergessen hatte. Sie lief zurück und klopfte an die Tür zum Zimmer von Dr. Hüter. Da sie keine Antwort bekam, klopfte sie erneut. Wieder keine Aufforderung einzutreten. Tinka öffnete die Tür und steckte zaghaft den Kopf ins Zimmer.

Es war leer.

Kein Dr. Hüter, kein Tresor, keine Möbel, nichts. Nur ihr Ausweis lag auf dem abgenutzten Parkettboden. Sie hob ihn schnell auf und lief zu den anderen.

Zu Abend wurde an diesem Tag im Haus der Meierbeers gegessen. Alle saßen um den großen runden Tisch in der Küche, vor ihnen vier geöffnete Kartons mit Pizzas.

Stan war alles andere als cool.

Frank hatte sogar seine Kopfhörer abgenommen.
David echote nicht jedes Wort dreimal.
Und Thorsten schüttelte ungläubig den Kopf.
„Ein Haus? Euch gehört ein ganzes Haus?“, fragte jeder der Brüder mindestens dreimal.
Tinka und Lissi grinsten stolz.
„Mann, Frank und ich haben beschlossen, eine Band zu gründen. Dann könnten wir bei euch proben!“, sagte Stan.
Frank sah seine Schwester so freundlich und erwartungsvoll an wie schon seit Jahren nicht mehr.
„Ich glaube, die Wohngemeinschaft ist doch nicht so ideal für mich, ich könnte doch in eurem Haus wohnen“, schlug Thorsten vor.
„Ich brauche ein Haus für meine Autos!“, erklärte David.
„Moment!“ Herr Meierbeer hatte eine Idee.
Lissi wusste, es konnte gefährlich werden, wenn diese Idee mit dem Wort „Moment!“ begann. Sie irrte sich auch diesmal nicht.
„Ich werde meine neue Praxis in eurem Haus eröffnen. Dann bleiben unten in unserem neuen Haus Räume übrig, und in denen könnt ihr wohnen. Dann hat jede von euch ein eigenes Zimmer.“
„Warum können wir nicht gleich in unserem Haus wohnen?“, platzte Lissi heraus.
Ihr Vater winkte sofort ab. „Unmöglich, das geht wirklich nicht. Dafür seid ihr viel zu jung.“

Empört stemmten die Mädchen die Hände in die Seite.

Tinka warf ihrer Mutter einen fragenden Blick zu. „Mutti, als du so alt warst wie wir, hast du zwei Tage und zwei Nächte allein gewohnt, weil Oma und Opa in der Nachbarstadt gearbeitet haben. Du musstest nicht zu euren Nachbarn, du hast ganz allein bleiben dürfen."

Frau Schnabel suchte fieberhaft nach einer Erklärung, wieso das etwas ganz anderes war. Sie kannte ihre Tochter. Im Verhandeln war Tinka erstklassig. „Na ja ...", begann sie langsam, „Ich weiß nicht so recht ..."

„Wir ... wir ziehen in euer neues Haus", schlug Tinka vor. „Und wir teilen sogar das Zimmer."

Lissi zuckte ein bisschen zusammen, als sie das hörte.

„Aber nur unter einer Bedingung."

„Die wäre?", wollte Herr Meierbeer wissen.

„Drei Tage die Woche dürfen wir in unserem Haus wohnen! Allein! Wir machen auch alles selbst!"

Die Eltern zögerten.

„He, gute Idee", lobte Lissi die zukünftige Schwester und klopfte ihr anerkennend auf die Schulter. „Echt gut, obwohl von dir."

Herr Meierbeer und Frau Schnabel atmeten gleichzeitig erleichtert auf. Ihre Töchter schienen sich zu verstehen.

Die Mädchen sahen einander fröhlich an. Sie hatten es beide geschafft, den Folfonia-Schlüssel zu finden. Alleine wäre das keiner der beiden gelungen.

Tinka streckte Lissi die Hand entgegen.

Lissi starrte sie zuerst verwundert an. Es dauerte nur kurz, bis sie verstand und einschlug.

„Friede?", schlug Tinka vor.

„Und jede Menge Frohsinn!", fügte Lissi hinzu.

Lachend drehten sich die beiden zu ihren Eltern, die den Augenblick andächtig schweigend verfolgt hatten. Sollte das Wunder tatsächlich geschehen sein? Hatten sich die Mädchen ausgesöhnt?

„Was ist jetzt? Dürfen wir oder nicht?", bohrte Lissi nach.

„Aber … aber, wie stellst du dir das vor?" Herr Meierbeer hatte noch immer Bedenken. Jedoch die Aussicht, dass sich die beiden Mädchen vertragen wollten, war wirklich zu verlockend.

„Das Haus ist doch ganz in eurer Nähe, und wir zwei schaffen das schon!" Zum Beweis legte Lissi Tinka den Arm um die Schulter. Tinka tat das Gleiche bei Lissi. „Bitte, Mami!"

Frau Schnabel hatte in die Selbstständigkeit ihrer Tochter großes Vertrauen. „Nun ja, man könnte es versuchen. Natürlich dürfen die Schulnoten nicht leiden, und ihr müsst ordentlich essen und euch anziehen und …"

„Gebongt!", versprach Lissi.

„He, cool, eine WG von Teens!“, sagte Stan. „Girls, ihr braucht dort unbedingt männlichen Schutz, sonst seid ihr dunklen Gestalten hilflos ausgeliefert.“

Frank stimmte sofort zu. „Genau, wir werden uns um euch kümmern.“

Lissi und Tinka sahen einander entsetzt an. Überall konnten sie ihre Brüder gebrauchen (wenn sie ausnahmsweise zu etwas nutze waren), aber wirklich nicht in ihrem Hexenhaus. Die Mädchen hatten mehr als genug damit zu tun, sich nicht sofort wieder selbst in die Haare zu kriegen. Nur weil sie einmal zusammengehalten hatten, bedeutete das noch lange nicht eine Freundschaft fürs Leben. Brauchte nur eine der beiden ein bisschen durchdrehen, und alles ging von vorne los.

Was sollten sie tun, um ihre Brüder fernzuhalten? Lissi zwinkerte Tinka zu. Ihr war etwas eingefallen.

Stan stieß Frank mit dem Ellbogen an und zwinkerte ebenfalls. So unter dem Motto: Den beiden Girlies werden wir ihre Bude schon abluchsen, so schnell können die gar nicht schauen.

Als ihre Brüder am nächsten Tag uneingeladen kamen, um das Haus zu besichtigen, lasen sie auf einem Schild am Gartentor:

**NO JUNGS! – ZUTRITT NUR FÜR HEXEN**

„Mann, die Weiber spinnen!“, sagte Stan zu Frank. „Als ob wir uns um solche dämlichen Schilder kümmern würden.“ Lachend machten sich die beiden dran, den Zaun zu überklettern. Noch Tage später verstanden sie nicht, wer ihnen so schrecklich laut ins Ohr gefaucht hatte und wieso sie sich im nächsten Augenblick auf dem Gehsteig sitzend wiedergefunden hatten.

Im Garten hinter den Büschen aber standen zwei, die sich vor wenigen Wochen noch nicht ausstehen konnten, und klatschten die Hände in der Luft zusammen.

„Danke“, sagten sie zum Eichenbaum und brachen gleich darauf in Gelächter aus. Sie sprachen mit Bäumen!

Cosimo schnurrte zu ihren Füßen, und der Eichenbaum freute sich schon auf die nächste Begegnung mit den Jungen. Er liebte kleine Schlägereien.

„Na, meine kleinen Hexen“, begrüßte Herr Meierbeer seine eigene und seine neue Tochter, als sie am Abend heimkamen.

Die Mädchen brachen in Kichern aus. Wenn ihr Vater wüsste …

# No Jungs!

## Verhexte Ferien

## Kannibalchen, das Strudeltier

„Ich platze vor Spannung!“, keuchte Lissi.

„Boris tut schon die ganze Woche so geheimnisvoll, als würden wir die Ferien diesmal in einer Raumstation verbringen!“, schnaufte Tinka.

Die Mädchen rannten im Laufschritt die Straße hinunter. Immer wieder warf Tinka einen Blick auf ihre Armbanduhr, die die Form einer Blume hatte.

„Er hat hundert Mal betont, wir sollen pünktlich sein“, klagte sie.

Lissi rollte die Augen. „Nur die Ruhe, Kollegin! Er wird es überleben, wenn wir zwei Minuten zu spät sind!“

„Es sind nicht zwei, sondern bereits zwanzig Minuten!“, jammerte Tinka. „Und es ist alles nur deine Schuld.“

„Ich gestehe, Frau Staatsanwalt“, rief Lissi und rang die Hände. „Werfen Sie mich in den Kerker, überschütten Sie mich mit Honig und hetzen Sie mir tausend Ameisen an den Hals. Oh, ich böses, schuldiges Mädchen!“

Tinka konnte nicht anders, sie musste lachen. Ihre Wut auf Lissi war damit verflogen.

Endlich erreichten die beiden das Gartentor. Dahinter erhob sich ein weißes Haus mit einem hohen, geschwungenen Dach. Die Mädchen eilten die Treppe zur Haustür hoch, schlossen auf und stolperten Richtung Wohnzimmer.

„'tschuldigung, aber wir hatten da ein klebriges Problem“, rief Lissi beim Eintreten. Von hinten drängte Tinka nach und prallte heftig gegen Lissi, die überraschend stehen geblieben war.

Das Wohnzimmer war leer.

Kein einziges Mitglied der Großfamilie Schnabel-Meierbeer war anwesend.

„Sie sind schon fertig, und wir haben alles verpasst!“, rief Tinka niedergeschlagen.

„Dann wird uns Vati einen kleinen Privatvortrag halten“, tröstete sie Lissi.

„Aaaaaaaaa!“, brüllte ihr Tinka ins Ohr.

Lissi zuckte erschrocken zusammen.

„Du hast wohl den wilden Willi, oder was?“, fuhr Lissi ihre Stiefschwester und beste Freundin an. „Davon kann man einen Herzschlag bekommen.“

Tinka beachtete sie nicht einmal. Lissi verstand nicht, wieso sie sich beide Hände auf das Hinterteil presste.

„Probleme?“, erkundigte sie sich vorsichtig. „Mit der Verdauung vielleicht? Soll ich dir den Weg zur Stoffwechselkabine zeigen, auch als Klo bekannt?“

Mit weit aufgerissenen Augen stand Tinka da, den Mund vom Schrei geöffnet. Hinter ihr kicherte es triumphierend. Lissi beugte sich zur Seite und erkannte David, ihren kleinen Bruder. Er war der Jüngste der Familie und grinste von einem Ohr zum anderen.

Betont langsam und mit winzigen Schritten drehte sich Tinka um.

„Monster“, zischte sie, die Augen zu grimmigen Schlitzen verengt.

Langsam dämmerte Lissi, Tinkas Schrei könnte eine schmerzhafte Ursache und nichts mit dem verpassten Familienrat zu tun haben.

„Nicht hauen!“, kreischte David, hob abwehrend die Hände und flüchtete hinter das Sofa.

Tinka war vor Wut und Schmerz weiß im Gesicht. „Dieses Tier hat mich in den Po gebissen!“

„Wir werden ihm einen Maulkorb kaufen“, versprach Lissi.

„Nützt nix!“, kam es unter dem Sofa hervor.

„Ich brauche Eiswürfel“, wimmerte Tinka und humpelte, die Hände immer noch auf die Hinterseite gedrückt, Richtung Küche.

Lissi ließ sich auf den Bauch fallen und schob die Sofafransen zur Seite. Das verschwitzte Gesicht des kleinen Bruders strahlte ihr entgegen.

„Hast du sie wirklich gebissen?“, wollte sie wissen.

David presste die Lippen zusammen und machte ein verneinendes „M-m!“

„Gekniffen?“

Wieder „M-m“.

„Was dann?“

Der Kleine kicherte nur verschmitzt.

„Ich krieg’s schon heraus, und dann mache ich das Gleiche mit dir!“, drohte ihm Lissi an. „Wo sind übrigens die anderen?“

„Strudeltier suchen!“, lautete die Antwort.

„Bitte was? Habt ihr zu Mittag was Falsches gegessen? Sind jetzt hier alle durchgedreht?“

David gackerte über das ratlose Gesicht seiner Schwester.

„Was ist ein Strudeltier?“, fragte sie ungeduldig.

„Meerschweinchen sind Strudeltiere!“, verkündete David mit ernsthafter Miene.

„Rudeltiere!“, verbesserte ihn Lissi. „Nicht Strudel, sondern Rudel!“

„Nicht Apfelrudel, Apfelstrudel!“, gab er zurück.

Es war zwecklos, länger mit ihm zu diskutieren.

Aus dem Dachgeschoss rief Grit Schnabel-Meierbeer, die Mutter der Mädchen, herunter: „Lissi, Tinka! Seid ihr das?“

„Jaaaha!“, antwortete Lissi laut.

„Kommt bitte mal nach oben! Ihr müsst uns suchen helfen.“

Zuerst brauchte Lissi aber Wasser. Der Dauerlauf nach Hause hatte sie durstig gemacht. Während sie sich ein Glas aus dem Schrank nahm, beobachtete sie Tinka, die sich eine Hand voll Eiswürfel hinten in die Hose schob.

„Ich wohne in einem Irrenhaus!", stellte sie trocken fest.

„Und ich bin Schwester Tinka, die auf euch alle aufpasst!", fügte Tinka mit Augenklimpern hinzu.

Die Mädchen stiegen die steile Treppe hinauf und blieben auf der letzten Stufe stehen. Die Diele war leer, doch die Türen zu den Zimmern standen alle offen. Durch sie konnten die Schwestern Boris und Grit Schnabel-Meierbeer (die Elterntiere) und die Brüder Stan, Frank und Thorsten auf dem Teppich herumkriechen sehen. Sie robbten auf allen vieren und verrenkten die Hälse, um unter Schränke, Betten und Kommoden zu spähen.

„Putzi-putzi-putzi", rief Thorsten lockend.

„Es ist eine Meersau und keine Katze!", schimpfte Stan. „An seiner Stelle würde ich mich noch besser verstecken, wenn ich so ein Gesülze höre!" Er zog einen Kamm aus der Hosentasche und strich sich an den Seiten das Haar zurück. Vom ständigen Bücken hatten sich ein paar gegelte Strähnen gelöst, was Stan nicht ausstehen konnte.

Grit Schnabel-Meierbeer kam kopfschüttelnd aus Franks Zimmer gekrabbelt. Sie zog einen Papierkorb hinter sich her, aus dem zerdrückte T-Shirts, das Bein einer Jeans und Boxershorts quollen.

„So geht das nicht weiter! Dein Zimmer ist ein Schweinestall, Frank!“, schimpfte sie. „Ich kann mich nicht erinnern, diese Klamotten im letzten Jahr auch nur ein einziges Mal in der Schmutzwäsche gesehen zu haben. Ein Wunder, dass sie noch nicht verschimmelt sind.“

Frank ließ ihr Vortrag kalt. Wie üblich trug er nicht nur eine Sonnenbrille, sondern auch Kopfhörer, über die Musik in seine Ohren dröhnte.

„Dürfen wir erfahren, was hier los ist?“, flötete Lissi betont höflich.

Grit richtete sich stöhnend auf und rieb sich dabei das Kreuz. „Davids Kindergartenfreund Emanuel hat sein Meerschweinchen zu uns gebracht, damit wir es versorgen, während er mit seinen Eltern am Meer ist.“ Sie seufzte geplagt. „David hat das Tier freigelassen, und jetzt finden wir es nicht mehr.“

Tinkas Augen leuchteten hoffnungsvoll auf. „Heißt das, der Familienrat hat noch nicht getagt?“

Grit nickte.

„Puh!“ Erleichtert atmete Tinka durch. Danach spreizte sie Daumen und kleine Finger beider Hände und tippte die Spitzen aneinander.

„Schnell zur Stell!“, flüsterte sie so leise, dass es nur ihre Schwester hören konnte, die dicht neben ihr stand.

Wie auf Rollen kam aus dem Badezimmer eine schwarz-weiß-gold gefleckte Fellkugel geschossen und blieb genau vor Tinkas rosa Schuhen liegen. Sie bückte sich und hob ein struppiges Rosettenmeerschweinchen hoch, das sie mit glänzenden dunklen Augen musterte.

„Hier ist es doch!", rief Tinka und hielt das Tier in die Höhe.

Boris, Thorsten, Stan und Grit gaben ein erleichtertes „Na endlich!" von sich. Frank, der wegen der Kopfhörer wie üblich nichts mitbekam, erhielt einen leichten Tritt seines Bruders. Bestimmt wäre er sonst noch eine weitere Stunde herumgekrochen, ohne zu wissen, wonach er eigentlich suchte.

„Das ist Kannibalchen", stellte David, der die Treppe hochgekommen war, das Meerschweinchen vor.

„Kannibalchen?", wiederholte Tinka ungläubig. „Klingt sehr menschenfressend."

„Das Teil heißt nicht Kannibalchen, sondern Hannibalchen!", verbesserte Stan mit der gepressten Stimme eines Lehrers, der seine Schüler am liebsten würgen würde.

„Kannibalchen ist besser!", beharrte David.

Grit klatschte in die Hände und rief so fröhlich, wie es nach einer Stunde Krabbelei möglich war: „Jetzt gibt es einen Haps zu essen, und dann wird uns Boris endlich verraten, wohin wir in diesem Jahr in Urlaub fahren."

„Ein Haps, das ist doch was für Opas!", schaltete sich Frank ein, der aus Neugier ausnahmsweise ein Ohr freigelegt hatte. „Unsere Generation snackt!"

Grit zog leicht entnervt den Atem ein. „Was auch immer! Auf jeden Fall gibt's was zu essen für alle, die etwas wollen."

Thorsten, der größte der Brüder, streichelte dem Meerschweinchen mit dem Fingerrücken über den Kopf.

„Wie hast du es so schnell gefunden?", wollte er von Tinka wissen.

„Ach, war nur eine kleine Hexerei", erwiderte seine Schwester treuherzig.

„Du meinst KEINE Hexerei", korrigierte Thorsten, der sich meistens wie ein Oberlehrer aufführte.

In diesem Moment biss ihn das Meerschweinchen in den Daumen.

„Aua!", jaulte er auf und steckte den Finger in den Mund.

„Vielleicht ist es wirklich ein kleines Kannibalchen!", meinte Tinka, der das Meerschweinchen immer sympathischer wurde. „Und im Übrigen habe ich natürlich wirklich gehext." Sie sagte es erstens leise, und zweitens war Thorsten ohnehin nur mit seinem Daumen beschäftigt, aus dem ein winziges Tröpfchen Blut gequollen war.

„Boris, können Meerschweinchen Tollwut übertragen?", winselte Thorsten.

Boris Schnabel-Meierbeer, von Beruf Arzt, beruhigte Thorsten wortreich. Seines Wissens bestand keine Gefahr.

Lissi und Tinka zwinkerten einander zu. Es war einfach großartig. Sag laut und deutlich, dass du hexen kannst, und niemand glaubt es dir! Auch wenn es die Wahrheit ist.

# Ferienpläne

Vor gar nicht allzu langer Zeit waren Tinka und Lissi noch erbitterte Feindinnen gewesen. Damals waren die Schnabel-Meierbeers auch noch zwei Familien: eben die Schnabels und die Meierbeers.

Die Familie Schnabel bestand aus Grit und ihren Kindern Tinka, Stan und Thorsten. Vater Schnabel hatte die Familie vor einiger Zeit verlassen, weil er sich in eine jüngere Frau verliebt hatte.

Tinka hatte ihm nie verziehen, dass er sich heimlich davongestohlen und seine Frau und seine Kinder in große Schwierigkeiten gestürzt hatte. Wahrscheinlich drückte ihn deshalb auch das schlechte Gewissen, denn seit damals hatte er sich kaum noch blicken lassen.

Die Meierbeers waren Boris und seine Kinder Lissi, Frank und David. Lissis Mutter war Ärztin gewesen und hatte eine Weile in Afrika gearbeitet. Nach der Rückkehr war sie schwer erkrankt und gestorben.

Lissi hatte den Kummer und den Schmerz nie ganz überwunden. Vielleicht hatte sie sich deshalb eine raue, harte Schale und eine ruppige Art zugelegt. So schützte sie sich gegen neue Verletzungen und Kränkungen.

Die beiden Mädchen gingen in dieselbe Klasse derselben Schule, konnten einander jedoch nicht riechen. Lissi nannte Tinka „blonde Kitschkuh", und in Tinkas Augen war Lissi eine Kratzbürste auf zwei Beinen.

Ihre Klassenlehrerin, Frau Reingard, hatte die beiden sogar nebeneinander gesetzt, weil Tinka die Einzige in der Klasse war, mit der Lissi bestimmt kein Wort reden würde.

Doch dann war etwas geschehen, das ihnen zuerst wie ein Albtraum vorgekommen war: Grit und Boris verliebten sich ineinander und beschlossen zusammenzuziehen, eine Großfamilie zu gründen und schließlich sogar zu heiraten.

Lissi und Tinka wollten beide am liebsten auswandern. Jede auf eine andere Seite der Erde. Bis sie eines Tages für die Schule eine alte Dame über das Leben in der Vergangenheit befragen sollten. Emma Schicketanz war ihr Name. Sie war sehr wunderlich und bewohnte ein sonderbares Haus in der Kristallgasse.

Um es ganz kurz zu machen, denn Boris Schnabel-Meierbeer brennt bereits darauf, seiner Familie eine unglaubliche Neuigkeit zu eröffnen: Emma Schicketanz schenkte Lissi und Tinka ihr Haus.

Ja, so unglaublich es klingt, es ist tatsächlich so gewesen. Lissi und Tinka hatten ein kleines, aber sehr feines Häuschen bekommen. Dort erfuhren sie schließlich mehr über Emma Schicketanz, die eine echte Hexe und Mitglied im Club der Hexen war. Mit dem Haus hatte sie auch ihre Hexenkräfte auf die beiden Mädchen übertragen.

Irgendwann hatten Lissi und Tinka festgestellt, dass sie zwar verschieden waren wie Wasser und Feuer, trotzdem aber beste Freundinnen sein konnten. Weil im neuen Haus der Schnabel-Meierbeers für sie nur ein gemeinsames Zimmer zur Verfügung stand (jeder Junge aber sein eigenes bekam), hatten sie ihren Eltern eine Bedingung gestellt: Sie bezogen das Zimmer, durften dafür aber jede Woche von Freitagmittag bis Sonntagmittag ganz allein in ihrem eigenen Haus wohnen. Ohne Eltern und vor allem: NO JUNGS!

Grit und Boris hatten um des lieben Friedens willen zugestimmt.

Nun aber waren Ferien, und die Mädchen blieben den Großteil der Woche in ihrem Hexenhaus. An diesem Mittwoch hatte sie die Neugier zu erfahren, wohin die Ferienreise führen würde, nach Hause getrieben.

Nachdem das Meerschweinchen in seinen Käfig gesetzt worden war, wo es genüsslich an einem Stück Apfel mümmelte, versammelte sich die Familie im

Wohnzimmer. Die verschiedenen Mitglieder verteilten sich auf Sofa, Polstersessel und den Boden und blickten erwartungsvoll zu Boris. Dieser stand in der offenen Terrassentür wie auf einer kleinen Bühne und spielte nervös mit seinen Fingern.

„Meine Lieben", begann er feierlich wie beim hundertsten Geburtstag einer alten Tante.

Frank knurrte aus dem Mundwinkel: „Wenn er so anfängt, kommt immer etwas Schreckliches."

Boris hatte es gehört und lachte gekünstelt.

„Und dieses Lachen ist die absolute Horror-Vorwarnstufe!", raunte Frank Stan zu.

„Tststs", machte Grit tadelnd in die Richtung der Jungen. Zu Tinka, die neben ihr fläzte und an einer Zimtschnecke knabberte, sagte sie leise: „Seid ihr auch so gespannt, was Boris für unseren Urlaub geplant hat?"

Die Mädchen nickten.

„Etwas ganz Besonderes soll es dieses Jahr sein", sagte Boris einleitend. „Wie zum Beispiel ein Urlaub in einem Club mit Wasserski und großem Buffet jeden Abend."

Stan stimmte freudiges Geheul an.

Boris bedeutete ihm mit den Händen, er möge sich wieder beruhigen. Bedauernd zuckte er die Schultern. „Leider waren aber schon alle Clubs ausgebucht."

Von Stan kam ein Laut, der an einen CD-Player erinnerte, der seinen Geist aufgab.

„Mein nächster Plan war eine Flugreise in die USA!“

„Ja, Mann!“, kam es von Frank.

„Leider können wir uns das nicht leisten“, musste Boris mit verlegenem Grinsen eingestehen.

„Mann-o-Mann“, stöhnte Frank.

„Jetzt kommt die gute Nachricht“, kündigte Boris an. Grit kam ihm zu Hilfe und ahmte eine Fanfare nach.

„Du klingst wie das Walross im Zoo“, prustete David und löste damit großes Gelächter aus.

Boris brannte darauf, seine Neuigkeit loszuwerden. Die Hände feierlich erhoben, verkündete er: „Wir gehen campen!“

Einige Augenblicke lang war es still im Zimmer. Von draußen kam das Tirilieren eines Vogels.

„Ich bleib da. Ist bequemer!“, teilte Frank mit.

„Wenn Frank hier bleibt, bleibe ich auch“, schloss sich Stan sofort an.

„Ich auch!“, krähte David.

„Ich auch!“ Tinka war ausnahmsweise einmal der gleichen Meinung wie ihre Brüder.

Lissi hatte Mitleid mit ihrem Vater. Boris sah aus wie ein Dackel, dem man den Knochen weggenommen hatte. Trotzdem erschien ihr die Aussicht auf Camping wenig verlockend.

„Wirklich nett von dir“, sagte sie anerkennend. „Ich wette, Grit und du, ihr habt viel Spaß.“ Sie war stolz auf sich, wie höflich sie ihrem Vater ebenfalls eine Absage erteilt hatte.

„Kinder!“ Grit erhob sich, eine Hand in die Seite gestemmt, und schüttelte vorwurfsvoll den Kopf. „Ihr seid wirklich undankbar. Boris versucht, einen ganz besonderen Urlaub für uns zu gestalten, und ihr mault hier nur herum. Damit eines klar ist: Wir fahren alle! Keine Ausnahmen!“

„Ich muss lernen“, warf Thorsten ein, der bereits an der Uni studierte.

„Vor zwei Tagen hast du noch behauptet, jetzt einmal vier Wochen nicht pauken zu müssen!“, erinnerte ihn Tinka schadenfroh. Ihr großer Bruder bekam einen knallroten Kopf.

„Wann geht es los?“, wollte Grit von ihrem Mann wissen.

„Über-übermorgen, am Samstag! Wir bleiben zwei Wochen!“

„Und wo liegt dieser Campingplatz? Im Schnarchtal?“, fragte Stan gähnend.

Boris überging die Frechheit. „Am Krummsee. Es soll sich um ein wahres Paradies handeln. Sogar Duschen gibt es.“

„Donnerwetter!“, kam es von Frank trocken.

Grit ließ sich auf das Sofa zurückplumpsen.

„Krummsee“, murmelte sie gedankenverloren. Der Name ließ bei ihr eine Glocke bimmeln.

„Ist was, Schatz?“, erkundigte sich Boris besorgt.

„Nein, nein!“ Grit machte ein Gesicht, als wollte jetzt sie am liebsten daheimbleiben. Sie zwang sich zu einem Lächeln. „Es wird schon nicht so sein, wie ich gerade gedacht habe.“

Tinka kannte ihre Mutter gut. Die kleinen Falten um den Mund tauchten immer nur auf, wenn es um Tinkas echten Vater ging. Weil er sich bei seinen Kindern nicht einmal zu den Geburtstagen blicken ließ, hatte Tinka ihn aus ihrem Kopf gestrichen und nannte ihn deshalb nur „den Gestrichenen“.

„Wir haben drei wunderbare Zelte“, erklärte Boris wie der Leiter eines Pfadfinderlagers. „Eines für die Jungen, eines für die Mädchen und eines für Grit und mich. Unser Wagen ist zwar groß, trotzdem haben wir für Gepäck nur wenig Platz. Jeder darf daher nur eine kleine Tasche mitnehmen. Wir werden ohnehin eigentlich nur unsere Badesachen und Zahnbürsten brauchen.“

Draußen donnerte es. Dunkle Wolken waren aufgezogen, und schon klatschten die ersten Regentropfen auf die Steine der Terrasse.

„Das Tolle beim Campen ist, dass du bei Regen sogar im Zelt schwimmen kannst!“, kam es von Stan.

„Wir müssen los“, verkündete Lissi und winkte Tinka, sich zu beeilen.

Ihre Mutter sah sie überrascht an. „Ihr wollt doch nicht schon wieder in euer Häuschen? Könnt ihr nicht einmal hier bleiben?“

„Mutti, ab Samstag hast du uns zwei Wochen lang Non-Stop“, beruhigte sie Tinka. „Ich wette, danach wünschst du uns nur noch in unser Haus.“

Die Mädchen verabschiedeten sich winkend und stürmten davon. Draußen prasselte der Regen vom Himmel, und es war merklich kälter geworden.

Tinka und Lissi drängten sich unter das schmale Vordach der Eingangstür und warfen prüfende Blicke nach allen Seiten.

„Keiner in der Nähe!“, stellte Lissi zufrieden lächelnd fest.

„Also dann!“ Lissi nickte ihrer Schwester zu. Beide hoben die Hände, spreizten Daumen und kleine Finger, schlossen die Augen, stellten sich die Diele ihres Häuschens genau vor und tippten die Fingerspitzen aneinander. Das Geräusch einer Sturmbö erhob sich, die um die Ecke fegte. Dort, wo die Mädchen gerade noch gestanden hatten, schwebte für den Bruchteil einer Sekunde ein Nebelstreif, der ihre Körperform besaß. Ein Augenzwinkern später war auch er verschwunden.

Die Haustür wurde aufgerissen und eine besorgte Grit trat heraus.

„Lissi, Tinka! Ich fahre euch!“, rief sie in die Richtung, in der sie die Schwestern vermutete. Weit konnten sie nicht sein. Sie waren doch gerade erst aufgesprungen. An der Garderobenwand der Diele hingen ihre Regenjacken, und im Ständer standen alle

Schirme. Das bedeutete, die zwei waren ohne Jacken und ohne Schirme in das Unwetter hinausgelaufen.

„Wieso tun sie das?" Ihre Mutter blickte noch immer zu der Stelle der Straße, wo sie die zwei vermutet hätte. Wie hatten sie es geschafft, so schnell zu rennen?

Ratlos schüttelte Grit den Kopf.

Sie machte ein paar Schritte nach hinten, ließ die Tür aber offen. Mit einer Hand angelte sie nach dem Telefon und wählte die Nummer von Tinkas Handy. Erst nach einem Moment bemerkte sie die Stille im Hörer. Prüfend drückte sie die Unterbrechertaste und wartete auf ein Freizeichen. Doch es tat sich nichts. Hatte der Blitz in die Telefonleitung eingeschlagen?

Grit zog am Kabel des Telefonapparats, das keinen Widerstand leistete und schlaff in ihrer Hand hing. Das lose Ende sah sehr zerfranst aus, als hätte jemand daran geknabbert.

„Ihm war langweilig. Hier unten ist es viel spannender", tönte Davids fröhliche Stimme aus dem Wohnzimmer.

„Heißt das, du hast das Meerschweinchen hier unten freigelassen?", fragte Boris alarmiert.

„Es geht spazieren", erklärte David ernst.

Grit stöhnte in der Diele auf, Boris im Wohnzimmer.

# Die Popcorn-Katastrophe

Punktgenau landete Tinka in der Mitte der Diele ihres Hexenhauses. Mittlerweile war sie Meisterin im „Von-Ort-zu-Ort-hexen". Zwei Dinge waren dabei wichtig: Man musste sich den Ort, an den man wollte, sehr genau vorstellen und den Hexenklatsch – also das Tippen mit gespreiztem Daumen und kleinem Finger – genau richtig ausführen, um das Ziel zu erreichen. Klatschte man zu schwach, endete die Reise zu früh, war der Hexenklatsch aber zu stark, schoss man weit darüber hinaus.

In der Diele funkelte und glitzerte es von den Wänden und aus allen Ecken. Auf langen Regalbrettern standen Kristalle in verschiedenen Größen. Die Luft war erfüllt von Flirren und Funkeln, als würden dort Hunderte Glühwürmchen tanzen. Der Zauber war zu fühlen, der das ganze Haus erfüllte.

Aus dem Garten drangen abgehackte Schreie. „Ah-ah-ah-ah-ah-ah!" Beim letzten „Ah!" wurde die knallrote Eingangstür aufgestoßen, und eine triefend nasse Lissi wankte herein. Ihre dunklen Locken, die sonst drahtig und energisch vom Kopf wegstanden, hingen schwer und schlaff herab. Hose und Top klebten an ihrer Haut. Vom Saum tropfte das Wasser und bildete eine Pfütze rund um sie herum.

„Hexenklatsch zu leicht?“, fragte Tinka fachmännisch.

„Nein, war nur ein kleiner Stau, und ich musste früher abbiegen. Einfach zu viele Hexen um diese Zeit unterwegs“, gab Lissi knurrend zurück.

Autsch! Tinka schluckte. Lissi mochte es gar nicht, wenn Tinka sie auf Fehler bei einer Hexerei ansprach. Dabei war es ganz bestimmt so gewesen, wie sie vermutete.

„Leg dich trocken, und dann müssen wir in die Küche“, Tinka deutete mit dem Daumen auf eine dunkle Tür unter der geschwungenen Treppe, die ins obere Stockwerk führte, „putzen!“

Von Lissi kam ein unwilliger Laut. Vor sich hin brummend stapfte sie nach oben, wo Tinka sie rumoren hörte.

In letzter Zeit waren Lissi mehrere Hexensprüche ziemlich danebengegangen. Meistens mit heftigen Folgen. Zum Beispiel hatte sie den Rasen nicht mit dem uralten, verrosteten Handmäher, sondern mit Hexerei schneiden wollen. Woran es genau lag, konnte weder Lissi noch Tinka später feststellen. Jedenfalls verwandelten sich die Grashalme nach der Beschwörung in dicke grüne Nägel. Der Rasen war damit ein riesiges Fakirbrett, doch Lissi und Tinka waren keine Fakire. Aus war es mit Barfuß-durch-den-Garten-Laufen. Zu ihren Bikinis mussten sie an heißen Sonnentagen Gummistiefel tragen, durch deren dicke Sohlen sich die spitzen Grashalm-Nägel nicht bohren konnten. Fast eine Woche hatten sie gebraucht, um den Gegenzauber in einem der vielen Hexenbücher aufzuspüren, die in einem Zimmer im Gartengeschoss lagerten.

An diesem Mittwoch hatte Lissi ihrer Schwester etwas Gutes tun wollen. Tinka wurde zeitweise von Heißhungeranfällen gepackt und kribbelig und zappelig, wenn sie nicht auf der Stelle bekam, wonach es sie verlangte. Am Mittwoch war es Karamell-Popcorn gewesen, ohne das sie keine Sekunde länger leben konnte.

Lissi, die besonders gut aufgelegt war, hatte sich in der Küche vor ein Loch in der Wand gestellt, aus dem immer dünne Nebelfahnen schwebten. Den Spruch, mit dem man Essbares hexen konnte, kannte sie auswendig, und nachdem sie den Hexenklatsch ausgeführt hatte, hielt sie schnell eine Schüssel vor das Loch.

Fröhlich sprangen braune Popcornstücke durch die Luft und landeten klimpernd in der Schüssel. Bald war sie randvoll und schließlich stark gehäuft, doch der Popcornregen hörte nicht auf. Als das Popcorn über den Tellerrand rieselte, wusste sich Lissi keinen anderen Rat, als ihren Bauch gegen das Loch zu pressen. Sie spürte ein heftiges Kitzeln und Pieksen, und bald war der Druck von innen so groß, dass sie zurückweichen musste.

Die Folge war eine Karamellpopcorn-Lawine, die sich auf den Küchenfußboden ergoss. In Windeseile versuchte Lissi alle Sprüche, die ihr einfielen, hexte dabei zahlreiche Ketschup-Kleckse über den Popcorn-Teppich, ließ Majonäse regnen und verursachte einen Puderzucker-Sturm. Das Popcorn aber poppte und schoss weiter aus dem Loch wie Kunstschnee aus einer Schneekanone.

Lissi schaffte es gerade noch, sich aus der Küche zu retten. Bis zu den Knien klebte das Karamell-Popcorn an ihrer Hose, und ihr Wuschelkopf erinnerte an schwarze Pommes, über die jemand eine Extraportion Ketschup und Majo gegossen hatte.

Da das Popcorn nicht lautlos erschienen war, sondern mit dem Geräusch von zerplatzenden Feuerwerksraketen, hatte Tinka, obwohl sie im Garten war, mitbekommen, dass etwas nicht stimmte. Sie eilte schnell herbei und befreite ihre Stiefschwester mit dem richtigen Spruch von der Garnierung, um danach die Bescherung in der Küche in Augenschein zu nehmen. Aber auch alle ihre Versuche, die Popcornvermehrung zu stoppen, schlugen fehl.

Rechts vom Eingang führte eine schmale Tür in einen länglichen Raum mit Regalen vom Boden bis zur Decke. Die Bretter waren mit Büchern in allen Stärken, Farben und Formen vollgestopft. Auch auf dem Boden stapelten sich Bücher, die in Leder, Pelz, Gräser und Stoffe gebunden waren. Alle Bücher enthielten Sammlungen von Hexensprüchen.

Die Mädchen blätterten wie verrückt, lasen und suchten und warfen immer wieder besorgte Blicke in Richtung Küche. Der Popcornberg war mittlerweile bis auf Brusthöhe gewachsen und bewegte sich unerbittlich auf die offene Tür zu. Bald würden die blassbraune Masse in die Diele quellen.

„Wir sperren die Küchentür einfach ab", schlug Lissi vor.

„Das Popcorn wird sie sprengen", befürchtete Tinka.

Schließlich fand sie einen Spruch, der dazu gedacht war, entsprungene Flöhe eines Flohzirkus' zurückzuholen. Tinka erschien es einen Versuch wert, und da das Popcorn deutlich größer als Flöhe war, führte sie den Hexenklatsch wesentlich fester und öfter aus, als im Buch angegeben.

Doch nichts geschah. Nichts änderte sich. Schon stürzte sich Tinka auf ein weiteres Buch.

„Hör mal!" Lissi riss sie an der Schulter.

Das Ploppen verlangsamte sich. Die Pausen zwischen den einzelnen Knallern wurden länger und länger, und schließlich blieb es still.

Die Schwestern atmeten erleichtert auf und klatschten die Hände in der Luft zusammen.

„Nicht schlecht“, sagte Lissi locker.

Tinka blickte auf die Uhr und stellte fest, dass in wenigen Minuten der Familienrat tagte und endlich das Ziel der Ferienreise bekannt gegeben würde. Daher sprangen die beiden auf und rannten los. Es war zu hell, um einen „Von-Ort-zu-Ort“-Zauber zu verwenden. Beim Auftauchen am Ziel hätte sie jemand beobachten können. Ihnen blieb nichts anderes übrig, als zu laufen.

Die Tür zur Küche stand auch jetzt, bei Tinkas und Lissis Rückkehr, offen. Der Popcornberg füllte zwei Drittel des Raumes. Das einzig Angenehme war der süße Duft, der von ihm ausging.

„Wenigstens ist nicht mehr dazugekommen“, dachte Tinka erleichtert.

Ein Zittern ging durch den steilen Popcornabhang, der bis zur Tür reichte. Tinka riss die Hände in die Höhe, bereit für einen Hexenklatsch, um die Massen zurückzukämpfen.

Abermals bebten die braunen Klumpen. Ein Knacken wie vom Eis eines zugefrorenen Teiches schallte durch die Diele. „Das Popcorn schlägt zurück“, entfuhr es Tinka. „Lissi!“, rief sie nach oben. „Das Popcorn lebt. Es greift an.“

Ihre Schwester trampelte lautstark die Holztreppe herunter. Offenbar hatte sie nur ihr Schlaf-T-Shirt zum Anziehen gefunden, das viel zu groß war und ihr bis zu den Knien reichte.

Mit ausgestrecktem Zeigefinger deutete Tinka auf das Popcorn, das immer heftiger erzitterte und bebte. An der Vorderseite brach ein rundes Stück heraus, das auf Tinka zuschwebte.

„Weg! Weg!", rief sie und legte die Zeigefinger zu einem Kreuz übereinander, als müsse sie das Wesen abwehren.

Ein Wesen, das nur aus Karamellpopcorn bestand, einen klumpigen Kopf und einen walzenförmigen Körper besaß, schlich unbeeindruckt weiter. Vier Beine besaß es. Vier Beine, die nur aus übereinander getürmten Popcornstückchen bestanden.

Kreischend flüchtete Tinka zu Lissi auf die letzte Stufe der Treppe und klammerte sich Hilfe suchend an ihr fest.

„Wir haben etwas falsch gemacht", flüsterte Tinka heiser. „Das Popcorn lebt."

„DU hast was falsch gemacht", gab Lissi zurück, froh, nicht an allem Schuld zu haben.

Das Popcornmonster drehte sich. Es suchte seine Beute. Den Kopf-Klumpen zu den Mädchen gerichtet, gab das Ungeheuer einen anklagenden Laut von sich.

Lissi und Tinka atmeten beide gleichzeitig vor Erleichterung heftig aus.

„Cosimo!", riefen sie im Chor.

Das Monster verfiel in miauendes Wimmern und Weinen. Es war tatsächlich der unsichtbare Kater Cosimo, den die Mädchen mit dem Haus übernommen hatten. Er musste sich in der Küche aufgehalten haben, als der Popcornspuk begann. Bestimmt hatte er Milch aus seiner Schale geleckt und war vom Popcorn überrascht und von der Schwanzspitze bis zur Nase beklebt worden.

Kniend begannen die Schwestern, den Kater von den klebrigen Stücken zu befreien. Obwohl sie besonders sanft und vorsichtig vorgingen, schrie Cosimo in regelmäßigen Abständen auf, als hätten sie ihm ein ganzes Büschel Fell ausgerissen.

Lissi hob den Kopf. „He, was machen wir mit ihm? Wer gibt ihm seine Milch, während wir campen sind?"

Tinka zuckte mit den Schultern.

Vom Kopf bis zur Brust war Cosimo die klebrigen Teilchen bereits los. Sein Hinterteil, das noch immer an einen übergroßen Streuselkuchen erinnerte, ließ sich zu Boden plumpsen und aus seiner Kehle kam ein warnendes Maunzen.

„Das soll wohl heißen, dass er mit unserer Ferienfahrt nicht einverstanden ist", übersetzte Tinka.

Zustimmendes Miauen vom Kater.

„He, Kumpel, es geht nicht anders. Unsere Eltern kriegen sonst den wilden Willi", versuchte Lissi zu erklären.

Eine weiche Katzenpfote stemmte sich auf ihre Hand, als wollte Cosimo Lissi auf diese Weise am Weggehen hindern.

„Bis Freitag sind wir ohnehin noch hier, und ab dann hexen wir dir jeden Tag vom Campingplatz aus Milch in die Schüssel. Einverstanden?“

Cosimo schüttelte sich energisch. Hieß das nein?

## Start ins große Chaos

„Hat jemand etwas vergessen? Jetzt ist die Chance auszusteigen und es zu holen!", rief Boris nach hinten in den Kleinbus, den er in letzter Sekunde für ihre Ferienfahrt gemietet hatte. Auf nur fünf Sitzen drängten sich die vier Brüder, Lissi und Tinka. Die Rückbank des Busses und der gesamte Laderaum, in dem bequem zwei Kühe Platz gefunden hätten, waren mit dem Gepäck der Schnabel-Meierbeers vollgestopft.

„Es ist wirklich nur das Nötigste", hatte Grit bei jedem Teil gemurmelt, das sie anschleppte.

Um den Bus herum standen die freundlichen alten Leute, die in den Häusern rund um die Schnabel-Meierbeers wohnten. Sie winkten fröhlich und konnten die Abreise der Familie wohl kaum erwarten. Ein Grund dafür war David. Weil ihm Boris nicht erlauben wollte, seinen gesamten Kuscheltierzoo mitzunehmen, der bei der letzten Zählung aus hundertzweiundzwanzig Kuscheltieren bestand, hatte David sich mitten auf die Straße gestellt, den Mund geöffnet und gebrüllt. Von allen Seiten waren die Nachbarn zusammengelaufen.

Boris Schnabel-Meierbeer hatte versucht, David den Mund zuzuhalten, war dabei aber von ihm in die Hand gebissen worden. Als er den Arm vor Schmerz in die Höhe riss, hob eine alte Dame drohend ihren Stock und warnte: „Wagen Sie es nicht, das Kind noch einmal zu schlagen, Sie Grobian."

„Aber ich habe es nicht geschlagen", verteidigte sich Boris.

David schaffte es, die Tränen aus seinen Augen spritzen zu lassen wie im Zeichentrickfilm. Schluchzend verkündete er: „Papa lässt mich kein Kuscheltier mitnehmen."

Die Empörung der alten Dame, die früher Lehrerin gewesen war, kannte keine Grenzen. „Schämen Sie sich, Sie herzloser Rabenvater!", hatte sie Boris beschimpft, der nicht mehr zu widersprechen wagte. Mit eingezogenem Kopf war er ins Haus zurückgegangen und hatte nicht nur Davids hundertzweiundzwanzig Kuscheltiere geholt, sondern auch gleich fünfzig von Tinka dazu.

Wie ein kleiner Feldherr stand David nun neben dem Kofferraum und überwachte das Verladen seiner aufblasbaren Sachen. Die Auswahl reichte vom Krokodil, drei verschiedenen Booten, einer ganzen Insel, einem Auto bis zu einer Riesengurke.

„Wenn der Kleine sein halbes Zimmer mitnehmen darf, dann wollen wir das auch!“, hatten Frank und Stan verkündet und Gitarre und Schlagzeug aus dem Keller geholt. Das war der Moment, in dem Boris loszog, um einen Minibus zu mieten.

Unter den strengen Blicken der Nachbarn hatte er Gepäck, Spielzeug, Instrumente und ganze Taschen mit essbaren Vorräten verstaut. Ganz egal, was seine Kindern brachten, er stopfte es in den Laderaum. Hauptsache, die Nachbarn hielten ihn nicht länger für ein Ungeheuer.

So war es gekommen, dass nur sieben Plätze frei blieben, die sich acht Schnabel-Meierbeers mit einem Meerschweinchen samt großem Käfig teilen mussten.

„In einer Sardinenbüchse ist es sicher gemütlicher“, stöhnte Stan.

„Kannibalchen stinkt“, beschwerte sich Frank. „Ich warne euch: Mir kommt bestimmt das Frühstück hoch.“

„Falls du es wagst, mir in den Kragen zu kotzen, bohr ich in jede deiner Trommeln ein Loch“, drohte ihm Lissi an.

Boris schickte Stoßgebete zum Himmel, es möge keinen Stau auf der Autobahn geben. Nachdem keiner mehr den Wunsch äußerte, auszusteigen und Vergessenes zu holen, startete er den Motor.

„Sind wir schon da?“, krähte David.

„Fast!“, log Grit.

Die alte Dame klopfte von außen gegen die Scheibe. „Es ist absolut unverantwortlich, Kinder so schamlos anzulügen", belehrte sie Grit. Sie machte einen Schritt weiter nach hinten und redete durch das halb offene Fenster auf David ein. „Ihr werdet jetzt ganz lange fahren, und es wird schrecklich langweilig für dich werden. Sicher sind die Autobahnen verstopft. Irgendwann aber kommt ihr an. Irgendwann."

David starrte sie mit großen, fassungslosen Augen an.

„Sehen Sie, so geht man mit Kindern um", erklärte die alte Dame stolz.

In diesem Moment stimmte David ein neuerliches Heulkonzert an, das lauter war als jede Sirene.

Boris trat aufs Gaspedal und ergriff die Flucht.

In der Reihe hinter den Eltern drängten sich Lissi, Tinka und Thorsten. Mit den Augen deutete der große Bruder auf die beiden altmodischen, mit kariertem Stoff überzogenen Köfferchen, die die Mädchen auf den Knien hielten.

„Was ist denn da drin? Eure Puppen?", wollte er wissen.

Die Schwestern schenkten ihm einen bitterbösen Blick, der ihm ein erschrockenes „Ups!", entlockte.

„Wir haben hier nur unsere Hexenbesen, ein paar Zauberbücher und so Sachen wie gemahlene Krötenwarzen und Stinktierfett drin", sagte Lissi ganz selbstverständlich.

Diesmal schenkte ihr Thorsten einen Blick der Marke „Auf-den-Arm-nehmen-kannst-du-jemand-anderen!“.

„Nichts geht über die Wahrheit“, raunte Lissi Tinka aus dem Mundwinkel zu. Zufrieden streichelten die beiden über ihre Köfferchen, die tatsächlich ihre kleine Hexen-Reiseausstattung enthielten. Die Mädchen hatten einen Spruch gefunden, der alle Sachen auf ein Zehntel ihrer Größe schrumpfen ließ, sodass sie handlich und praktisch mitgenommen werden konnten.

Sorgen bereitete ihnen allerdings Cosimo. Seit Freitagabend, als sie ihr Hexenhaus aufgeräumt und für die zwei Wochen dichtgemacht hatten, war er verschwunden. Das gesamte Haus hatten sie nach ihm abgesucht, ohne ihn entdecken zu können. Es war ziemlich mühsam, einen unsichtbaren Kater aufzuspüren. Tastend waren die Mädchen auf dem Boden herumgekrochen, hatten alle Schränke durchwühlt, Bett, Sofa und Stühle abgeklopft, Cosimo aber nirgendwo gefunden. Auch als Tinka mit einem Löffel gegen seine Milchschale schlug, war er nicht gekommen. Sonst raste er bei diesem Zeichen immer wie ein Blitz herbei.

„Stockbeleidigt“, hatte Lissi bedauernd festgestellt. „Da können wir nichts machen. Wie wir ihm zu seiner Milch verhelfen, wissen wir, also kann er jetzt zwei Wochen lang schmollen.“

Tinka hatte kein gutes Gefühl, als sie das Haus verließen. Der roten Eingangstür hatten sie noch eingeschärft, sich immer für den Kater zu öffnen, wenn er auftauchte. Die Tür hatte es mit treuherzigem Quietschen der Angeln versprochen.

„Kannibalchen ist schlecht!", meldete David aus seinem Kindersitz, der auf der Hinterbank angebracht war.

„Schlecht? Wie gibt es denn so etwas?" Grit drehte sich besorgt im Sitz um und verrenkte sich den Kopf nach dem Meerschweinchen, dessen Transportkäfig zwischen Kindersitz und Tinkas Rücklehne eingeklemmt war.

„Sieht noch nicht grün im Gesicht aus, die Meersau", meldete Frank mit hohlem Lachen.

„David, wie kommst du darauf, dass Hannibalchen übel ist?", wollte Grit wissen.

„Er hüpft ständig herum. Zischt hin und her. Und sein Käfig klirrt so komisch."

„Das kommt vom Rumpeln des Wagens", meinte Boris, eine Erklärung beisteuern zu können. Er musste an einer roten Ampel halten und trommelte mit den Fingern auf das Lenkrad.

*Pling-plang-plung*, tönte es von hinten. *Biiirrrrring!* Es war ein Geräusch, als würde jemand mit einem Löffel über die Gitterstäbe streichen.

„Da, schon wieder!", kam es von David.

„Kannibalchen spielt wohl Harfe", scherzte Stan.

„Die Meersau bewegt sich nicht", berichtete Frank nach vorne. „Trotzdem rätselhafte Geräusche vom Meersaukäfig. Ursache ungeklärt."

Lissi und Tinka sahen einander überrascht an. Gleichzeitig formten sie mit den Lippen stumm den Namen Cosimo. War er vielleicht mitgekommen?

„Cosimo!", zischte Lissi scharf.

„Was hast du gesagt?", fragte ihre Mutter sofort.

„Ach, so ein neues Lied!", mischte sich Tinka schnell ein. Lauthals sang sie: „Cosimo! Cosimo! Coooosimo!" Sie sang falsch und ohne Melodie.

„Gnade!", wimmerten die Jungen hinter ihr theatralisch.

Auf Lissis Oberschenkeln zeichneten sich vier kleine Mulden ab. Sie schlang die Arme nach vorne und bildete mit ihnen ein großes O. Thorsten musterte sie fragend.

„Was soll das? Wieso sitzt du da, als hättest du eine unsichtbare Tonne auf den Knien?"

Lissi war nicht kaltschnäuzig genug zu antworten, dass es sich um einen unsichtbaren Kater im Ausmaß einer Tonne handelte. Cosimo, der sich beleidigt fühlte, schlug mit den Krallen in Thorstens Richtung und kratzte ihm über den bloßen Unterarm.

„Aua!", rief dieser wehleidig und betrachtete den dünnen Blutstropfen, der sich über seine Haut zog.

„Trockene Haut", stellte Tinka mit Kennermiene fest. „Du solltest dich besser eincremen."

Vor Freude, mit seinen beiden Frauchen mitreisen zu dürfen, begann Cosimo lautstark zu schnurren. Erschrocken plapperte Lissi los und erzählte von einer Klassenkameradin, die das lauteste Magenknurren der Welt hatte.

„Sei mal leise", unterbrach sie Grit. „Da schnurrt doch etwas?"

„NEIN, ICH KANN NICHT LEISE REDEN, SONST VERSTEHT IHR MICH NICHT", schrie Lissi.

Cosimo hatte sich mittlerweile häuslich auf ihrem Schoß niedergelassen, worauf sein Schnurren sich noch steigerte.

„Tralala-LALALALAAAA!", schmetterte Lissi und bekam Unterstützung von Tinka, die sofort wusste, was sie mit der Aktion bezweckte.

„Boris", rief Stan nach vorne. „Kannst du uns bitte in der Klappsmühle absetzen? Die ist nicht weit von hier."

„Wozu euch? Diese beiden Heulbojen gehören dorthin", versuchte Thorsten, die Schwestern zu übertönen.

„Hoffnungslose Fälle werden bestimmt nicht genommen", klärte ihn Frank auf.

In diesem Moment meldete sich Boris zu Wort: „Das Schnurren ist der Motor", rief er über die Schulter. „Ganz neues Modell."

Lissi und Tinka legten eine Gesangspause ein. Tatsächlich waren die restlichen Insassen des Wagens bereit, Cosimos Schnurren für ein besonders angenehmes Motorgeräusch zu halten.

„Mach jetzt bloß weiter“, redete Lissi dem Kater zu. „Sonst bleibt Boris stehen und wirft einen Blick unter die Motorhaube.“

# Ein Mann wie ein Nilpferd

Die Fahrt dauerte vier Stunden und einundfünfzig Minuten. Dabei hatte es keinen Stau gegeben, und Boris Schnabel-Meierbeer hatte sich nur ein einziges Mal verfahren.

Der Grund für die Verzögerung hieß David. Alle zehn Minuten krähte er: „Muss Pipi!"

Boris hielt bei der nächsten Gelegenheit, Grit schnallte David aus dem Kindersitz, zog ihn heraus (was durch den eingeklemmten Meerschweinchenkäfig nicht so einfach war), ging mit ihm neben das Auto und versuchte, ihn zu überreden, zu tun, was er angekündigt hatte.

Doch so einfach ging das bei David nicht. Erstens konnte er nicht pieseln, wenn ihm alle dabei zusahen, also musste jedes Mal ein Baum oder ein Busch gefunden werden. Außerdem stellte er bei den ersten fünf Stopps, nachdem alle bereits ungeduldig nach ihm riefen, fest, dass er doch nicht musste.

Beim sechsten Mal stimmte es dann endlich wirklich. Bei dieser Rast fiel auch Cosimo ein, er könnte eine Duftmarke für seine Artgenossen hinterlassen. Bevor Lissi ihn zurückhalten konnte, war er durch das offene Seitenfenster gesprungen. Es blieb Lissi nichts anderes übrig, als ihm hinterherzuhetzen. Ziemlich ratlos blickte der Rest der Familie ihr nach und beobachtete, wie sie im Zickzack über eine frisch gemähte Wiese jagte und die Arme vorgestreckt hatte, als wollte sie nach etwas greifen.

„Hast du eine Ahnung, was die für eine Wanze gebissen hat?", wollte Stan von Tinka wissen.

Tinka kramte fieberhaft in ihrem Kopf nach einer glaubhaften Erklärung.

„Das ist eine Lockerungsübung. Lange Autofahrten sind so ungesund. Lissis Arme werden dann immer ganz steif, und ihre Füße schlafen ein."

„Armes Mädchen, das wusste ich gar nicht!", murmelte Boris.

Bis Lissi Cosimo wieder eingefangen hatte, vergingen geschlagene neununddreißig Minuten. Der Kater hechelte wie ein Hund und ließ sich von ihr auf den Arm nehmen. Das Spiel hatte ihm wirklich Spaß gemacht.

„Benimm dich", warnte ihn Lissi, während sie ihn zum Auto zurücktrug. Sie war völlig außer Atem. „Sonst verwandle ich dich in eine Maus."

Cosimo maunzte entsetzt auf.

Endlich rollte der Minibus unter dem gebogenen Schild durch, das sich quer über die Zufahrt spannte. In steilen Buchstaben prangte dort:

**Willkommen beim fröhlichen Campingplatz Krummsee!**

„Geschafft!“, seufzte Boris erleichtert und kurbelte das Fenster hinunter. Eine Schranke versperrte ihm den Weg und zwang ihn anzuhalten. Erwartungsvoll blickte er zu dem kleinen Häuschen am Straßenrand. Die Tür stand offen, und von drinnen kam Umtata-Musik.

„Müssen wir hier Lederhosen tragen und jodeln?“, meldete sich Stan von hinten.

Ungeduldig drückte Boris zweimal kurz auf die Hupe. Noch immer zeigte sich niemand.

„Was ist denn los? Keiner da?“ Er schwang sich aus dem Bus und ging auf das Häuschen zu. Er war nur wenige Schritte entfernt, als sich doch jemand zeigte. Der Mann war groß wie ein Schrank und mindestens so breit wie ein solcher. Seine Schultern füllten den Türrahmen aus. Wie einen Prellbock streckte er seinen Bauch vor, der weit über den Gürtel hing. Eine Hand von der Größe einer Schaufel legte sich an den Türrahmen. Um den Kopf hatte der Mann ein Tuch im Piratenstil gebunden. Als er sich mit der anderen Hand über die Bartstoppeln kratzte, konnte der Rest der Familie Schnabel-Meierbeer dies bis ins Auto hören.

Boris wirkte neben dem Mann wie ein Zwerg. Er musste den Kopf heben, um ihm in die Augen zu sehen.

„Was soll'n der Krach?", grunzte der Koloss aus dem Mundwinkel.

„Ich habe einen Platz bestellt", meldete sich Boris piepsend.

Der Koloss streckte die Hand aus. „Bestätigung!"

Eifrig wieselte Lissis Vater zum Wagen zurück. „Oh nein", hörten ihn die anderen stöhnen. „Die Bestätigung steckt in der Tasche ganz unten."

Hinter den Schnabel-Meierbeers waren zwei weitere Autos eingetroffen. Ungeduldig blinkten und hupten sie, während Boris Meierbeer bis zum Nabel im Laderaum verschwand und nach seiner Tasche kramte.

„Fahren Sie zur Seite, Mann! Ich habe keine Lust, auf der Straße zu campieren!", schimpfte der Fahrer des Wagens hinter ihnen.

Das Dickbauch-Monster bewegte sich wabbelnd und schwerfällig wie ein Nilpferd auf Boris zu.

„Mach Platz", befahl es.

„Bin schon weg!", piepste Boris und hielt einen zerknitterten Zettel hoch.

Lissi schämte sich für ihren Vater und hatte gleichzeitig schreckliches Mitleid mit ihm. Der Fleischberg war wirklich Furcht einflößend.

Als würde er eine Fliege fangen, griff sich der Koloss den Zettel, las, was drauf stand und knurrte: „Im Voraus bezahlt. Gut! Platz neunzehn bis einundzwanzig." Es kostete ihn nur ein Fingerschnippen, um die Schranke nach oben kippen zu lassen.

Erleichtert sprang Boris hinter das Lenkrad, würgte den Motor beim Starten dreimal ab und musste sich schließlich anschieben lassen, weil der Wagen überhaupt nicht mehr anspringen wollte.

Frank und Stan waren hinter den Sitzen in Deckung gegangen, um nicht gesehen zu werden. Wenn die anderen Jungs auf dem Campingplatz entdeckten, dass sie zu Boris gehörten, waren sie für die nächsten zwei Wochen geliefert!

Endlich stand der Kleinbus auf dem Parkplatz. Endlich konnten alle Insassen aussteigen und sich strecken, frische Luft schnappen und sich die Beine vertreten.

Lissi hatte Tinka Cosimo in den Arm gedrückt und war losgelaufen, um den richtigen Platz zu suchen.

„Spitzenmäßig", berichtete sie bei ihrer Rückkehr. „Direkt neben der Würstchenbude. Wenn uns am Abend die Chips ausgehen, müssen wir nur die Hand zum Zelt hinausstrecken."

Boris lächelte schwach und erschöpft. Er flehte, es mögen ab jetzt keine neuen Katastrophen mehr auftauchen.

Doch sein Flehen wurde nicht erhört.

Tinka und ihre Mutter schleppten gerade gemeinsam eine schwere Tasche Richtung Zeltplatz, als ihnen ein dunkelhaariger Mann entgegenkam. Graue Strähnen blitzten auf seinem Kopf. Er ging nach vorn gebeugt und presste ein Handy ans Ohr.

„Nein, sicher nicht!", schimpfte er mit dunkler Stimme.

Tinka und Grit ließen gleichzeitig die Henkel der Reisetasche los, die mit einem dumpfen Knall auf dem Boden landete. Der Mann blickte auf, seine Augen wurden weit, sein Mund blieb offen.

Schweigend standen sich die drei gegenüber. Geplagt stieß Grit die Luft aus: Zur Zeit blieb ihr wirklich nichts erspart!

„Was macht ihr hier?", lautete der erste Satz, den der dünne Mann sagte. Seine Verlegenheit war nicht zu übersehen.

„Urlaub", zischte Grit, und Tinka sah, wie ihre Mutter die Fäuste ballte.

„So ein Zufall. Wir auch!" Der Mann grinste wie ein Schüler, der beim Spicken ertappt worden ist.

„Ich habe es geahnt", stöhnte Grit leise.

Tinka hatte noch keinen Ton herausgebracht. Lissi, die ihr mit einem Rucksack auf dem Rücken und den Paddeln für das Schlauchboot nachkam, blieb stehen und folgte dem Blick ihrer Stiefschwester. Sie erkannte den Mann sofort. Auf Fotos hatte sie ihn schon einmal gesehen. In echt noch nie.

„Ist das der Gestrichene?", fragte sie in einer Lautstärke, die der Mann hören konnte.

„Moment mal, was soll das heißen?", plusterte dieser sich sofort auf. „Grit", er wandte sich an Tinkas Mutter und schüttelte vorwurfsvoll den Kopf, „förderst du das etwa? Förderst du, dass meine Tochter mich der Gestrichene nennt?"

„Nein, Ronald, das tue ich nicht!", sagte Grit beherrscht. Ein Druckkochtopf kurz vor dem Explodieren stand bestimmt weniger unter Druck als sie in diesem Moment.

„Der berühmte Gestrichene!" Lustvoll wiederholte Lissi den Ausdruck.

„Ist das da", der Mann wedelte abschätzig mit einer Hand in Lissis Richtung, „etwa deine neue Tochter?"

Lissis Augen verengten sich. Den Kopf angriffslustig vorgestreckt, die Hände in die Seite gestemmt, stapfte sie auf den Mann zu. Er wich sofort zurück, als hätte sie die Tollwut.

„Ich bin kein das. Mein Name ist Lissi, für Sie allerdings Louisa. Ich bin die Stiefschwester von Tinka, und an Tinkas Stelle hätte ich Ihnen ganz andere Namen gegeben. Seien Sie dankbar, dass Sie so nett davonkommen. Denn im Übrigen ..."

Grit fasste Lissi an der Schulter und sagte beschwichtigend: „Halt, Lissi, langsam! Es ist alles in Ordnung. Lass mich das bitte machen!"

Beleidigt, weil sie noch einiges zu sagen gehabt hätte, trat Lissi den Rückzug an. Unbeholfen und gleichzeitig ziemlich erregt zappelte der Mann herum.

„Ronald, wo steht euer Zelt?“, erkundigte sich Grit kühl.

„Wir sind mit dem Wohnmobil hier“, antwortete Tinkas Vater, bemüht, souverän und überlegen zu klingen.

„Und wo steht euer Wohnmobil?“, fragte Grit geduldig weiter.

„Platz dreiundzwanzig.“

Tinkas Mutter ging leicht in die Knie.

„Und wie lange bleibst du noch?“

Herr Schnabel wedelte mit der Hand in die Richtung, in der sein Wohnmobil abgestellt war. „Samantha und ich und Janek, also wir sind gerade erst angekommen und haben für zwei Wochen gebucht.“

Nach dieser Antwort wankte Grit wie nach einem schweren Schlag in einem Boxkampf.

„Schön, euch zu sehen“, brachte Herr Schnabel heraus und bleckte seine weißen Zähne wie ein Hai.

„Danke!“, presste Grit hervor.

„Also dann …“ Tinkas Vater schlenkerte unbeholfen mit den Armen und entfernte sich rückwärts gehend. „Wir sehen uns!“ Leise fügte er hinzu. „Wohl oder übel.“

Boris war, bepackt mit zwei Koffern und zwei Taschen unter den Armen, aufgetaucht und bekam gerade noch den Abzug von Herrn Schnabel mit. Grit trat vor ihn, fasste ihn mit beiden Händen vorn am Hemd und sagte eindringlich: „Bitte, lass uns wieder abfahren. Zwei Wochen neben Ronald, das halte ich nicht aus!“

„Ich kümmere mich sofort darum“, versprach Boris, stellte die Gepäckstücke einfach ab, zupfte das schweißnasse Hemd vom Körper und machte sich auf den Weg zurück zu dem Häuschen an der Einfahrt.

Tinka und ihre Mutter ließen sich auf die Koffer sinken. Thorsten kam herbeigeeilt und rief ihnen entgegen: „Ihr werdet nie erraten, wer auch hier ist.“

„Wenn ich es doch errate, spendierst du uns allen ein Eis“, verlangte Tinka.

Siegessicher schlug Thorsten ein. „Du hast drei Versuche frei, Schwesterchen.“

„Geh das Eis holen!“, befahl Tinka. „Wir sind ihm auch schon begegnet.“

Das Wort „Eis“ wirkte wie ein Zauberspruch, der alle Mitglieder der Familie auftauchen ließ. Sogar Cosimo rieb seinen Kopf an Lissis Bein.

„Das wird teuer“, jammerte Thorsten.

## Tussi-Tussi aus Tussiland

Bei seiner Rückkehr verkündete Boris: „Ich habe eine gute und eine schlechte Nachricht. Welche zuerst?"

„Die schlechte!", sagte Grit, die sich von Thorsten bereits ein zweites Eis hatte spendieren lassen.

„Wenn wir abfahren, bekommen wir keinen Cent zurückerstattet. Unser ganzes Urlaubsgeld wäre in der Tonne."

„Sind wir dann arm?", kam es von David.

„Na ja, viel könnten wir uns in den nächsten beiden Wochen nicht leisten", gestand Boris. „Der Kauf unseres neuen Hauses lastet noch sehr auf unseren Geldbeuteln."

Grit war ein Funke Hoffnung geblieben. „Und die gute Nachricht?"

„Wir bekommen einen anderen Platz. Nummer zweihundertelf. Am anderen Ende des Campingplatzes."

Erleichtert atmete Grit auf. Die Vorstellung, einen Urlaub neben ihrem geschiedenen Mann zu verbringen, hatte ihr die Gänsehaut über den Rücken gejagt. Als sie Boris' verlegenes Gesicht bemerkte, fragte sie zittrig: „Gibt's einen Haken?" Boris nickte bedauernd. „Der Campingplatz ist die nächsten sieben Tage voll. Zweihundertelf wird erst in einer Woche frei."

Thorsten schüttelte verständnislos den Kopf.

„Jetzt bitte, tut doch nicht so, als hätte Ronald die Pest! Benehmt euch wie erwachsene Menschen! Wir bauen unsere Zelte auf und gehen ihm einfach aus dem Weg."

Tinka wandte sich an Boris. „Hast du vielleicht eine aufblasbare Mauer dabei? Ich stelle mir ein Modell wie die Chinesische Mauer vor. Das würde bestimmt helfen."

Zum ersten Mal nach dem Schock der Begegnung schaffte Grit ein kleines Lachen. Sie erhob sich vom Koffer, strich ihr Kleid glatt und erklärte energisch: „Thorsten hat recht. Wir sind gekommen, um uns zu erholen und viel Spaß zu haben. Also werden wir auch beides tun. Das Kommando lautet: Fertig auspacken und dann Zelte aufbauen!"

Boris klatschte erleichtert in die Hände und küsste seine Frau schmatzend.

Frank wandte sich ab. „Peinlich, dieses Geknutsche in der Öffentlichkeit", brummte er.

Die Schnabel-Meierbeers arbeiteten wie die Ameisen. Tinka und ihre Mutter vermieden es, zu weit nach links oder rechts zu blicken.

„Wir stellen auf Platz Nummer einundzwanzig das Jungenzelt auf, das ist das Größte!“, entschied Boris. Dann kam das Zelt für Tinka und Lissi und als Letztes dann das Elternzelt, das auch zum Kochen und als Treffpunkt dienen sollte.

Den Mädchen fiel es sehr schwer, nicht zu hexen. Besonders, als Lissi und Tinka ihr Zelt fast fertig aufgestellt hatten und Lissi es zum ersten Mal betrat. Genau in diesem Augenblick fiel Tinka auf, dass drei Heringe und zwei Schnüre übrig geblieben waren. Sie wollte es Lissi sagen, kam aber nicht mehr dazu. Das Zelt sank nämlich gerade wieder in sich zusammen und legte sich wie ein riesiger Schleier über ihre Schwester.

„Tussis“, kam es abfällig von hinten. Tinka drehte sich mit einem Ruck um und blickte in das feixende Gesicht eines Jungen. An ihm schien alles schief: Er stand schief, er grinste schief, er hatte schiefe Zähne und hielt den Kopf schief.

„Ich heiße Tinka“, stellte sich Tinka mit honigsüßem Lächeln und lieblichem Augenaufschlag vor. „Freut mich sehr, dich kennenzulernen, Tussi.“

Der Junge rang nach Luft. Die Hände tief in die Taschen seiner weiten Shorts gebohrt, prustete er empört: „Ich heiße doch nicht Tussi, du Tussi.“

„Ach, Doppelname. Tussi-Tussi“, spottete Tinka ungerührt weiter.

Diesmal blieb dem Jungen die Spucke weg.

„Hilf mir raus“, verlangte Lissi unter der Zeltplane. Tinka hob den Teil, in dem sich der Eingang befand, und eine verschwitzte, schnaubende Lissi tauchte auf. Ihr Blick fiel auf den schiefen Burschen.

„Was'n das?“

„Das ist Tussi-Tussi!“, erklärte Tinka, die Ruhe in Person.

„Tussi-Tussi?“ Lissi verzog fragend das Gesicht, fing Tinkas verschwörerisches Zwinkern auf und verstand. „Ach, Tussi-Tussi, sicher aus dem Tussiland.“

Der Junge bebte wie ein Presslufthammer.

„Was seid ihr für dämliche Weiber!“

„Ganz schön nervös, der junge Mann“, stellte Lissi kopfschüttelnd fest.

„Ihr seid zu doof zum Nasenbohren!“, schimpfte er, schnappte nach Luft, um noch etwas zu sagen, aber offenbar fiel ihm nichts mehr ein. Mit einer ärgerlichen Handbewegung zog er wieder ab.

Lissi und Tinka klatschten triumphierend die Hände in der Luft zusammen.

Neben ihnen ertönte ein mehrstimmiger Jubelschrei. Stan, Frank, David und Thorsten feierten die Fertigstellung ihres Zeltes.

Lissi zog zischend die Luft durch die Nase. Sie spürte die spöttischen Blicke der Jungen, die dastanden und auf die schlaffe Zelthaut der Mädchen starrten. Laut verkündete Lissi: „Wie gut, dass wir dieses Schnell-Aufbau-Zelt haben.“

„Das was?“ Tinka hatte keine Ahnung, wovon Lissi sprach.

„Ein Zug am richtigen Seil, und das Ding steht!“, redete Lissi weiter. Sie sprach laut und betonte jedes Wort. Noch immer machte Tinka große, fragende Augen.

„Klatsch-klatsch!“, raunte Lissi ihr zu.

Tinka riss den Mund auf. „Nein, du kannst doch nicht ...“ Sie fürchtete, Lissi würde in aller Öffentlichkeit und vor den Augen der Jungen den Hexenklatsch ausführen.

„Bin doch nicht matschig in der Birne!“ Lissi tat beleidigt und kroch unter die Zeltplane. Dort, vor allen neugierigen Blicken geschützt, tippte sie die Fingerspitzen aneinander und flüsterte den Spruch, mit dem man Dinge aufbauen und vergrößern konnte. Sie spürte ein Rascheln, Knistern und Rauschen rund um sich und fühlte, wie sich das Zelt nach oben streckte. Die beiden Hälften des Eingangs klafften auf wie ein großes A, und das Sonnenlicht fiel herein.

Angenehm luftig und hell erschien Lissi das Zelt. Nicht so eng und stickig, wie sie es erwartet hatte. Tinkas Kopf schoss herein.

„Bist du wahnsinnig?“ Sie rollte die Augen und schnitt wilde Grimassen.

„Nein, aber du siehst aus, als hättest du beschwipste Kirschen genascht.“

Tinka deutete nach oben. Als Lissi sich zurücklehnte und den Kopf in den Nacken legte, erkannte sie den Grund. Verblüfft stieß sie einen langen Pfiff aus. Das Zelt war gut zwei Stockwerke hoch geraten. Der Zeltturm schwankte leicht im Wind, der vom See her über den Campingplatz strich.

Mit einem verlegenen Grinsen musterte Lissi ihre Hände. „Die zwei sind ganz schön kräftig, nicht?"

Leise stöhnend wollte Tinka die Bescherung wieder rückgängig machen. Doch es war zu spät. Draußen rief Stan bereits: „He, Boris, was soll denn das sein? Ein Zelt für Giraffen?"

Lissis Vater kam geeilt, betrachtete den wankenden blauen Turm von außen, untersuchte ihn von innen, zog an den Verschnürungen und klopfte über den Stoff, als wäre er ein Patient mit Stechen in der Brust.

„Auf der Packung war so ein nettes Zeltchen abgebildet", beteuerte er. Er schüttelte immer wieder fassungslos den Kopf, wandte sich an die Mädchen und verzog ratlos das Gesicht. „Wie habt ihr das Ding überhaupt aufstellen können? Ohne Leiter?"

Tinka lief rosa an und wickelte verlegen Strähnen ihrer blonden Haare über einen Finger. Mit dem Ellbogen stieß sie Lissi in die Seite. Sie war schuld, also sollte sie sich auch etwas einfallen lassen.

Mit ernster Miene erklärte die Schwester: „Das Zelt hat sich von allein aufgestellt. Da muss eine Feder eingebaut sein. Es hat *Zzuuung* gemacht und das Ding stand."

Zur Erleichterung der Mädchen hakte Boris nicht weiter nach. Nachdem er gegangen war, redete Tinka leise, aber sehr eindringlich auf Lissi ein.

„Du musst den Hexenklatsch besser üben. Immer wenn du was hext, geht es daneben. Du wirst uns noch drei Ohren und sieben Nasen anhexen."

Über Lissis Stirn zogen dunkle Wolken auf. Trotzig verschränkte sie die Arme vor der Brust.

„Ich brauche keine Nachhilfestunden, Frau Studienrat. Klar?"

„Ach, mach doch, was du willst! Aber lass mich damit in Frieden!" Tinka warf ihr blondes Haar nach hinten, kramte ihren blitzblauen Bikini aus dem Rucksack und marschierte Richtung See. Nach den Schrecken der vergangenen Stunden benötigte sie dringend eine Abkühlung.

Entlang des Ufers war eine Reihe kleiner Umkleidekabinen aufgestellt. Daneben standen in langen Reihen Liegestühle, die alle belegt waren. Im seichten Wasser planschten kleine Kinder, etwas größere lieferten sich eine Wasserschlacht.

In einer der Kabinen schlüpfte Tinka in ihren Bikini. Mit dem Kleiderbündel unter dem Arm trat sie wieder hinaus und sah sich nach einem Platz um, an dem sie die Sachen ablegen konnte. Ein dichtes Gebüsch hinter einer Bank schien ihr dafür gut geeignet.

Sie stopfte die Klamotten zwischen die Zweige, band ihr Haar zu einem Pferdeschwanz und lief Richtung Wasser.

Sie fragte sich, warum der Krummsee Krummsee hieß. „Eissee“ hätte bedeutend besser gepasst. Sie fröstelte, als sie die Zehen hineinstreckte.

„Juhu, Tinka!“ Eine Hand winkte ihr unter einem grün-weißen Sonnenschirm zu. Sie gehörte ihrem Vater. Dem echten Vater. Dem Gestrichenen. Lustlos hob Tinka kurz die Hand.

Ronald Schnabel räkelte sich in einer knappen blau-roten Badehose auf einem Liegestuhl. Auf der schmalen Liege neben ihm lag auf die Ellbogen gestützt Samantha.

„Morgen lasse ich mir die Haare schwarz färben“, beschloss Tinka grimmig.

Samantha war die neue Frau ihres Vaters und so blond, dass man sie nur mit Sonnenbrille ansehen konnte. Ihr Bikini bestand aus ein paar dünnen Riemchen und Stofffleckchen, die in den gleichen Farben gehalten waren wie Ronalds Badehose. Über den Rand eines Ungetüms aus zwei großen dunklen Scheiben blinzelte Samantha in Tinkas Richtung und winkte mit zwei Fingern.

Tinka tat, als hätte sie es nicht gesehen.

„Deine Tochter wird dick“, hörte sie Samanthas Samtstimme durch das Geplapper und Geplauder der Badegäste.

Am liebsten hätte sich Tinka auf sie gestürzt. Wenn ihr etwas wirklich Kummer bereitete, dann war es das kleine Bäuchlein unterhalb ihres Nabels. Es war wirklich nicht sehr groß, doch es wölbte sich leicht und ließ sich auch von hautengen Hosen nicht mehr bändigen.

Tief gekränkt rannte Tinka einfach in das eisige Wasser des Krummsees. Der einzige Mensch auf der ganzen weiten Welt, der sicher niemals einen Kommentar über ihr Bäuchlein abgeben durfte, war Samantha! Tinka tauchte ab und schwamm ein Stück unter Wasser. Prustend kam sie wieder an nach oben, schüttelte sich, strich sich ein paar Haarsträhnen aus dem Gesicht und machte kräftige Schwimmbewegungen.

Nun kamen auch die männlichen Schnabel-Meierbeers an den See, gefolgt von Tinkas Mutter.

„Oh, Mam", stöhnte Tinka innerlich.

Grit trug einen lila Badeanzug mit violetten und blauen Blüten. Es war ein Stück, für das man sich als Tochter genieren musste. Da Grits Hinterteil nicht das schlankste war und sie ein wenig Speck an den Hüften hatte, wirkte sie auf Tinka in diesem Augenblick wie ein Nilpferd. Daneben noch Boris in einer Badehose, die kurz unter den Brustwarzen begann und bei den Knien endete!

Am liebsten wäre Tinka versunken. Als sie es dann wirklich tat, war sie allerdings nicht so erfreut darüber. Es konnte doch keine Haie im Krummsee geben! Oder Seemonster! Trotzdem aber hatte sich etwas um ihr linkes Bein geschlungen, das sie unerbittlich in die Tiefe zerrte.

# Sternzeichen Schwarzes Unglücksschwein

Die Wellen schlugen über Tinkas Kopf zusammen. Normalerweise tauchte sie gerne, allerdings nicht, wenn das unfreiwillig geschah. Sofort bekam sie das Gefühl, ersticken zu müssen.

Aus ihrer Nase quollen Luftperlen, und ihre Brust war angespannt, als würde sie gleich zerspringen. Mit aller Kraft versuchte sie abzuschütteln, was immer sie da am Knöchel festhielt. Sie trat und strampelte und ruderte mit den Armen, um sich wieder nach oben zu befördern.

Der Druck wurde unerträglich, gleich würde sie einatmen müssen. Sie konnte nicht anders, auch wenn sie unter Wasser war. Tinka fühlte sich schwindlig, in ihren Ohren rauschte es. Es war alles aus. Ob viele um sie weinen würden?

Während sie sich schon ihre Trauergemeinde vorstellte, bemerkte sie auf einmal, dass sie ihr Bein wieder frei bewegen konnte. Das schwere Gewicht war verschwunden. Mit drei starken Schwimmbewegungen war Tinka an der Oberfläche, schoss in die Höhe, holte tief Luft, verschluckte sich dabei, wurde von einem Hustenanfall geschüttelt und schlug immer wieder mit den Armen auf das Wasser, um nicht unterzugehen.

Was war das gewesen? Sie suchte die Oberfläche rund um sich ab, ohne etwas zu entdecken. Als sie wieder halbwegs ruhig atmen konnte, steckte sie den Kopf sogar unter Wasser.

Ohne Taucherbrille sah sie jedoch alles sehr verschwommen. Außerdem verlor sich das Licht im Krummsee schon in geringer Tiefe.

In gar nicht so großer Tiefe aber fiel Tinka etwas auf, das ihr den Atem raubte. Ihre Hände fuhren an die Stelle, an der sich vorhin noch ihr Bikini-Oberteil befunden hatte.

Es war fort!

Tinkas Hände tasteten prüfend nach dem Bikinihöschen. Es fehlte ebenfalls. Wie war das möglich? Die Teile hatten doch fest gesessen. Sie musste sie beim Kampf gegen das Ungeheuer verloren haben. Dann allerdings trieben sie bestimmt noch irgendwo im Wasser.

Tinka ließ sich nach unten sinken und fuhr suchend mit den Fingern kreuz und quer durch den See. Mit weit aufgerissenen Augen versuchte sie, die kostbaren Stücke aufzuspüren. Immer wieder tauchte sie auf, schnappte nach Luft, um dann – jedes Mal ein wenig hektischer – die Suche fortzusetzen.

Keuchend gab sie schließlich auf. Die Sonne stand noch immer hoch über dem Bergkamm, der sich hinter dem See erhob, und strahlte warm auf die Urlauber herab. Am Ufer hatte noch niemand etwas von ihrem Missgeschick bemerkt. Zum Glück! Solange sie im Wasser blieb, sah man nicht, dass sie nackt war. Aber wie sollte sie unbemerkt und ungesehen an Land gehen?

Wie die erste Reihe einer angreifenden Armee traten ihr am Ufer die Liegestühle entgegen. Auf den wenigen Grasstücken, auf denen keine standen, lagen Leute auf Badetüchern.

Weit entfernt glaubte Tinka, ihre Brüder und die Eltern im Wasser zu sehen. Von Lissi aber keine Spur. Sich einen neuen Badeanzug zu hexen, wagte Tinka nicht. Dafür gab es viel zu viele neugierige Augen rundherum.

„Nana-nana-naaaa naaaa!", rief jemand neckend. Das Wasser spritzte, so heftig durchwühlte Tinka es mit den Armen, als sie sich in die Richtung drehte, aus der die Stimme kam.

Sie hätte es sich denken können! Ein paar Meter entfernt, auf einer giftgrünen Luftmatratze, hockte Tussi-Tussi, schief natürlich, und schwenkte zwei blitzblaue, tropfende Stoffstücke.

Mehr als ein knurrendes „Duuuu!“ brachte Tinka vorerst nicht heraus.

In Tussis freier Hand erkannte sie ein Tauchermesser. Dieser Wahnsinnswurm hatte sie nicht nur halb ertränkt, sondern ihr dann auch noch den Badeanzug vom Leib geschnitten.

Spottend band sich der Junge das Bikini-Oberteil wie eine Fliege um den Hals und schlang das Unterteil als Stirnband um den Kopf.

Tinka glaubte, das Wasser rund um sie müsse zu kochen beginnen, so heftig brodelte ihr Blut.

„Tussi, Tussi, Tussi!“, sang der Junge laut und falsch.

„Ooooh!“ Tinka legte den Handrücken auf die Stirn und verdrehte die Augen zum Himmel. „Mir wird übel“, hauchte sie noch, bevor sie bewusstlos versank.

Ein paar Luftblasen stiegen auf und platzten lautlos an der Oberfläche.

Der Junge kniete auf der Luftmatratze und starrte zu der Stelle, an der Tinka untergegangen war. Sein Mund stand leicht offen. Fragend hatte er den Kopf zur Seite gelegt.

„He!“ Mehr brachte er nicht heraus.

Die Luftblasen hörten auf. Dunkel und glatt wippte die Wasseroberfläche. Auf einmal bekam es der Junge mit der Angst zu tun. Kopfüber stürzte er sich in den See und tauchte nach Tinka. Er pflügte in die Tiefe, blickte verzweifelt um sich, sah aber nur verschwommenes Schwarzblau. Immer wieder holte er schnaufend Luft, um die Suche fortzusetzen, so wie Tinka es zuvor auf der Jagd nach den Bikiniteilen getan hatte.

Alles ohne Erfolg! Das Mädchen musste bereits auf dem Grund des Sees liegen. Hatte der Fettsack an der Einfahrt nicht gesagt, der Krummsee sei an einigen Stellen sechzig Meter tief? Sechzig Meter! Jede Rettung kam zu spät.

„Das wollte ich doch nicht", wimmerte der Junge wie ein Welpe.

Weinend schlug er mit den Armen um sich, damit andere auf ihn aufmerksam würden.

„Hilfe!", würgte er. Die Verzweiflung schnürte ihm die Kehle ab.

„Suchst du mich?", drang eine Stimme zu ihm.

Auf der halben Strecke zwischen sich und dem Ufer erkannte er das Grün seiner Luftmatratze. Darauf abgestützt das blonde Mädchen! Diesmal war sie an der Reihe, spöttisch zu grinsen. In der Hand hielt sie sein Tauchermesser und stieß es mitten in seine Luftmatratze, aus der mit einem überraschten *Fluppp* die Luft entwich.

„Du hast wohl 'nen Knall!", schrie er, als er sich halbwegs wieder unter Kontrolle hatte.

Tinka kümmerte sich nicht um seinen Ausbruch, sondern schwamm mit kräftigen Zügen Richtung

Land, das schlaffe Luftmatratzending im Schlepptau. Ihr Vorsprung war zu groß. Einholen konnte sie der Junge nicht mehr. Auch wenn ihr Bikini endgültig seine Reise zur tiefsten Stelle des Sees angetreten hatte, brauchte Tinka nicht nackt aus dem Wasser zu kriechen. Die leere Luftmatratze wie ein Badetuch um den Körper geschlungen, schritt sie dort, wo es seichter wurde, zum Trockenen.

Es ließ sich nicht vermeiden, sie musste nahe an den Liegen ihres Vaters und seiner neuen Frau vorbei. Die beiden lagen auf dem direkten Weg zur Bank, hinter der Tinkas Klamotten versteckt waren. Um dem Jungen nicht die Chance zu geben, sich zu rächen und ihre Sachen verschwinden zu lassen, nahm sie keinen Umweg in Kauf.

„Das Badetuch deiner Tochter sieht aus wie Janeks Luftmatratze!“, hörte Tinka Samantha sonnentrunken zu Ronald sagen.

Janeks Luftmatratze? Der schiefe Turm von einem Jungen war Rolands Stiefsohn! Wenn man es ganz besonders schrecklich sehen wollte, sogar ihr Stiefbruder.

Kalte Schauer ließen Tinka frösteln. Sie schaffte es gerade noch, ihre Sachen an sich zu reißen und mit ihnen und der Luftmatratzenhaut Richtung Zelt zu flüchten.

Dieser Urlaub stand im Sternzeichen des schwarzen Unglücksschweins!

Gegen einen Baumstamm gelehnt hockte Lissi im Gras vor dem blauen Turmzelt, blickte den Schäfchenwolken nach, die über den blauen Himmel schwebten, und kaute an einem Grashalm. Die Luftmatratzenhaut knisterte, als Tinka sich ihr näherte. Lissi drehte den Kopf und musterte Tinkas seltsames Wickelkleid.

„Ich garantiere für nichts!“, fauchte Tinka und drückte das Wasser aus den Haarspitzen. „Wenn ich aus Janek Hackfleisch mache, dann darf das keinen wundern.“

„Wer ist Janek und warum Hackfleisch?“, fragte Lissi ungerührt.

Nachdem Tinka sich einen orangefarbenen Badeanzug mit blauen Streifen angezogen hatte, ließ sie sich vor Lissi ins Gras sinken und verschränkte die Beine.

Noch immer schäumend vor Wut berichtete sie, was ihr alles widerfahren war. Lissi schaffte es nicht, sich ein breites Grinsen zu verkneifen. So schlimm die Ereignisse für Tinka gewesen waren, so komisch hörten sie sich jetzt an.

Auf einmal klopfte Tinka suchend mit den Händen den Boden rund um sich ab.

„He, hast du Cosimo irgendwo gesehen?“

„Mit dem Sehen wird das schwierig“, unkte Lissi.

„Ach, du weißt schon, was ich meine!“ Genervt fuchtelte Tinka mit den Armen.

„Ganz ruhig", versuchte Lissi, sie zu besänftigen. Sie spürte, wie sehr Tinka die Begegnung mit ihrem Vater, seiner neuen Frau und diesem Janek zusetzte. Es war nicht nur der Ärger über den Streich, sondern vor allem die Wut, die sie noch immer auf Ronald hatte.

„Ein unsichtbarer Kater könnte hier für einige Aufregung sorgen", gab Tinka zu bedenken. Sie sprach mit einem Tonfall wie: „Und das hätte dir auch einfallen können."

Lissi spitzte die Lippen und gab einen trillernden Pfiff von sich. Das erwartete Miauen Cosimos blieb aus, dafür antwortete ein Vogel im Baum über Lissi. Er hüpfte auf einen tiefen Ast und sang aus voller Brust ein Abendliedchen, dem die Mädchen verzückt lauschten. Zur Erinnerung ließ er dann noch einen weißen Klecks auf Lissis struppige Locken fallen, was ihr weniger gefiel.

Eine aufsteigende Tonfolge von *Plings* und eine absteigende von *Plongs* machte die Mädchen auf den Meerschweinchenkäfig aufmerksam, der im Schatten stand. Hannibalchen hockte in seinem Häuschen und guckte ängstlich aus der runden Tür.

Energisch schritt Tinka darauf zu, bückte sich und bekam Cosimos molligen Körper zu fassen.

„Lass Hannibalchen in Frieden!", schärfte sie ihm ein. „Ihn nervt es, wenn du ständig mit der Pfote über die Gitterstäbe streichst. Benimm dich!"

Cosimo antwortete ihr mit schnatternden Lauten, als wolle er sie nachäffen. Es folgte ein anklagendes Miauen, das sich nach Hunger anhörte.

Mit schlürfenden Schritten, den Bauch wie einen Prellbock vorgestreckt, näherte sich der Koloss, der die Schranke bewachte. Neben dem Baum, unter dem Lissi saß, blieb er stehen. Sein Nacken war breit wie ein Brett. Als er den Kopf in ihre Richtung bewegte, bildete sich eine dicke Speckfalte.

„Haustiere verboten!", war das Einzige, was er knurrend von sich gab, den dicken Zeigefinger auf den Meerschweinchenkäfig gerichtet.

„Aber das ist doch nur Hannibalchen, und es hockt den ganzen Tag in seinem Käfig", verteidigte Lissi das Meerschweinchen.

„Haustiere verboten!", wiederholte der Mann, dem man ohne Weiteres zutraute, Eisenstangen zu Schleifen zu binden.

Aus der ausgebeulten Hosentasche, die einen dunklen, fettigen Rand hatte, zog er ein Stück Käse und biss herzhaft davon ab. Kauend und schmatzend setzte er seinen Rundgang fort.

Tinka hatte Mühe, Cosimo festzuhalten. Der Kater gab Laute von sich, die fast an einen Kettenhund erinnerten.

Der Koloss blieb mit einem Ruck stehen und wandte sich um. Die kleinen Augen, die tief zwischen dicken Fettpölsterchen vergraben lagen, lugten in die

Richtung, aus der Cosimos Grummeln gekommen war.

„Was habt ihr noch für Viecher dabei?“

Mit der Unschuldsmiene eines Engels flötete Tinka: „Keine.“ Zwischen ihren Händen strampelte Cosimo, der sich losreißen und auf den Fettsack stürzen wollte. Es sah mehr als seltsam aus, wie Tinka dasaß, die Hände vor sich gestreckt, und hin und her ruckte, als hätte sie Zuckungen.

„Ist was mit dir?“ Mit stampfenden Schritten kehrte der Fleischberg zurück.

Um Tinka zu Hilfe zu kommen, sprang Lissi auf, stellte sich schützend vor ihre Schwester und den unsichtbaren Kater, streckte die Hand aus und erklärte: „Ich bin Lissi und wer sind Sie?“

Der Mann öffnete den linken Mundwinkel zu einem Loch, durch das er herausstieß: „Man nennt mich Hammer.“

„Das ist ja der Hammer!“, konnte sich Lissi nicht verkneifen festzustellen.

Ein dünner Mann, der kaum Schatten warf, kam herbeigeeilt und tippte dem Campingplatzwart auf den dicken Unterarm.

„Herr Hammer, bitte schnell! Die Damenbrausen scheinen alle verstopft. Meine Annegret ist ganz aus dem Häuschen, weil sie nicht duschen kann.“

„Ein Tritt genügt!“, kam es von Hammer.

Entsetzt wich der dünne Mann zurück.

„Ich soll meine Annegret treten?“

„Das Zuleitungsrohr“, fuhr Hammer ihn an. „Ich mach das schon.“ Er deutete auf Tinka. „Und wir sprechen uns später!“

Als er außer Hörweite war, schnitt ihm Tinka eine Grimasse: „Danke, kann verzichten!“

# Knoblauch und Preiselbeeren

„Heute Abend grillen wir“, verkündete Boris Schnabel-Meierbeer. Er stand vor dem Elternzelt, blinzelte in die untergehende Sonne und rieb sich voller Vorfreude die Hände.

„Auf Tinka, Stan und mich müsst ihr verzichten!“, rief Thorsten vom Jungenzelt.

Tinka steckte den Kopf aus dem blauen Zeltturm. „Wieso?“, fragte sie argwöhnisch.

„Ronald hat uns drei zum Pizzaessen eingeladen. Ich habe angenommen.“

„Spinnst du?“, fauchte ihn Tinka an. „Ich bin doch kein Wuffi, der einfach herumkommandiert wird.“

Grit warf sofort beschwichtigend ein: „Wenn Ronald mit euch Pizza essen möchte, dann habe ich selbstverständlich nichts dagegen.“

„Eben!“, hakte Thorsten gleich nach. „Also ist doch alles in bester Ordnung. Außerdem ...“, er winkte Stan, Tinka und Grit näher, „außerdem verstehe ich nicht, wieso ihr euch so aufführt. Zuerst jammern alle herum, dass Ronald sich nie um uns kümmert, dann treffen wir ihn und er will Pizzas spendieren, und alle tun, als hätte er vor uns zu vergiften."

Unter größter Selbstbeherrschung verkniff Grit sich eine Antwort.

„Muss ich, Mami?", fragte Tinka mit klagender Stimme.

Stan sah es praktischer. „Lass es uns hinter uns bringen! Ronald kann sein schlechtes Gewissen beruhigen, und wir haben ihn dann für den Rest der Ferien vom Hals."

Thorsten warf einen vorwurfsvollen Blick in Grits Richtung. „Das kannst du doch nicht einfach so stehen lassen. Jetzt sag etwas!"

Grit hatte beschlossen, den Mund zu halten. Sie zwang sich zu einem mütterlichen Lächeln. „Habt einen netten Abend, ihr drei!"

Tinka ließ die Schultern sinken. Drei Gründe sprachen gegen einen netten Abend. Sie hießen Ronald, Samantha und Janek.

Während sie zum Mädchenzelt zurückschlenderte, trat Thorsten neben sie. Stan hatte er mit zwei Fingern im Nacken gepackt.

„Hört mal, ihr zwei", sagte er eindringlich, „Ronald hat seine Chance verdient. Er hat sich damals in einer Notlage befunden. Bestimmt will er alles wieder gutmachen."

Stan schaffte es, sich aus dem Griff des großen Bruders zu befreien. „Bist du sein Anwalt? Oder sein Verteidiger?"

„Führt euch ja nicht auf!", warnte Thorsten seine Geschwister.

Ein stummer Blick zwischen Tinka und Stan genügte völlig. Selten zuvor waren die zwei so sehr einer Meinung gewesen: Thorsten würde in diesen Ferien noch ein unfreiwilliges Bad im See nehmen. Oder drei Eimer Eiswürfel in seinem Schlafsack vorfinden. Oder erfahren, wie Juckpulver in der Sonnenmilch wirkt.

„Er wird büßen!", formten Tinka und Stan verschwörerisch mit den Lippen. Sie nickten einander zu und schlugen ein. Der Pakt war besiegelt.

Die Pizzeria befand sich auf dem Campingplatz, nur unweit vom Lagerplatz der Schnabel-Meierbeers. Ein Kellner führte sie in eine Ecke der Terrasse, in der ein Tisch für sechs Personen gedeckt war.

„Prego", trällerte er und tat so, als würde er mit dem Geschirrtuch schnell noch Staub von den Stühlen schlagen.

„Also, bitte", Ronald Schnabel deutete gezwungen lächelnd auf die Plätze, „setzt euch!"

Samantha und Janek hatten beide die Köpfe leicht gesenkt und musterten Tinka, Thorsten und Stan von unten. Es war kein Zufall, dass Ronald mit seiner neuen Frau und ihrem Sohn auf der einen Seite des Tisches Platz nahm, Tinka und ihre Brüder auf der anderen.

„Samantha kennt ihr ja schon", redete Ronald weiter, der sich alle Mühe gab, eine besonders fröhliche und lockere Stimmung zu verbreiten.

Thorsten war der Einzige, der Samantha zunickte und dabei lächelte. Tinka betrachtete eingehend den Salzstreuer in der Mitte des Tisches, Stan starrte zum Abendhimmel hoch, als fände dort ein Wettrennen von UFOs statt.

„Und das ist Samanthas Sohn Janek!" Ronald schlug Janek mit der flachen Hand auf den Rücken. Der Schlag war vielleicht ein wenig zu kräftig, denn Janek kippte mit dem Kopf fast auf das Tischset und bekam einen Hustenanfall.

„Tag, Janek!" Thorsten spielte sofort den großen Kumpel. „Na, schon einen tollen Tag hier gehabt?"

Janek lümmelte sich auf den Tisch, um seine schiefe Lieblingsposition einzunehmen. Die Augen verengt blinzelte er zu Tinka.

„Hier sind ein paar Irre freigelassen worden", begann er maulend. Da er den halben Mund mit der Hand verdeckte, war er schwierig zu verstehen.

„Leute aus Irland sind auch hier?", fragte Thorsten mit übertriebenem Interesse nach. „Irland, die grüne Insel! Ich muss mich unbedingt mit den Iren unterhalten."

„IRRE!“ Janek schrie fast.

Ronald stieg leicht in seinem Stuhl hoch und zischte warnend: „Leiser! Wir sind nicht allein hier!“

„Leider!“, kam es von Janek, der redete, als hätte er Kieselsteine auf der Zunge. „Hier sind Irre unterwegs, die einem die Luftmatratze aufstechen.“

Tinka rang nach Luft. Empört öffnete sie den Mund und starrte Janek an. Der hatte sich zu Samantha gedreht und berichtete leidend: „Weißt du, Sammi, die neue grüne Luftmatratze, die du mir gekauft hast, die hat mir eine Irre zerschlitzt.“

„Ronald, das musst du morgen diesem Herrn Hammer melden“, verlangte Samantha sofort.

„Auf dem See draußen aufgestochen“, setzte Janek noch eins drauf. Tinka erkannte ein spöttisches Zucken seiner Mundwinkel, als wollte er sagen: Und, was tust du jetzt? Angriff ist die beste Verteidigung.

Ja, was sollte Tinka jetzt noch sagen? Ein Geständnis ablegen, dass sie die Luftmatratzenstecherin war? Gerade als sie beschloss, es zu tun und die ganze Wahrheit zu erzählen, vor allem auch über den aufgeschnittenen Bikini, hörte sie Samantha sagen: „Unverantwortlich! Das müssen wirklich Verrückte sein, die Schwimmern draußen auf dem See die Luftmatratzen aufstechen. Da kann leicht jemand ertrinken. Sogar die Polizei sollte man einschalten.“

„Und gestohlen hat man mir die Luftmatratze dann auch noch“, fügte Janek hinzu. „Vielleicht kann die Polizei sie in einem der Zelte finden. Es soll Diebe geben, die sammeln ihre Trophäen wie Skalps."

Stan, der meistens nicht sehr schnell von Begriff war, wandte sich an Tinka.

„Bei euch liegt doch so ein schlaffes grünes Ding. Und wir haben keine grüne Luftmatratze."

„WAS?" Samantha setzte das Gesicht Marke „Habe ich doch immer schon gewusst, dass dieses Mädchen eine Verbrecherin ist" auf.

„ER ...", Tinkas Zeigefinger sauste in Janeks Richtung, „hat mich untergetaucht und mir meinen Bikini gestohlen."

Janek richtete sich einen Moment lang gerade auf und spielte den Empörten.

„Die LÜGT! Die lügt total!"

Thorsten blickte wie bei einem Tennismatch zwischen den beiden hin und her.

„Moment mal, können wir das vielleicht aussortieren", begann er wie ein Schiedsrichter.

„Hör mal, Ronald, du wirst wirklich ein ernstes Wort mit deiner Ex reden", verlangte Samantha und schüttelte energisch die blonde Mähne.

Hilflos zuckte Ronalds Kopf hin und her. Janek hatte sich eine Speisekarte geschnappt, hielt sie so vor das Gesicht, dass nur Tinka, die ihm genau gegenübersaß, es sehen konnte. Triumphierend streckte er ihr die Zunge heraus. Dazu verdrehte er die Augen zu einem widerlichen Schielen.

Ronald setzte immer wieder an, etwas zu sagen, schien aber keine Idee zu haben, was es sein sollte. Der Kellner rettete ihn.

„Buona sera, was haben Sie ausgewählt?"

„Noch nichts, aber das werden wir jetzt schnell tun!", rief Ronald, glücklich, das Thema wechseln zu können. In der nächsten Sekunde gingen alle hinter den Speisekarten in Deckung.

Normalerweise war Tinka unglücklich, wenn sie zu viel Hunger hatte. An diesem Abend aber war ihr Hals wie zugeschnürt. Keinen Bissen würde sie hinunterbekommen.

„Eine Peperoni-Pizza mit extra Peperoni, extra Knoblauch und extra Bohnen", kam es von Janek. Der Kellner notierte eifrig. Während die anderen bestellten, flüsterte Janek, die Speisekarte wie einen Schutzschild gegen seinen Stiefvater gerichtet: „Damit ich extra laut furzen und rülpsen kann."

Angewidert drehte sich Tinka zur Seite. Stan, der Janek gehört hatte, gluckste in sich hinein.

„Und du, Tinka?", fragte ihr Vater.

„Nichts", sagte sie kleinlaut.

„Das geht nicht. Du musst doch Hunger haben. Bestell dir was Gutes!" Er beugte sich über den Tisch und fügte ein augenzwinkerndes „Eine kleine Kaloriensünde ist schon erlaubt!" hinzu.

Diese Bemerkung raubte Tinka den Appetit gänzlich. Ihrem Vater war jedoch anzusehen, dass er keine

Ruhe geben würde. Deshalb bat Tinka den Kellner um Pizzastangen mit Knoblauch und Preiselbeermarmelade.

„Würg!“, lautete Janeks Kommentar. Er hing – schief natürlich – in seinem Stuhl und ließ die Arme schlaff baumeln.

Preiselbeermarmelade war Tinkas einzige Rettung. Was auch immer sie in die köstliche rote Soße tunkte, brachte sie hinunter. Über ihre ausgefallenen Kombinationen wie gebackene Champignons mit Kirschmarmelade oder Spaghetti mit Salatsoße wunderte sich schon lange niemand mehr in der Familie Schnabel-Meierbeer.

„Dir wird noch schlecht werden“, kam es spitz von Samantha. Sie selbst bestellte Salat ohne Öl und gegrillten Tintenfisch ohne Knoblauch.

Ronald hatte den Platz in der Mitte zwischen Samantha und Janek. Hilfe suchend wandte er sich an Thorsten, der Samantha gegenübersaß. Er schien der Einzige zu sein, der an einem Gespräch mit ihm interessiert war.

„Und? Alles unter Kontrolle?“, fragte er linkisch.

Stan trommelte mit den Fingern auf die Tischkante. Da er den nachtblauen Himmel lang genug angestarrt hatte, widmete er sich jetzt einem Punkt in der Ferne, irgendwo weit hinter Ronalds Schulter.

Janek nahm die Papierserviette hoch, schüttelte sie auf und benutzte sie als Vorhang zu seiner Mutter und seinem Stiefvater. Wieder konnte ihn nur Tinka sehen, die aber demonstrativ den Kopf zur Seite drehte.

Ein stechender Schmerz durchzuckte ihr Schienbein. Janek musste sie getreten haben. Wütend starrte Tinka in die lammfromme Engelsmiene ihres Gegenübers. Blitzschnell streckte er ihr wieder die Zunge heraus, bevor er sich lautstark in die Serviette schnäuzte. Der Krach, den er dabei verursachte, ließ die Leute an den anderen Tischen im Essen innehalten und sich zu ihm wenden.

Ein letzter Popelrest hing seitlich von seiner Nase herab, als er die Serviette zerknüllte und Tinka genau in den Schoß warf. Noch schaffte sie es, die Ruhe zu bewahren. Sie wollte Janek nicht die Genugtuung eines Wutausbruches oder von Zornestränen geben. Mit einer schnellen Handbewegung schleuderte sie das Taschentuch zu Boden.

In Janeks Augen blitzte der eiserne Wille auf, sie aus der Fassung zu bringen.

Samantha saß steif, die Beine übereinander geschlagen, da und schwieg eisig.

Gegen die ist ein Eiszapfen eine Plaudertasche, ging es Tinka durch den Kopf.

Immer wieder herrschte peinliche Stille am Tisch. Das Gespräch zwischen Ronald und Stan hörte sich so an:

Ronald: Stanislaus!

Stan: Stan!

Ronald: Jaja, gut, Stan. Wie läuft's in der Schule?

Stan: Ferien.

Ronald: Wie war dein Zeugnis?

Stan: Aus Papier.

Ronald: Spielst du noch Blockflöte?

Stan: Das war im Kindergarten. Jetzt spiele ich Schlagzeug. Willst du morgen was hören?

Ronald: (verlegenes Grinsen und ein noch verlegeneres) Ääääääää …

Zum Glück brachte der Kellner in diesem Moment das Essen. Mit viel Getue stellte er die riesigen Teller vor die Gäste.

Janek richtete sich etwas auf, stützte die Unterarme links und rechts der Pizza auf, riss mit den Fingern große Stücke ab und schob sie sich, die Zähne in Tischhöhe, in den Mund. Er schloss ihn beim Kauen nicht und ließ Tinka freie Sicht auf den Matsch aus Käse, Tomaten und Teig auf seiner Zunge. Von seinem Kinn hingen Käsefäden

„Sammi", begann er mit vollem Mund zu sprechen, was einen Sprühregen aus Pizzamatsch zur Folge hatte.

„Ja, Schatz!" Samantha, die wie Hannibalchen an ihrem Salat mümmelte, verbesserte sich sofort: „Ich meine, ja, Janek!"

„Morgen ist die Tischfußballmeisterschaft."

Tinka zog ihren Teller an sich und schirmte ihn mit dem Arm gegen die Pizzaspucke ab.

Ronald räusperte sich. „Wie ich dir schon am Handy gesagt habe …"

Janek redete weiter, als wäre Ronald Luft für ihn.

„Ich gewinne bestimmt. Aber das kostet ein paar Euro. Darf ich?"

„Du hast in der letzten Zeit schon so viel Geld …" Wieder kam Ronald nicht weit. Samantha lächelte ihrem lümmelnden Sohn über den Tisch hinweg aufmunternd zu.

„Wenn du jetzt aufrecht sitzt und Besteck verwendest, dann darfst du teilnehmen."

Mit widerwilligem Grunzen richtete sich Janek zwei Zentimeter auf und nahm mit der Faust eine Gabel. Stücke von seiner Pizza abzuschneiden schien ihm trotzdem zu umständlich. Er riss sie mit der Gabel heraus und führte sie so zum Mund.

Tinka hielt die Augen geschlossen und löffelte Preiselbeermarmelade. Es war ihr einziger Trost.

Stan beugte sich zu ihr und raunte: „Schwesterherz, musst zugeben, gegen den sind Frank und ich absolute Prachtexemplare!"

Zum zweiten Mal an diesem Tag war Tinka mit ihm einer Meinung. Es wurde schon unheimlich.

# Die Beste

„Erdbeereis mit Pfeffer!“ Janek konnte gar nicht aufhören, sich vor Grausen zu schütteln. Tinka hatte gleich drei Kugeln verdrückt und eine dicke dunkle Kruste aus der Pfeffermühle darüberrieseln lassen.

Ronald Schnabel war die Erleichterung anzusehen, als endlich alle fertig waren und er bezahlen konnte.

Janek hatte aus sich eine lebendige Litfaßsäule für Pizza gemacht. Die Käse-Tomaten-Spuren im Gesicht blieben hartnäckig und wurden von den Flecken auf seinem T-Shirt und auf seinen sandfarbenen Shorts noch unterstützt. Zum Abwischen der Hände verwendete er nämlich prinzipiell nur die Hose.

„Also dann, brechen wir auf!“ Ronald erhob sich schwungvoll. Stehend sagte er sogar noch: „War ein richtig netter Abend.“

„Genau!“, stimmte ihm Thorsten zu. In Gedanken strich Tinka für die nächsten zehn Jahre seine Weihnachts- und Geburtstagsgeschenke.

Stan war sitzen geblieben. Wieder hatte er den Punkt irgendwo weit hinter Ronald fixiert. Er schien dort etwas zu beobachten, das ihn beunruhigte.

Ronald hatte Tinka die Hand auf die Schulter gelegt.

„Du bist so ein stilles, braves Mädchen", lobte er.

Tinka ging in die Knie und wand sich unter seiner Hand heraus. Befremdet sah sie ihren Vater von der Seite an. Sollte das ein Kompliment sein? Dann war es jedenfalls voll danebengegangen.

„Bei uns brennt's!", meldete Stan trocken.

„Scherzkeks!" Thorsten lachte gekünstelt.

„Stichflammen!", setzte Stan fort.

„Du willst uns nur drankriegen", schmunzelte Thorsten onkelhaft.

„Feuer!", rief eine Frau am Nachbartisch. Sie zeigte aufgeregt genau in die Richtung, in die Stan die ganze Zeit gestarrt hatte. Jetzt drehten sich alle hin und sahen eine meterhohe grelle Stichflamme, die bis in die Krone eines hohen Baumes reichte.

„Das ist genau bei unseren Zelten!" Stan sprang auf und rannte los.

„Das Wohnmobil! Wir haben ein Fenster offen!", jammerte Samantha. „Wenn jetzt alles rußig ist, bist du schuld." Sie knuffte Ronald in den Arm, der sich sofort gehorsam in Bewegung setzte.

Tinka, Thorsten und Stan rannten, Ronald lief mit langen Schritten, Samantha stelzte, getrieben von

Neugier, und Janek bewegte sich in diesem seltsamen Gang, bei dem er die Beine nach außen warf. Sie stürmten im Slalom zwischen den Zelten und Wohnwagen über die asphaltierten Wege zu den Plätzen neunzehn bis einundzwanzig.

Boris erinnerte an einen Schornsteinfeger. Sein T-Shirt, sein Gesicht, seine Hände und seine weißen Shorts waren schwarz. Grit hielt so viel Abstand wie möglich zum Grill, hatte die Arme vorgestreckt und leerte zwei Flaschen Mineralwasser über die Holzkohlenschale und die Briketts auf dem Rost. Tinka vermutete, diese waren ursprünglich Fleisch und Würstchen gewesen. Lissi schleppte gerade eine ganze Kiste mit Mineralwasser an und David krähte aus vollem Hals Tatüüü-Tataaa.

„Was ist denn geschehen?“, wollte Tinka von ihr wissen.

Lissi hielt eine gelbe Flasche mit roter Aufschrift in die Höhe. „Schnellanzünder“ stand in flammenförmigen Buchstaben darauf. Sie drehte die Flasche mit der Öffnung nach unten und schüttelte sie leicht. Es schien nichts mehr drin zu sein.

„Boris hat nach der Grillsoße gefragt, und David hat ihm das hier gereicht!“ Lissi wackelte mit der Schnellanzünder-Flasche. „Das Ding war vorne offen. Es hat *Flutsch* gemacht und danach *Wusch!*“ Mit wilden Gesten machte Lissi die Explosion nach.

Aus dem Jungenzelt kam ein gähnender Frank.

Mit weit aufgerissenem Mund fragte er: „Iets E-en?“ Was übersetzt hieß: „Gibt's Essen?“

„David hat mit Boris' Hilfe um ein Haar den halben Campingplatz in die Luft gejagt!“, pflaumte ihn Lissi an.

Interessiert lüftete Frank einen Kopfhörer.

„Einmal Action und keiner sagt's mir!“, beschwerte er sich.

Aus den Augenwinkeln bemerkte Tinka Samantha, die an einem Laternenmast lehnte und vergnügt in sich hineinkicherte. Die Wut war jetzt zu groß. Tinka ließ alle Vorsicht Vorsicht sein und führte den Hexenklatsch aus. Ihr Zorn ließ ihn noch stärker ausfallen als geplant. Eigentlich hatte sie nur die Lampe über Samanthas Kopf platzen lassen wollen. Die Folge ihrer Hexerei war aber bedeutend schlimmer.

Lissi und Tinka war es nur erlaubt, Dinge zu hexen, die anderen Leuten zugute kamen. Taten sie das nicht, traf die Wirkung des Spruches sie selbst. In diesem Fall bedeutete es ein Bersten aller Lampen entlang der Campingplätze neunzehn bis einundzwanzig. Ein Regen aus weißen Glasstücken ging klirrend nieder und die Schnabel-Meierbeers hoben schützend die Arme über den Kopf.

Hammer, der Fleischkoloss, walzte sofort herbei, einen Block in der Hand wie ein Verkehrspolizist, der falsch parkende Autos aufschrieb.

„Das bezahlen Sie“, teilte er mitleidlos mit.

Ronald schwang die Arme und meinte mit völlig unpassender Fröhlichkeit: „Na dann, schönen Abend noch!"

Ein gellender Schrei ließ alle Anwesenden und alle Schaulustigen zusammenzucken. Samantha stolperte auf Ronald zu, beide Hände fest auf ihr schmales Hinterteil gepresst. Mit dem Kinn deutete sie auf David, der sich unbemerkt hinter sie geschlichen hatte. Er versteckte etwas unter seinem Pulli und grinste höchst verdächtig.

„Das Biest hat mich gebissen. Das ist ein Killer. Ein menschenfressendes Monster!"

Wie eine Henne, die ihre Küken verteidigt, stellte sich Grit vor David und sagte erbost: „Jetzt machen Sie aber mal Pause! Hören Sie! Das ist ein kleiner Junge und weder ein Killer noch ein Monster. Ich verbiete Ihnen, in diesem Ton über meine Kinder zu sprechen!"

Samantha wandte sich vorwurfsvoll an Ronald. „Der Kleine gehört auch zu dir. Hast du mir nie erzählt."

„Nein, nein, den hat der", er deutete auf Boris, „ in die zweite Ehe meiner Exfrau mitgebracht." Er hatte den Satz gerade zu Ende gesprochen, als auch er einen Schmerzensschrei von sich gab. Mit einem knurrenden Laut fuhr er herum und entriss David, der sich hinter ihn geschlichen hatte, eine kleine Kneifzange.

„Die suche ich seit Wochen", kam es von Boris.

„Du hast deine Kinder nicht unter Kontrolle!", fauchte Ronald seine geschiedene Frau an.

Janek tauchte wie auf Stichwort mit der schlaffen Plastikhaut der zerstörten Luftmatratze auf. „Das war meine!" Er heuchelte Tränen. „Sie war im Zelt der doofen Mädchen."

„Noch ein Beweis, dass du mit so vielen Kindern überfordert bist!", schimpfte Ronald weiter.

Grit starrte ihn an, als stünde sie unter einem Bann.

„Unverantwortlich!", schloss sich Samantha ihrem Mann an und hakte sich bei ihm unter. „Ich verlange, dass diese Albtraum-Familie des Platzes verwiesen wird!"

Boris wischte sich über das Gesicht und verschmierte den Ruß noch mehr. Die Brust aufgeplustert wie ein Kampfhahn baute er sich vor Ronald auf, entriss ihm die kleine Beißzange und sagte sehr deutlich: „Verschwinden Sie und hören Sie auf, meine Frau zu beleidigen. Sie ist eine ganz ausgezeichnete Mutter."

Tinka fand es an der Zeit, Grit zu Hilfe zu kommen.

„Genau so ist es!", stimmte sie heftig zu.

„Sie ist …!", meldete sich jetzt auch Lissi zu Wort, und aus ihrem Mund kam danach die höchste Anerkennung, die Grit bekommen konnte. Lissi hatte sich nämlich nach dem Tod ihrer Mutter geschworen, nie mehr wieder eine andere Frau als ihre Mutter zu bezeichnen. „Sie ist die beste Mutter, die ich kenne!"

Stan riss Frank am T-Shirt. Die Jungen nahmen links und rechts von Grit Aufstellung wie Leibwächter, legten ihr die Hand auf die Schulter und versicherten allen Umstehenden: „Grit ist ein Prachtexemplar.“

„Genau!“, schloss sich David an und wollte von ihr hochgehoben werden, was sie auch tat. Er schlang seine dünnen Arme um ihren Hals und küsste sie schmatzend.

Als Letzter meldete sich Thorsten.

„Grit hat den Überblick“, erklärte er fachmännisch.

Das dünne Männchen, das am Nachmittag Probleme mit den Duschen gehabt hatte, nickte gerührt. Die Frau mit dem altmodisch hochgesteckten Haar und dem energischen Zug um den Mund, bei der es sich um Annegret handeln musste, begann zu applaudieren.

„Bravo“, rief sie mit tiefer Stimme, „so eine Familie kann man sich wirklich nur wünschen. Die wissen zu schätzen, was eine gute Mutter alles auf sich nimmt und tut.“

Ihr Mann, der einen Kopf kleiner war, schmiegte seine Wange an ihre Schulter.

Andere Campingplatzgäste stimmten in den Applaus ein. Vor allem die Mütter, die ihren Familienmitgliedern mit Blicken zu verstehen gaben, sie sollten sich ein Beispiel an diesen Kindern nehmen.

Samantha warf den Kopf nach hinten und drängte Ronald aus der Menge.

„Gehen wir, ich will mit denen nichts zu tun haben!“ Sie war eine schlechte Verliererin.

Hammer mit den Schrank-Schultern wischte sich verstohlen über die Augen, die gerötet waren. Er schluckte, als wollte er Tränen zurückdrängen.

„Eine gute Mutter ist schon was“, schniefte er, zerriss den Strafzettel, warf die Schnipsel in die Luft und sah zu, wie sie wie Schneeflocken zu Boden rieselten.

Im Schein der Lampe, die vorhin Samantha beschienen hatte, standen die Schnabel-Meierbeers in einer langen Kette. Jeder hatte dem anderen die Arme auf die Schultern gelegt. Grit war in der Mitte, umgeben von Menschen, die sie wirklich gern hatten.

„Ihr seid die Besten“, seufzte sie gerührt.

„Du bist die Beste!“, gab Boris zurück und küsste sie auf die Nase. Nicht einmal Frank spottete an diesem Abend darüber.

## Lissi riecht den Braten

Lange lagen Lissi und Tinka an diesem Abend wach. Über ihnen schwankte die hohe Spitze des Zeltturms im Nachtwind.

„Warum hast du diesem Janek-Ekel nicht alles heimgezahlt?", fragte Lissi verständnislos. „Also ich hätte es dem richtig gezeigt. Der hätte blaue Schienbeine und blaue Finger, weil ich ihm mit dem Löffel darauf geklopft hätte, und die Preiselbeeren hätten ihm wie Pickel im Gesicht geklebt."

„Das kann ich nicht", kam es nur kläglich von Tinka.

„Es ist einfach zum Aus-der-Haut-Fahren, dass wir niemandem das an den Hals hexen dürfen, was er verdient. Bei Janek wäre das zum Beispiel ein Jucken an einer Stelle, an der er sich nicht kratzen kann. Dazu einen leuchtend roten Pickel auf der Nase und Zahnschmerzen, die ihn die ganze Nacht nicht schlafen lassen", ereiferte sich Lissi.

„Trifft uns nur selbst“, kam es schwach von Tinka. Die Arme hinter dem Kopf verschränkt lag sie auf dem Rücken und blickte in die Dunkelheit über sich. Am meisten machte ihr die Wut auf ihren Vater zu schaffen. Er hatte sich so gemein verhalten und tat dann immer so, als wäre nichts gewesen. Dass er Grit alle Schuld in die Schuhe schob, fand Tinka unverzeihlich. Außerdem ließ er diese Samantha einfach auf sie alle losgehen und schloss sich ihrem hochnäsigen Gemecker auch noch an.

Wohlig grunzend wechselte Cosimo die Schlafstellung. Er genoss es, zwischen den dünnen Schlafsäcken der Mädchen eingebettet zu liegen und von jeder ein bisschen was zu haben.

„Schade, dass David Samantha nicht noch fester in den Po gekniffen hat!“, sagte Tinka grimmig.

„Morgen kaufen wir ihm eine größere Zange!“, schlug Lissi vor.

Sogar Tinka musste ein klein wenig lachen.

Wie sollte sie nur die nächsten zwei Wochen überstehen? Tinka wusste es beim besten Willen nicht. Den Gefallen, Janek ständig aus dem Weg zu gehen, tat sie ihm bestimmt nicht. Er sollte bloß nicht denken, dass er sie irgendwie ärgern konnte.

Immer wieder musste Tinka heftig schlucken. Ihr Hals war wie verknotet.

„Alles in Ordnung?“, erkundigte sich Lissi, weil Tinka so lange schon nichts gesagt hatte.

„Ja, alles bestens", antwortete Tinka und es war eine glatte Lüge. Sie wünschte Lissi eine gute Nacht, drehte sich zur Seite, drückte ein Plüschkaninchen an die Brust, das früher einmal schneeweiß, vom vielen Kuscheln aber bereits taubengrau war, und schlief bald ein.

Lissi stützte sich auf den Ellbogen und betrachtete die Stiefschwester, die tief und ruhig atmete. Von Zeit zu Zeit entfuhr Tinka ein Schniefen. Nach einigen Minuten begann sie sogar zu knurren. Bald träumte sie und warf sich dabei heftig von einer Seite auf die andere.

Lissi wollte ihr schon beruhigend die Hand auf den Arm legen, ließ es dann aber bleiben. Sie wollte sie nicht wecken. Da sie selbst noch nicht einschlafen konnte, griff sie hinter sich und zog unter einem Stapel aus Pullis und Jeans den kleinen karierten Koffer hervor. Mit zwei hohen *Plings* schnappten die Schlösser in die Höhe. Nachdem sie den Deckel gehoben hatte, fischte Lissi mehrere Bücher heraus, die kleiner als ihr Daumen waren. Ein Hexenklatsch und der Spruch „Largo" genügten und die Bücher hatten ihre normale Größe.

*„Praktische Sprüche für gestresste Alltagshexen"* stand in nüchternen geraden Buchstaben auf einem Einband. Lissi schlug das Buch auf und begann, darin zu suchen. Sie fand Hexereien, mit denen man brummige Chefs in sanfte Kater verwandeln konnte

(nicht in echte Kater, sondern nur eben in sanfte Wesen). Es gab Beschwörungen, mit denen „vor der Nase weggefahrene Straßenbahnen" zurückgeholt wurden oder die Kassiererin im Supermarkt achtmal so schnell Preise eintippen und Geld herausgeben konnte.

Enttäuscht klappte Lissi das Buch wieder zu. Sie würde darin bestimmt keinen Spruch finden, mit dem sie Tinka helfen konnte.

„Janek, wage es ja nicht, meiner Schwester noch einmal auf den Geist zu gehen!", flüsterte sie grimmig in die Dunkelheit, in die Richtung, in der das Wohnmobil von Ronald stand.

Auch Boris und Grit hatten beratschlagt, wie sie weiteren Streitigkeiten mit Ronald, Samantha und Janek aus dem Weg gehen könnten. Die Lösung war ein Erlebnisbad, das nur zehn Fahrminuten vom Campingplatz entfernt war. Gleich nach dem Frühstück brach die gesamte Familie Schnabel-Meierbeer dorthin auf. Im Bad gab es Wassergrotten, einen Wasserfall, drei Wasserrutschen, weite Liegewiesen und vor allem niemanden, der nervte. Erst nach Badeschluss um neun Uhr abends kehrte die Familie auf den Campingplatz zurück.

Cosimo und Hannibalchen kamen immer mit. Cosimo unbemerkt und das Meerschweinchen in seinem Käfig.

Der Urlaub schien doch noch gelingen zu können.

Als kleine Rache für seine oberkluge Art heckten Stan und Tinka etwas ganz Besonderes für Thorsten aus. Ihr großer Bruder war sehr darauf bedacht, am ganzen Körper kaffeebraun zu sein und legte sich dafür lange in die Sonne. Auf dem Bauch schlief er meistens schnell ein und wachte erst nach ein oder zwei Stunden wieder auf.

Sobald er eingenickt war, schlich Tinka zu ihm und malte mit Sonnenmilch Buchstaben auf seinen Rücken. Dann wählte sie einen Platz in seiner Nähe, wo sie im Schatten saß und las. Sobald Thorsten Anstalten machte aufzuwachen, kroch sie schnell näher und verrieb die Creme. Musterte er sie fragend, erklärte sie unschuldig: „Es ist höchst ungesund, so lange in der Sonne zu braten. Weißt du das nicht? Boris hat es uns allen eingeschärft."

„Nett, dass du so auf mich achtest", bedankte sich Thorsten, immer etwas schlaftrunken.

Nach zwei Tagen waren bereits eine leichte, nach weiteren zweien eine deutliche Wirkung zu erkennen. Thorsten, der sich gerne in Pose warf und sich für einen neuen Mister World hielt, hörte immer wieder hinter sich verstohlenes Kichern. Wie es so seine Art war, versuchte er auch beim Baden, Mädchen zu beeindrucken und mit ihnen ins Gespräch zu kommen. Er verstand nicht, wieso manche, die zuerst sehr interessiert getan hatten, später in hemmungsloses Gekicher ausbrachen und ihn nicht mehr ernst nahmen.

Es war das hagere Männchen, das ihn eines Morgens im Badetrakt der Männer auf dem Campingplatz aufklärte.

„Ach, wirklich, junger Mann?“, fragte es mit dem gleichen seltsamen Kichern, das er in den vergangenen Tagen so oft gehört hatte.

„Wirklich was?“, fragte Thorsten forsch und ungehalten.

„Sind Sie das wirklich, was auf Ihrem Rücken steht?“

Thorsten baute sich vor einem Spiegel auf und verdrehte den Kopf, um zu sehen, was der Mann meinte. Dieser eilte nach nebenan zu seiner Annegret und besorgte einen kleinen Handspiegel. Mit seiner Hilfe schaffte es Thorsten endlich, einen Blick auf seine Rückseite zu werfen.

In großen hellen Buchstaben stand auf seinem stark gebräunten Rücken:

**BIN DOOF**

Thorsten dachte zuerst, die Buchstaben seien nur aufgemalt. Nach einer halben Stunde schrubben mit einer harten Bürste brannte sein Rücken wie Feuer und die Buchstaben schienen zu glühen. Von diesem Moment an zeigte er sich nicht mehr ohne Hemd oder T-Shirt.

Bald war die erste Woche fast um. Als die Schnabel-Meierbeers am Freitag zu den Zelten zurückkehrten, trat auf einmal Ronald hinter einem Baum hervor. Er bleckte die Zähne, erinnerte diesmal aber mit seinen großen Augen und dem runden Mund weniger an einen Hai als an einen Karpfen.

„Kann ich dich mal sprechen, Grit!“, sagte er.

Tinkas Mutter, die gerade den kleinen Blumenstrauß, den David ihr gepflückt hatte, in ein leeres Glas stellte, blieb stehen, wo sie war.

„Unter vier Augen“, fügte Ronald hinzu.

Die Mädchen beobachteten, dass sie betont langsam auf Ronald zuging. Dieser bemerkte die Blicke von Lissi und Tinka und machte ein paar Schritte, um weiter von ihnen wegzukommen. Grit musste ihm folgen, wenn sie sich nicht aus einem Abstand von mehreren Metern mit ihm unterhalten wollte.

Ein dumpfes Gefühl überkam Tinka. Es war ein ungutes Gefühl. Wieso meldete sich Ronald auf einmal? Ihr gefiel die Art nicht, wie er ihre Mutter dirigierte.

„Nein!“, hörte sie Grit aufgebracht rufen. „Das schlag dir aus dem Kopf!“

Ronald hob beschwichtigend die Hände.

„Nicht so laut, es brauchen nicht alle mitzuhören!“

Boris kam seiner Frau zu Hilfe. Zwischen den drei Erwachsenen wurde heftig getuschelt, was Lissi und Tinka gar nicht leiden konnten.

„Niemals!“, protestierte jetzt auch Boris. „Schlagen Sie sich das aus dem Kopf.“

„Es steht mir zu!“ Ronald verlor die Ruhe und redete sehr heftig. „Ich habe ein Recht darauf.“

„Ein Recht, von dem du jetzt, nach all den Jahren, auf einmal Gebrauch machen möchtest. Niemals!“ Grit machte eine ganz entschiedene Handbewegung, drehte sich mit einem Ruck um und kehrte zum Zelt zurück.

„Das werden wir noch sehen!“, rief ihr Ronald aufgebracht nach. „Ich kann auch das Gericht einschalten, wenn dir das lieber ist. Jedes zweite Wochenende darf ich meine Kinder sehen. Ich werde darauf bestehen und aussagen, dass du sie mir vorenthältst und gegen mich aufbringst. Ich bin ja der ‚Gestrichene‘!“

Tinka schwante Schreckliches. Da sie es nicht leiden konnte, wenn Erwachsene hinter ihrem Rücken über sie sprachen, machte sie immer wieder hilflose Armbewegungen wie ein junger Vogel, der aus dem Nest fortfliegen möchte, es aber nicht schafft. Lissi, die wesentlich unerschrockener war, kam ihr zu Hilfe, stellte sich energisch zwischen Ronald und Grit und fragte laut: „Um was geht es, bitte schön?“

„Nichts, das dich etwas anginge, mein Fräulein!“, erwiderte Ronald spitz.

Endlich schaffte Tinka es, genügend Mut zu fassen. Sie trat an Lissis Seite und sagte: „Ich wette, mich geht es etwas an.“

Sofort setzte Ronald eine gütige Miene auf, strich ihr über den Kopf und gurrte: „Samantha und ich haben beschlossen, die zweite Woche nicht auf diesem langweiligen Campingplatz zu verbringen, sondern auf eine Almhütte zu fahren. Und dich möchte ich gerne mitnehmen. Schließlich bist du meine Tochter."

Tinka schüttelte seine Hand ab.

„Nein", sagte sie mit bebender Stimme. „Ich will ganz sicher nicht."

„Aber Kindchen, wir haben uns doch viel zu erzählen. Und die Hütte ist lauschig und romantisch und es gibt dort Kühe."

„Bekommt Samantha auch eine Glocke umgehängt?", warf Lissi mit großen, unschuldigen Augen ein.

Für den Bruchteil einer Sekunde sah es so aus, als ob Ronald gleich explodieren würde, dann hatte er sich aber wieder unter Kontrolle.

„Tu es mir zuliebe", warb er um Tinka.

Boris schaltete sich vermittelnd ein.

„Schlaf eine Nacht darüber und entscheide dich morgen, Tinka!"

„Nein bleibt nein!", erklärte Tinka entschlossen.

Ronald atmete geräuschvoll ein. „Laut Gesetz habe ich aber das Recht, dich in den Ferien zwei Wochen lang zu sehen."

„Bitte, Ronald, hör auf zu drohen!" Grit scheuchte ihn fort. „Es reicht jetzt wirklich."

Ronald kniff die Lippen zu einem dünnen Strich zusammen. Er entfernte sich heftig auftretend, drehte sich dann noch einmal um und rief: „Das letzte Wort ist da noch nicht gesprochen!“

Tinka war weiß im Gesicht.

„Stimmt das mit dem Gesetz und so?“

Grit hob die Schultern.

„Er darf euch sehen, das stimmt.“

„Und wenn wir nicht wollen?“

Ihr fiel ein, was Ronald vorhin behauptet hatte: Grit würde ihm die Kinder vorenthalten. Aus Fernsehserien wusste sie, dass so etwas immer Ärger bedeutete. Sie sah sich schon im Büro einer gelockten Dame mit dickrandiger Brille, die sie gütig lächelnd über ihre Familie ausfragte oder sie Mama und Papa als Tiere zeichnen ließ.

Lissi knetete ihr Kinn mit den Fingern.

„Warum hat er auf einmal Sehnsucht nach dir? Ausgerechnet nach dir?“

„So eine Dumpfbacke bin ich auch wieder nicht“, brauste Tinka auf.

Lissi verdrehte die Augen. „Spiel hier nicht Vulkan! Ich riech da einen Braten.“

Tinka legte die Hand auf den Bauch.

„Hunger habe ich auch. Aber wie kannst du jetzt ans Essen denken?“

Lissi wurde ungeduldig. „Ich meine, da stinkt's! Damit du nicht gleich wieder fragst, wonach es stinkt, zur Erklärung: Mir kommt das Begehren des Gestrichenen fischig vor." Als Tinka den Kopf hob, fügte Lissi sofort hinzu: „Mit fischig meine ich seltsam. Kapiert?"

Tinka schaffte ein langsames Nicken.

Boris und Grit standen hinter den beiden und hatten alles mitverfolgt.

„Mädchen, deutet da nichts hinein", beschwichtigte Grit die beiden. „Und jetzt wird erst einmal geschlafen. Morgen ist auch noch ein Tag und beim Frühstück werden wir das in aller Ruhe bereden. Hätte noch jemand Lust auf ein Abendbad im See?"

„Ich brauch eine Abkühlung", entschied Tinka und verschwand im Mädchenzelt, um sich umzuziehen.

Nachdenklich blickte Lissi zum Wohnmobil auf Platz dreiundzwanzig. Aufgebrachte Stimmen waren zu hören.

„Er rülpst wie ein Schwein!", brüllte Ronald.

„Mein Sohn ist kein Schwein!", verteidigte Samantha Janek.

„Du hast recht. Kein Schwein benimmt sich so schlecht wie dein Sohn. Und ich sage es dir: Mir reicht's! Ich sehe da nicht länger zu."

Die Eltern Schnabel-Meierbeer bekamen von dem Streit nichts mit, da auch sie mit Umziehen beschäftigt waren. Interessiert ging Lissi auf das Wohnmobil zu, in dem jemand heftig herumzurennen schien. Der ganze Wagen wackelte und schwankte.

„Janek braucht Erziehung, und entweder er gewöhnt sich schnellstens Manieren an oder ich stecke ihn in ein Internat.“ Ronald schlug mit der Faust auf etwas Hartes. Es krachte und er stöhnte auf.

„Brüll noch lauter! Die Fenster sind offen und deine Ex weidet sich bestimmt an deinem Ausbruch!“, schleuderte Samantha ihm ins Gesicht.

„Das kann sie gerne hören. Es sieht nämlich jeder, wie daneben sich Janek aufführt. Es ist unmöglich, mit ihm normal zu reden.“

Knapp neben Lissis Ohr sagte jemand so laut, dass ihr Herz einen Sprung machte: „Lauschst du?“

Sie fuhr herum und sah in Janeks schiefes Grinsen. Obwohl ihr Herz fast die Rippen durchschlug, schaffte sie es ruhig „Nein!“ zu sagen, sich umzudrehen und im Zelt zu verschwinden.

Verdutzt blickte ihr der Junge nach.

„Janek, komm auf der Stelle herein!“, zischte Ronald durch die Dunkelheit.

„Irgendwie unruhig, der Typ“, maulte Janek vor sich hin, bevor er sich betont langsam in Bewegung setzte. Er ließ keinen Zweifel daran, dass er Ronald ätzend fand.

„Hmmm“, machte Lissi an diesem Abend noch öfter. Wie sie schon gesagt hatte: Sie roch da eindeutig einen Braten.

# Tinkas Entscheidung

„Kann ich bitte die Kirschmarmelade haben?" Tinka streckte die Hand über den Tisch. Thorsten reichte ihr das Glas und verfolgte mit fassungslosen Augen, wie seine Schwester sich eine dicke Schicht Marmelade auf das Leberwurstbrot strich.

Lissi sah es auch und sie wusste, was es bedeutete: Tinka hatte Kummerstufe neun auf der zehnteiligen Skala erreicht. Wie sie aussah, hatte sie die halbe Nacht nicht geschlafen. Blaue Schatten lagen unter ihren Augen und ihr sonst so seidiges blondes Haar stand nach allen Seiten ab, als hätte sie in eine Steckdose gefasst.

David hielt Hannibalchen auf dem Schoß und fütterte ihn mit einer Gurkenscheibe. Cosimo, der die Sorgen seines Frauchens spürte, strich tröstend um ihre nackten Beine.

Boris zerbrach seinen Toast in der Hand und Grit ließ die Butter fallen. Stan hob sie hilfsbereit auf und zeigte sie in der Runde. Die Grasstückchen des frisch geschnittenen Rasens bildeten eine grüne Kruste um den fettigen Ziegel.

Es war ein Morgen der Hochspannung bei den Schnabel-Meierbeers.

Ein nervöses Zucken spielte um seine Mundwinkel, als Ronald kurz vor neun Uhr auftauchte. Er nickte knapp: „Morgen allerseits."

„Wir sind noch beim Frühstücken. Könntest du etwas später kommen?", sagte Grit kühl.

„Nein. Wir wollen in zwei Stunden fahren." Bockig pflanzte sich Ronald neben dem Campingtisch auf.

Tinka hielt den Kopf gesenkt und säbelte an ihrem Leberwurst-Kirsch-Marmelade-Brot herum.

„Wenn du heute nicht mitkommst, dann ..."

Ronald machte eine kurze Pause, in der er tief Luft holte.

Grit schleuderte ihm einen warnenden Blick zu. „Keine Drohung, bitte!"

Gnädig setzte Ronald den Satz nicht fort.

„Ich fahre", kam es piepsig von Tinka.

Die restlichen Familienmitglieder drehten sich überrascht zu ihr.

„Darf ich dann bei Lissi im Zelt schlafen?", wollte David sofort wissen.

„Moment, bist du sicher?" Lissi verstand ihre Schwester nicht ganz.

„Muss nur noch schnell packen!"

Ohne einen der anderen anzusehen, stand Tinka auf und kippte dabei ihren Stuhl nach hinten. Lissi lief hinter ihr her.

„He, kann ich bitte eine Erklärung bekommen?“, verlangte sie.

Im Turmzelt schleuderte Tinka Hosen, T-Shirts, einen Pulli und eine Jacke in ihre Reisetasche. Aus dem Rucksack zog sie den karierten Koffer mit den Hexenutensilien und streichelte liebevoll über den Stoff.

„Du hast recht. Da gibt's einen Braten zu riechen“, sagte sie zu Lissi. „Und ich werde ihn aus der Röhre ziehen und genau beschnuppern. Damit ...“, sie klopfte auf den Hexenkoffer, „ kann mir nichts passieren.“

„Ich komme mit“, beschloss Lissi.

„Nein!“ Als sie Lissis enttäuschtes Gesicht sah, musste Tinka ihre Schwester drücken. „Lieb von dir! Aber das ist meine Sache. Im Moment jedenfalls.“

Lissi erwiderte die Umarmung und klopfte Tinka auf den Rücken.

„Du weißt, ich bin nur einen Hexenklatsch von dir entfernt. Egal, wo ihr hinfahrt.“

Die beiden stießen sich mit den Schultern an und winkten mit abgespreizten Daumen und kleinem Finger.

Grit verabschiedete sich von ihrer Tochter, als ginge Tinka auf eine zweijährige Weltreise. Boris, der in solchen Dingen höchst ungeschickt war, schaffte auch ein kurzes Knuddeln, das Tinka über sich ergehen ließ.

„Lass die Kühe grüßen!“, riefen ihr Frank und Stan hinterher.

Zu ihren Füßen hörte Tinka ein verschmitztes Schnurren. Cosimo würde sie also begleiten.

Ronald schob sie eilig in Richtung Wohnmobil.

„Das freut mich aber, dass du dich so entschieden hast!“ Tinka war nicht sicher, ob seine Freude echt war, er seinen Sieg genoss oder aber etwas anderes dahintersteckte.

Am Eingang des Wohnmobils lehnte Samantha und lächelte dünn.

„Hallo.“ Erst nach einem heftigen Augenbrauenzucken von Ronald, fügte sie ein „Nett, dass du mitkommst.“ hinzu. Samantha machte einen halben Schritt zur Seite, damit Tinka einsteigen konnte.

Tinkas Augen wanderten über viel Plüsch in allen Farben, während ihre Füße in einem hohen Teppich versanken. An den Wänden hingen hunderte kleine gerahmte Fotos, die alle ihren Vater und Samantha, Backe an Backe, eng umschlungen, küssend oder künstlich lachend zeigten. Die Vorhänge an den Fenstern waren aus weißem, gerafftem Tüll.

Ob sie die Gardinen aus ihrem Hochzeitskleid geschneidert hat?, überlegte Tinka.

„Wir haben sogar ein eigenes Bad und eine Mini-Küche“, führte Ronald sie weiter. Er platzte vor Stolz und öffnete die Tür zu einem Badezimmer, bei dem man die Beine in die Dusche stellen musste, wenn man auf der Toilette saß.

„Zum Schlafen haben wir eine Koje am vorderen Ende und zwei Betten hier hinten!“ Er deutete auf zwei Liegen. Die obere war mit schmutzigen T-Shirts, CDs, Kopfhörern, Flossen und einem Tennisschläger belegt. Die untere war leer.

Tinka schüttelte den Kopf. Nein, sie würde bestimmt nicht unterhalb von Janek schlafen. Ihr Vater schien ihre Gedanken zu lesen.

„In der Almhütte hast du dein eigenes Zimmer“, beruhigte er sie sofort.

Janek schlürfte durch die schmale Tür und lehnte sich schief an den Schrank neben dem Tisch. „Tag, Baby!“, grüßte er und begann, sich mit den Fingern eine Faser zwischen den Zähnen herauszuzupfen.

Gerne hätte Tinka jetzt Lissis Schlagfertigkeit gehabt. Ihrer Hexenfreundin wäre bestimmt eingefallen, was man Janek antworten konnte. Tinka schwieg einfach.

„So, Abfahrt!“ Ronald klatschte in die Hände und deutete zum vorderen Teil des Wohnmobils. „Bitte auf den Sitzen Platz nehmen und anschnallen.“

Mit beiden Händen hielt Tinka das karierte Köfferchen umklammert. An ihrer Seite spürte sie immer noch Cosimos warmen, unsichtbaren Körper. Sie selbst fühlte sich wie ein Frosch, der in einen völlig fremden Teich geworfen worden war. Ein wenig bereute sie ihren Entschluss schon wieder, vor allem, wenn sie Janek beim Nasenbohren zusehen musste.

Was „den Braten“ anging, konnte sie ihn noch nicht riechen. Aber schließlich war sie erst fünf Minuten bei Ronald und seiner neuen Familie.

Als das Wohnmobil gleich darauf über die Zufahrtsstraße, vorbei an den Plätzen neunzehn bis einundzwanzig rollte, standen alle Schnabel-Meierbeers aufgestellt und winkten zum Abschied. Tinka winkte zurück und warf Kusshände. Die lange Sorgenfalte auf Lissis Stirn entging ihr ebenso wenig wie die Kummerfurchen in den Wangen ihrer Mutter. Einfacher machten sie Tinka den Abschied nicht.

Als Lissi etwas später ihre Badesachen holte, fand sie unter Tinkas Schlafsack das Handy, das sie sich von einer Freundin geliehen hatte.

„Sie hat's vergessen!“ Lissi rang die Hände und jonglierte mit dem Handy. Es gab jetzt überhaupt keine Möglichkeit, mit Tinka irgendwie in Verbindung zu treten. Lissi hatte zwar ihr eigenes – ebenfalls geborgtes – Handy, aber keine Telefonnummer, unter der Tinka erreichbar war.

Vielleicht ruft sie mich von einem normalen Apparat aus an, dachte Lissi hoffnungsvoll. Sie nahm beide Handys mit an den See, denn nach der Abreise von Ronald, Samantha und Janek wollten die Schnabel-Meierbeers endlich einmal den Krummsee genießen.

Auf der Fahrt suchte Tinka tastend in allen Taschen nach ihrem Telefon. Bald war ihr klar, dass sie es vergessen hatte. Sie spürte, wie ihre Hände ganz feucht wurden und sie sich völlig abgeschnitten fühlte.

Ronald führte gerade ein Telefongespräch. Nachdem er es beendet hatte, zog er den kleinen Kopfhörer aus dem Ohr und schaltete sein Gerät ab.

„Jetzt ist Ende“, verkündete er. „Und oben auf der Alm funktionieren die Dinger zum Glück gar nicht. Dort gibt es auch sonst kein Telefon, kein Fernsehen, kein Radio, keinen Strom. Warmes Wasser müssen wir auf dem Herd machen.“

Janek maulte herum. „Was ist das? Ein Straflager? Oder Überlebenstraining?“

Tinka fiel etwas ein, das sie unbedingt anbringen musste. Sie grinste ihn an und erklärte: „Klar, und wenn alle Vorräte zu Ende sind, müssen wir uns gegenseitig aufessen. Da hast du Glück.“

„Wieso?“ Janek guckte wie ein Goldfisch.

„Hast du schon mal gehört, dass man ein Stinktier essen kann?“ Vergnügt lachte Tinka über ihren Scherz in sich hinein. Janek aber schob grimmig die Unterlippe vor und überlegte einen Racheplan.

Die Freude über den gelungenen Witz war schnell verflogen. Tinka bereitete es großes Unbehagen, nicht mit Lissi in Kontakt treten zu können. Ganz allein musste sie dieses Abenteuer bestehen. Na ja, so allein auch wieder nicht. Cosimo war ja auch noch dabei.

Die Fahrt nahm kein Ende. Janek verdrückte zwei Tüten Kartoffelchips mit Knoblauchgeschmack. Um Tinka zu ärgern, hauchte er ständig in ihre Richtung. Tinka ihrerseits hielt jedes Mal die Luft an, wenn eine neue Knoblauchwolke kam, um sich den Ärger nicht anmerken zu lassen. Irgendwann verlor Janek dann die Lust.

„Vampire kommen heute Nacht hier bestimmt nicht herein", stellte Tinka zufrieden fest und nickte ihm dankbar zu.

Um zu zeigen, wie unlustig er den Witz fand, tat Janek so, als müsse er sich unter den Armen kitzeln, und gab dazu Laute von sich, die jeden Gorilla begeistert hätten.

Vorn beugte sich Ronald zu Samantha und flüsterte ihr zu: „Hörst du, die zwei verstehen sich ganz gut."

Tinka öffnete das Fenster einen Spalt breit, weil sie dringend frische Luft brauchte.

Endlich verließ Ronald die Autobahn und kurvte dann eine eng gewundene Bergstraße hinauf. Das letzte Stück war ein geschotterter Weg mit tiefen Schlaglöchern. Rutschte ein Reifen in ein Loch, wurden die Insassen des Wohnmobils kräftig zur Seite geworfen. Als es schließlich gar nicht mehr weiterging, waren alle heilfroh, die Türen aufreißen und aussteigen zu können.

Unter Tinkas Schuhen schwankte der Boden. Sie fühlte sich ein wenig seekrank und stützte sich sicherheitshalber an einem moosbewachsenen Felsbrocken ab. Die Luft war kristallklar und von den saftig grünen Wiesen kam das tiefe, blecherne Bimmeln von Kuhglocken.

„Muuuuuuh!", machte es dicht neben ihrem Ohr.

Mit einem Aufschrei sprang Tinka nach vorn, um der Kuh zu entkommen, die da neben ihr aufgetaucht war. Dabei blieb sie mit der Schuhspitze in einem Heidelbeergestrüpp hängen, stolperte und schlug der Länge nach auf den Boden. Mit der linken Hand konnte sie den Fall noch abfangen, doch sie sah nicht, wo sie hinfasste. Ihre Finger versanken in etwas Matschigem.

Das Lachen hinter ihr ließ eine Welle heißen Zorns in ihr aufsteigen. Die Kuh hieß Janek und das Matschige, in dem ihre Hand steckte, war ein ziemlich frischer Kuhfladen. Außerdem hatte sie sich das Knie an einem Stein angeschlagen und ein stechender Schmerz durchzuckte ihr ganzes Bein, als sie sich erhob.

Die stinkende Hand von sich gestreckt, humpelte sie auf Janek zu, der unter hämischem Gelächter das Weite suchte. Er schüttelte sich, prustete, zeigte mit dem Finger auf sie und konnte sich gar nicht mehr einkriegen. Janek presste sich sogar die Hand auf den Bauch, der ihm vom vielen Lachen schon wehtat.

Tinka hörte das Fauchen. Sie hörte das gepresste Maunzen, das Cosimo immer von sich gab, wenn er sprang. Gleich darauf begann Janek zu zucken und wilde Verrenkungen zu vollführen. Er kreischte in den höchsten Tönen, fasste sich auf einmal an den Kopf und japste: „Nimm es weg! Sammi, nimm das Ding von meinem Kopf!"

Samantha, die gerade ihre schicke Lacktasche schulterte, machte ein gelangweiltes Gesicht.

„Du hast doch gar nichts auf dem Kopf. Lass mich mit deinen dummen Witzen in Frieden!"

„Es kratzt! Es beißt! Hilfe! Es ist unter meinem T-Shirt!" Janek streckte den Bauch raus und starrte auf die mächtige Wölbung unter seinem T-Shirt, die sich wand und schüttelte.

„Zieh den Bauch ein und steh gerade!", kommandierte Ronald.

„Helft mir. Bitte!" Janek winselte und flehte, während Cosimo durch den Halsausschnitt kroch und begann, den Jungen mit der Pfote zu ohrfeigen. Die Hände vor das Gesicht geschlagen drehte sich Janek im Kreis und heulte wie ein Baby. Cosimo meldete maunzend, dass er sein Opfer verlassen hatte, das aber immer noch orientierungslos über die Wiese wankte, das Gleichgewicht verlor und kopfüber in einen Kuhfladen fiel.

Prustend und nach Luft ringend schoss Janek wieder in die Höhe. Als er die Finger vom Gesicht nahm, bildete der Kuhmist einen dunklen Rahmen um sein rundes Gesicht.

Seine Mutter starrte ihn an, als käme er direkt aus der Hölle.

„Bleib mir vom Leibe!“, verlangte sie und wich rückwärts aus.

„Wo ist das Badezimmer?“, heulte Janek.

„Gibt's keines!“ Ronald deutete auf einen ausgehöhlten Stamm vor der einfachen Hütte. Aus einem Rohr plätscherte ein dünnes Rinnsaal in die Kuhtränke. „Dort kannst du dich waschen. Frisches Quellwasser.“

„Klar und eiskalt!“, meldete Tinka, die sich gerade die Hand abspülte. Als Janek näher kam, formte sie eine Schale aus den Händen, ließ sie volllaufen und spritzte ihn nass. Danach flüchtete sie ins Haus.

Wenigstens steht es unentschieden, dachte sie zufrieden. Allerdings sollte das nicht die letzte Runde gewesen sein. Das wusste sie.

## Großer Kummer

Die dunkle Holzhütte, die mit Schindeln gedeckt war, bot eine große Wohnküche mit offener Feuerstelle, Tisch, Eckbank und einem Schrank für Vorräte. Eine steile Hühnerleiter führte in das Dachgeschoss, wo sich drei winzige Schlafkammern befanden. Betten gab es nicht, dafür aber Kisten, die mit Heu ausgelegt waren. Tinka beunruhigte der Deckel, der tagsüber geschlossen wurde, damit die Kiste auch als Sitzbank dienen konnte. Sie befürchtete, ihn in der Nacht auf den Kopf zu bekommen.

Cosimo trabte vergnügt neben ihr her und freute sich über den Besuch im Milchparadies. Der Senner, der in einer nahen Hütte wohnte, brachte den Schnabels nämlich eine kleine Kanne frisch gemolkene Milch, von der der Kater sofort eine große Schale bekam.

Samantha ging den Rest des Tages mit gerümpfter Nase herum, ständig in der Angst, einer Maus zu begegnen. Janek hockte mit Kopfhörern und Gameboy hinter der Hütte und wollte mit der Welt der Berge nichts zu tun haben. Ronald war damit beschäftigt, alle zehn Minuten die Arme auszubreiten, demonstrativ heftig ein- und auszuatmen und zu jubeln, wie wunderbar er es hier oben auf der Alm doch fände.

„Jaja, Geißenpeter", sagte Tinka mit leisem Spott.

Zum Abendessen gab es Brot und Käse. Beides stellte der Senner zur Verfügung. Die Familie hatte nämlich vergessen einzukaufen. Janek verschwand samt Kopfhörern und Gameboy nach oben und maulte, dass ihm diese Ferien stänken. Ronald regte sich kurz auf, ließ sich dann aber wieder auf den Stuhl sinken und redete sich ein, völlig ruhig zu sein.

Die frische Bergluft machte auch Tinka müde. Als sie alle paar Minuten gähnen musste, verabschiedete sie sich und ging in ihr Zimmer. Da es keinen Strom gab, bekam sie eine Laterne mit. Sie stellte sie neben die Kiste, breitete eine Decke über das Heu, schlüpfte in ihr Schlaf-Shirt und kroch in das ungewöhnliche Bett. Es knisterte und roch nach getrockneten Blumen.

Durch die Ritzen der Bodendielen fielen dünne Lichtstreifen. Gedämpft kamen von unten die Stimmen von Ronald und Samantha. Zuerst wollte Tinka nicht zuhören, was sie redeten, sondern noch ein paar Seiten der Liebesgeschichte lesen, die sie in die Ferien mitgenommen hatte. Als aber ihr Name fiel, spitzte sie die Ohren.

„Du merkst doch schon die Wirkung“, schwärmte Ronald.

„Immer machst du meinen Janek schlecht“, beschwerte sich Samantha. „Und immer hältst du ihm deine drei Kinder als Beispiel für gutes Benehmen vor. Deine Tochter hat seine Luftmatratze zerstochen.“

„Aber nur, weil er ihr den Bikini vom Leib geschnitten hat!“, verteidigte Ronald Tinka. „Der Junge ist von drei Schulen geflogen, und zweimal hat ihn uns schon die Polizei nach Hause gebracht, weil er im Kaufhaus geklaut hat.“

„Er ist noch so klein“, warf Samantha ein.

„Vierzehn ist nicht klein.“ Ronald schüttelte energisch den Kopf. „Tinka soll jetzt einmal eine Woche bei uns bleiben und dann am besten das ganze Jahr. Ich werde sie schon überreden. Ihr Einfluss wird ihm guttun. Janek wird sich zusammenreißen. Du wirst sehen.“

Was die beiden in der Stube noch weiter redeten, interessierte Tinka nicht mehr. Sie hatte mehr als genug gehört.

So war das also!

Als Aufpasserin für Janek hatte sie mitkommen dürfen. Deshalb also Ronalds Wunsch, eine Ferienwoche mit ihr zu verbringen. Tinka presste die Lippen aufeinander und versuchte, gegen die Tränen anzukämpfen. Vergebens! Sie spürte, wie sie ihr über das Gesicht liefen und kühle Spuren hinterließen.

„So gemein“, flüsterte sie in das Halbdunkel, das sie umgab. Ihre Wut über Ronald war noch größer als die Enttäuschung. Ganz tief in ihrem Inneren hatte sie gehofft, ihr Vater, ihr echter Vater, würde doch einmal ein echter Vater sein. Sie hatte gehofft, er würde bereuen, dass er damals so einfach abgehauen war. Von einer Stunde auf die andere. Ohne Vorwarnung und ohne Verabschiedung. Und sie hatte wegen der zerbochenen Vase ein schlechtes Gewissen gehabt. Sie hatte sich gewünscht, dass er ihr vielleicht einmal sagte, wie gern er sie hatte. Sie selbst mochte ihn. Das heißt, sie hatte ihn gemocht. Ganz tief drin. Das aber war jetzt vorbei.

„Lissi, wieso kannst du nicht hier sein?“, schluchzte Tinka leise. Sie hätte sich ohrfeigen können, Lissis Angebot mitzukommen, abgelehnt zu haben. Wahrscheinlich aber wäre Ronald damit gar nicht einverstanden gewesen.

Lissi aber war weit weg.

„Ich hexe mich zu ihr“, beschloss Tinka, schloss die Augen und versuchte, sich das blaue Zelt genau vorzustellen. Den Hexenklatsch führte sie kräftiger aus, schließlich war eine größere Strecke zu überwinden. Sie wartete auf das Rauschen in den Ohren, das mit dem „Von-Ort-zu-Ort-hexen“ immer verbunden war. Doch es blieb aus. Prüfend spähte Tinka durch die Wimpern, erkannte über sich aber die gleichen dicken Holzbalken wie vorher. Enttäuscht stöhnte sie auf. Auch der zweite und der dritte Versuch klappten nicht. Sie blieb in ihrer engen Schlafkiste und wurde von den harten Strohhalmen in den Rücken gepiekst.

Cosimo kam zu ihr gesprungen und schmiegte sich in die Beuge zwischen Kopf und Schulter. Dort rollte er sich ein und schnurrte Tinka ins Ohr.

„Ach Cosimo", sagte sie mit leiser, tränenerstickter Stimme, „Wenn Lissi doch jetzt hier wäre!"

Aber Lissi war weit weg und hatte keine Ahnung, wie sehr Tinka litt. Tröstend knabberte Cosimo an Tinkas Ohrläppchen.

Im blauen Zeltturm warf sich Lissi in ihrem Schlafsack von einer Seite auf die andere. Den ganzen Tag hatte sie an Tinka denken müssen. Wie es ihr wohl mit Ronald, der Bohnenstange, Samantha und diesem Stinktier auf zwei Beinen namens Janek erging? Dazu kam das besorgte Seufzen von Grit, die alle zehn Minuten einen bekümmerten Laut von sich gegeben hatte und murmelte: „Das war falsch, sie einfach so mitfahren zu lassen."

Am Nachmittag hatte Lissi sich einen Platz gesucht, an dem sie ganz bestimmt ungestört und unbeobachtet war. Ihre Wahl war, nach sehr langer Suche, auf die Damentoilette gefallen, in der sie sich mit ihrem kleinen karierten Koffer eingeschlossen hatte. Zuerst vergrößerte sie die Bücher, um anschließend in ihnen nach Hexereien zu suchen, die ihr halfen, mehr über Tinkas Befinden zu erfahren. Nach einer Stunde stand fest, dass sie die falschen Bücher mitgenommen hatte. Es war kein einziger brauchbarer Spruch darin zu finden.

Beim Abendessen stellte sogar Frank fest: „Die Schreckschraube geht ab!" Das größte Kompliment, das er jemals über seine Stiefschwester von sich gegeben hatte.

Lissi konnte nicht einschlafen. Auch jetzt, da auf dem Campingplatz Ruhe eingekehrt war, dämmerte sie nur dahin. Ständig tauchten Bilder in ihrem Kopf auf, die eine völlig verzweifelte Tinka zeigten. Ständig kam ihr der Gedanke „Ich muss zu ihr", dem das niedergeschlagene Gefühl folgte, dass sie ja keine Ahnung hatte, wo sich Tinka genau befand.

„Augen auf!", befahl ihr jemand, der beim Sprechen ständig schmatzte und schnalzte.

Lissi gab einen unwilligen Laut von sich.

„Ich bin's, die Meersau!"

Lissi zog sich das Kissen über den Kopf.

„Hau ab, Frank! Lass mich in Frieden!"

„Entweder du drehst dich zu mir, oder ich beiße", drohte die schmatzende Stimme.

„Ich beiße zurück", knurrte Lissi und blieb so liegen, wie sie war. Gleich darauf spürte sie einen heftigen Stich im Nacken. Sie schlug mit der Hand hin und traf dabei eine pelzige Kugel. Völlig verwirrt richtete sie sich auf, kramte hektisch nach ihrer Taschenlampe, knipste sie an und leuchtete auf das struppige Tier, das neben ihrem Schlafsack hockte und vorwurfsvoll „Tststs“ machte.

„Nein“, flüsterte Lissi. „Ich falle nicht drauf rein.“ Suchend ließ sie den Lichtstrahl nach allen Seiten wandern, sogar nach oben zur Spitze des Zeltturmes, wo sich ganz bestimmt niemand verstecken konnte. Sie kroch auf allen vieren durch das feuchte Gras und drehte eine Runde um das Zelt. Von ihren Brüdern war aber keine Spur zu sehen.

Dafür kam von drinnen die schmatzende Stimme: „Wenn du deinen Abendsport beendet hast, habe ich dir etwas auszurichten.“

„Nein“, keuchte Lissi, diesmal total verblüfft. Robbend näherte sie sich dem Meerschweinchen in seiner Augenhöhe. „Sprichst du wirklich?“

„Kann auch singen“, bot das Tier an und bewegte dabei sein kleines Maul. Die gebogenen Nagezähne blitzten im Licht der Taschenlampe.

„Aber … wieso?“ Lissi, die selten etwas aus der Ruhe brachte, war perplex.

„Das hat mit diesem fetten Vieh zu tun, das so gerne Harfe auf meinem Käfig spielt“, erklärte das Meerschweinchen. „Im Übrigen ist mir nach was zu Knabbern. Hast du Kekse?“

Lissi nickte abwesend, ließ den Blick auf das Meerschweinchen gerichtet und holte aus dem Rucksack eine angebrochene Rolle Butterkekse heraus. Einen davon legte sie vor das Tier, das sofort zu knuspern begann. Kauend redete es weiter.

„Also, das fette unsichtbare Vieh, das mich tierisch nervt, ist plötzlich in meinem Kopf aufgetaucht. Ich dachte, mir platzt die Birne, das kannst du mir echt glauben."

Es war einer der wenigen Augenblicke, in denen Lissi sprachlos war. Das Kinn auf die Faust gestützt, lag sie da und starrte auf das Meerschweinchen.

„Ich bestelle, was das fette Vieh mir aufgetragen hat", erklärte Hannibalchen. Er versuchte, sich genau zu erinnern und fuhr langsam, jedes Wort einzeln betonend, fort: „Du sollst dein knackiges Hinterteil sofort auf deinen Besen schwingen und dringend kommen."

„Wohin?", unterbrach ihn Lissi.

„Mach langsam, Kleine", ächzte das Meerschweinchen genervt. „Das fette Vieh sagte was von Such-Steuerung-Spruch. Du sollst Tempo machen und sofort losfliegen. Es handelt sich um einen Notfall."

„Ist was mit Tinka?", bestürmte Lissi es.

Das Meerschweinchen verdrückte die letzten Krümel. „Das weiß das fette Vieh, aber nicht …" Es erstarrte und die dunklen Knopfaugen wurden ganz weit. Nach einer kleinen Pause wimmerte es unterwürfig: „Verzeihung, ich tu's nie wieder. Ich schwöre es, bei allen Karotten der Welt. Aber bitte hör auf damit. Bitte!"

Lissi sah das Meerschweinchen beschwörend an. „Was ist denn los? Sag schon!“

„Das f…“ Hannibalchen brach ab und begann erneut. Diesmal säuselnd und untertänig. „Das edle Tier, das die Kunst des Harfespielens auf meinem Käfig übt, erschien abermals in meinem kleinen Kopf und hat mir aufgetragen, von nun an nur noch als ‚das edle Tier‘ von ihm zu sprechen. Oh, welch edles Tier. Und was für scharfe Krallen.“ Das Meerschweinchen schüttelte sich wie ein nasser Hund.

Hastig rappelte sich Lissi auf und holte den Minibesen aus dem karierten Köfferchen. Sie hexte ihn groß und betrachtete nachdenklich den Stock, der am oberen Ende über eine Lenkstange verfügte und auf dem in der Mitte ein Fahrradsattel montiert war. Es war ein moderner Hexenbesen, der längst nicht mehr an das Kehrgerät von früher erinnerte.

Aber was war mit dem „Such-Steuerung-Spruch“ gemeint? Lissi und Tinka hatten beide die Hexenschule besucht, von einem solchen Spruch aber nie gehört. In den Büchern, die sie dabeihatte, war er Lissi auch nicht aufgefallen.

„He, Süße!“ Das Meerschweinchen pfiff nach Lissi. Gehorsam senkte sie den Kopf. Sie war zu verdutzt, um gegen diese Behandlung zu protestieren. „Das edle Tier lässt dir ausrichten, du mögest fest an deine Schwester denken und dazu dreimal sagen: Such-such-such. Danach den Hexenmatsch machen.“

„Klatsch, meinst du!“, verbesserte ihn Lissi.

„Mir eigentlich egal! Ich sage nur, was das edle Tier mir aufträgt.“

Lissi schwang sich auf den Flugbesen und trat mit der linken Ferse kräftig in die Luft wie ein Motorradfahrer, der seine Maschine anwirft. Wie gewöhnlich spürte sie einen Widerstand und ihr Besen gab einen jaulenden Laut von sich.

Irgendwo in der Ferne antwortete sofort ein Hund mit lautem Gebell. Er dachte wohl, ein Artgenosse würde gequält, und bot seine Hilfe an.

„Pssst“, zischte Lissi den Besen an, der sofort zwei Gänge zurückschaltete und in ein hustendes Blubbern verfiel. Lissi klemmte das Fluggerät zwischen die Schenkel und hob die Hände zum Hexenklatsch. Sich Tinka vorzustellen, war nicht weiter schwierig.

„Warte mal, habe noch eine Nachricht!“, meldete sich das Meerschweinchen.

„Was'n?“ Lissi ließ die Hände mit den gespreizten Fingern wieder sinken.

„Das edle Tier sagt, deine Schwester hätte zur Zeit keine Hexenkräfte, weil sie im Ausnahmezustand sei. In solchen Fällen setzen die Kräfte für eine Weile aus, damit sie kein Unglück anrichtet.“

„Bin hoffentlich gleich bei ihr“, murmelte Lissi und führte den Zauber endgültig durch. Nach dem Hexenklatsch hatte sie gerade noch Zeit, die Lenkstange zu packen. Schon bäumte sich der Besen auf und raste steil nach oben. Eigentlich hatte Lissi den Zeltausgang nehmen wollen, doch dafür war der Besen schon zu hoch. Sie sah eine blaue Wand auf sich zukommen, presste das Kinn an die Brust und die Augen fest zusammen und hörte ein lautes *Ritsch,* als der Besen das Zelt durchstieß. Die kühle Nachtluft strich ihr über das Gesicht. Erst jetzt bemerkte sie, dass sie nur ihr Schlaf-Shirt trug, weil sie vergessen hatte, sich richtig anzuziehen.

Zum Umkehren war keine Zeit. Außerdem spürte sie, wie der Besen sich von allein – ruckend wie eine Kompassnadel – ausrichtete und ein Ziel ansteuerte.

Im Zelt zurück blieb Hannibalchen.

„Hätte auch mal danke sagen können", mümmelte das Meerschweinchen leicht beleidigt. Zu seiner Freude lag die offene Keksrolle neben Lissis zerwühltem Schlafsack. Hannibalchen beschloss, dass es eine Belohnung wirklich verdient hatte, und machte sich gierig über die knusprigen Köstlichkeiten her.

# Überraschungshexerei

Es war ein sehr rasanter Flug, bei dem Lissi die Lenkstange des Hexenbesens fest umklammert hielt. Die Steuerung hatte der Besen selbst übernommen. Der Wind, der ihr entgegenwehte, war kühl, und bald fröstelte Lissi heftig. Vorsichtig schob sie die Hände auf der Lenkstange näher zusammen, spreizte Daumen und kleine Finger und schaffte, ohne den Lenker dabei loszulassen, die magische Bewegung. Der Spruch, den sie dazu murmelte, kam etwas stotternd aus ihrem Mund, da ihre Zähne so heftig klapperten.

Eigentlich hatte Lissi sich eine schicke Pilotenjacke aus braunem, abgewetztem Leder hexen wollen. Stattdessen aber sah sie an sich ein zottiges Ding aus muffigem Fell, in dem sie wie ein Wischmopp auf Beinen aussehen musste. Allerdings wärmte das Ding und deshalb behielt Lissi es einfach an.

Unter sich sah sie die langen Lichterketten der Straßenlaternen und die Gruppen von hellen Punkten, die ein Dorf anzeigten. Mulmig wurde ihr ein wenig, als der Besen immer höher stieg und sie ein Knacksen in den Ohren spürte. Die Lichtpunkte schrumpften und verschwanden schließlich völlig im Dunst.

Zum Glück war der Mond mehr als halb voll und beleuchtete die Felszacken und grünen Matten, auf denen geduckt die Hütte stand, in der Ronald, Samantha und Janek bereits schliefen. Tinka aber bekam kein Auge zu.

Zischend senkte sich der Besen genau auf das Dach. Es war die Stelle, unter der sich Tinkas winzige Schlafkammer befand.

„Soll ich durch den Schornstein kriechen?“, beschwerte sich Lissi.

Gnädig hob sich der Besen noch einmal kurz und setzte sie an der Hüttentür ab.

Cosimo witterte es sofort und maunzte Tinka lautstark ins Ohr. Als sie ihn zur Seite schubsen wollte, stellte er sich auf ihre Brust und begann, ungeduldig zu treten.

„Lass mich in Ruhe“, wimmerte Tinka, packte ihn mit beiden Händen und beförderte ihn nicht gerade sanft aus der Schlafkiste. Aber dagegen hatte Cosimo nichts einzuwenden. Er trabte zur Tür und begann, mit der Pfote zu kratzen. Als Tinka ihm nicht öffnete, kratzte er mit beiden Pfoten und unter rufendem Miauen.

Stöhnend und ächzend rappelte sich Tinka aus der Kiste hoch. Schlaftrunken wankte sie los, um dem Kater zu öffnen. Cosimo lief zwischen ihren Beinen Slalom und drängte sie von hinten Richtung Treppe.

„Du musst wohl hinaus", stöhnte Tinka und hielt sich mit beiden Händen am Geländer der Treppe fest. In der Dunkelheit hatte sie Angst hinunterzustürzen.

Mondlicht fiel durch das Fenster neben der Feuerstelle und malte vier helle Rechtecke auf den Boden. Tinka blinzelte müde und steuerte die Tür an. Als sich ein Schatten in die hellen Rechtecke schob, sprang sie geschockt nach hinten und fasste sich an die Brust. Ihr Herz drohte, die Rippen endgültig zu zertrümmern.

„Mach mir auf", zischte draußen eine Stimme, die Tinka kannte, aber niemals um diese Zeit an diesem Ort erwartet hätte. Sie stolperte zur Tür vor, schob den Riegel zur Seite und starrte in Lissis Gesicht, das vom wilden Flug noch gerötet war. Die Zotteljacke, in der sie steckte, ließ Tinka aber sofort wieder zweifeln, ob sie es mit der echten Lissi zu tun hatte.

„Bist du's?", fragte sie lahm.

Lissi streckte die gespreizten Finger über den Kopf.

„Nein, mein Geist", hauchte sie unheimlich und steckte den Kopf in die Hütte. „Riecht nach Knoblauch hier, Janek kann nicht weit sein", stellte sie schnüffelnd fest. Neugierig drehte sie eine Runde durch den kleinen Raum.

Tinka kniff sich verstohlen in den Arm. Der Schmerz überzeugte sie, dass sie tatsächlich wach war und nicht träumte.

„Wie bist du hergekommen?“, zischelte sie.

Der Hexenbesen schwebte von allein herein und pflanzte sich stolz vor Tinka auf. Vom Boden kam ein forderndes Mauzen.

„Cosimo muss mit Hannibalchen in tele-irgendwie Kontakt getreten sein“, erzählte Lissi flüsternd.

„Telepathisch?“ Tinka fuhr sich verwirrt durch ihr zerdrücktes Haar.

Lissi trat neben sie und legte ihr die Hand um die Schulter. „Erzähl. Was gibt's?“

Auf einmal stieg in Tinka das Unglück der vergangenen Stunden wieder hoch. Sie wollte es nicht, aber sie konnte nicht anders und brach in Tränen aus. Besorgt blickte Lissi nach oben. Die anderen durften nicht geweckt werden. Das hätte viele, viele Fragen bedeutet, auf die die beiden Hexen keine Antwort hätten geben können. Lissi hexte ihrer Schwester eine dicke warme Jacke (die Zotteln waren etwas kürzer, sonst aber war die Jacke ihrer sehr ähnlich) und führte sie hinaus in die kühle Bergnacht.

Ein Stück von der Hütte entfernt, an einen Felsen geschmiegt, stand eine kleine Bank, auf die sich die Schwestern sinken ließen. Tinka brauchte eine Weile, bis sie es schaffte zu berichten, was sich alles ereignet hatte. Immer wieder wurde sie von Schluchzern geschüttelt. So geduldig wie nie zuvor hörte sich Lissi alles an, ohne sie auch nur ein einziges Mal zu unterbrechen.

„So gemein“, schloss Tinka ihren Bericht, zog heftig durch die Nase auf und rieb sich mit dem Handrücken über das Gesicht. Nachdem sie alles hatte loswerden können, ging es ihr ein klein wenig besser. Aber noch immer tieftraurig lehnte sie den Kopf an Lissis Schulter.

„Schade, dass wir nichts Böses hexen dürfen“, seufzte Lissi bedauernd. Ideen hätten beide mehr als genug gehabt. „Ich will zu euch zurück“, sagte Tinka sehnsüchtig.

„Den Braten hast du jetzt geschnuppert, aber die Rechnung ist noch offen“, stellte Lissi fest. Tinka sah sie von der Seite an und verstand nicht, was ihre Schwester damit meinte.

„Ronald kann doch nicht immer so ungeschoren davonkommen!“, erklärte Lissi.

Tinka machte eine wegwerfende Handbewegung. „Ist mir egal!“

„Glaube ich nicht!“

„Doch.“

Lissi fiel ein, was ihr das Meerschweinchen über Tinkas Hexenkräfte gesagt hatte.

„Weil ich im Ausnahmezustand bin?“, wiederholte Tinka verblüfft. Sie presste die Finger an die Schläfen und massierte die Stellen heftig. Beim Frisör hatte sie in einer bunten Zeitschrift gelesen, das würde beruhigen.

„Keine Sorge, ich kann noch hexen“, beruhigte sie Lissi.

„Ob hexen diesmal hilft?“ Tinka zweifelte irgendwie daran.

Lissi verschränkte die Hände hinter dem Kopf, lehnte sich zurück und betrachtete den Nachthimmel. Hier in den Bergen schien er viel dunkler als über der Großstadt. Dafür strahlten die Sterne um vieles heller.

„Hmmmm“, kam es von Lissi. Und noch einige Male „Hmmm“. Sie richtete sich wieder auf und drehte sich zu Tinka. „Hör zu, ich werde hexen.“

Tinka verzog das Gesicht. „Schon klar, dass du nicht jodeln wirst. Aber WAS willst du hexen?“

„Sage ich dir nicht. Hat mit dir zu tun. Und mit Janek. Ist aber besser, du weißt es nicht.“

Ein sehr unbehagliches Gefühl machte sich sofort in Tinka breit.

„Weiß nicht, ob mir das so gefällt“, meldete sie vorsichtig.

„Hast keine andere Wahl!“, entschied ihre Schwester. „Nur so viel: Was auch immer morgen geschieht, wundere dich nicht, kämpf nicht dagegen an, sondern tu es!“

In Tinkas Gesicht bildete sich ein einziges großes Fragezeichen.

„Liegt's an mir oder an dir, dass ich kein Wort verstehe?"

„An dir!", antwortete Lissi knapp. Sie warf einen Blick auf ihre große Herrenarmbanduhr, die sie Boris abgeluchst hatte. „Ist übrigens schon zwei Uhr früh. Ich muss mich bald auf den Heimflug machen."

Auf einmal überfiel Tinka bleierne Müdigkeit.

„Pass bloß auf und fall nicht vom Besen!", gab sie Lissi als Ratschlag mit auf die Reise. Zum Abschied drückten sich die zwei ganz fest. Tinkas Beine waren schwer, als hingen Ketten und Kugeln daran. Gähnend schlürfte sie durch das nasse Gras zur Hütte zurück. In der Tür drehte sie sich noch einmal um und sah Lissi gerade den Hexenklatsch ausführen. Einen ganz kurzen Augenblick spürte sie ein Kribbeln, das an ihrem Scheitel begann und danach über ihren Kopf, Brust und Rücken, die Arme und Beine bis in die Zehenspitzen kroch.

„Was hast du da getan?", wollte sie Lissi noch zurufen, doch die raste bereits auf dem Besen davon. Im Mondlicht hinterließ sie einen hellen Schweif wie eine Sternschnuppe.

In ihre Kammer zurückgekehrt sank Tinka in die Schlafkiste. Sie konnte sich am nächsten Morgen nicht einmal daran erinnern, die Augen geschlossen zu haben, so schnell war sie eingeschlafen.

Zurück in ihrem Zelt kuschelte sich Lissi in den Schlafsack und lächelte verschmitzt vor sich hin.

„Schade, dass ich morgen nicht dabei sein kann“, dachte sie.

„Gruß vom edlen Tier“, flüsterte eine mümmelnde Stimme in ihr Ohr. Obwohl Lissi mittlerweile wusste, mit wem sie es zu tun hatte, erschrak sie. Die leere Verpackung der Kekse knisterte, als Hannibalchen sich bewegte. Er hatte leichte Bauchschmerzen und war so vollgefressen, dass er nicht den Weg zurück in seinen Käfig fand. „Du sollst morgen einfach auf der Luftmatratze auf den See hinausschwimmen. Der Spruch lautet ‚Spiegelvision‘, dann kannst du im Wasser Tinka beobachten. Und zweitens …“, das Meerschweinchen atmete pfeifend ein.

„Ja?“, fragte Lissi gespannt.

„Trag mich in meinen Käfig und bring mir eine Kanne Wasser!“

# Tinka staunt

Vor der Hütte war lautes Prusten zu hören. Dazu quiekte jemand: „Kalt, kalt, kalt, kalt, kalt!“

„Stell dich nicht so an“, lachte Samantha. „Wenn ich es überlebt habe, wird es dir auch nicht schaden.“

Tinka öffnete zuerst ein Auge, dann das zweite und gähnte herzhaft. Ihre Arme und Beine waren steif und aus Platzmangel konnte sie sie nur nach oben strecken. Nachdem sie zweimal herzhaft und lautstark geniest hatte, öffnete sie den Mund erneut. Diesmal aber nicht zum Gähnen. In ihrem Magen blubberte es und ein gurgelnder Rülpser entfuhr ihr. Zufrieden klopfte sie sich auf den Bauch, machte ein Gesicht wie ein Baby, das gerade sein Fläschchen bekommen hatte, und schwang sich in die Höhe.

Barfuß tappte sie zur Fensterluke, von wo aus sie genau auf den Platz vor der Hütte sehen konnte. Ihr Vater stand mit nacktem Oberkörper an der Kuhtränke und tupfte sich das eisige Quellwasser ins Gesicht und auf die Brust. Samantha feixte daneben und nippte an einem Becher mit dampfendem Tee.

„Janek wird wieder Theater machen", prophezeite Ronald und rubbelte sich mit einem Handtuch trocken wie nach einem Vollbad.

„Männer", kam es verächtlich von Samantha. „Ihr tut immer so stark und in Wirklichkeit steckt in jedem von euch ein Baby."

„Zustimmung", murmelte Tinka und ließ einen knallenden Furz. Er war so laut, dass Ronald und Samantha zu ihrem Fenster hochsahen.

„Janek, es reicht!", schimpfte Ronald.

Tinka gluckste vergnügt. Sie musste wirklich gut sein, wenn Ronald ihre unanständigen Laute gleich Janek zuschrieb.

Tief in Tinka meldete sich eine leise Kleinmädchenstimme. Ganz verschüchtert piepste sie: „He, normalerweise benimmst du dich aber nicht so!"

Gleich darauf kribbelte es wieder bei Tinka. Ein Schütteln ging durch ihren ganzen Körper. Dann sprach eine zweite Stimme, die der von Tinka sehr ähnlich, aber tiefer und polternder war: „Klappe zu, Veilchen-Lutscherin! Heute lassen wir mal die Sau raus. Das muss auch sein und tut tierisch gut!"

Tinkas Mundwinkel bogen sich weit nach oben und in ihr erwachte der Drang, sich einmal richtig danebenzubenehmen. Sie schleuderte ihr langes Schlaf-Shirt in eine Ecke und fetzte alle Kleidungsstücke aus dem Rucksack. Ihre Wahl fiel auf ein grasgrünes Top, zu dem sie quietschblaue Shorts nahm. Während sie die steile Treppe hinunterpolterte, grölte sie aus voller Kehle:

*„Meine Oma kneift den Opa*
*jeden Morgen in den Po,*
*jaja, oho!*
*Meine Oma, meine Oma, die ist froh!"*

Ronalds Kopf tauchte aus dem Ausschnitt seines Pullis auf, den er sich gerade überzog. Fragend blickte er ihr entgegen.

„Was singst du da?"

*„Meine Oma kneift …"*, setzte Tinka erneut an.

„Nein!", unterbrach Ronald sie.

*„Doch, sie kneift den Opa in den Po!"*, sang Tinka starrköpfig.

„Wo lernst du solche Lieder?", wollte Ronald kopfschüttelnd wissen. Samantha grinste verstohlen und versteckte sich hinter ihrem Becher.

Eine Frage brannte Tinka auf einmal auf der Zunge. „Glaubst du, es ist wahr, dass Fürze kein Echo haben?"

Ronald schluckte. Samantha, die gerade einen großen Schluck Tee genommen hatte, prustete los und ließ einen Sprühregen über der Wiese niedergehen.

Hinter Tinka räusperte sich jemand. Janek trat aus der Tür. Sein Haar stand in dicken Büscheln vom Kopf, und in seinem Gesicht klebten Strohhalme.

„Ich wünsche einen guten Morgen“, sagte er nach allen Seiten. Er trug knallrote Boxershorts und ein Muskelshirt. Um den Hals hatte er ein Handtuch geschlungen. Zielstrebig steuerte er die Kuhtränke an, hängte das Handtuch über das Rohr, aus dem das Wasser rann, beugte sich vor und steckte den ganzen Kopf in den Trog. Schnaubend tauchte er wieder auf und versenkte zuerst den linken und dann den rechten Arm im eisigen Nass. Mit vollen Händen schöpfte er danach Wasser, das er sich über den Oberkörper spritzte.

„Welch Erfrischung“, stellte er zufrieden fest und nickte mit einem höflichen Lächeln seiner Mutter und Ronald zu. Sorgfältig frottierte er sich ab, nahm einen Schluck direkt aus dem Rohr und gurgelte laut. Nachdem er ausgespuckt hatte, sagte er mit einem verlegenen Lächeln: „Verzeiht mir bitte diese Geräusche, doch denke ich, erlaubt sie ein öffentliches Bad wie dieses.“

Samantha legte fragend den Kopf zur Seite.

„Ist dir beim Aufstehen der Deckel der Kiste auf den Kopf gedonnert?“, fragte Tinka grinsend.

„Wie bitte?“ Janek tupfte seine Ohren trocken und schien durch nichts aus der Ruhe zu bringen sein.

Ronalds Augen wanderten zwischen Tinka und Janek hin und her. Er war sichtlich verwirrt.

„Ich komme gleich wieder!“, kündigte Janek an und verschwand wieder nach oben.

„Der hat 'nen Knall!“, platzte Tinka heraus.

„Jetzt reicht's aber!“, wies Ronald sie zurecht.

Tinka überging die Rüge. „Ich werfe mich in die Verpackung. Adios amigos!“ Sie winkte mit dem kleinen Finger und folgte Janek.

Das Frühstück fiel karg aus, weil nur Brot, Käse und Milch im Haus waren. Im Wohnmobil hatte Samantha noch genau vier Teebeutel gefunden. Ronald hatte den schweren Stubentisch ins Freie gezerrt und vier klobige Stühle herumgestellt.

„Ist doch mal was anderes hier oben an der frischen Luft!“, lobte er überschwänglich und atmete demonstrativ tief ein und aus.

Janek nickte zustimmend.

„Der höhere Sauerstoffgehalt der Luft und der niedrigere Wert an Schadstoffen regt die Produktion neuer Gehirnzellen an.“

Tinkas Mund zuckte. Zuerst versuchte sie, sich zu verkneifen, was ihr auf der Zunge lag, dann schaffte sie es nicht mehr und prustete: „Na bestens, dann besteht für euch ja noch Hoffnung.“

Ein verständnisloser Blick traf sie. Janek wandte sich an Ronald und schüttelte den Kopf. „War das ein Witz? Findet das jemand lustig?“

Zu Tinkas größter Überraschung bekam sie von Samantha Unterstützung.

„Also, ich schon“, meldete sie und stimmte in Tinkas Kichern ein.

Auf einmal saßen sich am Tisch zwei artige Männer und zwei schlimme Mädchen gegenüber.

Ronald zog die Stirn kraus.

„Wartet mal, das tut ihr absichtlich." Er deutete auf Tinka und Janek. „Ihr habt euch das so ausgemacht, um uns zu ärgern. Janek reißt sich am Riemen und spielt den Braven, während Tinka sich aufführt."

Samantha machte „tststs" und schüttelte tadelnd den Kopf. „Mann, Ronald, manchmal kannst du ein echter Langweiler sein. Endlich einmal ist Tinka nicht so ein artiges Mäuschen."

Ronald betrachtete Janek, als könnte jederzeit aus seinem Kopf ein Außerirdischer springen.

„Bleibst du so? Ich meine, ist das echt? Oder spielst du nur?"

„Was denkst du von mir?", entrüstete sich Janek. „War ich je anders?"

Es war ein Tag, den Tinka niemals vergessen würde. Samantha und sie fuhren mit dem Wohnmobil ins nächste Dorf und rafften Lebensmittel für die nächsten Tage zusammen. Danach lud Samantha Tinka auf ein Eis ein. Für sich selbst bestellte sie nur Zitrone, während Tinka einen Riesenbecher mit Kugeln in allen Farben verdrückte.

„Ich wusste gar nicht, was für eine Ulknudel in dir steckt", sagte Samantha kumpelhaft und knuffte Tinka in den Oberarm. „Ronald hat dich immer als Duckmäuschen beschrieben. Den armen Janek hat er wirklich zum Wahnsinn getrieben mit seinen Vorhaltungen." Sie äffte Ronalds Gemecker nach. „Du solltest mal meine anderen Kinder erleben, wie brav die sind. Und wie gut sie in der Schule sind. Und wie nett Tinka ist. Und wie toll Stan. Und erwachsen Thorsten." Sie schnaubte und ließ die Lippen blubbern. „Ich glaube, Janek hat daraufhin alles daran gesetzt, sich noch heftiger aufzuführen und Ronald zur Weißglut zu treiben."

Tinka löffelte ihr Eis und hörte staunend zu. Ein klitzekleines bisschen hatte sie Verständnis für Janek. Sie hätte bestimmt auch alle Haare aufgestellt, wäre er ihr ständig als leuchtendes Beispiel vorgehalten worden.

Die wilde Tinka wurde auf einmal sanfter. Die normale Tinka meldete sich wieder zu Wort und wollte von Samantha wissen: „Magst du meinen Vater? Ich meine, so richtig?"

„Er nervt manchmal gehörig. Aber das tu ich wohl auch", erklärte Samantha großmütig. „Trotzdem bin ich verrückt nach ihm." Sie ließ den Löffel, auf dem das Zitroneneis langsam schmolz, vor dem Mund schweben. „Du hasst mich, nicht wahr?"

Tinka schwieg.

„Also, ja."

„Nein!", sagte sie schnell. „Es ist nur, weil Vati damals so einfach abgehauen ist. Und weil er sich nie meldet. Und weil ..."

„... er schrecklich feige sein kann“, beendete Samantha ihren Satz.

„Und ich finde es urgemein, mich mitzunehmen, damit ich Janek zähme“, empörte sich Tinka.

Samantha nickte und lächelte zustimmend, sagte aber nichts.

Nur einen Tag früher hätte sich Tinka niemals träumen lassen, mit Samantha Eis zu essen und so offen zu reden.

„Janek hat's nicht leicht gehabt“, erzählte Samantha leise, ohne Tinka dabei anzusehen. „Ich weiß selbst, dass er eine Pest sein kann. Was heute in ihn gefahren ist, das ist mir ein Rätsel und fast schon unheimlich. Das Mittelding zwischen dem alten Janek und dieser Musterknaben-Ausgabe wäre es wohl.“

Als die beiden auf die Alm zurückkehrten, waren Ronald und sein Stiefsohn fort. In einer Ritze der Tischbretter steckte ein Zettel, auf den sie geschrieben hatten: „Machen eine Wanderung. Kommen gegen Abend zurück.“

„Wunderbar! Wir haben einen echten Weibertag!“ Freudig rieb sich Samantha die Hände.

Tinka spürte noch immer in ihrem Inneren den Drang herumzupoltern. Mit Samantha allein machte es ihr allerdings keinen Spaß. Außerdem schien es ziemlich schwer, sie zu schocken.

Lissi muss mir angehext haben, dass ich mich mal richtig danebenbenehme, überlegte Tinka, während sie auf dem Rücken in der Wiese lag und den dahinziehenden Wolken nachsah. Weil sie sich von der langen Nacht noch nicht erholt hatte, schlief sie irgendwann ein. Geweckt wurde sie erst Stunden später von höchst unappetitlichen Geräuschen. Sie rieb sich die Augen und richtete sich auf.

Ronald und Janek kamen den Hang herunter. Beide schienen bester Laune. Da Janek wieder so schief war, wie Tinka ihn kennengelernt hatte, schien auch er wieder mehr der Alte zu sein.

„Ich kann's lauter. Da musst du vorher mehr Luft schlucken", erklärte Ronald fachmännisch. Zum Beweis öffnete er den Mund und rülpste in einer Lautstärke, durch die sich Tinkas feine Härchen im Nacken aufstellten.

Als die Herren Tinka bemerkten, wechselten sie einen verschwörerischen Blick und brachen in schallendes Gelächter aus.

Noch einmal meldete sich die wilde Tinka.

„Hütet euch vor mir", rief sie warnend. „Wenn ich erst einmal loslege, bleibt euch die Spucke weg."

Das Lachen ging weiter. Diesmal lachte auch Tinka mit.

Zum Abendessen bereitete Ronald mit Samantha einen Stapel Pfannkuchen. Jeder durfte sie füllen, wie er wollte. Marmelade, Schokocreme, geriebene Haselnüsse, Rosinen und andere Köstlichkeiten standen zur Verfügung. Als sie fertig waren, hatten alle vier runde Bäuche. Sogar Samantha, die ganz ungewohnt über die Stränge geschlagen hatte.

„Ich glaube, ich mache jetzt einen Verdauungsspaziergang", kündigte Ronald an.

„Kann ich mitkommen?", fragte Tinka.

„Klar."

Janek wollte sich ihnen ebenfalls anschließen, aber seine Mutter hielt ihn zurück und ernannte ihn zu ihrem Abwaschhelfer.

Eine Weile schlenderten Vater und Tochter schweigend einen ausgetretenen Pfad entlang. Die Kühe standen oder lagen im Gras und käuten ihr Futter wieder.

„Ich bin echt sauer auf dich", platzte Tinka auf einmal heraus.

Ronald verschluckte sich und hustete heftig.

„W… wie bitte? Was soll das heißen?"

Tinka verließ der Mut weiterzureden.

„Jetzt sag schon", drängte Ronald. „Los, gib's mir. Ich halte das schon aus."

Tinka nahm neuen Anlauf, und auf einmal sprudelte es nur so aus ihr heraus. Sie redete über das, was sie vergangene Nacht belauscht hatte, und über die Wut, die sie noch immer auf Ronald hatte, weil er seine Familie damals so still und heimlich verlassen hatte.

„Ich war damals noch klein. Erst vier Jahre", erzählte Tinka. Sie starrte in die Ferne, wo die untergehende Sonne die Berge kupferrot färbte. „Ich hatte Blumen gepflückt und wollte sie in eine große Vase stellen. Die war aus Kristall, oder so. Die Vase war zu groß und die Blumen sind versunken."

Ihr Vater war stehen geblieben und atmete nicht einmal. „Du hast die Vase ausgeleert, und da bin ich noch wütender geworden und habe dich angesprungen. Da ist dir die Vase aus der Hand gerutscht und zerbrochen."

„Daran kannst du dich noch erinnern?" Verblüfft schüttelte Ronald den Kopf.

„Du warst so wütend!", sagte Tinka leise. „Und am nächsten Tag warst du fort."

Ronald trat hinter sie und legte ihr die Hände auf die Schultern.

„Aber doch nicht wegen der Vase."

„Das habe ich aber immer geglaubt."

Ronald machte eine unbeholfene Bewegung mit den Armen, wippte vor und zurück, trat schließlich neben sie und drückte sie linkisch. Tinka ließ es mit sich geschehen, war aber dabei ganz steif.

„Das … tut mir echt leid", flüsterte Ronald.

Tinka ließ sich gegen ihn sinken.

„Das ist alles geschehen", sagte er nach einer Weile. „Ich kann es nicht auslöschen. Ich bin …", es kostete ihn viel Überwindung und mehrere Anläufe, bis er weiterreden konnte, „Ich bin da nicht so mutig. Ich meine, wenn es ums Streiten geht. Oder um Unangenehmes. Da bin ich mehr wie die Pferde: ein Fluchttier."

„Ein Fluchttier, ja wirklich", wiederholte Tinka leise lächelnd.

„Wenn du möchtest, bringe ich dich morgen zurück an den Krummsee", bot Ronald an.

„Will ich gerne."

„Schade. Wäre schön, wenn du noch ein paar Tage geblieben wärst. Ich meine, ich fände es wirklich schön. Schön mit dir. Weil du meine Tochter bist und ich ein ziemlich feiger Vater, der aber auch nette Seiten hat."

„Welche?", fragte Tinka verschmitzt.

Ronald kratzte sich am Kopf. „Äh, lass mich nachdenken. Vielleicht finde ich da was. Aber deshalb müsstest du einfach bleiben. Du findest meine guten Eigenschaften bestimmt heraus. So als Forschungsprojekt."

Beide lachten. Zuerst nur ein bisschen und glucksend, dann aber immer lauter und ausgelassener. Tinka hatte das Gefühl, als würde sie viel an Kummer einfach herauslachen und loswerden.

„Du, ich bleibe", bot sie dann an.

„Das freut mich!"

„Aber Lissi muss auch kommen."

Ronald hob eine Augenbraue. „Meinst du, sie will das? Ist das wirklich gut?"

„Und wie!", versicherte ihm Tinka.

„Hast du eine Handynummer? Wir können morgen früh anrufen. Vielleicht erlaubt Grit, dass Lissi den Zug nimmt."

„Sie könnte auch auf dem Besen kommen", bot Tinka großzügig an, hätte sich aber im nächsten Augenblick ohrfeigen können, weil ihr das herausgerutscht war.

Ronald schüttelte sich vor Lachen.

„Oh ja, wie eine Hexe", brachte er mühsam hervor, weil er kaum Luft bekam. „Du und sie, ihr seid zwei echte Hexen."

„Echte Hexen, haha, wie komisch", lachte Tinka gekünstelt.

„Ich sag dir was: Wir zwei holen sie mit dem Wohnmobil", versprach Ronald.

„Gebongt!"

„Ge-WAS?"

„Gebongt!" Erklärend fügte Tinka hinzu. „In Ordnung."

Nach ihrer Rückkehr trat sie an die Kuhtränke, um sich das Gesicht zu waschen. Als sie sich über das Wasser beugte, blickte ihr nicht ihr Spiegelbild, sondern Lissi entgegen.

„Schwesterherz, ich muss dich loben!", erklärte diese.

Tinka klappte der Mund vor Verblüffung auf.

„Weiß alles. Habe alles gesehen. Komme gerne. Habe da auch ein paar nette Hexensprüche für Janek."

Sie zwinkerte Tinka schnell zu, bevor sie sich wieder auflöste.

Als Tinka an diesem Abend in der Strohkiste lag und Cosimo streichelte, lächelte sie zufrieden vor sich hin. Es ging doch nichts über verhexte Ferien.

ZUTRITT NUR FÜR HEXEN!

# No Jungs!

## Die Kicher-Chaos-Klassenfahrt

# Der-die-das Lippmann-Honigmaul

Lissi lag ausgestreckt auf dem Sofa, die Arme hinter ihrem Lockenkopf verschränkt, und sang mit leiser Stimme vor sich hin.

*„Sie isst ihr Steak nicht vom Rind,*
*sondern grillt sich lieber Kind.“*

„-er!“, verbesserte Tinka, ihre Stiefschwester und Hexenfreundin, die am anderen Ende des Sofas saß und strickte.

„Von mir aus.“ Lissi änderte die Strophe ihres selbst komponierten Liedes.

*„Er isst sein Steak nicht vom Rind,*
*sondern grillt sich lieber Kind!“*

„-er!“, wiederholte Tinka.

„Sing ich doch!“, protestierte Lissi.

„Kind-er!“, kam es von Tinka, die unermüdlich die Stricknadeln klappern ließ.

Aus dem Lehnsessel meldete sich ihre Mutter Grit. „Was reimst du da, Lissi?“

„Ach, nur so. Ich schreibe einen Song für den Showabend der Klassenfahrt."

„Und um wen geht es in diesem Lied?"

Tinka lächelte milde. „Das ist doch klar, Mami."

„Ach wirklich? Ist es das?" Grit hob fragend die Augenbrauen.

„Lissi singt über Honigmaul!"

Ihre Schwester bekam einen Lachkrampf. Sie hielt sich den Bauch, als könnte er jeden Moment platzen. „Eigentlich nicht, aber du hast recht. Könnte von ihr handeln. Sie sieht aus wie ein ER und ich trau ihr locker zu, dass sie David grillt und aufisst."

Grit rang die Hände. „Könntet ihr bitte aufhören, so über unsere liebe Haushaltshilfe zu sprechen?" Prüfend sah sie nach links und rechts und flüsterte warnend: „Wenn sie euch hört!"

Die Tür wurde aufgestoßen und Grit stieß einen spitzen Schrei aus. Doch zum Glück war es nur Stan, Tinkas Bruder, der das Wohnzimmer betrat. Er warf sich in einen freien Sessel und gähnte wie ein Nilpferd.

„Gibt's so was wie Sommermüdigkeit?", fragte er mit weit offenem Mund. Daher klang es wie: „Gia oas hi Hoerüieit?"

Tinka verstand ihren Bruder selbst dann, wenn er in der Nilpferd-Gähnsprache brabbelte.

„Nein, Sommermüdigkeit gibt es nicht. Du hast eher einen Computervirus."

„Ich dachte, so etwas wirkt sich nur auf die Daten aus!“ Grit wirkte verwirrt.

Lissi verstand genau, was Tinka meinte: „Es gibt auch Computerviren, die Jungen befallen und sie dann die ganze Nacht vor dem Bildschirm kleben lassen.“

Stan schnitt eine warnende Grimasse.

Kritisch musterte Grit ihn über den Rand der Zeitschrift hinweg, in der sie seit einer halben Stunde gelangweilt blätterte. „Musst du nicht lernen?“

„Kann nicht. Honigmaul hat mich aus meinem Zimmer vertrieben. Sie geht gerade auf die Jagd nach dem letzten Staubkorn.“

„Nenn du sie nicht auch so!“, zischte Grit. „Überhaupt verstehe ich nicht, was ihr alle gegen Frau Lippmann habt. Sie ist … sie ist …“

„… immer da, wo man sie nicht braucht“, beendete Stan den Satz.

Grit hob die Arme flehend zur Zimmerdecke, als könne sie auf diese Weise Vernunft auf ihre Kinder herunterregnen lassen.

„Außerdem will ich, dass sie anklopft“, verlangte Stan. „Als sie vorhin mein Zimmer gestürmt hat, hatte ich nur Boxershorts an.“

Tinka hob die Augenbrauen. „Dieser Anblick hätte sie eigentlich für alle Zeiten aus unserem Haus vertreiben müssen.“

„Sehr witzig“, knurrte ihr Bruder.

Grit rollte die Zeitschrift zusammen und schlug damit auf die Armstütze des Sessels. „Es reicht jetzt wirklich. Ich bin heilfroh, dass Frau Lippmann zu uns kommt, um mir zu helfen. Wie ihr wisst, kann ich mich drei Wochen nicht bewegen." Sie deutete auf ihr rechtes Bein, das von den Zehen bis zum Oberschenkel in einem Gipsverband steckte. „Ich war dem Krankenhauspersonal von ganzem Herzen dankbar, dass sie mir so schnell eine Hilfe für den Haushalt beschaffen konnten."

Stan gähnte erneut, natürlich ohne sich die Hand vor den Mund zu halten.

„Ich brauche Sauerstoff", raunzte er, stand auf und wollte durch die offene Terrassentür in den Garten hinaustreten.

„Faultieranfall", raunte Tinka ihrer Schwester aus dem Mundwinkel zu.

Lissi kicherte. Sie wusste, was Tinka meinte. Stans Ziel war die Hängematte, die zwischen zwei Bäumen hinten im Garten gespannt war. Ungesehen konnte er sich dort hineinlegen, ein Nachmittagsschläfchen halten und später behaupten, ein paar Mal um den Häuserblock gelaufen zu sein.

Die Verbindungstür zur Küche wurde schwungvoll aufgerissen. Eine stämmige Frau mittleren Alters fegte wie eine Sturmböe ins Wohnzimmer. Mit den breiten Schultern und der vorgebeugten Haltung erinnerte sie an einen Ringer vor dem Kampf. Ihr rotblondes Haar war kurz geschnitten und ihr Gesicht ein Puzzle aus Sommersprossen.

„Meine allerliebste Frau Schnabel-Meierbeer“, flötete sie zuckersüß.

Wegen ihres ewigen Süßholzraspelns hatten die Schnabel-Meierbeer-Kinder ihr den Spitznamen „Honigmaul“ verpasst.

„Wir haben im Kühlschrank nur noch ein wenig Butter, drei Eier und ein Stück Käse, den nicht einmal die Hausmaus schmausen würde. Sollten wir nicht einkaufen gehen?“

„Wir?“, fragte Grit verwirrt. „Aber ich kann doch nicht!“

„Natürlich werde ich die Einkäufe erledigen, meine Beste.“ Frau Lippmann setzte wieder ihr zuckersüßes Lächeln auf und deutete auf die Schwestern und Stan. „Die lieben Kinderlein brauchen gutes Essen, damit sie auch schön wachsen.“

Lissi äffte Frau Lippmann hinter ihrem Rücken nach, Tinka verdrehte die Augen, und Stan tat, als müsse er sich übergeben.

„Was täten wir nur ohne Sie“, seufzte Grit Schnabel-Meierbeer. „Bringen Sie mir bitte meine Handtasche, damit ich Ihnen Geld geben kann.“

Frau Lippmann streichelte das hoch gelagerte Gipsbein. „Wie geht es denn dem armen Füßchen? Wachsen die lieben Knöchelchen auch wieder gut zusammen?“

„Grit brütet im Gips einen Außerirdischen aus. Haben Sie das nicht gewusst?“, knurrte Lissi.

„Was? Was hast du gesagt, Mädchen?“ Frau Lippmann hatte Lissis Spitze gar nicht mitbekommen.

„NICHTS!“, kam es wie ein Peitschenknall von Grit, deren Unterlippe zitterte. „Lissi hat GAR NICHTS gesagt.“

Da sie wusste, wann es besser war, Grit nicht weiter aufzuregen, lehnte Lissi sich zurück und textete ihr Lied weiter: *„Er isst sein Steak nicht vom Rind, sondern grillt sich lieber Kind, weil er daran länger nagen kann, der Lalalala-lilili-p-p-p-p-mann.“*

Warnend funkelte Grit sie an.

Frau Lippmann begriff wieder einmal gar nichts und begann, Lissis Melodie zu summen. „So ein liebes Lied“, schwärmte sie. „Du musst mir noch den Text beibringen. Was ist das für ein Mann?“

„Sie müssen schnell einkaufen gehen!“, drängte Grit. „Sonst macht der Supermarkt zu.“

Frau Lippmann nickte und verließ das Wohnzimmer. Eine Sekunde später war sie allerdings zurück. Sie beugte sich zu Tinka und flüsterte ihr ins Ohr: „Ihr Mädchen müsst gut auf eure Mutti aufpassen. Sie meint, der Supermarkt schließt gleich. Dabei ist es erst vier Uhr nachmittags. Das muss noch von dem Unfall sein.“

Sie blickte Tinka mit großem Ernst in die Augen und nickte langsam.

„Ist etwas?“, wollte Grit sofort wissen.

„Ich habe dem lieben Mädchen nur einen Witz erzählt“, log Frau Lippmann erbärmlich schlecht. Dann verschwand sie endlich.

Mit einem unterdrückten Stöhnen veränderte Grit die Lage ihres Gipsbeins. „Nie wieder steige ich auf eine Leiter.“

Der Unfall war in Grits Blumenladen geschehen. Sie hatte eine Vase von einem Schrank holen wollen und dazu eine alte Holzleiter benutzt. Aber an der mittleren Sprosse hatten sich ein paar Holzwürmer satt gefressen. Grit war eingebrochen und abgestürzt.

Unermüdlich strickte Tinka vor sich hin. Unter den Nadeln hing ein blau-grauer Wolllappen, der eine nicht erkennbare Form hatte.

„Was soll das werden?“, fragte Lissi skeptisch.

Tinka zuckte mit den Schultern. „Ich kann mich nicht entscheiden. Zuerst sollte es ein Legwarmer werden.“

„Für einen Elefanten?“, stichelte Lissi angesichts der Größe des gestrickten Dings.

„Für mich“, kam es etwas sauer von Tinka. „Weil ich zu viele Maschen angeschlagen hatte, wollte ich einen Pulli daraus machen. Aber dafür ist es zu klein.“

„Aha, und wie lautet dein Plan jetzt?“

„Ein Beutel für die Klassenfahrt. Ein praktisches Ding zum Umhängen, in das ich alles Mögliche stecken kann – wenn es noch fertig wird!“

„Ich werde euch zwei Mädchen sehr vermissen!“, meldete sich Grit.

„Ist nur eine Woche“, tröstete Tinka ihre Mutter. „Von Samstag bis Samstag.“

Lissi warf sofort ein: „Wir dürfen morgen aber trotzdem in unser Haus, oder?“

Von Freitagmittag bis Sonntagmittag wohnten die Schwestern jede Woche in ihrem eigenen Haus in der Kristallgasse. Nur sie wussten, dass es ein Hexenhaus war.

„Das wird zeitlich nicht gehen. Wir müssen doch noch packen, und am Samstag sollt ihr schon um acht Uhr vor der Schule sein. Der Bus fährt um neun Uhr ab.“

„Wir müssen aber noch in unser Haus!“, beharrte Lissi.

„Wieso?“, fragte Grit argwöhnisch.

„Blumen gießen!“, sagte Tinka schnell.

Diese Ausrede funktionierte prächtig. Bei einer Blumenhändlerin wie Grit durfte keine einzige Pflanze leiden.

„Na gut. Aber spätestens um sieben Uhr am Abend seid ihr zurück.“

Auf diesen Kompromiss konnten sich die Schwestern einlassen.

Boris Schnabel-Meierbeer stapfte ins Wohnzimmer, beugte sich zu seiner Frau hinab und küsste sie auf den Scheitel. „Wie geht es meiner Königin?“

„Wenn ich nur endlich wieder laufen könnte!", seufzte Grit.

„Lass dich verwöhnen", meinte ihr Mann zärtlich. „Frau Lippmann scheint alles recht gut im Griff zu haben."

Lissi spitzte die Lippen und äffte das Gesülze der Haushaltshilfe nach: „Da machen Sie sich nur keine Sorgen, mein lieber Herr Doktor Schnabel-Meierbeer. Wir putzen und waschen wie Heinzelmännchen mit Sonnenstich."

„Lissi, bitte!", tadelte ihr Vater sie. Er zupfte an seinem weißen Arztkittel. Seine Praxis befand sich im Erdgeschoss des Hauses, und er nutzte eine kurze Pause, um nach seiner Frau zu sehen. „Ich schätze Frau Lippmanns Sauberkeit und Genauigkeit sehr. Meine Kittel und Hosen waren noch nie so weiß und akkurat gebügelt."

Grit runzelte die Stirn. „Willst du sagen, ich hätte sie nicht gut gewaschen?"

„Lassen wir unser liebes UN in Ruhe", raunte Lissi ihrer Schwester zu, erhob sich und trabte Richtung Treppe. Tinka kam ihr – noch immer strickend – nach. „Grit hat sich wirklich in das totale UN verwandelt", stöhnte Lissi.

Seit dem Unfall war ihre Mutter UNgeduldig, UNleidlich, UNausgeglichen und UNgehalten. Die Mädchen leisteten ihr nicht gerne Gesellschaft, sondern hielten sich lieber fern von ihr.

Im Wohnzimmer erklärte Grit beleidigt: „Gut zu wissen, dass deine Arztkittel schmutzig und knittrig waren. Am besten, Frau Lippmann wäscht sie jetzt immer für dich."

„Aber meine Herzkönigin, mein Engel, so war das nicht gemeint!", versuchte Boris, sie zu beruhigen.

Im Gehen hatte Tinka eine Strickreihe beendet und wickelte die Wolle um die Nadeln, um eine Pause zu machen.

„Mir ist Honigmaul unheimlich", erklärte sie.

„So schrecklich sieht sie auch wieder nicht aus", meinte Lissi. Nebeneinander stiegen die Mädchen die Stufen hinauf zu ihrem Zimmer im ersten Stock. „Oder meinst du, Lippmann ist eine Juwelendiebin, die sich bei uns eingeschlichen hat? Lohnt sich das? Grit hat nur einen Klunker-Ring."

Tinka hob die Schultern.

„Oder sie ist eine Mörderin, die uns alle im Schlaf erwürgen wird."

„Nein", sagte Tinka gedehnt.

„Ich hab's!" Lissi schnippte mit den Fingern. „Wir haben es mit einer raffinierten Putzmittel-Entführerin zu tun. Sie wird Grits Lieblings-Weichspüler kidnappen und dann Lösegeld dafür verlangen."

Bei dieser Vorstellung musste Tinka lachen.

„Oder sie zieht plötzlich eine Pistole und knallt uns alle ab." Lissi formte mit dem ausgestreckten Daumen und Zeigefinger ihrer Rechten einen Revolver und schoss damit wie David in die Luft, wenn er Cowboy spielte.

Es gab nur einen kleinen Unterschied: Es knallte wirklich. „Aaaa!“, schrie Tinka auf und sprang hinter Lissi. Selbst Lissi, die Unerschrockene, zuckte heftig zusammen. Mit eingezogenem Kopf stand sie da und starrte über den Rand der Treppe in den Flur nach oben.

## Zombie-Unterhosen

Aus dem Wohnzimmer kam Boris gehetzt.

„Ist jemand verletzt?“, rief er den Mädchen zu, die nur wenige Stufen vom ersten Stock, wo der Knall hergekommen war, entfernt standen.

„Nein“, antwortete Lissi, ohne ihren Vater anzuschauen.

„Wer war das?“, wollte Herr Schnabel-Meierbeer wissen.

„David!“, lautete Lissis erster Verdacht.

„Der ist doch bei seinem Freund Ronni“, erinnerte Tinka.

„Frank!“

Tinka schüttelte den Kopf. Der größere Bruder war an diesem Nachmittag beim Friseur. Boris hatte angedroht, ihm heimlich in der Nacht die strähnigen, langen Haare abzuschneiden, wenn er sie nicht endlich von fachmännischer Hand kürzen ließe. Und das hatte er ernst gemeint.

Blieb noch Thorsten. Er war der Älteste des Schnabel-Meierbeer-Nachwuchses, studierte bereits und wohnte in einer Wohngemeinschaft. Er kam nur dann nach Hause, wenn er keine saubere Wäsche mehr hatte. Heute hatte ihn aber noch niemand im Haus Schnabel-Meierbeer gesehen.

„Ein sabberndes Monster mit spitzen Zähnen“, lautete Lissis nächste Vermutung.

Ihr Vater kam hoch und stellte sich zu den Schwestern. Alle Zimmertüren standen offen. Schulter an Schulter, wie die glorreichen Drei in einem Western, stiegen Tinka, Lissi und Boris Schnabel-Meierbeer die letzten Stufen hinauf. Dicht aneinandergedrängt gingen sie zuerst zum großen Zimmer der Mädchen und warfen einen Blick hinein.

„Alles wie immer“, sprach Lissi aus, was sich auch die anderen beiden dachten.

Weiter zum Elternschlafzimmer, in dem das Bett gerade frisch bezogen wurde. Schlaff und faltig lagen Kopfkissenbezüge und Laken auf dem Boden. Sonst aber nichts, das geknallt haben könnte.

Stans Zimmer war die nächste Station. Dort lagen Socken, T-Shirts, Jeans und Unterhosen in vier Häufchen auf dem Boden. Obenauf eine Boxershort mit kleinen roten Eichhörnchen, die einander küssten. Lissi lachte kurz durch die Nase. Eine Ursache für den lauten Knall konnten sie aber auch hier nicht entdecken.

Nebenan befand sich das Zimmer von Frank. Grit hatte es früher immer den „Saustall" genannt, da Frank niemals aufräumte und sich auch nicht daran störte, wenn er knietief durch Schmutzwäsche, Schulsachen und Müll waten musste. Der Ausdruck „Saustall" hatte dann aber heftigen Widerspruch bei Tinka ausgelöst, da sie in der Schule einen Vortrag über Schweine hatte halten müssen und bei den Vorbereitungen herausgefunden hatte, wie intelligent und reinlich Schweine doch in Wirklichkeit waren. Seit damals hieß Franks Zimmer nicht mehr „Saustall", sondern einfach nur noch „Misthaufen".

Diesen Namen verdiente es aber nur noch zur Hälfte. Vom Schreibtisch bis zum Schrank war es nämlich picobello aufgeräumt und sogar den Teppichboden konnte man sehen. Aber ganz war dem Honigmaul das Aufräumen noch nicht gelungen: Zwischen Schrank und Bett herrschte das übliche Durcheinander.

Tinka schnupperte vorsichtig. „Riecht ihr das?"

Boris sog die Luft ein. „Was?"

Lissi rieb sich mit dem Handrücken über die Nase. „Der übliche Gestank."

„Nein, das ist noch ein anderer Geruch. Erinnert mich an den Physiksaal in der Schule ..."

Boris lachte trocken auf. „Es würde mich schon sehr wundern, wenn es bei Frank einmal nach Schule riecht."

Etwas stimmte in dem Zimmer nicht, und Tinka wollte unbedingt herausfinden, was es war. Hinter dem Rücken ihres Stiefvaters hob sie beide Hände, spreizte Daumen und kleine Finger ab und rollte die anderen Finger ein.

„Tripolo", flüsterte sie und tippte die Fingerspitzen kurz aneinander. So führte sie den Hexenklatsch aus, der den Spruch erst wirksam machte.

Tripolo war eine einfache Formel, die das, woran man gerade dachte, verdreifachte – was auch immer das war. Tinka hatte natürlich den seltsamen Geruch im Kopf gehabt.

Aus einem Haufen von Dreckwäsche und zerlesenen Computermagazinen stieg eine dünne Rauchfahne auf. Gleichzeitig ertönte ein sehr hoher, sehr schriller Ton.

War das ein Schrei?

Lissi und Tinka sahen einander überrascht an.

Der Ton riss ab.

„Da brennt was", rief Boris Schnabel-Meierbeer. Heldenhaft warf er sich auf die Schmutzwäsche und begann, wild zu wühlen.

„Kann das nicht einfach der Mief von Franks Socken sein?", bemerkte Lissi bissig.

„Wasser, schnell, löschen, löschen!", verlangte Boris aufgeregt.

Tinka stürzte ins Badezimmer und kehrte mit einem gefüllten Zahnputzbecher in Franks Zimmer zurück.

„Feuerwehrfrau wirst du keine“, stichelte Lissi, als sie Tinka mit dem kleinen weißen Porzellanbecher kommen sah.

Ihr Vater kniete mitten im Durcheinander, in das er ein Loch gebuddelt hatte, aus dem immer mehr Rauch quoll. Er riss Tinka den Becher, den sie ihm hinhielt, aus der Hand und schüttete das Wasser über die Quelle des Rauchs. Es zischte kurz.

„Geschafft!“, verkündete Boris erleichtert.

Lissi stemmte eine Hand in die Seite. „Was war das? Wachsen jetzt schon Knallerbsen in Franks alten Unterhosen?“

Boris erhob sich kopfschüttelnd. „Er hat eine Dreiersteckdose mit Verlängerungskabel. Darin muss es einen Kurzschluss gegeben haben. Das Ding hat zu brennen begonnen.“

Nachdem er den Stecker aus der Steckdose gezogen hatte, schüttete er sicherheitshalber noch drei weitere Becher Wasser über das kaputte Teil.

„Wieso knallt das Ding urplötzlich?“, überlegte Lissi laut. „Es war doch weit und breit niemand zu sehen.“

„Ist mir auch ein Rätsel“, stimmte Boris zu. „Höchst seltsam. Aber Frank muss endlich einmal sein Zimmer vollständig sauber machen.“

Von unten rief seine Sprechstundenhilfe ungeduldig nach ihm. Sie war eine sehr resolute Person, vor der Boris wie ein kleiner Junge Angst hatte. Artig eilte er zurück in seine Praxis.

„War das vorhin ein Schrei?", fragte Tinka mit unsicherer Stimme.

Lissi nickte heftig. „Hast du noch nie von den Zombie-Unterhosen gehört? So dreckig, dass sie lebendig werden, auch wenn sie schon lange tot sind."

„Hör auf, mich zu verarschen!"

„Tu ich doch nicht. Ich erforsche nur den Grund für den Schrei."

„Der da wäre ...?" Tinka legte fragend den Kopf zur Seite.

„Die Zombie-Unterhose hat geschrien, weil sie Feuer unter dem Hintern hatte!" Lissi schüttelte sich vor Lachen.

„Sehr witzig", bemerkte Tinka.

Noch immer standen die Mädchen im Flur zwischen den Zimmern. Hinter ihnen kam jemand schnaufend die Treppe nach oben.

„Wo sind meine armen Schätzelchen?", trällerte Frau Lippmann. Sie eilte auf Tinka und Lissi zu, packte sie von hinten und presste sie an ihren üppigen Busen. „Was geschehen denn da für Sachen, wenn ich ein paar Minuten fort bin?"

Lissi befreite sich energisch aus der Umarmung.

„Wieso sind Sie schon zurück?", forschte Tinka misstrauisch nach.

„Die lieben Brüderlein sind schon kleine Ferkelchen, nicht wahr? Wir Mädchen ...", sie schüttelte Tinka, die es noch nicht geschafft hatte, sich unter dem fleischigen Arm herauszuwinden, „wir sind keine so großen Schlamp-Susen und Dreck-Tinkipinkis wie die bösen, bösen Jungen."

Tinka hatte keine Chance, es zu verhindern. Frau Lippmann schmatzte ihr einen Kuss auf die Haare, um sie anschließend endlich freizugeben und auf Franks Zimmer zuzustapfen. Sehr laut und deutlich sagte sie: „Wer hat denn nur dieses schlimme, schlimme Chaos gemacht?"

„Die bessere Frage ist: Wer räumt es wieder auf?", kam es von Lissi.

Frau Lippmann rief aus dem Zimmer: „Alles kein Problemchen, wenn man einen guten Geist wie mich hat."

„Geist trifft zu", raunte Lissi. „Die Tante geht auf den Geist und hat was von einem Gespenst."

Tinka rieb sich schnell mit beiden Händen über das Gesicht, um ihr Grinsen zu verbergen.

„Hättet ihr auch gerne so einen hilfreichen Geist?", fragte Frau Lippmann.

„Was auch immer: Geist in der Flasche. Geist in der Kiste. Geist im Becher. Hauptsache, er tut alles, was man so will", murmelte Lissi vor sich hin.

„Wie bitte?", hakte die Haushaltshilfe nach.

Um das Gespräch zu beenden, griff Tinka zu einem alten Trick. Bei Erwachsenen war es am besten, ihnen einfach recht zu geben. Also nickte sie und meinte: „Jaja, hilfreicher guter Geist, eine großartige

Erfindung. Wer möchte keinen haben? Niemand. Wir wären froh über so eine Hilfe." In Lissis Richtung, die ihr bereits einen Vogel zeigte, raunte sie aus dem Mundwinkel: „Was quassle ich da?"

Frau Lippmann kicherte hoch auf und machte eine wegwerfende Handbewegung. „Ich bin ja bei euch, solange die liebe Mutti nicht gehen kann." Dann schloss sie die Tür hinter sich. Aufräumgeräusche waren zu hören.

„Die Frau passt zu dir und den anderen hier", stellte Lissi fest.

„Wieso?", wollte Tinka wissen.

„Total durchgeknallt."

# Klassenfahrt mit Überraschungen

Der Freitag war kein gewöhnlicher Schultag, sondern der letzte Tag vor der einwöchigen Klassenfahrt. In der großen Pause wurde auf dem Schulhof vieles besprochen. Auf einer Seite stand Hans-Günther mit Rolli, Elmar und einigen anderen Jungen.

Hans-Günther redete mit gesenkter Stimme. Seine Anhänger hielten ihre Ohren nahe an seinen Mund, damit ihnen auch kein Wort entging. Immer wieder kicherte einer. An den Gesten von Hans-Günther war zu erkennen, dass er seine Pläne schilderte. Man musste kein Hellseher sein, um zu erraten, dass es um Streiche und anderen Unsinn ging, den er sich für die Klassenfahrt ausgedacht hatte.

Auf der anderen Seite des Schulhofes, an der – von der Sonne gewärmten – Wand lehnten: die pummelige Greta, Antje mit dem Pferdeschwanz, Frieda, die immer ein schrecklich wichtiges Gesicht machte, sowie Tinka und Lissi.

Lissi deutete mit dem Daumen zu den Jungen.

„Schwestern, was tun wir dem unnötigen Geschlecht der Erde eigentlich an in den nächsten Tagen?", fragte sie.

Antje knabberte an ihrem Pausenbrot. Wie immer, wenn sie aufgeregt war, pendelte ihr Pferdeschwanz hin und her.

„Ich finde, wir sollten mit Streichen und so zurückhaltend sein."

Frieda gab ihr heftig nickend recht. „Es ist unreif, immer nur zu überlegen, wie man anderen das Leben schwer machen kann."

Lissi zog mit dem Finger das rechte untere Augenlid herunter. „Schnarch. Schnarch. Habt ihr Brav-Mädchen-Pulver gegessen?"

„Was ist Brav-Mädchen-Pulver?", wollte Antje wissen, die sehr sorgfältig die Rinde rund um ihr Brot abnagte.

„Gibt es in großen Gläsern, ist orange und schmeckt nach Zitrone. Nur eine Messerspitze davon genügt und aus durchaus brauchbaren Mädchen werden Langweilerinnen wie ihr!", erklärte Lissi. Knackend biss sie von ihrem Apfel ab.

Frieda hob die Hand. „Ich finde das nicht lustig, Lissi. Wirklich nicht. Wir sind keine kleinen Mädchen mehr und sollten wirklich mal Reife zeigen. Wir können auf der Klassenfahrt beweisen, wie erwachsen wir schon sind."

„Besser du fährst auf so einen Rentner-Ausflug!“, riet Lissi ihr.

Sofort plusterte Frieda sich heftig auf.

Antje wedelte mit beiden Armen. „Bitte, beruhigt euch doch. Nur kein Streit. Nur die Ruhe. Findest du doch auch, Tinka?“

Tinka tat so, als hätte sie einen besonders großen Bissen ihres Pausenbrotes im Mund und könne deshalb nichts sagen. Natürlich stimmte sie Lissi zu, aber sie wollte tatsächlich keinen Streit mit den anderen.

„Ich denke auch, dass wir einfach Ladys bleiben müssen, und diese Flegel von Jungen sollen sich in den Matsch werfen und einander mit Gespensterspielen erschrecken“, sagte Antje.

Ein abgenagter Apfelrest flog quer über den Schulhof und traf sie genau auf der Stirn. Von der anderen Hofseite ertönte übermütiges Jungengekicher.

„Ihr Blödmänner!“, schimpfte Antje los. Der Pferdeschwanz wippte jetzt zornig auf und nieder wie eine Peitsche. „Ihr Pavianhinterteile. Ihr Hornochsen. Ihr Wanzenhirne“, platzte es aus ihr heraus.

Lissi schnitt eine bewundernde Grimasse. „He, von dir kann ich noch was lernen“, stellte sie anerkennend fest.

Sofort lief Antje dunkelrot an.

Bei den Jungen grinste Elmar breit und präsentierte seine Lücke zwischen den Vorderzähnen. Rolli lachte grunzend.

Antje bückte sich, um das Apfelgehäuse aufzuheben und zurückzuwerfen. Ein scharfes Ritsch ertönte und sie sauste verlegen in die Höhe. Nervös betastete sie das Hinterteil ihrer Leinenhose.

Tinka lehnte sich leicht zurück und betrachtete prüfend Antjes Rückseite. Gleichzeitig setzten sich die Jungen in Bewegung. Seite an Seite kamen sie wie eine lebende Mauer auf die Mädchen zu.

„Sag bloß, meine Hose ist aufgeplatzt", jammerte Antje ängstlich.

Greta begutachtete den Schaden. „Du trägst was Weißes, ein bisschen Faltiges darunter."

„Oh, nein!" Antje stopfte sich das restliche Brot in den Mund und presste beide Hände fest auf den Hosenboden.

Die Jungen näherten sich unerbittlich.

An der Wand entlang versuchte Antje, sich Richtung Schultor zu schieben.

„Wohin denn so eilig?", fragte Hans-Günther und grinste höhnisch.

„Haut ab!", fauchte Antje, deren Pferdeschwanz sich mittlerweile drehte wie ein Propeller. Die Jungen schnitten ihr den Weg ab, sodass sie die schützende Mauer verlassen müsste, um in das Schulhaus flüchten zu können.

Hexen in aller Öffentlichkeit war Tinka und Lissi eigentlich verboten. Es war nur dann erlaubt, wenn sie auf diese Weise jemandem helfen konnten. Verstohlen führte Tinka einen schnellen Hexenklatsch aus und murmelte dazu ein paar Worte.

Lissi, die mitbekommen hatte, was Tinka tat, rief: „He, lass dich nicht verkohlen, Antje. Ist doch alles in Ordnung bei dir."

„Ist es nicht!", widersprach Greta heftig.

„Ist es doch!", entgegnete Lissi stur.

„Ist es nicht!", erklärte Greta besserwisserisch und verschränkte die Arme vor der Brust.

Lissi konnte diese Wichtigtuerei nicht ausstehen. Es war Zeit, Greta eine kleine Lektion zu erteilen. Lissi tat nun auch so, als würde sie mit den Fingern spielen. In Wirklichkeit aber führte sie ebenfalls einen Hexenklatsch aus.

Im Erfinden guter Absichten, die ihre Hexereien rechtfertigten, war Lissi Weltmeisterin. Zum Beispiel schaffte sie es in diesem Moment, Greta einen langen Riss in das breite Jeanshinterteil zu hexen, ohne dafür bestraft zu werden. Sie hatte beim Hexen fest daran gedacht, dass Gretas viel zu enge Jeans ihr das Blut in den Pobacken abschnürte. Diese kleine Lüftung und Erleichterung war einfach dringend nötig gewesen.

„Zeig uns mal dein Pavianhinterteil", verlangte Rolli von Antje und ahmte die Schreie eines Affen nach. Sich unter den Achseln kratzend hüpfte er herum, als wäre er eben erst vom Baum gefallen.

Antje presste den Rücken an den rauen Putz der Mauer und rührte sich nicht.

„Verschwindet!" Sie klang, als würde sie gleich losheulen.

„Ist doch alles in Ordnung bei dir, Antje!", wiederholte Lissi betont ruhig. „Greta ist aus der Hose geplatzt."

„Bin ich nicht!", polterte Greta. Sie sagte es mit einem Unterton, als hielte sie Lissi für verrückt. Zum Beweis drehte sie sich um und präsentierte allen ihre Kehrseite.

Der Riss verlief auf eine sehr seltsame Weise. Er führte neben der einen Tasche nach oben, am Gürtel entlang auf die andere Seite und dort neben der anderen Tasche wieder hinunter. Wie eine Klappe war das Stoffstück nach unten aufgegangen. In dem rechteckigen Fenster war eine Unterhose in schweinchenrosa mit kleinen Röschen zu sehen.

Nicht nur die Jungen lachten. Selbst Frieda, die sonst höchst selten die Mundwinkel nach oben bog, prustete los.

Entsetzt sausten Gretas Hände nach hinten. Sie befühlte den Schaden und drehte sich blitzschnell wieder um. Die Schamesröte schoss ihr ins Gesicht.

Antje fummelte ebenfalls an ihrem Hosenboden herum. Ihre Augenbrauen wanderten erstaunt immer höher. Unter wilden Verrenkungen versuchte sie, einen Blick auf ihr Hinterteil zu werfen.

Ihr gelang es nicht, Tinka aber schon. Sie traute ihren Augen nicht. Der Riss war noch zu sehen, aber mit dickem Garn in großen Stichen vielfach zugenäht. Wieso hatte der Hexenspruch eine so auffällige Naht bewirkt?

Breitbeinig baute sich Hans-Günther vor den Mädchen auf. „Euch muss man nicht einmal einen Streich spielen. Ihr seid so was von peinlich."

Lissi holte aus, um ihm eine Ohrfeige zu verpassen. Hans-Günther duckte sich schnell und der Schlag ging ins Leere. Rolli grunzte, und Elmar kicherte durch die Zahnlücke.

Seelenruhig richtete sich Hans-Günther auf. „Musst wohl besser zielen …"

Schon holte Lissi mit der anderen Hand aus. Wieder wollte Hans-Günther schnell nach unten ausweichen, diesmal aber klappte es nicht ganz so gut, weil Lissi gleichzeitig einen großen Schritt nach vorn machte und ihm mit dem Bauch einen kräftigen Stoß versetzte.

Verdutzt landete er auf dem rauen Asphalt des Schulhofes und starrte belämmert zu ihr hoch.

„Du betest uns an, nicht wahr?", kam es von oben herab von Lissi.

Diesmal war der Lacher aufseiten der Mädchen.

Die Schulglocke bot allen den besten Vorwand, schnellstens abziehen zu können. Greta hielt verzweifelt das ausgerissene Stoffstück hoch und ging mit den anderen zurück in die Klasse. Sie war froh, dass sie sich setzen und das Loch auf diese Weise verbergen konnte. Noch immer verstand sie nicht, wieso ihre Hose aufgeplatzt und Antjes Riss geflickt war.

Lissi grinste vergnügt in sich hinein.

Tinka beschäftigte eine Frage: „Sag, zwischen dir und Hans-Günther …?"

Die Antwort ihrer Schwester war ein Zischen, das jede Kobra in die Flucht geschlagen hätte.

„Sag niemals – niemals – meinen und seinen Namen in einem Satz!"

„Auch nicht: Lissi hat Hans-Günther satt?"

Nach kurzem Nachdenken meinte Lissi: „Das ist die Ausnahme."

Also hatte Tinka den Nagel auf den Kopf getroffen. Lissi, die immer betonte, wie völlig egal ihr Jungen waren, und die sich über Tinkas große Liebe zu Julio lustig gemacht hatte, war nämlich auch verliebt gewesen. In Hans-Günther. Es war typisch für Lissi, weder über diese Zeit zu reden noch zu erwähnen, dass sie und er auseinander waren.

In der dritten Stunde hatten sie Geschichte bei Frau Reingard. Während noch Stühle lautstark gerückt und Bücher und Hefte auf die Tische gelegt wurden, fegte die Klassenlehrerin herein und knallte die Tür hinter sich zu.

„Windhose" lautete ihr Spitzname, und es gab wirklich keinen besseren.

„Setzen, setzen, setzen", rief sie, während sie nach vorne zum Lehrerpult stürmte.

„Ich habe mit euch ein paar wichtige Dinge wegen der Klassenfahrt zu besprechen", begann sie. Da einige Jungen und Mädchen noch flüsterten, schlug sie energisch mit der Hand auf die Tischplatte. „Ruhe, Ruhe, Ruhe!"

In der Klasse trat völlige Stille ein.

„Es ist mir gelungen, für unsere Klassenfahrt eine ganz besondere Unterkunft zu bekommen. Eine echte Sensation."

Alle warteten gespannt darauf, was das für eine Sensation sein könnte.

„Wir werden auf einer Alm leben. In einer Hütte ohne Strom. Ohne warmes Wasser. So wie vor hundert Jahren."

Aufgeregtes Getuschel erhob sich.

Frau Reingard trommelte sofort wieder auf das Pult. „Herhören, meine Lieben. Wir sind nicht allein auf dieser Alm. Dort gibt es zehn Kühe, ein paar Ziegen, Schafe und außerdem drei Ponys."

Einige Mädchen gaben entzückte Laute von sich.

„In der Hütte ist nicht viel Platz. Unter dem Dach befinden sich drei Kammern. Eine für die Mädchen, eine für die Jungen und eine werde ich mir mit Herrn Löbe teilen."

Hans-Günther stieß einen frechen Pfiff aus.

Herr Löbe war der Geografielehrer und sehr beliebt, weil in seiner Stunde so ziemlich alles erlaubt war, außer vielleicht aus dem Fenster zu klettern.

„Spar dir deine Kommentare“, sagte Frau Reingard warnend in Hans-Günthers Richtung. Dann fuhr sie fort: „Dieses Abenteuer können wir nur erleben, wenn ich mit eurer Disziplin rechnen kann. Falls jemandem einfallen sollte, in der Nacht vielleicht eine kleine Wanderung zu unternehmen, spielt er mit seinem Leben, weil er den nächsten Steilhang hinunterstürzen kann. Ist das klar?“

Allgemeines Nicken.

„Ich erwarte von euch erwachsenes Benehmen.“

Frieda lächelte zustimmend und sah zu Greta und Antje. „Ganz meine Meinung“, formte sie mit den Lippen.

Rolli brach in hemmungsloses Gegrunze aus.

Die Klassenlehrerin hob den Kopf. „Roland, was soll das? Übst du die Schweinesprache? Auf der Alm gibt es keine Schweine. Ich muss dich leider enttäuschen.“

Diese Bemerkung gab Rolli Anlass, gleich noch mehr zu grunzen.

Elmar versetzte seinem Freund heftige Ellbogenstöße.

„Hör auf“, zischte er durch die Zahnlücke und grinste die Lehrerin an.

„Was hat den Lachkrampf ausgelöst?“, verlangte Frau Reingard zu erfahren.

„Ku-Ku-Ku-Ku-Kuhfla-fla-flafladen quaaaaatsch“, brachte Rolli zwischen den Grunzern heraus.

Elmar übersetzte. „Rolli hat sich vorgestellt, in einen Kuhfladen zu treten."

Die Lehrerin verdrehte die Augen. „Ihr seid aber einfach zu erheitern. Was geschieht eigentlich, wenn ich ‚Hühnerkacke' sage?"

Rolli konnte sich überhaupt nicht mehr halten und rutschte vom Stuhl unter seine Schulbank.

Damit löste er in der ganzen Klasse Gelächter aus. Selbst Frau Reingard konnte sich ein Schmunzeln nicht verkneifen. Dann aber klatschte sie entschlossen in die Hände. „Hört zu: Ich kann das Erlebnis auf der Alm nur ermöglichen, wenn ihr mir schwört, zu tun, was wir abgesprochen haben. Ich trage die Verantwortung für euch und möchte nicht, dass irgendjemandem etwas zustößt."

Alle sahen schweigend zu ihr.

„Falls einer oder eine von euch denkt, er oder sie könne gegen diese Abmachung verstoßen, so möchte ich euch schon jetzt sagen, was das bedeutet: Er oder sie fährt auf der Stelle nach Hause. Haben wir uns verstanden?"

Betretene Ruhe lag über der Klasse.

„Kann ich als Einverständnis bitte ein allgemeines Nicken haben?"

Nach und nach setzten sich alle Köpfe in Bewegung und bekundeten Zustimmung.

„Gut, da wir das jetzt besprochen haben, nun zum vergnüglichen Teil. Der übliche Showabend findet am letzten Abend als Hüttenzauber statt. Wie immer müssen alle etwas beisteuern. Jeder wird etwas vorführen. Das Programm gestaltet also ihr."

Sofort begannen alle wild durcheinanderzureden. Scherze wurden gemacht und die unsinnigsten Vorschläge schwirrten durch die Luft.

„Ich werde singen", sagte Lissi zu Tinka. „Und du?"

„Machen wir nichts zusammen?"

„Klar. Du singst mit mir."

Der Vorschlag begeisterte Tinka nicht so sehr. „Ich will was tun, was ich auch mag!"

„Dann eben nicht. Mach doch alleine was, was du auch magst."

Tinka verdrehte die Augen über die Kratzbürstigkeit ihrer Schwester und dachte darüber nach, was sie wirklich gerne machen würde. Aber ihr wollte nichts einfallen.

Während sie das tat, sang Lissi leise: *„Es isst sein Steak nicht vom Rind, sondern grillt sich lieber Kind, das Honigmaul, das Honigmaul, das ist ein richtig wilder Gaul!"*

# Locker flockig und cool vom Stuhl

In der Kristallgasse war alles wie immer: nur wenige Leute auf der Straße, vergnügte Vögel in den Bäumen und Nachbarn, die einen Rekord im Miese-Laune-Haben aufstellten.

Ihr Name war Lydofsky. Herr und Frau Lydofsky. Oder auch Alfred und Lydia Lydofsky. Oder Manni und Läuschen, wie sie einander nannten.

Als Lissi und Tinka nach der Schule um die Ecke bogen und auf ihr Gartentor zusteuerten, kamen ihnen die Lydofskys entgegen. Unweigerlich kreuzten sich ihre Wege genau an der Grundstücksgrenze zwischen dem Garten der Lydofskys und dem der Mädchen.

„Schönen Mittag“, grüßte Tinka höflich.

„Werd bloß nicht frech“, keifte Frau Lydofsky und presste ihre Regenwurmlippen fest aufeinander.

Lissi verdrehte die Augen zu einem Schielen. „Häää?“, machte sie.

Geduldig wiederholte Tinka. „Ich habe Ihnen nur einen schönen Mittag gewünscht. Was ist denn daran frech?"

Frau Lydofsky, eine schlanke, sehr große Frau, sah von oben auf sie herab. Neben ihr schwitzte ihr Mann, der ihr nur bis zur Schulter reichte und dessen falsches Haarteil leicht zur Seite verrutscht war.

„Ihr zwei seid immer frech. Egal, was ihr sagt. Ihr denkt euch immer eine Frechheit aus, und man darf euch deshalb nie über den Weg trauen."

„Jawohl! So ist es!", pflichtete Herr Lydofsky seiner Frau bei.

„Außerdem habt ihr schon wieder etwas ausgefressen." Frau Lydofsky rümpfte die Nase, als ginge von den beiden Schwestern ein unangenehmer Geruch aus.

„Wir sind gerade in die Straße eingebogen. Ist das schon verboten?", brauste Lissi auf.

Herr Lydofsky zeigte zum Gartentor der Mädchen. „Heute Vormittag ist schon jemand hier gewesen. Ein Mann. Sehr vernünftig. Er hat …"

Seine Frau fiel ihm ins Wort: „… sich nach euch erkundigt. Auch wenn er es nicht sagen wollte, war mir sofort klar, dass er vom Jugendamt sein muss. Die Leute dort müssen sich endlich mal um den Skandal kümmern, dass hier zwei kleine Mädchen tagelang mutterseelenallein in einer Bruchbude von Haus wohnen."

Tinka sah, wie sich Lissis dunkle, drahtige Locken sträubten. Dieses Zeichen war eine Vorwarnung, dass Lissi in Kürze explodieren würde. Wenn sie einen ihrer Wutausbrüche bekam, war jeder Vulkan eine Knallerbse gegen sie. Daher packte Tinka sie am Ellbogen und zog sie weiter.

„Wir müssen uns beeilen", sagte sie drängend und sehr deutlich. „Unser Kater hat Hunger. Komm Lissi."

Lissi knurrte wütend. Mit den Funken, die aus ihren Augen sprühten, hätte man Feuer entfachen können.

Frau Lydofsky wandte sich an ihren Mann. „Da hast du es wieder, Manni."

„Was denn, Läuschen?"

„Schlecht erzogene Gören, die sich nicht einmal verabschieden können, wie das zivilisierte Menschen tun."

„Völlig richtig. Unmöglich. So etwas von flegelhaft!", schimpfte Herr Lydofsky.

Tinka hatte es geschafft, Lissi bis vor das Gartentor zu schieben. Etwas schief hing dort das Holzschild, das die Schwestern im Werkunterricht angefertigt hatten. Eingebrannt stand darauf: NO JUNGS!

Das Tor besaß weder Schloss noch Klinke. Ein kleines Lächeln von Tinka genügte, und es schwang von allein einladend auf. Mit aller Kraft stieß Tinka Lissi über die Schwelle in den Garten.

Die Latten des Zaunes, die die Form lang gezogener sitzender Katzen hatten, schnurrten vor Freude, dass die Hexenschwestern gekommen waren. Auf dem Weg zum Haus winkten die Bäume mit den Ästen. Ein Busch mit roten Beeren ließ seine Blätter wispern.

Nichts davon fanden die Mädchen ungewöhnlich. Ganz im Gegenteil. Völlig selbstverständlich grüßte Tinka nach links und rechts und achtete darauf, niemanden zu vergessen. Besonders der Kastanienbaum konnte sehr beleidigt sein. Er warf dann mit den stacheligen grünen Früchten nach den Mädchen.

Das Hexenhaus stand geduckt da, das Dach saß wie eine dicke Wollmütze auf den Mauern. Kirschrot leuchtete der Lack der Eingangstür im Sonnenlicht. Davor, auf einer Bank, die bisher noch nie dort gestanden hatte, saß ein Mann mit übereinandergeschlagenen Beinen.

Tinka und Lissi kannten ihn gut. Sein Name war Eduard Rock. Seine besonderen Kennzeichen: großgeblümte Hemden mit riesigen Krägen, weit ausgestellte Glockenhosen und Schuhe mit hohen Plateausohlen. Kleidung, wie sie modern gewesen war, als Boris und Grit noch zur Schule gingen.

Das Auftauchen von Eduard Rock hatte nie etwas Gutes zu bedeuten. Er war Mitarbeiter im Club der Hexen und vor allem verantwortlich für Verstöße gegen die Regeln sowie für Junghexer und Junghexen wie Lissi und Tinka. Er hatte die Angewohnheit, sich entsetzlich wichtigzumachen, und liebte es, den Strengen zu spielen.

Lissi und Tinka erforschten sofort ihr Gewissen. Na ja, sie hatten beide ein paar Mal gehext, als sie es eigentlich nicht wirklich hätten tun sollen. Aber streng verboten war es auch nicht gewesen. Höchstens ein klein wenig.

„Hmmmm", machte Eduard Rock zur Begrüßung. Mit einer energischen Kopfbewegung schleuderte er die lange dunkle Haarlocke von seiner Stirn nach hinten. Und noch ein nachdenkliches: „Hmmmmm ..."

„Machen Sie es kurz und schmerzlos", verlangte Lissi. „Was haben Sie denn schon wieder über uns in Ihrem schwarzen Buch stehen?"

„Zuerst einmal einen schönen Nachmittag", grüßte Herr Rock, sprang auf die Füße und rückte mit den Schultern sein geschmackloses Hemd zurecht.

„Tag!", grüßte Tinka zurück.

In der Hecke raschelte es. Ohne hinzusehen, konnten sich die Schwestern denken, wer dort zu lauschen versuchte. Zu gerne hätten sie ein bisschen gehext. Zum Beispiel wäre es lustig gewesen, ein Eichhörnchen durch das Geäst hüpfen zu lassen, das Frau Lydofsky in die lange Nase biss und ihrem Manni das Haarteil klaute und auf den höchsten Baum verschleppte. Da aber Eduard Rock vor ihnen stand, ließen sie die Hände artig baumeln.

Ganz anders Herr Rock selbst. Auch ihm war nicht entgangen, dass jemand auf der anderen Seite der hohen Hainbuchenhecke stand und versuchte, jedes Wort mitzuhören, das gesprochen wurde. Unauffällig hob Herr Rock die Hände und tat, als müsse er die Fingerspitzen beim Nachdenken ein wenig aneinanderschlagen.

Die Folge war beeindruckend. Den Hexenspruch schien er nicht einmal auszusprechen. Wahrscheinlich hatte er ihn sich nur gedacht, was höchste Hexenkunst war. Jedenfalls sauste eine dunkelgraue Wolke über den blauen Himmel und blieb genau über der Stelle stehen, an der die Lydofskys lauerten. Regen prasselte auf die beiden herab, als würde aus zehn Feuerwehrschläuchen gleichzeitig gespritzt werden.

Kreischend und quiekend flüchtete das Ehepaar ins Haus.

„Die wären wir los", erklärte Eduard Rock und lächelte Tinka und Lissi zu, als erwarte er ein wenig Applaus für diese Vorführung.

Lissi deutete mit dem Daumen nach oben auf die Wolke. „Nicht schlecht, Herr Specht."

„Freut mich sehr, Preiselbeer", gab Herr Rock zurück. Er lachte kumpelhaft. Keine der beiden Junghexen hatte ihn je lachen gehört.

„Äh, was gibt's?", wollte Tinka nun wissen.

„Ach, ich bin nur mal so vorbeigekommen!" Herr Rock schwang die Arme vor und zurück. „Wollte bloß wissen, wie es meinen beiden Lieblings-Junghexen so geht."

Die Schwestern wechselten einen sehr erstaunten Blick. So hatte er sie noch nie genannt. Und so nett war er auch noch nie gewesen.

„Vielleicht hat er zu lange in der Sonne gesessen", raunte Lissi Tinka zu.

„Seid ihr locker flockig und cool vom Stuhl?", fragte Herr Rock. Aus seinem Mund klang das so peinlich wie bei Boris Schnabel-Meierbeer, wenn er mal wieder beweisen wollte, dass er noch nicht zum alten Eisen gehörte.

Tinka flüsterte Lissi mit zusammengepressten Lippen zu: „Er macht mir Angst, wenn er so ist."

Eduard Rock setzte sich in Bewegung. Vor und zurück wippend wie ein Hahn auf dem Bauernhof umrundete er die Mädchen.

„Sind Sie vom Besen gefallen?", entschlüpfte es Lissi.

Statt beleidigt zu sein und zu einer Strafpredigt anzusetzen, lachte Herr Rock auf, als hätte er soeben den Witz des Jahrhunderts gehört. „Vom Besen gefallen! Wie originell."

Die gehexte Regenwolke über dem Grundstück der Lydofskys hatte ihre gesamte Wasserladung abgelassen und sich aufgelöst.

Die Terrassentür klirrte unüberhörbar, als die Nachbarn wieder ins Freie traten.

„Das waren die unerzogenen Mädchen! Mit einem Gartenschlauch! Direkt auf uns drauf!“, zeterte Frau Lydofsky.

„Läuschen, du hast die Wolke doch selbst gesehen“, wandte ihr Mann ein.

„Das müssen sie trotzdem gewesen sein. Eine einzelne Wolke gibt es nicht. Nicht an einem strahlend schönen Tag wie heute!“

Tinka deutete mit dem Kopf Richtung Hecke und dann auf Herrn Rock. „Sie machen uns ganz schön Ärger. Man wird uns für Hexen halten.“

Eduard Rock trat ganz nahe zu Tinka und Lissi. Sie rochen sein herbes Rasierwasser. Er musste sich eine halbe Flasche davon über das Gesicht gegossen haben. „Ihr solltet diesen beiden Essiggurken auf Beinen einen richtig schönen Streich spielen“, flüsterte er vertraulich.

„Meinen Sie so etwas wie Juckpulver über die Wäsche streuen, wenn sie auf der Leine hängt?“, erkundigte sich Tinka.

„Juckpulver?! Was für eine lahme Idee!“, ätzte Lissi mit einem genervten Seufzen in Tinkas Richtung. Tinka zuckte nur mit den Schultern.

Herr Rock schüttelte den Kopf und machte ein Gesicht, als hätte er in eine Zitrone gebissen.

Lissi runzelte die Stirn. „Wenn Sie jetzt sagen, wir sollen hexen, dann möchte ich Ihren Ausweis sehen“, meinte sie skeptisch.

Lässig zog Herr Rock ihn aus der Brusttasche des Blumenhemdes. Es war eine kleine Karte mit seinem Foto, die in seinen Fingern zu einem lebensgroßen Poster heranwuchs, das ihn und Frau Stickler zeigte. Die Hexe mit der wehenden schwarzen Haarmähne war die Präsidentin des Clubs der Hexen. Auf dem Poster wurde sie lebendig, legte eine Hand auf die Schulter des Bild-Rocks und erklärte sachlich: „Dieser Ausweis bestätigt, dass Eduard Rock im Auftrag des Clubs der Hexen unterwegs ist." Danach schrumpfte das Poster wieder auf Kartengröße.

Tinka kam ein Verdacht. „Sie wollen uns prüfen, nicht wahr? Es geht darum, ob wir verbotenerweise hexen."

Mit gespielter Entrüstung sagte Eduard Rock: „Meine Damen, was denken Sie von mir? Würde ich so etwas tun?"

„Ja!", kam es gleichzeitig, wie aus der Pistole geschossen, von Tinka und Lissi.

„Nein. Ihr dürft wirklich etwas hexen, das diese beiden Kürbisköpfe ein wenig zum Überkochen bringt."

Weder Tinka noch Lissi hatten große Lust dazu. Es machte wenig Spaß, wenn eine solche Hexerei so ausdrücklich von jemandem wie Eduard Rock bewilligt, fast sogar verlangt wurde.

Als sie nur dastanden und ihn ansahen, wurde er ungeduldig.

„Jetzt macht schon. Hext endlich!“, verlangte er drängend.

„Nein, danke! Jetzt nicht!“, lehnten die beiden Schwestern kopfschüttelnd ab.

Kläglich jammerte Rock. „Ach, bitte, tut es. Hext irgendetwas. Hext Kirschen auf den Baum oder Gänseblümchen auf die Wiese. Irgendetwas.“

Lissi verschränkte die Arme vor der Brust. „Nur wenn Sie uns den Grund dafür verraten!“

„Darf ich nicht!“

„Ertappt!“ Lissi kniff die Augen zusammen. „Es gibt also einen Grund.“

Sich windend erklärte Herr Rock: „Ihr müsst das verstehen. Ich darf nichts sagen.“

„Und Sie müssen verstehen, dass wir jetzt Hunger haben!“ Lissi bedeutete Tinka mit dem Kopf, ihr zu folgen, und Tinka tat es sogar. Die Schwestern ließen Eduard Rock einfach stehen.

„Wollt ihr jetzt wirklich nicht hexen?“ Er flehte fast.

„Nein!“, sagten die Mädchen wie aus einem Mund und ohne sich umzudrehen.

Die kirschrote Haustür war wie das Gartentor von allein aufgegangen und fiel absichtlich laut hinter ihnen zu.

In der Diele funkelten Hunderte von Kristallen in allen Größen und Farben auf langen Brettern an den Wänden.

Tinka und Lissi blieben hinter der Tür stehen und sahen einander ziemlich ratlos an.

„Ob es mit unseren Hexenkräften zu tun hat? Vielleicht sollen sie uns wieder weggenommen werden?", befürchtete Tinka.

Lissi verzog das Gesicht. „Mach dir doch nicht gleich ins Hemd. Kann doch auch nur ein Spaß sein. Vielleicht so etwas wie ‚Versteckte Kamera' von Hexen-TV oder so."

Für weitere Mutmaßungen blieb keine Zeit, da es zu ihren Füßen laut miaute und schnurrte. Cosimo, ihr Kater, rieb seinen großen runden Kopf abwechselnd an Tinkas und an Lissis Beinen. Er war zwar unsichtbar, dafür aber umso lauter und gut zu spüren. Der Hunger machte aus ihm einen absoluten Kuscheltiger. Während Tinka mit ihm in Richtung Küche ging, spähte Lissi durch einen Spalt in der Gardine des kleinen Fensters neben der Tür.

Eduard Rock stand noch da und sah zum Haus. Zwei sehr tiefe Denkfalten zogen sich über seine Stirn. Schließlich machte er eine hilflose Geste, blickte zum Himmel und löste sich in einer Rauchwolke auf. Es war seine Art zu verschwinden.

## Ostereier im Bikini

„Was nehmen wir mit?“, überlegte Tinka laut. Sie befand sich im Wohnzimmer des Hauses und hatte eine altmodische Arzttasche offen vor sich auf dem Boden stehen. Suchend blickte sie über die verschiedenen Pulver und Kräuter, die in Gläsern und Porzellantiegeln aufbewahrt wurden.

Ganz am Ende des Wandbords entdeckte sie ein paar Tuben, die mit der Hand beschriftet waren. Die Schrift mit vielen Schnörkeln war altmodisch. Bestimmt stammten die Tuben von Frau Schicketanz, der das Haus früher einmal gehört hatte, bevor sie es – samt ihren Hexenkräften – an Tinka und Lissi verschenkt hatte.

Die Tuben erwiesen sich als Volltreffer. Es waren Mittel gegen verstauchte Knöchel, Muskelkater und jede Art von Brennen oder Jucken.

Neben Tinka strich Cosimo auf und ab. Fragend maunzte er vor sich hin.

„Wir gehen auf Klassenfahrt", erklärte Tinka.

Cosimo miaute auf, als wäre sie ihm auf die Pfote getreten.

„Nur eine Woche", beruhigte Tinka den Kater. „Nächsten Samstag kommen wir zurück."

Beleidigt schnatterte Cosimo vor sich hin.

Die Tuben landeten in der Tasche, mit der Tinka weiter in den kleinen Raum neben der Diele zog. Dort bewahrten Lissi und sie sämtliche Hexenbücher auf. Ob sie eines mitnehmen sollte? Tinka ließ den Zeigefinger über die Buchrücken im Regal wandern.

*Leckere Speisen hexen im Handumdrehen* las sie. Und *Die kleine Haushaltshexe.* Aber auch *Lass es raus! Hexensprüche zum Wutablassen.* Ob das wohl Lissis Lieblingsbuch war, dachte sie und grinste in sich hinein. Ihr Blick blieb an einem Buch über *Geister, Gespenster, Elfen und andere Hexenhaustiere* hängen. Neugierig geworden zog sie es heraus. Der Einband fühlte sich sehr ungewohnt an. Er war aus vielen verschiedenen Fellen mit kurzen und langen Haaren sowie aus schuppigen, warzigen und stacheligen Hautstücken zusammengesetzt.

Tinka setzte sich auf den Boden und verschränkte die Beine. Das Buch schlug sich in ihren Händen von allein auf. Wimmern, Heulen, Säuseln, Fauchen und hohes Gekicher tönte heraus. Aus den Seiten ungefähr in der Mitte des Buches schoss ein Feuerstrahl, der eine Ecke versengte.

„Nur die Ruhe", sagte Tinka unerschrocken.

Knisternd blätterten sich die Seiten um.

Was Tinka alles las, war hochinteressant. Die Wesen, von denen hier berichtet wurde, waren ihr in den vielen Monaten, seit sie Hexenkräfte besaß, noch nie untergekommen. Auch in der Hexenschule, die die Schwestern besuchen mussten, war davon nie die Rede gewesen.

Es gab Besengeister, die im Stiel des Hexenbesens hausten und sich gerne im Haushalt nützlich machten. Sie brauchten sehr viel Lob und Anerkennung, sonst wurden sie schnell wütend, was mit zersplitterten Besen enden konnte.

Interessant waren auch die Elfen. Sie gab es in allen Größen und Formen: von fingerhutgroßen Elfen bis zu solchen, die an Babyelefanten erinnerten. Ihr besonderes Kennzeichen waren ihre spitzen, übergroßen Ohren, die bei manchen Elfen ein solches Ausmaß erreichten, dass sie sich darin einwickeln konnten.

Elfen galten als sehr launisch und überaus schwierig. Nicht die Hexe suchte sich den Elf aus, sondern der Elf wählte die Hexe, bei der er leben wollte. Er konnte ein dienstbarer Geist sein, hilfsbereit und nützlich. Allerdings hatte jeder Elf auch eine schlechte Eigenschaft, mit der die Hexe leben musste, ob sie nun wollte oder nicht. Im Buch wurde von Elfen berichtet, die immerzu kochen wollten und mit schrillem Geschimpfe reagierten, wenn ihre Hexe nicht alles aufaß, was auf den Tisch kam. Eine Hexe erreichte auf diese Weise das Gewicht eines kleinen Nilpferds. Ein anderer Elf war verrückt nach Wasser. Nicht nur im Haus der Hexe, sondern auch überall, wo sie hinging, verursachte er Überschwemmungen.

Tinka musste laut lachen, als sie sich vorstellte, was passieren würde, wenn sie einen solchen Elf hätte. In der Schule würde er die Trinkbrunnen in Springbrunnen verwandeln. In den Sportumkleiden würden die Duschen verrücktspielen und in den Klassenzimmern hohe Fontänen aus den Waschbecken schießen.

„Und niemand hätte eine Erklärung dafür", sagte Tinka zu sich selbst. Irgendwie gefiel ihr diese Idee.

Ein langes Kapitel war Katzen in allen Fellfarben und Mustern gewidmet. Cosimo, der, wäre er sichtbar, rot getigert wäre, wurde als eigenwillig, stur, wild, anschmiegsam, verschmust und äußerst intelligent beschrieben.

Kann ich nur zustimmen, dachte Tinka.

Von Raben als Haustieren riet das Buch ab. Die meisten waren entsetzlich eitel, und es wurden Fälle beschrieben, in denen Raben ihren Hexen die Haare im Schlaf ausgerupft und im Gesicht wieder eingepflanzt hatten. Hexenraben konnten so etwas. Vor allem, wenn sie unbedingt besser aussehen wollten als ihr Frauchen. So manche Hexe war aufgewacht und hatte im Spiegel feststellen müssen, dass sie über Nacht einen Bart bekommen hatte.

„Nein danke, kein Bedarf!“, meinte Tinka und schüttelte sich. Sie schlug das Buch zu und stellte es an seinen Platz zurück.

Eilig suchte sie noch unter den restlichen Büchern nach Titeln, die ihr nützlich erschienen. Weiter unten im Regal stieß sie auf *Erste-Hilfe-hexen*. Auf dem kleinen weißen Buch tanzte ein roter Besen mit Blaulicht am oberen Ende. Ohne hineinzusehen, wusste Tinka, dass dieses Buch auf ihrem Ausflug nützlich sein konnte. Es wanderte zu den Tuben in die längliche Ledertasche mit dem Klappbügel links und rechts.

Langsam wurde es Zeit zu gehen.

„Lissi?“, rief Tinka durch die offene Tür in die Diele hinaus.

„Was?“, kam es aus dem ersten Stock.

Unter dem Dach befanden sich das Schlafzimmer und das Badezimmer. Beide Räume waren sehr eigenwillig und besonders. So schwebte über dem riesigen Bett, das Platz für eine halbe Familie bot, ein echter Himmel, der sich je nach Tageszeit verfärbte wie der Himmel vor den Fenstern. Im Badezimmer warteten ein Waschbecken in Muschelform und goldene Fische als Wasserhähne.

Tinka warf einen Blick auf ihre Armbanduhr. „Wir müssen nach Hause, Lissi, komm!“

„Komm du zuerst herauf!"

Da sie ihre Schwester kannte, stieg Tinka die Treppe nach oben. Lissi, die locker den Titel „Miss World-Dickkopf" gewinnen könnte, würde bestimmt nicht aufbrechen, bevor sich Tinka nicht angesehen hatte, was sie ihr zeigen wollte.

Sie fand Lissi im Badezimmer. Dort stand sie an der offenen dreieckigen Luke und spähte hinunter.

„Was gibt es?", wollte Tinka wissen.

„Was wohl? Lydofskys im Liegestuhl", antwortete Lissi. In ihrer Stimme schwang ein teuflischer Unterton mit. Sie schien etwas vorzuhaben.

Tinka stellte sich neben sie und warf einen Blick durch das Dachfenster in den Nachbargarten. Der Anblick war zu komisch.

Die Nachbarn brieten in der Sonne. Herr Lydofsky fläzte sich bäuchlings, bekleidet mit einem grasfroschgrünen knappen Badehöschen, auf einer rosarot gestreiften Liege. Seine Frau lag in einem goldenen Bikini auf dem Liegestuhl daneben, Gurkenscheiben auf den Augen und dick mit weißer Sonnencreme garniert.

„Sie sieht aus wie eine Sahnetorte", stellte Lissi kichernd fest. Tinka nickte zustimmend und grinste über das lächerliche Badehöschen von Alfred Lydofsky, das ihm viel zu klein war.

„Bis Sonntag müssen wir eine richtig gute Farbe haben", sagte Frau Lydofsky zu ihrem Mann. Dabei bewegte sie den Mund nur wenig, damit die Gurkenscheiben nicht von den Augen rutschten. „Den anderen im Kegelklub erzählen wir, wir seien in der Karibik gewesen."

„Du hast immer so gute Ideen, Läuschen", kam es grunzend von Herrn Lydofsky, der Arme und Beine schlaff links und rechts von der Liege hängen ließ.

„Ich habe aus dem Reiseprospekt das teuerste Hotel herausgesucht. Wir sagen, wir seien dort gewesen. Das lässt alle grün vor Neid werden", spann Frau Lydofsky ihren Plan weiter.

„Freu mich schon drauf, Läuschen!"

„Wir müssen ihnen ‚helfen'", raunte Lissi.

Tinka ahnte, was Lissi plante.

„Du nimmst dir Manni vor, ich das Läuschen."

„Aber wie ‚helfen' wir?", fragte Tinka.

„Na, wie schon, Blondie?", stöhnte Lissi genervt auf. „Sie wollen eine schöne Farbe. Die sollen sie bekommen!"

Ohne weitere Erklärungen verstanden die beiden einander.

„Colorus magnificus, so heißt der Spruch", erinnerte Tinka sich. Lissi grinste voller Vorfreude.

Gleichzeitig murmelten sie den Spruch. Gleichzeitig dachten sie an „schöne Farben", und gleichzeitig führten sie den Hexenklatsch aus.

„Hast du auch an Weiß gedacht?", wollte Lissi von ihr wissen.

Tinka bejahte. „Sie sollen aussehen wie weiße Eier!“ Aus der Angeberei mit dem Karibikurlaub würde wohl nichts werden.

„Was?“, entfuhr es Lissi.

„Hast du Töne!“, piepste Tinka.

Die Lydofskys waren weiß. Quarkweiß. Käseweiß. Kreideweiß.

So weit hatte die Hexerei geklappt. Leider aber war das noch nicht alles.

Als sich Herr Lydofsky ächzend auf den Rücken wälzte, konnte man die Hexen-Panne in vollem Ausmaß bestaunen: Sein ganzer Körper war rundherum mit bunten Wellen-, Zickzack- und Kringellinien verziert. Er sah aus wie ein Osterei. Die Muster hatten auch vor Armen, Beinen und Kopf nicht haltgemacht.

Noch schlimmer war es bei seiner Frau: Sie war getupft. Ihr ganzer Körper war übersät mit runden Punkten in Regenbogenfarben, die wie Monstermasern aussahen.

Gleichzeitig machten Tinka und Lissi einen Schritt vom Fenster zurück.

„Hast du das gehext?“, fragte Lissi.

Tinka schüttelte den Kopf so heftig, dass ihre blonden Haare flogen. „Nein. Ich wollte sie nur weiß aussehen lassen.“

„Das ist noch viel besser“, stellte Lissi mit schiefem Grinsen fest. „Allerdings kann ich mich nicht erinnern, dass ich das hexen wollte.“

„Wir müssen was falsch gemacht haben!“

„Ich nicht, du!“

Tinka ging die ganze Hexerei noch einmal im Kopf durch. Der Spruch stimmte, da war sie sich völlig sicher. Sie hatten ihn auch nicht zu laut oder leise gesagt und der Hexenklatsch war auch gerade richtig ausgeführt worden.

„Da stimmt was nicht!“, stellte Tinka leicht beunruhigt fest.

„Hallo, Tinka, Lissi!“, rief jemand am Gartentor. Der Stimme nach musste es ihr Vater sein. „Euer Tor klemmt!“

„Tut es nicht“, murmelte Lissi. Das Tor ließ Leute nämlich nur ein, wenn die Mädchen es erlaubten.

„Besser, Boris bleibt draußen, und wir gehen zu ihm!“, entschied Tinka. „Er will uns bestimmt abholen und nach Hause bringen.“

Sie schlossen das Fenster leise und liefen die Treppe hinunter. In der Diele stand schon die alte Arzttasche bereit. Tinka klappte sie zu und ließ das Schloss mit einem Klick einrasten.

„Ich nehme doch noch das Allwetter-Pulver mit“, entschied sie dann und eilte ins Wohnzimmer zurück.

Da Boris immer wieder nach seinen Töchtern rief, griff Lissi schon nach der Tasche und ging voraus.

Sie wunderte sich über das Gewicht. Was hatte Tinka alles eingepackt? „Typisch, Blondie!“, knurrte sie. Herr Schnabel-Meierbeer stand neben seinem kleinen Bus, in dem die ganze Großfamilie Platz hatte.

„Beeilt euch bitte“, sagte er drängend. „Grit möchte euch gerne noch ein bisschen sehen. Ihr fehlt ihr jetzt schon.“

Lissi stellte die Tasche in den Kofferraum. Tinka kam durch den Garten und stopfte ein kleines Glasgefäß mit Schraubdeckel in die enge Tasche ihrer zitronengelben Jeans.

„Hallo Papabeer“, rief sie betont fröhlich. Sie bezeichnete ihn meistens mit solchen Namen, weil er nicht ihr richtiger Vater war, so wie Grit nicht Lissis echte Mutter war. Erst durch die Heirat von Grit und Boris waren sie alle eine Familie geworden.

Aus dem Garten der Lydofskys kamen aufgeregte Rufe. Herr Lydofsky kreischte hoch und schrill, seine Frau rumpelte hingegen wie Felsbrocken in einer Blechtonne.

„Schnell, fahren wir!“, trieb Tinka Herrn Schnabel-Meierbeer an.

Lissi, die ebenfalls so rasch wie möglich wegwollte, sprang auf die Bank hinter dem Fahrersitz, rutschte weiter und machte Platz für Tinka.

Boris Schnabel-Meierbeer klopfte seine Taschen suchend ab. „Wo habe ich nur wieder die Wagenschlüssel? Ich kann sie nicht finden.“

Damit sie endlich abfahren konnten und nicht vielleicht von den bunt bemalten Nachbarn aufgehalten wurden, hexte Tinka, dass die Schlüssel direkt vor Boris' Schuhe fallen sollten.

Mit einem Rasseln wie von schweren Ketten landete ein üppiger Schlüsselbund nicht etwa vor, sondern auf Boris' Schuhen.

„Aua!", jaulte er und schüttelte die schmerzenden Zehen.

„Da sind doch deine Schlüssel", flötete Tinka mit gespielter Begeisterung. In ihrem Hinterkopf hämmerte die Frage, wieso auch diese Hexerei nicht so verlaufen war, wie sie es gewollt hatte.

Boris bückte sich und wuchtete den Ring mit den Schlüsseln in die Höhe.

„Wie … wie kommt der hierher?" Verwirrt kratzte er sich am Kopf. „Das sind meine Zweitschlüssel. Die Ersatzschlüssel für alle Schlösser, die wir haben."

Lissi kannte den Schlüsselbund. Boris hatte ihn angelegt, als der kleine David die Angewohnheit hatte, alle Schlüssel, die er abziehen konnte, im Klo hinunterzuspülen.

Um ihren Vater anzutreiben und sein Grübeln zu unterbrechen, erinnerte Lissi ihn daran, dass Grit wartete. Es wirkte, und Boris stieg ein.

„Jetzt wird mir die Sache langsam unheimlich", hörte Tinka ihn sagen. Der normale Zündschlüssel steckte nämlich im Lenkradschloss. Kopfschüttelnd legte er den Ersatzschlüsselbund auf den Beifahrersitz und ließ den Motor an.

Zu spät!

Aus dem Gartentor kamen die Lydofskys gestürzt – in Badehöschen und Bikini und mit den farbenprächtigen Verzierungen.

„Sie waren es! Das waren diese Gören!“, zeterte Frau Lydofsky und schwang drohend die Fäuste. Herr Schnabel-Meierbeer, der seine Tür schon geschlossen hatte, sah in den Rückspiegel.

„Was ist denn mit denen los?“

„Absperren, Rettungsbeer, absperren!“, verlangte Tinka. „Unsere Nachbarn sind nicht ganz dicht.“

Boris drückte die Zentralverriegelung. Mit einem satten Geräusch wurden alle Türen verschlossen.

Die Lydofskys sahen die Mädchen im Wagen und trommelten gegen das Fenster auf der Fahrerseite.

„Sind Sie der Vater?“, schrie Frau Lydofsky.

„Dr. Schnabel-Meierbeer“, antwortete Boris durch die geschlossene Scheibe.

Die Lydofskys deuteten an sich herab. „Ihre Töchter haben das gemacht. Während wir in der Sonne lagen. Sie waren es.“ Frau Lydofsky sprudelte weiter: „Und die eine Wolke haben sie auch über unsere Köpfe geschickt. Klatschnass sind wir geworden, weil sie einen Platzregen verursacht haben.“

Lissi beugte sich vor und flüsterte: „Ist das eine gefährliche Krankheit, Paps?“

„Ich kenne diese Krankheit nicht!“, gestand Herr Schnabel-Meierbeer.

Frau Lydofsky war mittlerweile vor den Kleinbus gesprungen und stemmte sich mit aller Kraft dagegen.

„Sie müssen die Verantwortung übernehmen!“, forderte sie. „Ihre Töchter sind … Hexen!“

Tinka und Lissi zuckten zusammen.

Wusste die Nachbarin mehr?

Oder sagte sie das nur so?

„Was erlauben Sie sich?“, brauste Boris mit einer Heftigkeit auf, die ihm die Mädchen niemals zugetraut hätten. Er griff nach seinem Handy und wählte eine Nummer. „Geben Sie mir Dr. Vilenton“, verlangte er. Seinen Töchtern erklärte er: „Er ist Nervenarzt und kennt sich mit solchen Fällen bestimmt aus.“

Von außen zerrte der kleine Herr Lydofsky wie wild am Türgriff.

Herr Schnabel-Meierbeer beriet sich kurz mit seinem Kollegen. Als er auflegte, sagte er: „Wahrscheinlich ein sehr schwerer Fall von Sonnenstich. Gleich kommt ein Krankenwagen.“

Tinka beugte sich zu Lissi und flüsterte: „Geht die Bemalung wieder ab? Wenn nicht, dann sind die Lydofskys morgen als kleines Osterwunder im Sommer in den Nachrichten.“

Lissi biss sich auf die Lippe. „Autsch, Volltreffer.“

„Wo ist die Tasche mit den Sachen?“, wollte Tinka wissen. Lissi deutete mit dem Daumen nach hinten. Tinka kletterte sofort los, beugte sich über die letzte

Rückenlehne und fischte nach der Tasche. Sie öffnete den Verschluss, griff hinein und zog das Erste-Hilfe-hexen-Buch heraus. Auf der Rückbank kauernd blätterte sie hektisch darin.

In der Ferne ertönte schon das Martinshorn des Notarztes.

Die Lydofskys hatten sich an die Scheibenwischer des Busses gehängt, was denen gar nicht guttat.

Der einzige Spruch, der Tinka brauchbar erschien, diente dem „Aufweichen" der Wirkung einer Hexerei. Da der Rettungswagen bereits in die Kristallgasse bog, blieb keine Zeit. Tinka schickte den Erste-Hilfe-Hexenspruch in Richtung der Lydofskys und versah ihn mit einem kräftigen Hexenklatsch.

Die Folge war gewaltig.

Als würde von oben unsichtbares Seifenwasser auf die beiden prasseln, begannen die Ostereierstreifen und -tupfen zu verschwimmen und in langen dünnen Rinnsalen herabzulaufen.

Die weißen Hosen und Jacken der Sanitäter, die Herrn und Frau Lydofsky sanft abführten, sahen sofort aus, als wären sie in einen Farbkasten getaucht worden.

„Wirklich merkwürdige Leute", murmelte Boris vor sich hin.

Tinka betrachtete ihre Hände und deutete einen Hexenklatsch an, ohne ihn auszuführen.

Ganz schön seltsam, was Lissi und ihr passierte.

## Kicheranfall und Außerirdische

„Natürlich helfe ich den lieben Mädchen packen“, trällerte Frau Lippmann. Sie stand neben Grit im Wohnzimmer und nahm die neuesten Anweisungen entgegen.

„Und danach kochen Sie bitte Abendessen. Fragen Sie Tinka und Lissi, was sie gerne haben wollen. Es ist ihr letzter Abend vor der Abreise, und ich möchte sie verwöhnen“, trug Grit der Haushaltshilfe auf.

„Ach, das mache ich doch gerne!“ Frau Lippmann wiegte den Kopf von einer Seite auf die andere. „Darf es sonst noch etwas sein, liebe Frau Schnabel-Meierbeer? Vielleicht ein heißes Teechen oder ein Kaffeechen?“

„Späterchen“, sagte Grit, verbesserte sich aber sofort. „Ich wollte sagen, später. Vielleicht.“

Frau Lippmann wandte sich den Hexenschwestern zu, die in der Tür standen und das Gespräch verfolgt hatten.

„Wir packen allein“, verkündete Lissi.

„Und für mich bitte Spaghetti mit Heidelbeermarmelade und Parmesan“, bestellte Tinka eine ihrer Lieblingsspeisen.

„Hast du Spaghetti mit Heidelbeermarmelade und Parmesan gesagt?“, fragte Frau Lippmann ungläubig nach.

„Genau das habe ich gesagt!“, bekräftigte Tinka strahlend.

„Für mich Pizza. Stinknormal. Tomaten, Käse und Peperoni“, fügte Lissi schnell hinzu. Sie teilte den ausgefallenen Geschmack ihrer Schwester nicht.

„Wenn die lieben Mädchen wirklich allein ihre Koffer packen wollen, dann mache ich mich ans Kochen“, erklärte Frau Lippmann.

„Ja, bitte, tun Sie das!“, sagte Grit.

Frank schlappte ins Wohnzimmer. Durch die runden Gläser der Sonnenbrille, die er wahrscheinlich nicht einmal zum Schlafen absetzte, starrte er Grit an. Die Kopfhörer, aus denen er sich ständig Musik in die Ohren hämmern ließ, hingen ausnahmsweise schlaff um seinen Hals.

„Finde nichts“, beschwerte er sich.

Grit lächelte ihn geduldig an. „Wie meinst du das, Frank?“

„Trage von jetzt an immer dasselbe. Finde keine Klamotten mehr. Und keine Schulhefte. Und auch sonst nichts. Das macht mich fertig.“

Aus der Küche tauchte die rotblonde Kurzhaarfrisur von Frau Lippmann auf.

„Aber Frank, es ist doch alles an seinem Platz: die Kleidung im Schrank, die Schulsachen im Regal, deine CDs in dem Kästchen neben deinem Schreibtisch."

„Hasse das", kam es undankbar von Frank. „Will alles auf dem Boden wie immer."

Frau Lippmann kicherte auf einmal sehr hoch. „Das gibt es nicht mehr. Stell dir vor, die Heinzelmännchen wären hier gewesen und hätten aufgeräumt."

Wieder musste sie kichern. Sie hatte einen regelrechten Kicheranfall. Immer wieder gackerte sie vor sich hin, ihre Schultern zuckten auf und ab, und sie schien keine Kontrolle über das alberne Gelächter zu haben.

„Ist mit Ihnen alles in Ordnung, Frau Lippmann?", erkundigte sich Grit höflich.

„Mi-hihihi-hir geht es ausgezei-hei-hei-hei-heichnet!", lautete die Antwort.

„Wir gehen packen", knurrte Lissi und zog Tinka am Arm hinter sich her aus dem Wohnzimmer.

Aus dem ersten Stock war lautes Gejammer zu hören. Es kam von Stan und David. Tinka ging nachsehen, was bei ihrem Bruder Stan los war und fand ihn – wo sonst – vor dem Computerbildschirm. Hektisch fuhr er mit der Maus hin und her.

„Wer war das? Weeeer waaaaar daaaaas?", maulte er immer und immer wieder, als hätte sein Abspielgerät eine Störung.

„Wer war WAS?", wollte Tinka wissen.

Stan klopfte mit dem Zeigefinger auf das Glas des Bildschirms. „Jemand war an meinem Computer. Alles verändert. Alles."

Tinka wusste, dass Stan seinen Computer ungefähr so sicher gemacht hatte wie einen Banktresor, in dem ein paar Hundert Goldbarren lagerten.

„Kann doch außer dir keiner in deine Programme", merkte sie an.

„Habe ich auch gedacht. Aber jemandem ist es gelungen. Jetzt ist alles anders." Er wischte mit der Maus über die Tischplatte, als könne er auf diese Weise die alte Ordnung auf dem Bildschirm wiederherstellen.

Lissi hatte den Wuschelkopf in Davids Zimmer gesteckt. Ihr kleiner Bruder war gerade dabei, eine Plastikkiste nach der anderen umzudrehen und den kompletten Inhalt auf den Boden zu schütten. Die Kisten dienten als Behälter zur Aufbewahrung für seine Spielsachen, die bestimmt noch nie so gründlich sortiert worden waren. Die rote Kiste enthielt ausschließlich Schienen und Waggons der Holzeisenbahn, die blaue sämtliche Ritter- und Piratenfiguren, die grüne alle Spiele und die weiße die unzähligen Kuscheltiere. David leerte alles auf einen großen Haufen, den er anschließend mit seinen kleinen Armen kräftig durchmischte.

„Besser so, besser so!“, redete er mit sich selbst.

Als sich die Mädchen in ihrem Zimmer trafen, meinte Lissi: „Hast du was darüber gehört, dass das städtische Irrenhaus eine Zweigstelle bei uns eröffnet hat?“

Tinka musste über den Witz lächeln. Doch ihr war nicht wirklich nach Scherzen zumute. Sie wuchtete die Arzttasche auf ihren Schreibtisch und verzog erstaunt das Gesicht.

„Hast du ein paar Pflastersteine dazugepackt?“, fragte sie Lissi.

„Nur meine beiden Hundertkilo-Hanteln!“, erklärte diese.

Nachdenklich spielte Tinka mit dem Henkel der Tasche: „Es hat alles mit Frau Lippmann zu tun.“

„Kann gut sein“, gab Lissi ihr unbeeindruckt recht.

„Mit ihr stimmt was nicht!“

Lissi nahm einen Hut nach dem anderen aus ihrer Sammlung und probierte sie vor dem Wandspiegel auf. „Ich weiß sogar, was es sein könnte“, setzte sie Tinkas Gedanken fort.

Tinka hob interessiert die Augenbrauen. „Und zwar?“

„Sie ist eine Außerirdische und soll die vier unintelligentesten Wesen der Welt suchen und auf ihren Heimatplanet bringen.“

„Wie meinst du das?“

Lissi setzte einen Strohhut mit breiter Krempe frech, etwas schief, auf den Kopf. „Wir werden bald viel Platz im Haus haben: ohne Brüder!“ Laut lachte sie über ihren eigenen Witz.

Völlig überraschend kam Frau Lippmann in diesem Moment in das Zimmer.

„Ihr zwei Lieben, legt einfach eure Schätze heraus. Ich werde sie liebend gerne in die Koffer packen“, erklärte sie.

„Aber wir können das selbst!“, lehnte Lissi ab.

„Eure liebe Mutti will euch aber so gerne sehen. Sie hat richtiges Herzweh, weil ihr morgen wegfahrt. Wollt ihr lieber eure Zeit mit dummem Packen vertrödeln, wenn euer Mütterlein euch viel dringender braucht?“

„Trief, schmalz, schmier“, murmelte Lissi leise vor sich hin. Tinka gab ihr ein Zeichen zu tun, was Frau Lippmann vorgeschlagen hatte.

„Wir nehmen unsere Tramper-Rucksäcke!“, erklärte sie im Weggehen.

„Ich bin Weltmeisterin im Tramper-Rucksack-Packen!“, versicherte Frau Lippmann mit zuckersüßem Lächeln.

„Na, hoffentlich“, murmelte Tinka, als sie und Lissi ihre Sachen für die Klassenfahrt herauslegten. Anschließend trabten die beiden nach unten, um Grit Gesellschaft zu leisten.

Nach dem Abendessen standen ihre Rucksäcke, wie versprochen, fertig gepackt im Zimmer. In beiden war oben noch Platz.

Tinka erinnerte sich daran, dass sie die Tuben, das Buch und das Pulver aus dem Hexenhaus einpacken musste.

„Hast du die Tasche aufgemacht?", wollte sie von Lissi wissen.

Ihre Schwester war gerade dabei, sich auf ihre übliche Art auszuziehen. Dabei schleuderte sie Kleidungsstück um Kleidungsstück von sich. Die Schuhe flogen bis an die Zimmerdecke.

„Tasche? Nein! Wieso?"

„Weil sie offen ist!"

„Wirst du gewesen sein."

„Nein." Sicher war sich Tinka da allerdings nicht.

„Fehlt was?"

Nach einem prüfenden Blick meldete Tinka: „Nein, alles noch da."

Mit tiefer, gruseliger Stimme sagte Lissi: „Hat Honigmaul also doch noch nicht zugeschlagen! Allerdings würde sie höchstwahrscheinlich auch die ganze Tasche samt Schloss verschlingen." Lissi ahmte große, gierige Bissen nach.

„Kannst du bitte einmal ernst bleiben?", brummte Tinka.

Lissi nickte. „Klar. Nächstes Jahr habe ich dafür noch einen Termin frei."

Weil Tinka aber nicht lachte, sondern nur beleidigt die Lippen schürzte, ging Lissi zu ihr. Sie legte ihr den Arm um die Schulter. „Schwesterherz, reg dich ab. Und wenn das nicht geht, dann stell dich unter die kalte Dusche. Sollte das auch nicht helfen, steck den Kopf in den Tiefkühler. Und wenn sogar diese Methode nicht klappt, dann bin ich gerne bereit, dir liebevoll eine zu scheuern." Sie knuffte Tinka breit grinsend in die Seite.

Was sollte Tinka anderes machen als zurückzugrinsen. Aber es war ein unsicheres Lächeln.

Etwas störte sie. Etwas störte sie gewaltig. Doch sie konnte nicht beschreiben, was es war.

## Lautsprecherstimme auf der Teufelsalm

Die Fahrt dauerte bis zum Nachmittag. Dann endlich hatte der Bus die letzte Spitzkehre geschafft und hielt an einem Wegweiser. Es war ein Baumstamm, der zu einem knorrigen Männchen geschnitzt worden war, das Knollennase und Glotzaugen hatte und ein Schild mit der Aufschrift BUTTERALM 45 MINUTEN in den Händen hielt.

Frau Reingard trieb die Mädchen und Jungen aus dem Bus. In ihren blauen Kniebundhosen, dem knallorangefarbenen T-Shirt und mit dem grünen Kopftuch erinnerte sie Lissi ständig an einen Buntspecht.

„Rucksäcke schultern, jetzt wird gewandert", verkündete die Lehrerin.

Nachdem alle ihre Rucksäcke aus dem Laderaum geholt hatten, stapfte die Lehrerin voran. Den Abschluss bildete Herr Löbe, der Kaugummi kaute und den Eindruck erweckte, durch puren Zufall in diese Gruppe geraten zu sein.

Hans-Günther stand auf einem bemoosten Felsen und rief den Mädchen zu: „Nicht schlappmachen, ihr Berg-Zicken."

Rolli grunzte sofort los, und Elmar bewegte die Schultern beim Lachen auf und nieder, als hätte er einen Presslufthammer in den Händen.

Lissi funkelte Hans-Günther an und feuerte los: „Legt mal Schweinsgalopp ein, ihr Hammelhorde. Könnt schon die Hütte scheuern, damit wir es schön gemütlich haben."

Hans-Günther tippte sich mit dem Finger an die Stirn. „Zum Putzen gibt es Weiber."

Frau Reingard hatte das gehört, drehte sich um und rief: „Damit du für alle Zeiten solche Macho-Sprüche vergisst, wirst du die ganze Woche putzen und spülen."

„Dann fahre ich lieber nach Hause!", schimpfte Hans-Günther los.

„Gerne, der Bus ist noch da", erwiderte die Lehrerin sehr ruhig und kühl.

Rolli fuchtelte wild mit den Händen. „Mach keinen Quatsch, Hans-Günther. Wird sonst urlangweilig ohne dich."

Elmar stimmte ihm zu. „So gemein ist die Windhose dann doch nicht, außerdem vergisst sie das ohnehin wieder."

„Das tut sie nicht!", kam es von der Lehrerin. „Aber ihr habt völlig recht. Hans-Günther alles allein machen zu lassen, wäre wirklich gemein. Deshalb werdet ihr ihm helfen. Ihr seid doch seine besten Freunde, oder?"

„Das war nicht so gemeint", versuchte Rolli sofort abzuwehren. Er quiekte dabei wie ein aufgeregtes Ferkel.

„Reizt den Höllenhund nicht", raunte Tinka weise und deutete mit den Augen zur Klassenlehrerin.

Die drei Jungen schäumten. Mit hoch erhobenem Kopf marschierten Lissi und Tinka an ihnen vorbei. Greta, Frieda und Antje folgten dicht hinter ihnen.

„Das werdet ihr büßen", drohte Hans-Günther so leise, dass es Frau Reingard nicht hören konnte. Er folgte den Mädchen und stieß weitere Drohungen aus. „Ich habe den Rucksack voll mit Sachen, um euch zu foltern."

Tinka kam eine Idee. Weil ihr Hans-Günthers Geplustere auf den Geist ging, tat sie, als würde sie sich die Hände reiben. In Wirklichkeit machte sie dabei einen kleinen unauffälligen Hexenklatsch und murmelte: „Volle Kanne!" Dieser etwas platte Spruch würde Hans-Günthers Stimme so laut werden lassen, dass die Lehrerin doch noch auf ihn aufmerksam würde.

„MEIN MEGA-JUCKPULVER JUCKT EIN HALBES JAHR!", brüllte Hans-Günther in einer Lautstärke, die alle Klassenkameraden vor Schreck die Köpfe einziehen ließ.

JAHR!
JAHR!
JAHR!
kam es als Echo von den Felsen zurück.

Sehr langsam, sehr gefährlich und unübersehbar wütend drehte sich Frau Reingard um. Sie machte eine ausladende Geste, die die Berglandschaft und den blauen Himmel, an dem nur ein paar Schäfchenwolken träge dahintrieben, einschloss.

„Benimmt man sich so in der Natur? Gibt es irgendein Lebewesen außer dir, das solchen Krach macht?“

Hans-Günther presste beide Hände auf seinen Mund.

„Ich will ab jetzt von dir nur noch bestes Benehmen sehen, oder ich mache meine Drohung wahr und schicke dich nach Hause.“ Frau Reingards Stimme war scharf wie ein Laserstrahl, der Glas zerschneiden kann. „Haben wir uns verstanden?“

Über den Rand seiner Hände starrte Hans-Günther sie an.

„Nimm die Hände vom Gesicht und sag einfach nur: Ja, ich werde mich benehmen.“

Sehr langsam ließ Hans-Günther eine Hand sinken. Die andere hielt er noch immer gegen die Lippen gepresst. Er bewegte den Mund. Der Schrei aus seiner Kehle kam mit einem Luftstoß, der die andere Hand nach vorne wegfliegen ließ.

„ICH WEISS NICHT …“, begann er. Er schrie es nicht, er brüllte es in einer Lautstärke, die jeden Lautsprecher eines Rockkonzertes lächerlich erschienen ließ.

Hinter ihnen entfernte sich der Bus mit zufriedenem Brummen. Das grün-weiße Fahrzeug verschwand in einer Kurve. Um Hans-Günther jetzt sofort nach Hause zu schicken, war es zu spät.

Mit großen, schwungvollen Schritten ging Frau Reingard auf ihn zu. „Du hältst dich wohl für besonders lustig, was?“

Das Gesicht zu einer hilflosen, verzweifelten Grimasse verzogen, schüttelte Hans-Günther heftig den Kopf.

„Noch so ein lauter Ton und …“, die Klassenlehrerin überlegte, was sie ihm noch androhen konnte, „und du bleibst die ganze Woche in der Hütte.“

Tinka gönnte Hans-Günther die Abreibung. Gleichzeitig aber drehte sie ihre Hände und betrachtete jeden Finger prüfend. Sie hatte den Hexenklatsch wirklich nur ganz sanft ausgeführt und keine Erklärung dafür, wieso die Hexerei so heftig ausgefallen war.

„Lalalala“, sang Tinka probeweise. Ihre eigene Stimme war völlig normal.

„Stimmst du dich schon für den Showabend ein?“, erkundigte sich Lissi.

„Muss dir später was erzählen“, flüsterte Tinka.

Sie setzten den Aufstieg fort. Von Zeit zu Zeit öffnete Hans-Günther den Mund, klappte ihn aber schnell wieder zu, da er jedes Mal einen neuen Schrei in seiner Kehle spürte. Tinka hatte beschlossen, den Hexenbann bis zum Ziel wirken zu lassen, um Ruhe vor seinen Sprüchen zu haben.

Eine Frage beschäftigte sie aber sehr: Der Hexenspruch hätte eigentlich nach hinten losgehen müssen. Sie hatte Hans-Günther etwas angehext, das nicht zu seinem Vorteil war. Wieso schrie nicht sie, sondern tatsächlich nur er?

„Ich hab deinen Rucksack", beschwerte sich Lissi keuchend.

Tinka musterte den blau-weißen wasserfesten Stoff von Lissis Rucksack. „Nein, ist deiner. Meiner ist gelb-weiß."

„Egal. Das Ding wiegt bestimmt eine Tonne."

„Wieso sollte ich so viel Zeug einpacken?", fragte Tinka.

„Weil du selbst in den Dschungel deinen halben Klamottenschrank und Schminkzeug mitnimmst", erklärte Lissi.

Probeweise sprang Tinka ein paar Mal hoch und schätzte das Gewicht ihres eigenen Rucksackes. „Wenn es dich beruhigt, meiner ist auch nicht gerade leicht. Das bedeutet: Du hast diesmal auch viel eingepackt."

Immer höher stieg die Klasse den Berg hinauf.

Das Schild des Wegweisers behielt recht: Nach knapp einer Stunde erreichten sie die Alm.

Vor ihnen erstreckte sich eine Wiese mit bunten Blumen.

„Das Gras ist so saftig grün, dass ich selbst am liebsten hineinbeißen würde“, stellte Frau Reingard lachend fest.

Am Ende der Alm lag ein kleiner dunkler See. Rundherum standen braune und braun-weiße Kühe, die die Köpfe hoben und die Neuankömmlinge interessiert musterten.

Die Hütte war aus Baumstämmen gebaut, hatte ein hohes Giebeldach und karierte Vorhänge an den Fenstern. Davor standen lange Tische mit einfachen Bänken.

Herr Löbe ließ seinen Blick über die Kuhherde schweifen. Als Lissis Blick auf den Kaugummi kauenden Lehrer fiel, konnte sie sich nicht verkneifen, Tinka zuzuraunen: „Noch ein Rindvieh mehr auf dieser Weide.“ Die Schwestern kicherten leise.

Greta hatte einen Fächer aus der Tasche gezogen, mit dem sie sich Luft zufächelte. Antje verwendete dazu einen kleinen Taschenventilator. Frieda keuchte immer wieder: „Alter Schwede, ganz schön steil.“

Hinter dem Haus kamen ein paar Ziegen hervor. Sie meckerten zur Begrüßung. Ein Zicklein sprang bockbeinig herbei und rieb die kleinen Hornansätze seines Kopfes an den Beinen von Hans-Günther.

„Hammel zu Hammel“, sagte Lissi fachmännisch.

Hans-Günther öffnete den Mund, um zu antworten. Sofort ertönte ein Laut, der an das Bellen eines Bernhardiners erinnerte. Schnell hielt sich Hans-Günther wieder die Hand davor.

Frau Reingard überhörte das Bellen, denn in diesem Moment trat eine Riesin aus der Hütte. Sie überragte die Lehrerin um gut drei Köpfe. Zur Begrüßung stimmte sie einen freudigen Jodler an, der vielstimmig als Echo von allen Seiten zurückkam.

„Sie sind die Frau Leinwand, und das ist Ihre Singgruppe, stimmt doch!“, sagte die Jodlerin mit dröhnendem Bass.

Rundherum wurde gekichert.

„Nicht ganz. Ich heiße Reingard, das ist mein Kollege Herr Löbe, und hier sehen Sie unsere Klasse.“

Die Hüttenwirtin trug ein schwarzes T-Shirt mit goldenem Totenkopf zu speckigen Lederhosen. Ihre Schuhe waren klobige Holzpantinen. Die Hände in die Hüfte gestützt, sah sie sich um und nickte wohlwollend.

„Jaja, ein paar Stadtstiefel, die mal Bergluft schnuppern wollen.“ Mit einem zugekniffenen Auge ließ sie den Blick von einem zum anderen schweifen. „Haben sie euch gesagt, die Alm sei die Butteralm?“

Frieda hob die Hand. „Das stand so auf dem Wegweiser am Ende der Bergstraße.“

„Stand das da, aha!“

Antje ließ den Pferdeschwanz pendeln. „Hat sie einen anderen Namen?“

Greta sah mit ihrem Fächer wie eine verirrte Prinzessin aus. „Wie heißt sie dann?“

„Jolante!“, lautete die Antwort.

Einiges Gekicher folgte.

Die große Frau bedeutete allen, ruhig zu sein. Sie zeigte auf sich. „Jolante bin ich. Die Alm heißt Teufelsalm.“

Jolante schnaufte. „Bleibt nur ja in der Hütte, wenn es dunkel ist. Der Teufel schläft im Berg, aber in der Nacht kommt er heraus und zieht herum. Das haben mir schon meine Großeltern erzählt.“

Greta verdrehte die Augen. „Ach bitte, wir sind doch keine kleinen Kinder mehr, die solche Märchen glauben.“

Frieda mahnte ernst: „Außerdem finde ich nicht, dass man mit einer Figur wie dem Teufel Scherze treiben sollte.“

„Genau!“, pflichtete Antje ihr sofort bei.

Mit einer Miene der Marke „Sagt später nicht, ich hätte euch nicht gewarnt“ spitzte Jolante die Lippen und überlegte kurz. Schließlich meinte sie: „Schade. Die anderen, die letzte Woche hier waren, haben mir sogar die Geschichte mit der Milch geglaubt, die schon sauer aus den Eutern kommt. Bei euch klappt das nicht. Wirklich schade.“

Frau Reingard lächelte amüsiert.

„Na gut, dann kommt herein. Ich zeige euch, wo ihr schlafen könnt“, sagte die Sennerin.

Im allgemeinen Gedränge und Durcheinander führte Tinka schnell einen weiteren Hexenklatsch aus, der Hans-Günther von seiner Lautsprecherstimme befreite.

„Na, plötzlich so schweigsam?“, fragte sie ihn herausfordernd.

Er vergaß für einen Moment alle Vorsicht und gab sofort seine bissige Antwort: „Ich spar mir den Atem für später ...“ Erstaunt stellte er fest, dass er wieder normal sprechen konnte. Sofort redete er erleichtert weiter vor sich hin, als könnte er es noch nicht ganz glauben.

Hinter Lissi und Tinka sagte Frau Reingard zu Herrn Löbe: „Eine seltsame Person, diese Jolante.“

Herr Löbe deutete auf den Gipfel, der in der Sonne des späten Nachmittags rötlich schimmerte. „Nur einen Meter mehr und es wäre ein Zweitausender. Das Gestein ist Schiefer und Granit.“

„Ich rede über die Hüttenwirtin!“

„Die Hüttenwirtin. Ach ja. Was ist mit ihr?“ Herr Löbe war wie immer mit den Gedanken nur bei seiner Geologie und bekam überhaupt nicht mit, was rundherum los war.

## Der Riesenfisch im kalten See

„Lissi schläft hinten am Fenster, Tinka neben ihr, dann Frieda, dann ich, Antje als Nächste und dann kommt …“ Greta stand zwischen den beiden Reihen von Matratzen, die links und rechts an den Wänden des Mädchenzimmers ausgelegt waren.

„Zu Befehl, Frau Kommandantin!“, rief Lissi, schlug die Hacken zusammen und salutierte vor Greta.

„Wie?“ Greta guckte verwirrt. „Was meinst du?“

In zackigem Ton fuhr Lissi fort: „Habe Befehl vernommen und werde Schlafsack an angewiesener Stelle ausbreiten, Frau Kommandantin.“

Frieda hatte artig die Matratze genommen, die Greta ihr zugeteilt hatte. Sie rollte einen schwarzen Schlafsack aus und stellte ihren Rucksack am Kopfende ab.

Antje sah sich suchend um. „Weiß jemand, wo das Badezimmer ist?“

Jolante betrat den Raum. Sie musste sich tief bücken, um sich am niedrigen Türrahmen nicht den Kopf zu stoßen. Sie hatte Antjes Frage aufgeschnappt und beantwortete sie gleich mit lauter Stimme für alle.

„Badezimmer gibt es hier keines. Wir haben zwei Viehtränken. Eine vor dem Haus und eine hinter dem Haus. Die vor dem Haus ist für Rinder und Jungen. Die hinter dem Haus für Ziegen und Mädchen."

Rolli hatte den Kopf ins Mädchenzimmer gesteckt und mitgehört. „Wie passend", stellte er fest und stimmte sein Lach-Grunzen an.

„Stimmt! Rindvieh zu Rindvieh!", schoss Lissi schlagfertig zurück.

Selbst Frieda gestattete sich ein Lachen, obwohl der Witz nicht sehr reif und erwachsen war.

„Ich hoffe, euch holt der Teufel", knurrte Rolli beleidigt zwischen seinen Zähnen hindurch. „Obwohl er mit euch sicher nichts anfangen kann. Einfach nur nutzlos, ihr Mädchen."

Antje stemmte die Hände in die Seite. „Müssen wir uns wirklich von so jemandem beschimpfen lassen?"

Frieda stimmte zu. „Ich finde, wir sollten alle gemeinsam ein Gespräch führen, wie wir miteinander umgehen wollen."

„Miteinander umgehen", äffte Rolli sie Grimassen schneidend nach.

„Jungen sind in ihrer Entwicklung immer zwei Jahre hinterher", belehrte Frieda alle, die es hören wollten, und auch die, die es nicht hören wollten. „Das wirkt sich dramatisch aus, wie wir sehen können", dozierte sie weiter.

Elmar und Hans-Günther kamen Rolli zu Hilfe. Breitbeinig und mit aufgepumpter Brust bauten sie sich links und rechts von ihm auf.

„Ich würde an eurer Stelle keine große Lippe riskieren", sagte Elmar drohend. Man konnte hören, dass die Jungen etwas planten.

Lissi hob schon die Hände zum Hexenklatsch. Tinka erkannte gerade noch rechtzeitig die gespreizten Finger und griff hastig nach dem Arm ihrer Schwester.

„Nicht", raunte sie ihr hinter vorgehaltener Hand schnell zu.

„Lass mich." Lissi versuchte, sich aus Tinkas Griff zu befreien.

„Nicht. Sonst passiert vielleicht was."

„Es soll auch etwas passieren!" Lissi hatte die Augen zu schmalen Schlitzen zusammengekniffen. In ihrem Kopf konnte Tinka die Gedanken rattern hören. Kaum jemand war so findig und ideenreich wie Lissi, wenn es um Streiche ging.

Die Klassenlehrerin scheuchte die Jungen zurück auf die andere Seite des Dachgeschosses und betrat den Raum der Mädchen.

„Eine kleine Warnung: Ich will in den Nächten kein Spuken, kein Gespensterspielen, kein stundenlanges Geschwätz und Gekicher und auch keinen anderen Ärger! Verstanden?"

Greta ruderte mit den Armen. „Sagen Sie das bitte den Jungen."

„Das sind die Unruhestifter!", pflichtete Frieda ihr bei. „Ich schlage eine Gesprächsrunde vor, um festzulegen, was unter erwachsenem, reifem Benehmen zu verstehen ist."

Lissi zog die Brauen nach oben, rollte die Augen und wollte schon etwas Bissiges sagen, aber Tinka kam ihr zuvor.

„Gute Idee, Frieda."

Frau Reingard machte ein überraschtes Gesicht.

Tinka fuhr fort. „Gute Idee, diese ‚Gesprächsrunde'. Am besten möglichst spät am Abend. Ich wette, dann schläft jeder sofort ein."

Rundherum begannen die anderen Mädchen, zustimmend zu kichern.

Frieda kniff beleidigt die Lippen zu einem dünnen Strich zusammen. Antje blickte zwischen den Hexenschwestern und Frieda und Greta hin und her. Ihr Pferdeschwanz pendelte unentschlossen, als könne er sich nicht entschließen, auf wessen Seite er sich schlagen sollte.

Es war nicht zu übersehen, dass Frau Reingard schmunzeln musste. Dann aber klatschte sie in die Hände und forderte die Mädchen auf, auszupacken und zum Abendessen hinunterzukommen.

Im Freien hatte Jolante in einem riesigen schwarzen Eisenkessel über einem offenen Feuer Eintopf mit Kartoffeln, Essiggurken und Paprika gekocht. Wer wollte, bekam gegrillte Würstchen dazu.

Gegessen wurde an langen Tischen vor der Hütte.

„Morgen werden wir eine Erkundungswanderung unternehmen", verkündete Frau Reingard nach dem Essen das Programm. „Am Nachmittag besuchen wir einen nahen Wasserfall. Dort habt ihr die Möglichkeit zu baden."

Jolante, die die letzten Reste des Eintopfgerichts aus dem Kessel kratzte, sah auf. „Das Wasser ist eiskalt. Und in der Tiefe haust ein Riesenfisch, der Schwimmer gerne beißt."

Die Lehrerin schleuderte der Hüttenwirtin einen strengen Blick zu, der diese aber nicht zum Schweigen brachte. Unbeeindruckt redete sie weiter.

„Manchmal zerrt der Riesenfisch die Schwimmer auch in die Tiefe. Dort frisst er ihr Fleisch. Die Seele steckt er in Bergkristall, wo sie bis zum Ende der Welt frieren muss."

Hans-Günther verschränkte die Arme vor der Brust. „Haben wir Märchenstunde?", fragte er und ließ keinen Zweifel daran, wie lächerlich er die Geschichte vom Riesenfisch fand.

Heftig sagte Frau Reingard zu Jolante: „Ich wäre Ihnen dankbar, wenn Sie meinen Schülern nicht solche Schauergeschichten auftischen würden."

Jolante sah sie unbewegt an, führte den Schöpflöffel an den Mund, schlürfte die Eintopfreste und fuhr kauend fort: „Das sind keine Schauergeschichten, sondern Erfahrungen. Sagen Sie später nicht, ich hätte Sie nicht gewarnt."

Herr Löbe kam aus der Hütte mit der kleinsten Gitarre, die die Schüler jemals gesehen hatten. „Hat jemand Lust auf ein Sing-along?" Er zupfte über die Saiten. „Auf meiner Ukulele kann ich alles begleiten. Kenne mindestens fünfhundert Lieder."

Greta sagte mit gesenkter Stimme zu Antje: „Jetzt wissen wir, womit er sich die einsamen Abende zu Hause vertreibt."

Frieda beugte sich sofort neugierig näher. „Erzähl! Was weißt du?"

Tinka, die ebenfalls eine Schwäche für Tratsch hatte, spitzte die Ohren und drehte sich zu Greta.

„Meine Mutter hat eine Bekannte, die neben Herrn Löbe wohnt. Sie sagt, er sei sehr einsam, seit seine Freundin weg ist."

„Der Arme", meinte Antje mitfühlend.

„Er sucht seither verzweifelt eine neue Frau."

„Gemeinsam singen, ein wirklich ausgezeichneter Vorschlag!", jubelte Frau Reingard mit übertriebener Begeisterung. Sie war dankbar für die Ablenkung und forderte alle auf, sich um das Lagerfeuer zu setzen. Herr Löbe spielte, und nach und nach sangen alle mit. Sogar Frieda und die Jungen.

Die Bergluft hatte alle müde gemacht. Nur Minuten, nachdem die Mädchen in ihre Schlafsäcke geschlüpft waren, hörte man tiefes, gleichmäßiges Atmen. Die meisten schliefen sofort ein.

Lissi und Tinka lagen so, dass sie einander ansahen und noch ein wenig reden konnten. Flüsternd erzählte Tinka von dem Hexenklatsch und der Auswirkung auf Hans-Günther.

„Hätte ich dir gar nicht zugetraut. Richtig herrlich fies", stellte Lissi zufrieden fest.

„Aber ich wollte das doch gar nicht so heftig!", beteuerte Tinka.

„Na und?" Lissi schob sich ihre Locken wie ein Kissen unter das Ohr. „Manchmal tun wir Sachen aus dem Unterbewusstsein heraus – würde Frieda sagen." Sie klopfte Tinka anerkennend auf die Schulter.

„Aber in letzter Zeit geht alles, was wir hexen, irgendwie schief."

Lissi empfand das nicht so. „Wir sind einfach nur stärker geworden."

Greta wälzte sich im Schlaf herum. „Unreife Früchtchen", murmelte sie.

„Meint die uns?", wisperte Lissi aufgebracht.

„Nein, wahrscheinlich die Jungen", beschwichtigte Tinka sie schnell.

Lissi grinste in sich hinein. „Wir müssen den Jungen einen genialen Streich spielen. Etwas, das sie niemals vergessen werden. Es muss etwas sein, das ihnen die Windhose nicht glaubt. Es muss aussehen, als wären sie selbst daran schuld. Dann kriegen sie es doppelt."

Ein leises Knarren kam von der Tür.

„Das sind sie", raunte Lissi. „Zeit für den Holzwurm."

„Wie? Was?" Tinka hatte keine Chance einzugreifen. Lissi hexte bereits, und die Spitzen ihrer Daumen und kleinen Finger berührten einander.

Das Knarren riss ab.

Es folgte ein rieselndes Geräusch, als würde jemand Kristallzucker auf Steinboden streuen.

„Aber …", war die verblüffte Stimme von Frau Reingard zu hören.

Hinter ihr blitzte der helle Schein einer Taschenlampe auf. „Frau Kollegin, alles in Ordnung?", erkundigte sich Herr Löbe väterlich.

Lissi und Tinka spähten unauffällig zur Tür. Oder besser gesagt zum Türrahmen. Von der Tür selbst war nur die Eisenklinke übrig, die die Lehrerin in der Hand hielt. Sehr ratlos drehte sie das gebogene Ding und betrachtete es von allen Seiten.

„Was haben Sie mit der Tür gemacht?", wollte Herr Löbe wissen.

Um nicht laut loszulachen, musste sich Lissi fest die Nase zuhalten.

Frau Reingard deutete auf den Boden. Tinka stemmte sich mit dem Ellbogen kurz in die Höhe und erkannte einen kleinen Haufen Sägespäne zu Frau Reingards Füßen.

„Die ist … zerfallen“, flüsterte die Lehrerin fassungslos.

Herr Löbe bückte sich, hob ein wenig vom Sägemehl auf und ließ es durch seine Finger rieseln. „Ich bin kein Biologe, aber es sieht mir nach einer besonders gierigen Art von Holzwurm aus.“

„Jetzt haben die Mädchen keine Tür mehr!“, merkte Frau Reingard an.

„Das erledigen wir später. Heute Nacht werden sie auch ohne gut schlafen.“

Er nahm die Kollegin sanft an den Schultern und dirigierte sie zu ihrem gemeinsamen Zimmer zurück. Noch immer fassungslos trug Frau Reingard die Klinke vor sich her.

Tinka presste das Gesicht fest in das kleine Kopfkissen, das sie sich mitgebracht hatte. Die Hexenschwestern prusteten so verstohlen und unauffällig wie möglich.

„Damit es noch verwirrender wird, kommt jetzt die Ersatztür“, flüsterte Lissi. Schon hatte sie eine gehext, die den Türrahmen ausfüllte, als wäre nie etwas geschehen.

Mit einem breiten Lächeln schliefen die beiden Junghexen ein. Tinka dachte noch, bevor sie in den Schlaf sank: Manchmal höre ich wirklich die Flöhe husten. Alles ist bestimmt ganz normal.

Das Nächste, was an ihr Ohr drang, war ein lautes Poltern und Pochen.

Durch das schmale Fenster über ihnen fiel das Graublau des frühen Morgens.

An der Tür stand Greta in einem quietschrosa Trainingsanzug mit Kapuze. Verzweifelt rüttelte sie an der Klinke.

Fragend richtete sich Tinka auf. Sie war sehr verschlafen, hatte einen trockenen Mund und bekam ihre Augen kaum auf.

Greta bemerkte, dass sie wach war.

„Ich muss auf die Toilette“, jammerte sie mit gesenkter Stimme. „Aber wir sind eingesperrt.“

Hilfsbereit schälte sich Tinka aus dem Schlafsack und tappte barfuß über den Holzboden zu ihr. Sie packte die Klinke und drückte sie nieder. Mehr Erfolg als Greta hatte sie aber auch nicht.

Gemeinsam zogen sie daran. Danach pressten sie die Schultern gegen die Tür, falls sie vielleicht nach außen aufging.

Nichts.

Mit den Fäusten rieb sich Tinka den Schlaf aus den Augen. Lissis Hexerei fiel ihr wieder ein. Was hatte sie nur mit der Tür gemacht? Prüfend wanderte Tinkas Blick am Türrahmen entlang.

Täuschte sie sich? Konnte das sein?

Es gab eigentlich gar keine Tür mehr. Die Öffnung in der Wand wurde von der Holzplatte vollständig ausgefüllt. Nicht der dünnste Schlitz oder Spalt war zu erkennen.

Greta hüpfte unruhig neben ihr von einem Bein auf das andere. Ihr war die ganze Angelegenheit entsetzlich peinlich.

„Das waren die Jungen … sie sind schuld", schimpfte sie jammernd.

Wenn Greta wüsste, dachte Tinka.

In ihrem Kopf tauchten die Osterei-Lydofskys und der brüllende Hans-Günther auf. Was immer sie hexten, fiel zu heftig aus.

Aber was blieb ihr anderes übrig, als jetzt wieder zum Hexenklatsch auszuholen?

„Gibt es hier keinen Nachttopf?", fragte sie kläglich.

Greta jaulte auf. „Spinnst du total? Ich gehe doch nicht aufs Töpfchen. Ich will hinunter zur Toilette."

Es half alles nichts. Tinka wandte sich ab, spreizte Daumen und kleine Finger und schlug die Hände aneinander.

## Milchsee und laute Rülpser

Die Tür ließ sich trotzdem nicht öffnen.

Allerdings war das auch gar nicht nötig, denn jetzt gab es wirklich keine Tür mehr. Sie war verschwunden. Samt Türrahmen und Klinke. In der Wand klaffte ein rechteckiges Loch.

Und nicht nur dort. Von oben fiel der erste Schimmer des Morgens auf Tinka und Greta herab. Genau über der ehemaligen Tür fehlten im Dach zahlreiche Schindeln. Die Öffnung war fast quadratisch.

Gretas Verlangen, auf die Toilette zu gehen, war größer als ihr Erstaunen. Sie hatte keine Zeit, sich zu wundern oder irgendetwas zu sagen. Zappelnd raste sie die ausgetretene Holztreppe hinunter.

Tinka stand da, atmete tief durch und schloss für einen Moment die Augen. Sie brauchte diese Pause.

Sie musste kurz ausblenden, was gerade geschehen war, und einfach nur an etwas Schönes denken. Zum Beispiel an …

Woran sollte sie denken?

An das neue Top in Signalorange, das sie schon so lange haben wollte und das Grit ihr versprochen hatte?

Nein, das wirkte nicht.

Oder besser an ein großes Brot mit Käse, Preiselbeermarmelade und einem Tupfer Mayonnaise?

Auch nicht.

Gab es denn keinen Gedanken, um ihre Hirnwindungen zu entspannen, damit sie danach besser überlegen und die richtige Entscheidung treffen konnte?

Doch. Die rettende Idee war Cosimo. Sie stellte sich seinen runden, weichen Körper vor. Es war so angenehm warm, wenn er um ihre Waden strich und seinen Kopf zur Begrüßung an ihr rieb. Ihn auf dem Schoß sitzen zu haben und zu streicheln, beruhigte Tinka immer. Deshalb strengte sie sich richtig an, um sich dieses wohlige Gefühl in Erinnerung zu rufen.

Sie war echt gut dabei. Zu ihren Füßen wurde es warm. Etwas Haariges, Weiches marschierte in Achterschleifen um ihre Beine. Sie konnte sogar Cosimos Maunzen und Schnurren hören, gerade so, als wäre er bei ihr.

Das Miauen wurde ungeduldiger und fordernder.

Jaja, der liebe Cosimo. So klang es, wenn er Hunger hatte und Milch wollte. Und er hatte fast immer Hunger.

MIAUUUUU!, tönte es von unten.

Was hatte das zu bedeuten?

Tinka war sich absolut sicher, dass sie nicht gehext hatte. Cosimo konnte also gar nicht hier sein. Er schlief zu Hause im Hexenhaus auf dem Sofa und träumte von großen Schüsseln mit Milch.

Warum aber kratzte er dann gleichzeitig an Tinkas nackter Wade?

Es musste eine andere Katze sein. Die Katze der Almhütte. Genau. Jedenfalls redete sich Tinka das ein, während sie noch immer mit geschlossenen Augen dastand. Da das Maunzen nicht aufhörte, wagte sie einen Blick nach unten.

Sie konnte den Kater hören. Sie konnte ihn ganz genau spüren. Sie war felsenfest überzeugt, dass ein Kater neben ihr hockte.

Nur sehen konnte sie keinen.

„Cosimo?“, fragte sie mit zittriger Stimme.

Das Schnurren steigerte sich sofort und klang nach Nähmaschine im Schnellgang.

„Wie kommst du denn hierher?“

Wieder zog Cosimo seine Schleifen um ihre Beine. Als Tinka sich nicht in Bewegung setzte, schlug er ihr auffordernd die Krallen in die Haut. Er deutete ein Kratzen an, nahm die Pfote dann aber wieder zurück.

„Keiner darf dich sehen“, sagte Tinka flehend.

Diese Sorge konnte sie sich allerdings sparen. Denn er war ja unsichtbar. Viel mehr ging es darum, dass niemand Cosimo hörte.

Aus Erfahrung wusste Tinka, dass Cosimo nicht aufhören würde zu betteln, bis er endlich sein Futter bekommen hatte.

Im Hexenhaus war es kein Problem, Milch zu besorgen. In der Küche gab es ein Loch in der Wand, aus dem immer kühler weißer Nebel floss. Wer sich davorstellte, an etwas Essbares oder ein Getränk dachte und den Hexenklatsch ausführte, konnte das Gewünschte sofort entnehmen.

Aber erstens waren sie hier auf der Butteralm, die angeblich Teufelsalm hieß, und zweitens geriet Tinka schon in Panik, wenn sie nur ans Hexen dachte. Wer wusste schon, was sie damit als Nächstes auslösen würde.

„Komm mit", flüsterte sie.

Ohne Schuhe huschte sie über die Treppe, die gnädig war und kaum knarrte. Milch durfte auf einer Alm doch kein Problem sein. Hier gab es ja wirklich mehr als genügend Kühe. Zur Not musste Tinka eben eine melken. Allerdings hatte sie keine Ahnung, wie man das machte.

Den größten Teil des Erdgeschosses nahm eine Wohnküche ein, mit offenem Herd, Bänken an der Wand, einem Holzofen, Tischen und ein paar uralten Sesseln mit riesigen Kissen. An diesen Raum schloss auf der einen Seite das Zimmer der Sennerin an, auf der anderen Seite lag eine Speisekammer. Jolante hatte sie den Schülern gezeigt.

Tinka öffnete die Tür und sah sich suchend um. Von der Decke baumelten Würste. Es roch nach geräuchertem Speck und Käse. Gleich neben der Tür entdeckte Tinka eine Milchkanne. Als sie den Deckel hob, richtete Cosimo sich sofort auf. Sie spürte es genau. Bevor sie ihn noch verscheuchen konnte, hatte er sich mit seinem ganzen Gewicht (und das war eine Menge) an den Rand der Milchkanne gehängt. Die Kanne kippte und die Milch ergoss sich als weißer See über den Boden der Speisekammer.

Eine kleine Delle tauchte schnell hintereinander immer wieder darin auf. Cosimo schlürfte und schmatzte hemmungslos.

Da sie ohnehin nichts mehr retten konnte, stand Tinka einfach daneben und sah ihm gedankenverloren beim Trinken zu.

„Wie bist du hierhergekommen?“, fragte sie kopfschüttelnd. Tinka hatte eine Idee, wie der Kater es geschafft hatte, bis auf die Alm mitzureisen.

Die Tasche mit dem Hexenbuch und den Tuben hatte seltsam viel gewogen. Der Grund für das zusätzliche Gewicht war Cosimo gewesen, der sich heimlich in die Tasche geschummelt hatte. Bei den Schnabel-Meierbeers war er dann im Zimmer der Mädchen in den Rucksack umgestiegen.

Blieb eine Frage: Alle zwei Rucksäcke waren ungewöhnlich schwer gewesen. Wenn Cosimo in einem gesteckt hatte, was war dann im anderen gewesen?

Tinka erinnerte sich, dass bei beiden Rucksäcken oben noch Platz geblieben war.

Cosimo schien sich vorgenommen zu haben, gleich auf Vorrat zu futtern. Er hörte gar nicht mehr auf zu lecken.

Von draußen kehrte Greta zurück. Sie strich sich die kurzen blonden Haare hinter die Ohren.

„Was … was war mit der Tür?“, wollte sie wissen und gähnte herzhaft.

„Tür? Welche Tür?“, fragte Tinka unschuldig.

„Die Tür, die nicht aufgegangen ist. Die war auf einmal verschwunden.“

Tinka riss Augen und Mund weit auf. „Nein! Mach keine Scherze!“

Greta hielt Abstand zu Tinka, als müsste sie befürchten, von ihr jeden Moment angesprungen zu werden. „Du hast doch danebengestanden.“

Tinka musste sich anstrengen, aber sie schaffte es. Sie setzte ein mildes Lächeln auf und sagte: „Greta, das hast du wohl geträumt.“

„Habe ich nicht!“, protestierte Greta heftig und stampfte mit dem Fuß auf.

Jolantes Zimmertür ging auf, und die Sennerin kam heraus. Das schwarze T-Shirt mit dem goldenen Totenkopf trug sie auch zum Schlafen. Darunter kam eine merkwürdig gestreifte Hose zum Vorschein.

Mit beiden Händen fuhr sie sich durch die wilden Locken, die von einem Tuch gebändigt wurden. „Seid ihr vom Verein der Frühaufsteher? Ihr Stadtstiefel schlaft doch sonst immer bis Mittag."

Von oben eilte Frau Reingard herunter.

„Haben Sie das gesehen? Das Loch im Dach?"

Die Sennerin legte den Kopf zur Seite.

„Sind Sie wirklich von einer Schule?"

Die Lehrerin schüttelte entrüstet den Kopf.

„Was soll das für eine Frage sein?"

„Sie und Ihre Kinder sind mir ehrlich gesagt nicht ganz geheuer."

„Ihre Hütte mir auch nicht!", gab Frau Reingard heftig zurück. „Hier ist man nicht sicher. Wenn Sie bis heute Abend das Dach nicht repariert haben, dann reisen wir ab und suchen uns ein neues Quartier im Tal. Ich sage Ihnen aber gleich, dass wir dann nicht bezahlen."

Jolante stemmte die Arme in die Hüften und verzog empört das Gesicht.

„Ich kenn mich bei Ziegen, Schafen, Rindern und Schweinen aus. Ich kann Ferkel auf die Welt holen, wenn es sein muss, auch Kälber. Aber so etwas wie Sie habe ich noch nie erlebt."

Die Klassenlehrerin bekam einen roten Kopf. „Jetzt hören Sie mir mal zu: Ich lasse mich nicht mit Ihren Tieren vergleichen."

Draußen muhte es laut.

Die Sennerin deutete mit dem Daumen zur Tür. „Meine Rindviecher auch nicht mit Ihnen!"

„Unverschämt!“, empörte sich Frau Reingard. „Sie sollten besser den Holzwurm in den Griff bekommen. Die Tür zum Mädchenzimmer ist gestern Nacht zerfallen. Sie war völlig zerfressen.“

Tinka witterte ihre Chance. „Das Loch im Dach, das war bestimmt auch der Holzwurm.“

„Ihr Stadtstiefel habt wohl einen Höhenrausch. Euch tut die frische Luft hier nicht gut!“ Jolante wedelte mit der Hand vor ihren Augen. Dann schob sie sich an Frau Reingard vorbei und stampfte die Treppe nach oben. Sekunden später war ein lautes „Sakra Haxen!“ zu hören, was auch immer das bedeuten sollte.

„Heute Morgen war die Tür noch da“, beharrte Greta stur.

Hinter Tinka rülpste Cosimo herzhaft. Tinka drehte sich zu ihm und sah keinen einzigen weißen Tropfen mehr auf dem Boden.

„Tinka, bitte lass das“, ermahnte Frau Reingard sie.

Schon rülpste Cosimo ein zweites Mal.

„TINKA!“

„Entschuldigung“, murmelte Tinka.

Cosimos dritter Rülpser übertraf die ersten beiden an Lautstärke bei Weitem.

„Was ist nur in euch gefahren? Von dir hätte ich so etwas nicht erwartet!“, jammerte Frau Reingard.

Als Cosimo nach dem üppigen Mahl auch noch laut und genussvoll zu schnurren begann, trällerte

Tinka einfach los. Sie schwang die Arme und krähte aus voller Brust und herzhaft falsch eines der Lieder, die sie am Abend zuvor beim Lagerfeuer gesungen hatten.

„Hör auf damit. Du weckst noch alle auf!“

Tinka bückte sich und schnappte sich den fetten, vollgefressenen Kater. Für Frau Reingard und Greta sah es bestimmt völlig verrückt aus, als Tinka so tat, als müsse sie etwas Schweres tragen, aber nichts in Händen hielt. Noch immer singend flüchtete sie ins Freie ein Stück von der Hütte weg.

Die Wiese war taunass, und die Kühe hatten bereits mit dem Fressen begonnen. Die große Glocke der Leitkuh bimmelte, als diese den Kopf hob und Tinka musterte.

„Benimm dich, klar? Du musst still sein!“, schärfte Tinka dem Kater ein. Sie schüttelte ihn, um ihren Worten mehr Nachdruck zu verleihen.

An Cosimos Schmatzen konnte sie erkennen, dass er sich die allerletzten Milchreste von der Schnauze leckte.

Noch weitere sechs Tage mit dem unsichtbaren Kater auf der Hütte, wie sollte das nur werden?

## Ordnung, die klebt

Schnell wurde Tinka klar, dass Cosimo ihr kleinstes Problem in den nächsten Tagen sein sollte.

Später, als alle anderen aufgestanden waren, verkündete Hans-Günther laut im Zimmer der Jungen: „Leute, hier stinkt's wie in einem Schweinestall."

Rolli und Elmar machten sofort Grunzlaute.

Da die Zimmertür offen stand, konnten alle sie hören.

Lissi, die gerade aus dem Mädchenzimmer trat, verkündete: „Mädels, die Jungen zeigen endlich ihr wahres Gesicht." Sie erntete für die Bemerkung großes Gelächter. „Um sich richtig wohlzufühlen, brauchen sie aber noch Stroh und einen Futtertrog, aus dem sie fressen können", fuhr Lissi fort.

Hans-Günther baute sich vor ihr auf.

„Richtige Kerle wie wir schlafen auch auf Brennnesseln, wenn es sein muss. Sind ja nicht so zimperliche Tussis wie ihr."

„Wir haben es lieber gemütlich und nett“, gab ihm Lissi recht. „Aber falls ihr Juckpulver im Schlafsack wollt, ein Wort genügt und wir liefern gerne.“

„Das traut ihr euch nicht!“, höhnte Hans-Günther.

Herr Löbe trat dazwischen. „Frieden. Ich verlange Frieden.“

„Dann legen Sie diese Böcke an die Leine“, knirschte Lissi, drehte sich um und zog ab. Hinter sich hörte sie Hans-Günther schnauben.

Frau Reingard unternahm mit der Klasse eine Wanderung zu einer anderen Hütte. Dort gab es eine Wiese zum Fußballspielen und sogar Liegestühle, in denen es sich einige Mädchen bequem machten. Zum Mittagessen grillten sie, und der Ausflug zum Wasserfall wurde verschoben. Erst als die Sonne hinter den Bergkämmen versank, kehrten sie auf die Butteralm zurück.

Vor dem Eingang wurden sie von der Sennerin erwartet. „Das Dach ist wieder dicht. Eine neue Tür habe ich aber noch nicht.“

Die Mädchen stöhnten auf. Die Jungen kicherten.

Jolante wirkte verändert. Das war Tinka sofort aufgefallen. Ihre Ruhe und Sicherheit waren verschwunden. Immer wieder fuhr sie sich mit dem Finger ins Ohr und rüttelte heftig, als hörte sie ein fremdes Geräusch.

„Wo hast du Cosimo gelassen?“, fragte Lissi ihre Schwester aus dem Mundwinkel.

„Oben im Zimmer. Ich habe ihm befohlen, unauffällig zu bleiben."

Lissi grinste schief. „Vollgefressen, wie er war, hat er bestimmt nur gepennt."

Als die Mädchen und Jungen die Hütte betraten, hielt Jolante Frau Reingard auf.

„Hören Sie, hat eine Ihrer Schülerinnen eine Katze dabei?"

Über den Rand ihrer Brille hinweg musterte die Lehrerin die Sennerin, als hätte sie Zweifel an ihrer geistigen Gesundheit.

„Wie bitte?"

„Hier auf der Alm gibt es keine Katzen. Ich bin allergisch. Bekomme das große Niesen und rote Flecken."

„Wie, bitte, soll ein Mädchen eine Katze hier heraufgebracht haben? Noch dazu, ohne dass ich es bemerkt hätte?" Frau Reingard schüttelte den Kopf über so viel Einfältigkeit.

„Ich hätte schwören können, dass ich oben eine Katze gehört habe. Sie hat miaut und geschnurrt."

Jolante bohrte wieder mit dem Finger im Ohr, als wollte sie prüfen, ob es noch richtig funktionierte.

„Wenn tatsächlich eine Katze im Haus ist, dann müssten Sie doch Ihre allergische Reaktion bekommen haben!", gab die Lehrerin zu bedenken.

Jolante nickte nachdenklich. Sie sah auf und meinte: „Vielleicht ist doch was dran an den Geschichten über den Teufel hier auf der Alm."

Frieda hatte das Gespräch belauscht.

„Meine Eltern haben mich immer vor Leuten gewarnt, die ständig über den Teufel sprechen. Ich kann mir nicht vorstellen, dass sie begeistert sein werden, wenn ich ihnen erzähle, wie das hier oben war, Frau Reingard."

„Dann tu es am besten nicht, Frieda!", entgegnete die Lehrerin zähneknirschend. Zur Sennerin sagte sie: „Und Sie hören bitte mit diesem Unsinn auf."

Jolante zuckte kurz mit den Schultern.

Von oben kam Antje die Treppe heruntergehüpft. Höflich gab sie Jolante die Hand und schüttelte sie. Mit vergnügtem Pferdeschwanzwippen verkündete sie: „Danke. Wirklich nett von Ihnen."

Die Sennerin musterte sie fragend. „Nett von mir? Was?"

„Ach, die Blumen und dass sie unsere Betten gemacht haben. Wäre nicht nötig gewesen, unsere Sachen aufzuräumen und die Hosen und T-Shirts frisch zu falten. Alles sieht aus wie gebügelt. Wie haben Sie das gemacht? Das wüsste meine Mutter sicher gerne. Sie jammert immer, dass unsere Sachen so zerknittert sind, wenn wir am Urlaubsort ankommen."

Jolante beugte sich zu Antje hinab.

„Ist das so ein Scherz von einem Stadtstiefel?", fragte sie langsam.

Antje verstand die Frage nicht. Ihr Pferdeschwanz wedelte wie das Pendel einer Wanduhr.

„Kein Scherz." Zu Frau Reingard gewandt erklärte sie: „Bei uns ist alles aufgeräumt."

„Dazu hatten Sie auch noch Zeit?" Die Lehrerin nickte anerkennend. „Ich glaube, ich habe Sie unterschätzt."

Tinka sah Lissi an.

Lissi sah Tinka an.

„Cosimo?", fragte Tinka tonlos, sie formte das Wort nur mit den Lippen.

Lissi drehte den Kopf hin und her. Cosimo war zwar für so manche Überraschungen gut, aber dass er aufräumte und Blumen bereitstellte, traute ihm keines der Mädchen zu.

„Die Weiber spinnen!", ertönte im ersten Stock ein Schrei. Rolli, Elmar und Hans-Günther kamen heruntergepoltert. Jeder hielt Stroh in der Faust.

„Das liegt in unserem Zimmer. Überall. Wie in einem Stall."

Antje und Frieda verschränkten die Arme. „Aha, und wo sollen wir das Stroh herbekommen haben?"

Jolante deutete zum anderen Ende der Hütte. „Stroh gibt es im Stall."

„Entlarvt!", verkündete Hans-Günther wie ein Fernsehkommissar.

Frau Reingard fuhr dazwischen. „Moment. Wann sollten die Mädchen das Stroh in euer Zimmer gebracht haben? Wir sind alle gleichzeitig von hier losgewandert und auch zusammen zurückgekommen."

Hans-Günther dachte angestrengt nach. Elmar spielte mit dem Finger an seiner Zahnlücke und Rolli meinte: „Da hat sie auch wieder recht." Dafür erntete er einen Rippenstoß von Hans-Günther.

„Dann müssen Sie das Stroh gestreut haben!", erklärte er und deutete auf Jolante.

Die Sennerin warf den Kopf in den Nacken und stieß einen herzhaften Lacher aus.

„Und wann hätte ich das machen sollen? Ich war den ganzen Tag auf dem Dach!"

Tinka und Lissi fragten gleichzeitig, um abzulenken: „Gibt es bald etwas zu essen?"

Die Frage nahm der Situation schlagartig die Spannung. Sofort war die Wut der Jungen verflogen. Der Hunger ließ immer mehr Schülerinnen und Schüler von oben herunterstürmen. Jolante hatte weder Zeit, sich zu wundern noch Erklärungen zu suchen. Vor sich hinmurmelnd zog sie Richtung Speisekammer ab.

Als die gesamte Klasse auf den Bänken vor dem Haus Platz genommen hatte, eilten die Hexenschwestern in den ersten Stock. Dort fanden sie alles genau so vor wie von Antje und den Jungen beschrieben: Das Mädchenzimmer picobello und gemütlich mit Blümchen, das Jungenzimmer sah dafür aus wie ein Stall, voll mit Stroh.

Cosimo war auch sofort zur Stelle. Er kratzte so lange an Lissis Hosenbein, bis sie sich bückte und ihn aufhob.

Tinka musste sich an der Öffnung der verschwundenen Tür festhalten.

„Erinnerst du dich noch daran, was heute Morgen hier gesprochen wurde?"

„Bin doch keine Gedächtniskünstlerin", brummte Lissi und kraulte den unsichtbaren Cosimo.

„Die Jungen haben gesagt, ihr Zimmer sei ein Schweinestall. Du hast gesagt, wir Mädchen hätten es lieber bequem. Und was ist jetzt?"

Lissi hob die Augenbrauen.

„Kann kein Zufall sein."

Da gab Tinka ihr recht.

„Aber was ist es dann?"

„Ein Wunder?"

„Glaubst du das?"

„Ich hätte auch nie geglaubt, dass Frank es aushält, sich drei Wochen nicht zu duschen. Aber er hat es geschafft."

„Im Ernst. Überall, wo wir sind, ist auf einmal alles aufgeräumt und sauber. War doch zu Hause genauso."

Lissi verzog fragend das Gesicht. „Meinst du, Honigmaul ist auch heimlich mitgekommen? Verkleinert im Rucksack?"

„Würde erklären, wieso beide Rucksäcke so schwer waren."

„Aber sie ist ein Mensch aus Fleisch und Blut und nicht unsichtbar." Tinka wedelte mit der Hand vor ihrer Nase. „Lissi, mit uns und rund um uns stinkt es gewaltig." Ihre Schwester schnupperte an ihrem T-Shirt. „Du weißt, wie ich das meine!", brauste Tinka auf. Natürlich wusste Lissi das, da sie aber auch keine Erklärung hatte, spielte sie die Lässige. „Was machen wir?", wollte Tinka von ihr wissen. „Du bist doch das Superhirn!", sagte Lissi bissig. „Wir ... wir müssen mit Herrn Rock sprechen. Und Aurelia Stickler."

„Aber wie sollen wir das machen?" Vom Fuß der Treppe rief Frau Reingard hinauf: „Tinka, Lissi, wo bleibt ihr? Ihr hattet doch so großen Hunger."

Die Schwestern gingen hinunter. Das Schlimmste des Tages erwartete sie aber noch.

## Auweia, ab nach Hause!

Die Wanderung hatte alle müde gemacht.

Nach ein paar Liedern, die Herr Löbe wieder auf seiner Ukulele begleitete, gähnten die meisten und waren bereit, in die Schlafsäcke zu schlüpfen.

Die Mädchen machten es sich gerade bequem, als aus dem Jungenzimmer mehrere Schreie kamen. Sekunden später hüpften Hans-Günther, Rolli, Elmar und einige andere auf den Gang heraus. Sie rissen die Füße in die Höhe und bewegten sich, als wäre der Boden unter ihnen glühend heiß.

„Brennt, brennt, brennt!", jammerten sie.

Frau Reingard kam sofort angeschossen.

Tinka blieb auf ihrer Matratze im Schlafsack hocken. Lissi konnte es sich nicht verkneifen, zur Türöffnung zu schleichen und einen Blick hinaus zu werfen.

„Was sind das für rote Flecken?", wunderte sich die Lehrerin und kniff die Augen zusammen. Die Waden der Jungen waren übersät davon.

„In meinem Schlafsack ... da war was", heulte Rolli. Er hopste zurück und kam mit einem blauen Schlafsack wieder. Er hielt das Fußteil in die Höhe und schüttelte ihn kräftig. Heraus fielen grüne Ranken mit gezackten Blättern.

„Das scheinen mir Brennnesseln zu sein", stellte Frau Reingard fest.

„In allen Schlafsäcken sind Brennnesseln", klagte Hans-Günther.

Tinka verbarg das Gesicht in den Händen. Noch ein Zufall, der ganz bestimmt keiner war. Sie hatte noch im Ohr, wie die Jungen am Morgen stolz verkündet hatten, sie könnten auch auf Brennnesseln schlafen.

Schon war ihr Wunsch in Erfüllung gegangen.

Hans-Günthers ausgestreckter Zeigefinger sauste in die Richtung von Lissis Lockenschopf, den sie nicht mehr rechtzeitig zurückziehen konnte.

„Sie war es! Lissi! Gemeinsam mit Tinka. Die beiden waren hier oben, während wir unten gegessen haben. Sie sind schuld."

Frau Reingard schnappte Lissi am Arm und zog sie aus dem Mädchenzimmer in die Diele.

„Was hast du dazu zu sagen?"

Lissis erste Reaktion war Wut. „Die Angeber-Affen haben doch heute früh laut gekräht, dass sie auf Brennnesseln schlafen können. Sollen sie es mal beweisen." Sie schnitt Hans-Günther eine Grimasse.

Auf ihrem Schlafplatz im Mädchenzimmer krümmte sich Tinka vor Sorge. Was tat Lissi denn da? Sie machte alles nur schlimmer und schlimmer und noch schlimmer. Um die Schwester zu stoppen und vor dem Schlimmsten zu bewahren, sprang sie auf und kam ihr zu Hilfe.

Die Klassenlehrerin hatte ein Gesicht aufgesetzt, das Tinka „Die eiserne Maske" nannte. Mit Frau Reingard war jetzt nicht mehr zu spaßen.

„Deinen Worten entnehme ich, dass tatsächlich du die Brennnesseln in die Schlafsäcke der Jungen gesteckt hast."

„Nein!", brauste Lissi auf. „Nein, habe ich nicht."

„Hast du doch!", feuerte Elmar zurück.

„Klar hast du!", pflichtete Rolli ihm bei.

Hans-Günther mimte den Erwachsenen und sagte: „Du hast vorhin praktisch ein Geständnis abgelegt. Mann, bist du leicht zu durchschauen."

Herr Löbe kam von unten herauf und knabberte an einer dünnen Scheibe Speck. Seine Kollegin winkte ihn herbei.

„Morgen nach dem Frühstück werden Sie mit Lissi ins Tal hinuntersteigen. Verständigen Sie bitte die Familie Schnabel-Meierbeer, dass Lissi abgeholt werden soll, oder – wenn die Eltern einverstanden sind – setzen Sie sie in den Zug."

Tinka war sofort an Lissis Seite. „Wenn Lissi nach Hause muss, dann fahre ich auch", erklärte sie.

Lissi war ehrlich betroffen. Sie schluckte und suchte nach Worten. Es kam nur alle paar Jahre einmal vor, dass sie keine fand. Jetzt war ein solcher Moment.

In der Türöffnung des Mädchenzimmers tauchten Greta, Frieda, Antje und die anderen auf. Die erste echte Sensation der Klassenfahrt war gekommen, da durfte man nichts versäumen.

Die Lehrerin blickte zu den Mädchen und dann zu den Jungen, die nicht weniger neugierig waren.

„Ich hatte euch gewarnt. Ich habe ausdrücklich darauf hingewiesen, dass ich von euch allen gutes Benehmen und Gehorsam erwarte. Ich weiß, diese Begriffe klingen sehr altmodisch und verstaubt, aber bei einem Abenteuer wie diesem sind sie einfach unerlässlich."

Mit gesenkten Köpfen und hängenden Schultern standen Lissi und Tinka vor ihr. Frau Reingard wandte sich ihnen zu. „Ich muss nicht extra betonen, dass ich von dir enttäuscht bin, Lissi. Und du, Tinka, hättest wirklich auf deine Schwester einwirken können, diese kindischen Scherze zu unterlassen. Es gibt Menschen, die reagieren allergisch auf das Gift der Brennnessel."

Danach schickte sie alle Schülerinnen und Schüler zurück in die Zimmer.

Lissi lag auf dem Rücken, die Arme hinter dem Kopf verschränkt. Tinka rollte sich auf der Seite wie ein Baby ein und drückte den unsichtbaren Cosimo an ihren Bauch. Viel Mitleid ernteten Lissi und Tinka nicht. Sie hörten Frieda tuscheln, wie unreif die Sache mit den Brennnesseln gewesen sei. Antje pflichtete ihr bei. Und Greta ordnete bereits die Schlafplätze neu. Ab nächster Nacht würde sie Lissis Matratze am Fenster nehmen und wünschte sich Antje neben sich.

Bald waren die anderen eingeschlafen.

„Bist du noch wach?", fragte Tinka flüsternd.

„Nein, im Tiefschlaf!", kam ein Knurren von Lissi.

„Mama wird sich aufregen."

„Boris auch."

Hinter Tinka grunzte Frieda im Schlaf. Greta schnarchte.

Um sie nicht zu wecken und noch reden zu können, rollte sich Lissi zu Tinka.

Cosimo schnurrte vor Wonne.

„Wir müssen etwas tun", jammerte Tinka.

„Hexen", flüsterte Lissi mit teuflischem Unterton.

„Aber unsere Sprüche gehen alle schief."

Lissi gab ein grimmiges Brummen von sich. „Wir lassen die Hütte in lauter einzelne Bretter zerfallen, die Rindviecher verrücktspielen und Jolante hexen wir einen Jodelanfall, der die Gänseblümchen zum Welken bringt."

„Wozu soll das gut sein?", wollte Tinka wissen.

„Wetten, dass die Windhose dann andere Sorgen hat, als uns nach Hause zu schicken?"

Tinka musste Lissi sogar recht geben. „Aber wenn das alles kräftig danebengeht, könnte es gefährlich werden“, gab sie zu bedenken.

„Hast recht“, brummte Lissi. „Den Kühen darf nichts geschehen.“ Es war unüberhörbar, wie wütend sie war.

Eine Weile schwiegen die Mädchen. In der Ferne bimmelte die Glocke der Leitkuh.

„Honigmaul“, sagte Lissi tief und drohend.

Tinka verstand sofort. „Ich glaube auch, dass alles mit ihr zu tun hat.“

„Sie könnte eine – du weißt schon was – sein.“

„Aber wieso hat sie unsere – du weißt schon welche – Kräfte so verrücktspielen lassen? Was hat sie davon?“

Lissi malte mit dem Finger Kringel auf die Matratze.

„Wir müssen sie uns vorknöpfen.“

„Aber wie? Wir wissen doch nichts über sie.“

Lissi schnaubte. „Ich hasse es, wenn du recht hast!“

Wieder schwiegen sie eine Weile, jede in ihre Gedanken versunken.

Durch die Türöffnung in der Wand drang das Knacken und Knarren der Treppenstufen. Jemand schlich durch die Hütte.

Sofort richtete Lissi sich auf. „Diese Hornochsen“, zischte sie. „Wetten, sie wollen sich rächen. Holen jetzt was, um uns zu ärgern.“

„Wie? Was meinst du?“ Tinka setzte sich ebenfalls auf. Cosimo maunzte ungehalten. Er wollte nicht so herumgeschubst werden.

„Penn ruhig, Schwesterherz, ich nehme das allein in die Hand.“ Lissi verschränkte die Finger und ließ die Knöchel knacken. Wie eine Eidechse schlängelte sie sich aus dem Schlafsack und huschte ohne das leiseste Geräusch auf den Gang hinaus. Ihre gebückte Haltung erinnerte an einen Indianer auf dem Kriegspfad.

## Die Kuhfladenkappe

„Oh Lissi“, stöhnte Tinka. Lissi in einem solchen Augenblick zu stoppen, war unmöglich. Aus Erfahrung wusste Tinka, dass ihre Schwester nun zu allem fähig war. Tinka würde es nicht weiter wundern, wenn die Jungen schon bald Kuhfladen im Gesicht hätten. War Lissi wütend, verwandelte sie sich in eine Rachegöttin der schlimmsten Art.

Sollte Tinka ihr nachschleichen? Würde das Lissi nicht noch wütender machen? Tinka presste ihre Hände links und rechts an den Kopf, als müsse sie ihn am Zerspringen hindern. Wenn sie doch nur die Zeit zurückdrehen könnte! Und Lissi den Mund zuhalten könnte in dem Moment, als sie vor Frau Reingard über die Brennnesseln sprach.

In Tinkas Kopf machte es klick. Es hatte nichts damit zu tun, dass ihr Schädel tatsächlich zerspringen wollte. Vielmehr war es ein Signal für einen Einfall, den sie als ausgezeichnet einstufte.

Sie wusste tatsächlich einen Hexenspruch, der es ermöglichte, in der Zeit zurückzuspringen. Die Wirkung hielt nur kurz an, und man wurde danach automatisch wieder in die Gegenwart zurückbefördert. Der Spruch konnte vielleicht helfen, das Schlimmste zu verhindern.

„Du bleibst hier und wartest, verstanden?", forderte Tinka leise von Cosimo. Der Kater hatte sich auf der Matratze eingerollt und schlief bereits tief und fest. Er gab nur einen schmatzenden Laut von sich.

Was sollte sie aus ihrem Rucksack mitnehmen?, überlegte Tinka. Sie steckte die Hand hinein und ertastete die Tuben, das Allwetter-Pulver und das Erste-Hilfe-hexen-Buch. Aus einem Seitenfach holte sie ihre Taschenlampe und leuchtete damit in den Rucksack. Sie hatte schnell gefunden, wonach sie suchte. Eine der Tuben half doch gegen Jucken und Brennen. Sie fand sie und wiegte sie in der Hand. Was sollte sie als Nächstes tun? Während sie überlegte, schraubte sie den Verschluss ab.

Die Creme bestand aus Streifen einer weißen und einer gelben Substanz, die sich nicht miteinander vermischten, sondern zweifarbige dicke und dünne Schlieren hinterließen. Auf Tinkas Unterarm prangte ein roter entzündeter Mückenstich, an dem sie immer wieder gekratzt hatte. Sie setzte einen winzigen Tupfer der Creme darauf, und ihre Augen wurden weit.

Die rote Stelle verschwand sofort, genauso wie das Jucken. Sie hatte also eine Möglichkeit gefunden zu verhindern, dass Lissi und sie heimgeschickt wurden. Tinka beschloss, die Sache auf der Stelle und allein in die Hand zu nehmen.

Wenn nur die Hexerei klappte.

Sie musste es wagen.

Tinka schloss die Augen.

Sie dachte fest an das Zimmer der Jungen, die Schlafsäcke und vor allem an Hans-Günther, Rolli und Elmar. Sie stellte sich vor, wie die Jungen aus den Klamotten schlüpften.

„Igitt", murmelte sie. Aber es musste sein. Es half alles nichts.

Also rief sie sich wieder das Bild in ihren Kopf, das die Jungen in Boxershorts neben ihren Schlafsäcken zeigte. Genau in diesem Augenblick musste sie eintreffen. Haargenau in diesem Moment.

Sie bereitete die Hände zum Hexenklatsch vor, holte aus und bewegte die Hände zusammen. Nur nicht zu fest, sonst würde sie zu weit in die Vergangenheit katapultiert.

Als die Spitzen ihrer Daumen und kleinen Finger einander berührten, sprühten sie Funken. Sie fühlte einen heftigen Schlag durch ihren ganzen Körper zucken.

Gleichzeitig miaute Cosimo voller Empörung auf. Hinter Tinka ertönte ein so hohes und schrilles Kichern, wie sie es noch nie zuvor vernommen hatte. Oder war es das gleiche Kichern, das sie auch in Franks Zimmer gehört hatte? Cosimo fauchte. Es klang, als würde er mit ausgefahrenen Krallen nach jemandem schlagen.

Das Kichern brach ab, dafür folgte ein ebenso hoher und schriller Aufschrei. Tinka drehte sich erschrocken um. Doch sie sah weder ihren Rucksack noch das Kopfende ihres Schlafsacks. Das Mädchenzimmer war bereits verschwunden. Rund um sie bewegte sich alles – wie in einem Video, das viel zu schnell zurückgespult wurde. Sie wurde von der Matratze hochgezerrt und rückwärts rennend durch das Zimmer, die Treppe hinunter und aus dem Haus gerissen.

Das Tempo der Zeitreise erreichte seine Spitze, und Tinka konnte nichts mehr erkennen. In ihren Ohren kreischten Stimmen, sie wurde herumgestoßen und -gewirbelt.

Lissi befand sich zu diesem Zeitpunkt vor der Hütte in der kühlen Nachtluft. Der Mond stand fast voll am dunklen Himmel. Ein silbriger Schimmer lag über der Alm. Lissi konnte problemlos ohne Taschenlampe sehen.

Wo waren die Jungen hin?

Was planten sie?

Nicht nur die Idee einer möglichen Rache der Jungen hatte Lissi auf die Spur gesetzt. Vielmehr machte es sie verrückt, dass mit Tinka und ihr etwas vor sich ging, das sie weder verstand noch steuern konnte. Lissi war es gewohnt, alles unter Kontrolle zu haben.

Die Jungen waren nirgendwo zu sehen. Im Haus konnten sie sich nicht versteckt haben, es sei denn, sie wären zu Jolante ins Zimmer geschlüpft. Das aber traute Lissi nicht einmal Hans-Günther und seinem Anhang zu.

Die Speisekammer war zu klein. Zur Sicherheit hatte Lissi trotzdem die Tür geöffnet und nachgesehen, die Jungen aber natürlich nicht gefunden. Aus einem hohen, offenen Glas hatte sie sich zur Stärkung eine große Essiggurke gefischt und sie unter lautem Knacken gegessen.

Auch vor der Hütte war nichts von den Jungen zu entdecken. Lissis nächster Verdacht war der Stall. Vielleicht versorgten sie sich dort mit Ziegenmist, um ihn den Mädchen in die Rucksäcke zu stopfen? Sie hätte so etwas jedenfalls getan.

Vor sich hin grinsend huschte Lissi außen an der Holzwand entlang zur Rückseite der Hütte. Die Ziegen verbrachten die Nacht im Stall. Der Eingang war geschlossen und der Holzriegel vorgeschoben.

Also konnten die Jungen auch hier nicht sein. Die ganze Geschichte wurde immer rätselhafter. Während sie überlegte, stemmte sie die Hände in die Seite. „Kommt nur raus, ihr Mistkäfer“, murmelte sie vor sich hin.

Wie auf Kommando tauchten zwei Köpfe nebeneinander hinter einem Fels auf, der ein paar Schritte entfernt aus der Wiese wuchs. Er war groß genug, damit sich ein paar Jungen hinter ihm verbergen konnten.

Dort also hatten sie sich versteckt.

Aber wozu?

Wem lauerten sie auf?

Lissi kam ein Verdacht: Beim Hinausschleichen aus der Hütte hatten die Jungen absichtlich Lärm verursacht, um auf sich aufmerksam zu machen. Nun warteten sie nur auf Lissi, um sie vielleicht in einen Kuhfladen zu stoßen. Anschließend würden sie hinauf in ihr Zimmer flüchten und sich schlafend stellen. Lissi aber würde verdreckt und stinkend durch die Nacht wandeln, müsste sich mit dem eiskalten Wasser aus der Tränke waschen und würde den Geruch nicht loswerden. Im besten Fall wachte Frau Reingard auf und ertappte Lissi beim Zurückkommen. Ärger war mal wieder vorprogrammiert.

Aber daraus würde nichts werden, denn Lissi wollte ihnen einen dicken Strich durch die Rechnung machen.

Von unten stieg ein strenger Geruch auf. Lissi blickte hinunter und entdeckte einen Kuhfladen genau vor ihren Zehen. Er war oberflächlich schon angetrocknet, im Inneren aber bestimmt noch schön weich und feucht. Genau richtig, um ihn Hans-Günther aufzusetzen.

Lissi musste es nur noch gelingen, den Kuh-Stinke-Fladen bis zu den Jungen zu transportieren, ohne sich dabei selbst schmutzig zu machen. Suchend drehte sie sich um.

An der Stallwand lehnte eine Mistgabel mit drei Zinken. Schnell und leise holte Lissi sie, schob sie unter den Fladen und hob ihn auf.

Sie hatte richtig getippt: Der Mist war wunderbar matschig. Kleine Stückchen fielen zwischen den Zinken der Mistgabel durch und klatschten auf den Boden.

Vorsichtig beförderte Lissi ihr Wurfgeschoss Richtung Fels. Wie der Schädel eines versunkenen Riesen ragte er vor ihr auf. Hinter der Oberkante wurden kurz zwei Haarschöpfe sichtbar. Lissi konnte nicht erkennen, welcher Hans-Günther gehörte. Zu kurz waren die Köpfe zu sehen gewesen.

Egal.

Bekam eben Rolli den Kuhfladenhut ab. Oder Elmar. Dann konnte er durch seine Zahnlücke pfeifen und ächzen. Und Rolli hätte einen Grund zum Grunzen.

Obwohl sie das stinkende Ding am liebsten Hans-Günther verpassen würde. Sie war noch immer wütend, weil er von einem Tag auf den anderen so getan hatte, als würde er sie nicht kennen.

Der Fels war zum Glück nicht sehr hoch. Die Jungen schienen dahinterzusitzen. Lissi schob die Mistgabel langsam nach vorne, über den bemoosten Stein hinweg, bis der Kuhfladen direkt über der Stelle schwebte, an der sie die Köpfe vorhin gesehen hatte. Sie ächzte leise.

Zwar konnte Lissi nichts erkennen, doch allzu lang wollte sie auch nicht warten. Der Gestank könnte die Jungen alarmieren.

Jetzt oder nie, dachte sie. Mit einem sehr schnellen Ruck zog sie die Mistgabel zurück. Den Bruchteil einer Sekunde stand der Kuhfladen in der Luft und wurde erst dann von der Schwerkraft nach unten gezogen.

Das satte Quatschen, als der weiche Teil des Fladens sein Opfer traf, tönte bis zu Lissi.

Danach Stille.

Im Stall meckerte eine Ziege.

Hinter dem Stein wurde gelacht. Es war kein Rolli-Grunzen und kam auch nicht durch eine Zahnlücke. Das Lachen hatte etwas Kehliges. Es kam von jemandem, der seinen Kehlkopf springen lassen konnte. Zum Beispiel beim Jodeln.

„Was ist das?", fragte jemand.

Lissi erkannte die Stimme sofort.

„Ein Kuhfladen!", lautete die Erklärung der Lacherin, die niemand anderer als Jolante war.

„Wo kommt der her?"

Jolante amüsierte sich köstlich. „Auf der Alm ist's nicht geheuer. Glaubt ihr mir jetzt?"

Der Kopf, von dem Lissi vorhin nur ein Haarbüschel gesehen hatte, tauchte hinter dem Fels auf. Schief hing der Kuhfladen darauf wie eine freche Kappe.

Auge in Auge standen sie sich gegenüber: Lissi und Herr Löbe.

## Tinka verbessert die Vergangenheit

Tinka fühlte sich wie in einem Film, den sie zum zweiten Mal sah.

Die Hexerei hatte nicht einwandfrei geklappt und transportierte sie ein wenig zu weit zurück in die Vergangenheit. Sie fand sich im Kreis der Klassenkameraden wieder, sie saßen um das Lagerfeuer und sangen zu den Klängen der Ukulele. Für einen Moment fürchtete sie, dass sie am ersten Abend gelandet war. Doch als sie dann das allgemeine Gähnen sah, wusste sie, dass es der Sonntagabend nach der langen Wanderung war.

Genau wie vor ein paar Stunden trabten alle Schüler nach oben, die Mädchen ins linke Zimmer, die Jungen ins rechte. Allesamt bereit, nach diesem anstrengenden Tag in die Schlafsäcke zu kriechen.

Tinka hielt die Tube mit der Hexencreme in der Hand. Sie lauerte im ersten Stock neben der Tür der Jungen.

Jolante kam die Treppe herauf.

„Brauchst du etwas? Suchst du etwas? Oder hast du etwas?“, erkundigte sie sich.

Tinka versteckte die Tube hinter dem Rücken.

„Alles in Ordnung. Aber brauchen, suchen oder haben Sie etwas?“

Die Sennerin war angesichts dieser Schlagfertigkeit überrascht. Zu Tinkas allergrößter Verwunderung bekam sie sogar sehr rote Wangen und rote Flecken am Hals.

„Ich … das … nein … nur … Speck!“

„Bitte was?“

„Ich habe Speck!“

Tinka nickte mitfühlend. „Ich leider auch.“ Sie kniff sich in die dicke Falte über ihrem Hosenbund. „Geht nicht weg. Egal, was ich mache.“

Jolante winkte mit der Hand ab. „Nein, ich habe echten Speck.“

„Ich auch!“, beharrte Tinka. „Oder denken Sie, ich habe mir das nur umgeschnallt?“

„Speck für euren Lehrer! Ich meine, feinen selbst geräucherten Bauchspeck.“

Die Tür des Zimmers der Lehrer ging auf, und Herr Löbe trat heraus. Das strahlende Lächeln, das Jolante ihm schenkte, entging Tinka nicht.

„Wollen Sie noch ein Stückchen Speck?“, fragte sie lockend.

Auch der Lehrer errötete.

Er klopfte sich auf seinen Bauch. „Ich habe eigentlich schon zu viel gegessen …“ Als Jolante enttäuscht das Gesicht verzog, sagte er schnell: „Aber so ein bisschen Speck kann nie schaden.“

Gemeinsam verschwanden die beiden nach unten Richtung Speisekammer.

Tinka grinste vor sich hin.

Aus dem Jungenzimmer kam das Aufjaulen. Sofort spannte Tinka ihre Muskeln an, bereit zum Einsatz. Die Tube wie eine Pistole vorgestreckt, riss sie die Tür auf und sprang hinein.

Der Anblick erinnerte sie ein bisschen an eine Tanzfläche. Hans-Günther und die anderen Jungen sprangen auf der Stelle auf und nieder, zogen die Fersen mit den Händen hoch, begutachteten wehleidig die roten Flecken und jammerten wie David, wenn er hingefallen war.

„Raus!“, schimpfte Elmar.

Nur in Boxershorts standen alle Jungen vor Tinka.

„Ich bin nicht da, ihr bildet euch das nur ein“, sagte Tinka. Es klang sogar für sie etwas wirr.

„Brennnesseln“, jammerte Rolli.

„Tante Tinka macht es wieder gut!“, versicherte Tinka. Sie klackste dicke Tropfen der Hexencreme auf die Jungenbeine. „Schön einreiben.“

„Spinnst du?“, fragte Hans-Günther.

„Nein, aber du. Weil du mich siehst, obwohl ich nicht hier bin.“

Rolli riss die Augen weit auf, um sie gleich danach fest zusammenzukneifen. Das Ganze wiederholte er mehrere Male.

„Aber du stehst doch da!“

„Einreiben!“, kommandierte Tinka.

Gehorsam verschmierten die Jungen die Creme auf ihren Beinen.

„Es gibt keine Brennnesseln“, sagte sie im Tonfall eines Hypnotiseurs. „Es gibt keine Brennnesseln.“ Per Hexenklatsch ließ sie alle Brennnesseln aus den Schlafsäcken der Jungen verschwinden. In diesem Fall konnte gar nichts schiefgehen. Mehr, als dass die unangenehmen Blätter fort waren, würde nicht geschehen.

Eigentlich hätte sie das ja tun können, bevor die Jungen sich in ihre Schlafsäcke legten. Dann hätte sie sich die ganze Aktion mit der Creme erspart. Aber sie war sich nicht sicher, ob sie gleichzeitig die Erinnerung von Frau Reingard an den Vorfall auslöschen könnte. Und außerdem würden die Jungen so ein bisschen mehr Ärger haben.

Elmar stieß einen Pfiff durch seine Zahnlücke aus. Als sähe er es zum ersten Mal, betrachtete er sein Bein. „Ist wieder völlig in Ordnung.“

„War alles nichts. Nur ein Traum!“, redete Tinka den Jungen ein.

„Nein!“, sagte Hans-Günther stur. „Nein, Brennnesseln im Schlafsack. Und ihr habt sie reingesteckt.

Lissi und du. Ihr wart hier oben, während wir unten gegessen haben."

Schon hatte er sich an Tinka vorbeigedrängt und war in die Diele gesprungen. Laut rief er nach der Klassenlehrerin, die sofort erschien.

Tinka blieb im Jungenzimmer. Sicher war sicher. Ihre Doppelgängerin saß drüben im Mädchenzimmer. Besser, niemand sah beide Tinkas.

Auf dem Gang spielte sich die gleiche Szene ab wie am Abend. Hans-Günther erzählte von den Brennnesseln in den Schlafsäcken und beschuldigte Lissi, die von Frau Reingard aus dem Mädchenzimmer gezogen wurde.

Dann aber bekam der Vorfall eine andere Wendung.

„Zeigt her! Wo haben euch die Brennnesseln verbrannt?", wollte die Lehrerin wissen.

Hans-Günther deutete auf seine nackten Beine, an denen aber nicht die geringste Rötung zu sehen war. Die Hexencreme hatte gute Dienste geleistet. Als Nächstes wollte Frau Reingard die Schlafsäcke inspizieren, die angeblich voll mit den unangenehmen Nesseln waren.

Sofort brachte Rolli seinen und drehte ihn um. Heraus fielen seine Zahnspange, ein Schokoriegel, der aussah, als hätte Rolli darauf geschlafen, eine Unterhose und ein abgeknuddelter Plüschsaurier.

Sonst aber nichts.

Frau Reingard musterte die Jungen argwöhnisch mit hochgezogenen Augenbrauen.

„Könnt ihr mir erklären, was das soll?"

„Tinka will uns fertigmachen. Sie ist in unserem Zimmer und sagt die ganze Zeit, sie sei nicht da", petzte Hans-Günther mit quengeligem Tonfall. Breitbeinig wie ein Ringer, die Arme leicht zur Seite gestreckt, stellte er sich vor die Tür. „Los Tinka, komm raus, wenn du dich traust!", forderte er triumphierend.

Die Tinka aus der Zukunft stand an die Wand gepresst.

Elmar meldete: „Sie ist da. Sie ist hier drinnen bei uns."

„Das darf sie doch nicht. Mädchen haben im Jungenzimmer nichts zu suchen", stellte Hans-Günther wichtig fest.

„Allerdings", stimmte ihm die Lehrerin zu.

Hinter ihrem Rücken sagte Tinka: „Wo soll ich sein?"

Beide fuhren herum.

Tinka war neben Lissi getreten. Sie lächelte die Klassenlehrerin an und sah dann etwas zweifelnd zu Hans-Günther.

„Ich sitze die ganze Zeit auf meiner Matratze. Wie soll ich dann bei euch im Zimmer sein?"

Lissi funkelte Hans-Günther an und verzog den Mund. „Du willst uns in die Jauche tauchen, was?"

Hans-Günther fehlten die Worte. Die anderen Jungen stürzten nun alle aus dem Zimmer auf den Gang, um mit eigenen Augen zu überprüfen, ob die Stimme, die sie hörten, tatsächlich die Tinkas war.

„Sie ist … sie ist auch bei uns drinnen!“, platzte Elmar heraus.

„Hast du neuerdings eine Zwillingsschwester, Tinka?“, fragte Frau Reingard, als wären Tinka und sie alte Freundinnen, die beide von Jungen leidgeprüft waren.

„Dann sehen Sie selbst!“ Elmar zerrte Frau Reingard an der Hand zum Jungenzimmer.

Das war das Stichwort für die Tinka aus der Zukunft zu verschwinden. Per Hexenklatsch beförderte sie sich zurück in ihre Zeit. Leider versäumte sie dadurch den Moment, als Elmar Frau Reingard das leere Jungenzimmer zeigte.

# Jetzt wird's heiß

Die Hexerei zurück in die Zeit, aus der Tinka aufgebrochen war, funktionierte recht gut.

Ihre nackten Füße setzten mit einem sanften Ruck auf. Etwas kitzelte sie an den Sohlen, und sie spürte Kälte an den Beinen hochkriechen.

Als Erstes warf sie einen Blick auf ihre Armbanduhr. Der große Zeiger war nur drei Minuten weitergewandert.

Als Nächstes sah Tinka sich um. Sie war nicht in die Hütte zurückgekehrt, sondern stand im Freien unter dem Sternenhimmel.

„Grün karierte Hühnerkacke!", hörte sie Lissi aufstöhnen.

Tinka drehte den Kopf und sah Lissi mit einer Mistgabel bewaffnet neben sich.

„Wo kommst du denn her?", fragte jemand, der vor Tinka stand. Es war Herr Löbe mit einem Kuhfladen auf dem Kopf.

Neben ihm tauchte Jolante auf.

„Ah, ihr wart die Gespenster“, sagte sie.

„Moment! Lissi war hier. Aber Tinka nicht. Die ist vom Himmel gefallen“, sprudelte es aus Herrn Löbe. „Aber das gibt's nicht, das gibt's nicht, das gibt's nicht.“

„Nein, das gibt's nicht, Herr Lehrer“, bestätigte Jolante lächelnd.

„Ich habe es aber gesehen. Zuerst war sie nicht da. Dann aber auf einmal doch.“ Der Geografielehrer fuhr sich nervös mit der Hand durch die Haare und griff dabei direkt in den Kuhfladen.

Die Sennerin lachte laut auf. Er selbst fand das nicht so lustig.

„Das gibt eine saftige Strafe“, kündigte er ungewohnt sauer an. „Ihr werdet ein Gespräch mit der Frau Direktorin haben.“

Über ihnen öffnete sich ein Fenster im ersten Stock. Frau Reingard streckte den Kopf heraus.

„Was ist dort unten los?“, zischte sie leise.

„Erkläre ich Ihnen später“, antwortete Herr Löbe hastig.

Lissi konnte sich zusammenreimen, weshalb. Er wollte sein Treffen mit Jolante verheimlichen.

Tinka dachte an die vielen verschiedenen, sehr schlimmen Schwierigkeiten, in denen sie steckten. Zu allen Problemen mit den Lehrern würde bestimmt auch noch der Ärger mit dem Club der Hexen kommen, dem die Verstöße gegen die Regeln sicher nicht entgangen waren.

Jolante nahm die Angelegenheit in die Hand: „Du wäschst dir am besten erst mal die Haare, Ernst-Leopold“, bestimmte sie.

Wenigstens eine halbe Sekunde lang konnten Lissi und Tinka schmunzeln, weil sie den Vornamen ihres Geolehrers noch nie zuvor gehört hatten.

Zu den Mädchen sagte sie: „Und ihr, ab nach oben in die Schlafsäcke.“ Sie kam auf die Schwestern zu, nahm sie an den Schultern und führte sie Richtung Hütte. Sie waren noch ein paar Schritte von der Tür entfernt, als eine Stichflamme aus dem Boden schoss.

„Der Teufel“, schrie Jolante erschrocken auf und sprang nach hinten.

Die Flamme flackerte, und Tinka erkannte darin eine vertraute Erscheinung. Gleich neben dieser begann sich eine grauweiße dünne Rauchsäule zu verbreitern und zu einer menschlichen Gestalt zu formen.

„Ich tu es nie wieder“, jammerte Jolante. „Ich schwöre es. Nie wieder erschrecke ich die Gäste mit Teufelsgeschichten.“

Das Versprechen änderte nichts. Die Flamme loderte mannshoch und die Rauchsäule hatte die Statur eines Mannes angenommen, der regungslos dastand.

„Der Teufel mit … mit …“

„… seiner Großmutter!“, setzte Lissi fort.

„Weg! Geht weg, aus dem Weg!“, rief Jolante und stolperte los.

„Lenk sie ab!“, kommandierte Lissi und versetzte Tinka einen Stoß. Sie deutete mit dem Kopf auf Feuer und Rauch. „Ich kümmere mich darum.“

„Aber Lissi … ich habe … es ist mein Fehler …“, stammelte Tinka.

„Regel 1: Wir sind immer perfekt“, sagte Lissi mit erhobenem Zeigefinger. „Regel 2 …“

„Ja?“ Tinka schniefte hoffnungsvoll.

„Regel 2: Falls wir einmal nicht perfekt sind, tritt sofort Regel 1 in Kraft.“

Die Mädchen klatschten die Hände in der Luft zusammen. Tinka folgte Jolante, und Lissi wandte sich den beiden Erscheinungen zu. Zu allem entschlossen streckte sie das Kinn vor, gewappnet für das Donnerwetter, das unvermeidlich schien.

Vor Lissi standen Aurelia Stickler, Präsidentin des Clubs der Hexen, und Eduard Rock in einem neuen, geschmacklosen Hemd mit pinkfarbenen Blumen und hellblauen Segelbooten.

Frau Stickler lockerte die üppige Haarmähne mit gespreizten Fingern und warf einen kurzen Blick in die Umgebung.

„Hübsche Gegend. Kenne ich gar nicht“, waren ihre ersten Worte.

Lissi deutete auf die dunklen Flecken im mondbeschienenen Gras. „Besser, Sie treten da nicht rein.

Sonst stehen Sie genau dort, worin wir jetzt gerade bis zum Hals stecken."

Die Hexenpräsidentin drehte sich zu ihr um. Sie brauchte einen Moment, um den Witz zu verstehen und lachte dann freundlich auf. „Danke für die Warnung. Und es tut mir leid, dass ihr Schwierigkeiten habt."

Eduard Rock hatte die Hände gefaltet und den Kopf schiefgelegt. „Und dass wir euch vielleicht noch mehr Unannehmlichkeiten bereiten müssen."

„Wir haben nichts getan, was irgendwie fies gewesen wäre. Und alles andere ist doch erlaubt, oder?", verteidigte Lissi sich und ihre Schwester.

Eduard Rock zog ein schwarzes Büchlein aus der Innentasche seiner Lederjacke. „Hmmm … meine Aufzeichnungen sagen …"

Frau Stickler schnappte sich das Buch und schleuderte es hoch in die Luft, wo es zu einem kleinen Feuerwerk zerplatzte.

„Frau Präsidentin", japste Herr Rock.

„Für Ihre Strafpunkte ist jetzt keine Zeit. Wir müssen anders an die Sache herangehen."

Tinka spähte kurz um die Ecke und hörte die letzten Worte von Aurelia Stickler. Verzweifelt lief sie herbei und rief: „Bitte, lassen Sie uns unsere Kräfte. Bitte nicht den Folfonia-Schlüssel wegnehmen."

Dieser Schlüssel hatte die Form eines Gummisaugers für verstopfte Toiletten, war unsichtbar und berechtigte die Schwestern zu hexen. Er war gut in ihrem Haus in der Kristallgasse versteckt.

Aurelia Stickler tippte Tinka mit dem Finger auf die Nase. „Was redest du da, Schätzchen?“

Lissi und Tinka sahen einander erstaunt an. Wie meinte die Präsidentin das?

Eduard Rock ging auf und ab, einen Arm auf dem Rücken, den Zeigefinger der anderen Hand schwang er wie einen Dirigentenstab. „Ich muss Sie schon daran erinnern – in meiner Funktion als Ihr Assistent und Hauptverantwortlicher für Verstöße gegen die Gesetze des Hexenclubs –, dass wir aufgrund eines schweren Vergehens an diesen Ort gekommen sind.“

„Ja, ja, ja, das ist mir alles bewusst. Aber Sie wissen genau wie ich, dass wir es mit einer höchst delikaten Angelegenheit zu tun haben.“ Frau Stickler zwinkerte Rock dabei immer wieder zu.

„Ach ja, natürlich.“ Schlagartig war Herr Rock überfreundlich. „Wollt ihr uns nicht etwas zu essen hexen?“, fragte er.

Frau Reingard trat im Trainingsanzug aus der Hütte. Mit der Taschenlampe leuchtete sie erst Frau Stickler an und dann Herrn Rock. Danach wanderte der Strahl zu Tinka und Lissi.

„Kann ich erfahren, was hier los ist? Wer sind Sie und wo kommen Sie her?“

Aurelia Stickler lächelte die Lehrerin gütig an, führte dann den einhändigen Hexenklatsch aus, bei dem nur Daumen und kleiner Finger aneinandertippten, und nickte bekräftigend.

Frau Reingard erstarrte zur Statue, den Mund geöffnet. Der Strahl der Taschenlampe verlor sich in der Ferne.

„Das blendet!" Aurelia Stickler hexte die Taschenlampe einfach weg.

Links und rechts neben der regungslosen Lehrerin tauchten Greta und Frieda auf. Sie betasteten Frau Reingards harten Körper.

„Die ist ganz kalt!", stellte Greta fest.

Frieda unterdrückte einen Aufschrei. „Tot. Sie ist ermordet worden."

Gretas Blick wanderte zu Tinka und Lissi. „Ihr … ihr wart das!"

Die Präsidentin des Hexenclubs verdrehte die Augen und ließ zwei weitere einhändige Hexenklatsche folgen. Die beiden Mädchen ereilte dasselbe Schicksal wie die Klassenlehrerin.

„Sind hier alle so überspannt? Ich dachte, Höhenluft schafft Klarheit im Kopf."

Tinka schwankte. Sie musste sich auf Lissis Schulter stützen.

„Können wir auch erfahren, was los ist?", fragte sie mit schwacher Stimme.

Lissi nickte. „Ja, was geht ab?"

Jolante kehrte mit Herrn Löbe zurück, der angewidert an seinen Händen schnupperte.

„Der Kuhfladen auf dem Kopf ist schon schlimm genug", sagte er vorwurfsvoll. „Bitte, verschone mich mit diesen …"

Als er Frau Stickler sah, verstummte er. Jolante blickte zwischen den beiden hin und her. Breitschultrig baute sie sich vor ihm auf.

Zwei kleine Klatsche und auch die beiden waren erstarrt.

Frau Stickler atmete tief aus. „Ich hoffe, wir haben jetzt endlich Ruhe."

Hinter ihr läutete die große Glocke der Leitkuh.

„Still!", rief Frau Stickler in ihre Richtung. Dann wandte sie sich wieder den Schwestern zu. Sie lächelte so verlegen und unsicher, wie es die zwei noch niemals zuvor bei ihr gesehen hatten. „Erzählt mal ein bisschen …! Wie gehen euch denn die Hexereien so von der Hand?"

Misstrauisch legte Lissi den Kopf schief.

„Ist das bei Ihnen im Club ansteckend?"

„Was?" Die Präsidentin klimperte mit den Augen.

„Diese komische Fragerei. Herr Rock wollte uns sogar zum Hexen verleiten, als unsere Nachbarn in der Nähe waren."

„Das kann man so nicht sagen", verteidigte sich Eduard Rock hastig. Aurelia Stickler brachte ihn mit einer entschiedenen Handbewegung zum Schweigen.

„Auch im Leben einer Hexenpräsidentin gibt es Regeln und Gesetze, gegen die sie nicht verstoßen darf", holte sie aus. „Diese Regeln und Gesetze bedingen vielleicht, dass wir Fragen stellen oder Aufforderungen machen, die euch seltsam erscheinen."

„Bei allem Respekt …", begann Tinka und scharrte verlegen mit dem Fuß wie ein Pferd mit dem Huf. Hilfesuchend sah sie Lissi an.

Die setzte den Satz in Tinkas Sinne, aber mit eigenen Worten fort: „… aber können Sie Klartext reden?"

Im Chor riefen Frau Stickler und Herr Rock: „Nein! Das ist es ja!"

Wieder war nur das Gebimmel der Kuhglocke zu hören.

„Höhenkoller", murmelte Lissi. „Klarer Fall von Höhlenkoller."

## Molomir

Aus der Hütte war plötzlich ein Fauchen und ein hohes, schrilles Kichern zu hören.

„Cosimo?“, rief Tinka lockend.

Ein empörtes Miau war die Antwort.

Tinka fielen die Geräusche ein, die an ihr Ohr gedrungen waren, als sie sich ein paar Stunden zurückgehext hatte. Da war auch ein Kichern gewesen. Sehr hoch und schrill. Sie wollte davon erzählen, musste dann aber zuerst an die rätselhafte Frau Lippmann denken. Frei heraus fragte sie: „Ist Frau Lippmann eine Hexe?“

Eduard Rock warf der Präsidentin einen fragenden Blick zu.

Sie nickte Rock zu. „Das dürfen wir sagen.“

In Tinkas Richtung antwortete sie: „Ja, sie ist auch Mitglied im Club der Hexen.“

„Dann hat sie sich aus einem bestimmten Grund bei uns eingeschlichen“, folgerte Tinka.

Wieder wechselten Rock und Stickler einen Blick. Diesmal aber machte die Präsidentin ein hilfloses Gesicht.

„Wir nehmen das als Ja, denn ein Nein hätten sie bestimmt ausgesprochen!“, schloss Tinka.

„Schlau!“, entfuhr es Herrn Rock. Es war das erste Lob, das die Schwestern von ihm zu hören bekommen hatten.

„Es hatte etwas mit uns zu tun und macht, dass Dinge plötzlich aufgeräumt sind, und Dinge, die andere sagen, in Erfüllung gehen“, kombinierte Tinka weiter.

„Und dass unsere Hexenkräfte verrücktspielen. Sie sind, als hätte jemand den Regler nach oben gedreht“, warf Lissi ein.

„Das Kichern!“ Tinka schlug sich mit der Faust in die andere Hand. „Es gibt da irgendein Wesen.“

„Hat uns Honigmaul das angehängt?“, forschte Lissi nach.

„Wer ist Honigmaul?“, wollte Frau Stickler verwirrt wissen.

Eduard Rock kicherte albern. „Das kann sogar ich mir denken.“

„Ach!“ Aurelia Stickler verdrehte die Augen. „Natürlich.“ Vertraulich raunte sie den Hexenschwestern zu: „Meine Position verbietet es mir zu lachen. Leider.“

„Frau Lippmann hat Lissi und mir also irgendein Wesen angehängt. Sie wollte es wohl loswerden.“

„Wenn sie es nicht braucht, wir auch nicht!“, entschied Lissi sofort.

Was auf diesen Satz folgte, war gewaltig: Oben flog das Fenster des Mädchenzimmers auf. Rucksäcke wurden hinuntergeworfen. Dann folgten die Matratzen. Antje schien von jemandem zum Fenster hinausgehalten zu werden. Verzweifelt ruderte sie mit den Armen und flehte: „Bitte loslassen, bitte loslassen!“

Lissi wollte schon durchstarten, um ihr zu helfen.

„Das reicht jetzt!“, rief Frau Stickler streng. Sie hob die Hände mit den violett lackierten Fingernägeln zu einem sehr heftigen Hexenklatsch.

Ein langer, kreischender Schrei gellte durch die Nacht.

Auf der anderen Seite der Alm setzten sich die Kühe in Bewegung. Aufgeregt meckerten die Ziegen im Stall.

Als die Hexenpräsidentin die Finger aneinanderschlug, bildete sich eine dünne Scheibe aus grünlichem Licht und wallendem Nebel. Mit rasender Geschwindigkeit flog sie in die Hütte hinein, schlüpfte in den Stall und breitete sich über die Kühe.

Alle Lebewesen, mit Ausnahme von Lissi, Tinka, Herrn Rock und Aurelia Stickler, waren erstarrt und verstummt.

Erleichtert atmete die Präsidentin des Clubs der Hexen durch und klopfte sich die Fingerspitzen ab, als klebten dort noch Reste der Hexerei.

Der Schrei, der in den Ohren geschmerzt hatte, war ebenfalls abgerissen. Doch da ertönte er erneut, lauter und schriller als zuvor.

Mit einer schnellen Handbewegung zauberte Frau Stickler Ohrenschützer und verteilte sie. Auf der nächtlichen Wiese im Mondschein standen die Schwestern, Aurelia Stickler und Eduard Rock und hörten den Schrei nur noch sehr, sehr gedämpft.

Dummerweise aber konnten sie einander auch nicht mehr hören.

Die Präsidentin wirkte ein klein wenig genervt. Sie hexte abermals und versah die Ohrenschützer mit Drahtbügeln, die mit Mikrofonen versehen waren, wie sie Piloten im Cockpit verwendeten. Eine rote Taste an der Seite des Helms musste gedrückt werden, wenn man etwas sagen wollte.

„Test, Test, Test, hört ihr mich?“, funkte sie.

Die anderen drei nickten.

„Ihr zwei seid recht nahe an der Antwort auf viele Fragen, die sich euch gestellt haben“, fuhr Frau Stickler fort. Dabei achtete sie auf jedes Wort, das sie sagte.

Lissi presste ihren roten Knopf. „Klartext, bitte endlich Klartext!“, verlangte sie.

Tinka gab ihrer Schwester ein Zeichen, ihr die Sache zu überlassen.

„Frau Lippmann ist eine Hexe und hat uns etwas gebracht“, fasste sie zusammen.

„Angehängt passt besser!“, mischte sich Lissi ein.

„Es ist etwas, das Sie nicht nennen dürfen. Und das unsere Hexenkräfte verändert und Dinge für uns tut, egal, ob wir das wollen oder nicht …", fuhr Tinka fort.

Eduard Rock wackelte bewundernd mit den Augenbrauen.

Sich zurückzuhalten war einfach gegen Lissis Natur. „Was ist es?", platzte sie heraus. „Ein Kobold? Ein Hexenbesen, in den der Blitz eingeschlagen hat? Ein unsichtbarer Hund?"

Selbst durch die dicken Ohrenschützer drang das immer lauter und schriller werdende Heulen und Kreischen.

Plötzlich fiel Tinka das Buch über die verschiedenen Wesen und Tiere für Hexen wieder ein.

„Ist es ein Elf?", fragte sie.

Der Schrei brach sofort ab.

Die Erleichterung war Frau Stickler und Herrn Rock anzusehen. Beide atmeten auf und nahmen die Ohrenschützer runter. Die Präsidentin legte Tinka die Hand auf die Schulter. „Ich werde dafür sorgen, dass du sofort in das Rateteam des Hexenclubs aufgenommen wirst. Denn schon in Kürze steht die Weltmeisterschaft auf dem Programm. Du könntest eine echte Unterstützung für unsere brillantesten Köpfe sein."

„Na, du Brillanten-Kopf?", zog Lissi ihre Schwester auf. Die Eifersucht nagte ein wenig an ihr. Das war aber sofort wieder vergessen, da es anderes gab, was sie mehr beschäftigte. „Was heißt das, wir haben einen Elfen?"

Als sie das Wort aussprach, blinkte es ein paar Schritte von ihr entfernt im taunassen Almgras. Ein knubbeliges Wesen, nicht größer als ein Handball, wurde sichtbar. Es hatte einen kleinen Kopf mit spitz zulaufenden Ohren, einen mächtigen Bauch, der in einer dicken Speckfalte über den Gürtel einer Zwergenhose hing, und zwei riesige nackte Füße.

„Molomir, euer Elf", verkündete er drollig wie ein kleiner Junge. Mit seinen dunklen, großen Augen sah er treuherzig zu Tinka und Lissi auf.

„Hallo", sagte Tinka unsicher.

„Tag!", schloss sich Lissi zögernd an.

Frau Stickler beugte sich zwischen die Köpfe der Schwestern. „Ihr müsst irgendwann zu Frau Lippmann gesagt haben, dass ihr gerne Hilfe oder Unterstützung hättet."

Lissi erinnerte sich. „Sie hat was von einem ‚guten Geist' gefaselt."

„Wir haben mitgespielt und bestätigt, dass wir gerne so einen guten Geist hätten."

„Molomir, euer guter Elf!" Der Elf rieb die dicken Hände aneinander, die an seinen schlaksigen Ärmchen saßen. „Macht alles. Alles, was ihr wollt. Oder vielleicht wollt. Oder wollen könnt. Oder irgendwann wollt." Er brach in hohes Gekicher aus, das seinen ganzen Körper vibrieren ließ.

„Bestimmt war er im anderen Rucksack. Wir haben auch ihn mitgetragen“, stellte Tinka fest.

Aufmerksamkeit verlangend presste sich Cosimo an ihr Bein. Er miaute beleidigt.

„Katze reiß ich Haare aus“, verkündete der Elf und stimmte wieder sein Kichern an.

„Das wirst du nicht!“, brauste Lissi auf.

„Molomir kann auch Katze braten!“

„Untersteh dich! Sonst passiert dir das …“ Lissi machte eine Geste, als wollte sie dem Elfen den Hals umdrehen.

Der Elf schaute sie mit weit aufgerissenen Augen an. „Nööö!“, tönte er.

„Doooch!“, gab Lissi zurück.

Tinka wandte sich an Frau Stickler. „Was sollen wir mit ihm machen?“

Eduard Rock antwortete anstelle der Präsidentin mit gesenkter Stimme: „Es handelt sich um ein etwas schwieriges Exemplar. Wir haben Informationen, dass er Kollegin Lippmann größere Schwierigkeiten bereitet hat. Daher wollte sie ihn auch loswerden.“

„Bleibt er jetzt für immer bei uns?“

Frau Stickler ließ sich Zeit. „Meine Antwort fällt teilweise gut aus, teilweise nicht ganz so gut.“

Lissi hatte den unsichtbaren Cosimo hochgehoben und streichelte ihn. „Dann gleich weg mit dem verfaulten Speck.“

„Wie bitte?“ Die Präsidentin runzelte die Stirn.

„Die schlechte Nachricht zuerst", übersetzte Tinka Lissis Aufforderung.

„Ach, verstehe. Nun …", Frau Stickler holte tief Luft, „… ja, der Elf wird euch begleiten, wenn keiner nach ihm fragt oder nach ihm verlangt."

Sofort lachte der Elf zufrieden und führte einen kleinen Freudentanz auf.

„Das heißt, wir müssen ihn einer anderen Hexe unterjubeln, wie Frau Lippmann das bei uns getan hat", stellte Tinka fest.

Herr Rock nickte geschäftig. „Haustiere und Hausgeister für Hexen sind eine sehr heikle Angelegenheit. Es ist unter keinen Umständen erlaubt, eine andere Hexe nach ihnen zu fragen. Verstößt man gegen diese Regel, hat man das erwähnte Wesen sofort …", er sprach sehr leise weiter, „… am Hals. Und wird es nicht wieder los."

Lissi kraulte Cosimo. „Und was ist die gute Nachricht?", wollte sie wissen.

Aurelia Stickler gab Rock ein Zeichen, dass sie diesen Teil der Antwort selbst verkünden wollte. „Da ihr beide noch Junghexen seid, könnt ihr bestimmen, dass euer Elf die nächsten Jahre von einer erfahrenen Hexe oder einem Hexer aufgenommen und versorgt wird."

„Machen wir!", riefen Tinka und Lissi sofort. „Genau das wollen wir." Molomir die ganze Zeit um sich zu haben, erschien ihnen viel zu anstrengend.

„Ihr dürft die Person aussuchen, die euren Elfen hütet und im besten Falle auch …“, wieder flüsterte Frau Stickler, „erzieht.“

Die Schwestern mussten nicht lange überlegen. Der beste Hüter für ihren Elfen stand direkt vor ihnen. Wenn er bei dem Elfen mit der gleichen Strenge und Härte vorging wie bei Lissi und Tinka, dann konnte alles nur besser werden. Die Mädchen blickten gleichzeitig zu Eduard Rock.

„Ich?“, rief der entsetzt.

Tinka nickte mit großer Ernsthaftigkeit. „Wir haben zu Ihnen das größte Vertrauen.“

„Sie werden dem Kleinen schon mal die Löffel langziehen, wenn es nötig ist.“

„Nein, ich ziehe Löffel lang!“, meldete sich der Elf. Als wäre Herr Rock magnetisch, wurde Molomir quer über die Wiese zu ihm gezogen und klebte an seinem Schuh mit der hohen Sohle fest. Verzweifelt wehrte sich der Elf, stemmte sich mit seinen dicken Fingern dagegen, versuchte sich loszureißen, schaffte es aber nicht.

„Ich protestiere, das ist wirklich weit außerhalb meines Aufgabenbereiches!“, rief Herr Rock.

Frau Stickler tätschelte ihm den Arm. „Ach, Sie schaffen das schon, Edilein.“

„Nein, ich werde mich beschweren und außerdem sofort bei einer Fachhexe nachfragen, wie ich diesen Elfen wieder loswerden kann.“

„Nein, das tun Sie nicht", erklärte Frau Stickler mit Nachdruck.

„Doch!" Und schon löste sich Eduard Rock mitsamt Molomir in seine übliche Rauchfahne auf, die in der kalten Nachtluft schnell verblasste.

„Edilein, warten Sie, wir besprechen das!" Aurelia Stickler winkte den Mädchen mit den Fingerspitzen und war gleich darauf ebenfalls verschwunden.

Ganz allein standen Tinka und Lissi im Mondschein unter dem Sternenhimmel.

## An die Arbeit, Tinka und Lissi!

Lissi deutete auf die starre Antje, die noch immer mit erhobenen Händen, Halt suchend, halb aus dem Fenster hing.

„Äh … und was wird aus der?"

Tinka zeigte auf die bewegungslose Frau Reingard mit Greta und Frieda an ihrer Seite. „Und aus denen?"

„Typisch Erwachsene. Zuerst richten sie Chaos an, dann verschwinden sie einfach, und wir müssen aufräumen", entrüstete Lissi sich. Sie legte Tinka die Hand auf die Schulter. „Ich nehme an, du kennst ein paar Sprüche, die hilfreich sein können?"

Tinka schüttelte den Kopf. „Nein, das ist etwas zu viel für mich. Immerhin hat das hier die Präsidentin gehext, vergiss das nicht."

„Dann haben wir etwas gemeinsam", stellte Lissi trocken fest.

„Warte. Ich weiß, was wir machen!" Tinka ließ Lissi stehen und eilte in die Hütte. Sie musste sich an der stocksteifen Lehrerin vorbeizwängen, was einige akrobatische Verrenkungen verlangte. Aus ihrem Rucksack holte sie zwei Dinge, die sie aus dem Hexenhaus mitgenommen hatte.

Das Erste-Hilfe-hexen-Buch schwenkend, kehrte sie zu Lissi zurück. Sie zauberten sich eine fliegende Laterne, die über ihnen schwebte und auf die Seiten leuchtete. Gemeinsam überflogen sie die Zeilen. Ungefähr in der Mitte des Buches stießen sie endlich auf einige Sprüche, die ihnen hilfreich erschienen.

Lissi gab zu bedenken, was nach der Hexerei geschehen würde: „Alle werden wieder lebendig und sich fragen, wieso sie dort stehen, wo sie stehen, und was geschehen ist. Und was dann?"

Tinka schwenkte ein Glasgefäß mit Schraubdeckel, in dem sonst Gewürze aufbewahrt wurden.

„Du kannst mich gerne die nächsten Monate Brillanten-Kopf und Miss Clever nennen."

„Was ist da drinnen?", fragte Lissi.

„Allwetter-Pulver. Eine große Prise und dazu der Wetterwunsch. Schon kommt es, wie man es gerne möchte."

Lissi überlegte. „Donnerwetter, würde ich vorschlagen."

Tinka hatte mehr an Sturm gedacht, aber die Gewitteridee gefiel ihr auch.

„Es muss so richtig krachen und schütten", schwärmte Lissi.

„Eine bessere Begründung für das große Durcheinander und Chaos gibt es nicht."

Freudig klatschten die Hexenschwestern die Hände in der Luft zusammen.

„Gemeinsam einfach unausstehlich", lachte Lissi.

Tinka nahm den Deckel von dem Glas. Darunter kam ein Streuer-Aufsatz zum Vorschein. Mit schwungvollen Bewegungen begann Tinka, das weiße Pulver in der Luft zu verteilen. Die Körnchen, die zuerst an Mehl erinnerten, schwebten vor ihnen und begannen dann langsam, zum Himmel aufzusteigen.

„Ein richtig starkes Gewitter wollen wir sehen", rief Lissi. „Mit Blitz und Donner und viel Regen." Beide Mädchen führten den Hexenklatsch aus.

Die tanzenden Glitzerkörner formten sich zu einer grauen Wolke, in der es nur so brodelte. Immer weiter breitete sie sich aus, und bald waren Mond und Sterne dahinter verschwunden. Blitze zuckten, die die Berge und die Hütte weiß erscheinen ließen. Es folgte polternder Donner. In dicken Tropfen begann der Regen zu prasseln.

Lissi und Tinka führten jubelnd einen Freudentanz auf. Schnell flüchteten sie ins Haus und hockten sich auf ihre Schlafsäcke. Wieder vereinten sie ihre Kräfte, um den Erste-Hilfe-hexen-Spruch auszuführen, der auch wirklich alle Lebewesen erfassen sollte. Der Hexenklatsch war kaum gemacht, als überall rund um sie, im Untergeschoss, hinter der Hütte und auf der Wiese sofort große Unruhe einsetzte.

Antje, die noch immer halb aus dem Fenster hing und bereits klatschnass war, schwang sich ins Zimmer zurück. Energisch drückte sie das Wasser aus ihrem Pferdeschwanz.

„Fenster zumachen. Los, Antje, mach!“, rief Tinka, als wäre das Fenster der Grund für Antjes Turnübung am Fensterbrett gewesen.

Vor dem Zimmer der Mädchen trampelten viele Füße über den Holzboden.

„Horror, Horror!“, hörten sie Rolli jammern. Er schien Angst vor dem Gewitter zu haben.

Als endlich alle – auch Herr Löbe und Jolante – wieder in der Hütte waren, rief Frau Reingard die Klasse nach unten in den Wohnraum. Jolante stellte einen großen Wasserkessel auf und befeuerte den Herd.

In Decken gewickelt hockten die Mädchen und Jungen auf den Bänken und verfolgten das wilde Spektakel, das draußen tobte. Wie eine graue Wand ging der Regen vor den Fenstern nieder. In kurzen Abständen warfen die Blitze ihren grellen Lichtschein nach drinnen. Der Donner erschütterte jedes Mal die ganze Hütte. Erst nach einer langen Stunde zog das Gewitter endlich ab.

Frau Reingard hatte Witze erzählt, Herr Löbe auf der Ukulele gespielt und Jolante gejodelt, was das

Zeug hielt. Gemeinsam war es ihnen gelungen, die Klasse ein bisschen zu unterhalten und abzulenken. Der Tee hatte seine beruhigende Wirkung getan und schließlich, als über der Alm nur noch feiner Nieselregen niederging, kehrten alle hundemüde in ihre Schlafsäcke zurück.

Am nächsten Morgen ließ Frau Reingard die Schülerinnen und Schüler länger schlafen. Frühstück und Mittagessen wurden zusammengelegt.

Die dunklen Wolken der Nacht waren verschwunden. Die Sonne schien von einem wolkenlosen blauen Himmel.

Hans-Günther erzählte seinen Kumpels so laut, dass es alle hörten: „Ich habe einen starken Traum gehabt. Die Windhose hat Lissi und Tinka eine kräftige Abreibung verpasst und sie nach Hause geschickt."

Ebenso laut sagte Lissi am Mädchentisch: „Heute Nacht habe ich geträumt, ein kleines Wunder sei geschehen."

Greta, die hungrig dicke Brotscheiben mit Marmelade verspeiste, wollte sofort wissen, welches Wunder das gewesen sein sollte.

„Ich habe geträumt, ich sei eine große Zauberkünstlerin, die den Jungen endlich Hirn in die leeren Schädel gehext hat!"

Nun hatte sie die Lacher auf ihrer Seite.

Als Tinka in die Hütte lief, um Cosimo eine Schale mit Milch nach oben zu bringen, ertappte sie Herrn

Löbe und die Sennerin, die sich in der Speisekammer heimlich küssten. Still und leise stahl sie sich davon.

An diesem Morgen rieb sich Frau Reingard immer wieder die Schläfen. „Eine wilde Nacht. Ich bin ganz durcheinander. Manchmal habe ich den Eindruck, ich weiß nicht mehr ganz, was ich geträumt habe und was wirklich … geschehen ist."

Tinka, die wieder zurückkam, sagte schnell: „Die schlimmen Dinge haben Sie geträumt, die schönen nicht."

„Kein schlechter Rat", meinte die Lehrerin.

„Gehen wir jetzt zum Bergsee? Der Riesenfisch braucht dringend Futter!", schlug Lissi vor.

Der Vorschlag löste bei allen große Begeisterung aus, denn es war ein heißer Sommertag.

„Uns knabbert er schon nicht an", setzte Lissi fort. „Aber die Jungen schmecken ihm sicherlich."

Tinka grinste. „Hoffentlich hat er nicht das gleiche Motto wie wir: NO Jungs!"

Lachend liefen sie nach oben, um ihre Schwimmsachen zu holen.

Der Rest der Klassenfahrt verlief ohne besondere Überraschungen. Am letzten Tag fand der Showabend statt. Lissi wollte ihr Liedchen vom Kinderfresser vortragen, aber Tinka hatte eine bessere Idee und bat Jolante um Hilfe. Nach einer Übungsstunde jodelten sich die Hexenschwestern auf den ersten Platz des Hüttenzaubers.

Am Tag nach ihrer Rückkehr brachten Lissi und Tinka Cosimo, der laut protestierte, zurück in die Kristallgasse.

„Benimm dich! Wir kommen doch schon am Freitag wieder", beschwichtigte Tinka den unsichtbaren Kater und kraulte ihn hinter seinem Ohr.

Von den Lydofskys war nichts zu sehen und zu hören. Ob sie wohl in den Urlaub gefahren waren, um sich von dem Osterei-Schreck zu erholen?

Im Hause Schnabel-Meierbeer putzte und saugte das Honigmaul vergnügt vor sich hin. Zu gerne wollte sie von Tinka und Lissi wissen, was geschehen war. Eine Zeit lang hielt sie es aus, aber dann – einen Tag bevor Grit ihr Gipsbein loswurde – siegte ihre Neugierde.

„Sagt mal, ihr lieben Mädchen. Ist euch gar nichts aufgefallen?", flötete sie zuckersüß wie immer.

Als Tinka und Lissi hartnäckig schwiegen, konnte sie nicht anders und fragte: „Was ist denn eigentlich aus dem unartigen Molomir geworden?" Mit einem lauten Zischen und einem hohen schrillen Kreischen klebte im nächsten Moment das kleine knubbelige Wesen, nach dem sie besser nicht gefragt hätte, an ihren Absätzen. Der verzweifelte Aufschrei, mit dem Frau Lippmann mit ihrem Elfen aus dem Haus jagte, hallte lange nach.

Die Schwestern schlugen die Hände in der Luft zusammen und lachten herzhaft.

## Thomas C. Brezina

© Manfred Baumann

schreibt lustige Familiengeschichten, aufregende Abenteuer und spannende Krimis. Auch für die Hexenschwestern Tinka und Lissi hat er eine ganz eigene, unverwechselbare Welt erschaffen und lädt seine Leser auf eine wilde, wunderbar verrückte Reise dorthin ein.

Sehr gerne schreibt Thomas in Cafés, wo er häufig neugierige Blicke auf sich zieht, wenn er mal wieder ganz vertieft vor seinem Laptop sitzt und die Gespräche der Junghexen laut mitspricht oder einen Hexenklatsch ausführt.

Thomas' Bücher wurden bereits in über 35 Sprachen übersetzt. Sie werden unter anderem in China, Russland und Brasilien begeistert gelesen. Es macht Thomas auch sehr viel Spaß, für das Fernsehen zu schreiben.

Als UNICEF-Botschafter Österreichs unterstützt er Schulprojekte in Afrika, um den Kindern dort eine lebenswerte Zukunft zu ermöglichen.

Weitere Informationen über Thomas und Referattipps findet ihr auf seiner Homepage www.thomasbrezina.com

**Betina Gotzen-Beek,** (www.gotzen-beek.de), die als freie Illustratorin in Freiburg lebt und schon viele Kinderbücher illustriert hat, hat auch für dieses Buch die zauberhaft verhexten Zeichnungen gemacht.